OETINGER TASCHEN BUCH

Silas Matthes wurde 1992 in Hamburg geboren und wuchs in einem kleinen Dorf ganz in der Nähe auf. Mit achtzehn Jahren begann er an Texten zu arbeiten, mit zwanzig schrieb er die erste Fassung seines Debütromans »Miese Opfer«. Zurzeit studiert er Kreatives Schreiben in Hildesheim.

Natalie Matt wurde 1993 in Freudenstadt im Schwarzwald geboren. Bereits im frühen Teenageralter verfasste sie erste Geschichten. Seit 2012 studiert sie Kulturwissenschaften und Literatur in Hildesheim. Der Band »Verstörende Träume« der »Kings & Fools«-Reihe ist ihr Debütroman.

Natalie Matt und Silas Matthes

KINGS & FOOLS

IM SCHATTEN DES PHÖNIX

Oetinger Taschenbuch

1. Auflage 2016
Oetinger Taschenbuch in der Verlag Friedrich Oetinger GmbH,
Poppenbütteler Chaussee 53, 22397 Hamburg
Dezember 2016
Alle Rechte dieser Ausgabe vorbehalten
Originalverlag: Oetinger34 in der Verlag Friedrich Oetinger GmbH,
Poppenbütteler Chaussee 53, 22397 Hamburg 2015
© Band 1: Text von Silas Matthes
© Band 2: Text von Natalie Matt
Beide Bände entstanden unter Mitwirkung von Bernhard Hennen
Grafiken im Innenteil: Jacqueline Kauer
Umschlaggestaltung: ZERO Werbeagentur GmbH, München
Umschlagmotiv: © FinePic®
Druck: CPI books GmbH, Birkstraße 10, 25917 Leck, Deutschland
ISBN 978-3-8415-0458-6

www.oetinger-taschenbuch.de

KINGS & FOOLS

VERDAMMTES KÖNIGREICH

Für Lisa Möller,
die immer weiß, was ich meine.

LUCAS

1

Lavis. Heimweg der Kräutersammler.

Wenn du schneller wirst, hast du verloren. Wenn du dem Ziehen in deinen Füßen nachgibst und sie zügiger bewegst, dann beginnen die Schatten zwischen den Bäumen, dir zu folgen. Nicht wirklich wahrscheinlich, aber es fühlt sich so an.

Und wer weiß schon. Ich habe dann noch nie angehalten, ich laufe dann am Torwächter vorbei, die Gassen entlang und rein durch die Hüttentür, und ich drehe mich nicht um. Auf keinen Fall drehe ich mich um. Wer weiß schon, was dann wirklich hinter mir hergekommen ist und was nicht.

Rechts von mir hebt sich der Waldrand wie eine finstere Mauer in den Nachthimmel. Manchmal habe ich das Gefühl, seine Grenzen verändern sich vom einen Tag auf den nächsten. Die Spitzen der Wipfel ziehen eine gezackte Linie vor den schweren Wolkenmassen, die keinen Stern bis zu mir durchlassen wollen.

Links von mir erstreckt sich die weite, dunkle Ebene. Die Umrisse von Höfen und Dörfern zeichnen sich ab, verschwimmen mit zunehmender Entfernung ineinander. Ich kann von hier aus drei Totenlichter ausmachen. Grüne glühende Punkte im Schwarz der Nacht. Eines müsste zu den Fischern gehören, die anderen beiden wohl zu den Jägern oder Holzfällern.

Ich schaue nach vorne, dorthin, wo die Palisade der Stadt aufragt. Schon seltsam, dass sie mir selbst nachts nicht das Gefühl von Sicherheit gibt.

Und auch wenn die Königsboten sagen, wir sind so sicher wie nur irgend möglich: Ich habe doch schon gesehen, wie sich etwas in der Düsternis des Waldes bewegt hat. Ich habe das Getrappel von schweren Hufen gehört, nachts, wenn ich wach liege. Und wie sollen wir uns sicher fühlen, wenn wir wissen, dass die Zeichner jeden Tag durch unsere Straßen reiten könnten?

Ich werfe einen Blick in Richtung der Gebirgsketten, vor denen die Burg des Brennenden Königs aufragt. Wer lässt so etwas zu?

Aber ich sollte jetzt aufhören damit. Wenn du klug bist und wenn du deinen Kopf gerne auf deinen Schultern trägst, behältst du solche Gedanken lieber für dich.

Meine Schuhe knirschen auf dem Schotter. Ich streiche mir nervös die Handrücken ab, obwohl die Sonnenkrautpollen längst von den Händen verschwunden sind, obwohl ich schon seit Stunden nur noch Nachtkräuter gesammelt habe. Eine Angewohnheit, die ich einfach nicht mehr loswerde.

Ich will jetzt nur noch nach Hause, und wenn ich Glück habe und mein Vater schon schläft, kann ich sofort unter der warmen Decke meines Lagers verschwinden. Gerade heute klammere ich mich noch mehr an diese Vorstellung als sonst. Warum, weiß ich nicht. Ich fröstele, ziehe die grauen Stoffleinen enger um meinen Körper. Bei Nacht merkt man, dass der Sommer eigentlich vorbei ist.

Der Wachmann am Tor packt mein Handgelenk und starrt unnötig lange auf die Eisenplakette daran, als hätte er mich nicht längst an meinem Gesicht erkannt, als würden wir dieses kleine Spielchen nicht jeden Abend spielen.

In das Metall hat jemand eine Reihe kleiner Zeichen eingeritzt. Der Anfang der Reihe ist bei mir und meinem Bruder Tom gleich, am Ende unterscheiden sich die Zeichen voneinander. Ich weiß nicht genau, was sie bedeuten. Doch die Wachen erkennen daran, dass wir zu den Kräutersammlern gehören, andernfalls könnten wir dieses Tor nicht passieren.

Eigentlich ist also alles normal. Aber die Wache sagt nichts bei ihrer Kontrolle, kein Wort, und irgendwie beunruhigt mich das. Normalerweise kommt so spät immer etwas wie »Beeilung, die Sperrstunde fängt gleich an« oder »Ich merke mir dein Gesicht, Kräuterjunge, tauch hier nicht wieder so spät auf.«

Diesmal hält die Wache mir nur kurz die Fackel vors Gesicht, nickt mir stumm zu, und ihre Augen sind groß und liegen schwarz in ihren Höhlen.

Es scheint, als hinge der Nachthimmel dicht über den Hütten hier im Kräutersammlerviertel, als presse er sie zusammen.

Ich folge der Hauptstraße, die mir dunkler als sonst vorkommt, richte den Blick starr nach vorne auf die Kreuzung, an der ich abbiegen muss. An meiner Schläfe beginnt eine Ader zu pochen. Ruhig atmen. Nicht schneller werden. Was ist los mit mir heute?

Ich biege von der Hauptstraße ab, und es geht allmählich bergauf, unsere Hütte ist nicht mehr weit. Einige Hundert Schritte, drei Straßen.

Ich hoffe wirklich, mein Vater schläft schon, kann es mir aber nicht vorstellen. Ob ich überhaupt noch versuchen soll, ihm zu erklären, dass wir unser Pensum wieder einmal kaum einhalten konnten? Dass ich deswegen erst so knapp vor der Sperrstunde heimkehre?

Wahrscheinlich ist es klüger, einfach nichts zu sagen.

Gleich bin ich da, nur um die Ecke noch, aus Roberts Hütte riecht es wie immer nach verkohltem Holz. Ich blicke auf die dunkel verhangenen Fensterläden, und die Ader an meiner Schläfe pocht noch kräftiger. *Reiß dich zusammen, Lucas!*

Es kann doch nicht sein, dass ein gewöhnlicher Heimweg mich so fertigmacht. Natürlich, es ist lange her, dass die Zeichner ausgeritten sind, aber … ich zögere … aber das …

Und jetzt halte ich doch an. Und nichts pocht mehr in mir, weil es sich anfühlt, als sei alles Blut plötzlich aus meinem Körper verschwunden. Ich starre auf das verhangene, dunkle Fenster von Robert, dann wandert mein Blick weiter zur Hütte der Turners, *alle Fenster sind verhangen*, zur Hütte der Coopers, *alle Fenster sind verhangen*, mein Blick wandert weiter von Hütte zu Hütte, immer schneller, *alle Fenster in der gesamten Straße sind verhangen*.

Ich habe mir nicht bloß eingebildet, dass es dunkler ist heute. Ich war so auf den Weg konzentriert, dass ich das Offensichtliche nicht bemerkt habe. So, wie wenn du dich nachts aus dem Bett schleichst, um zum Vorratsraum zu gelangen, und dein Vater sitzt in der dunklen Küche, er schaut dir die ganze Zeit zu, und du hättest das längst merken müssen.

Nicht weniger Licht, nein, kein einziges Licht dringt heute aus den Fenstern nach draußen. Die Zeichner waren hier.

Wie betäubt mache ich die letzten Schritte um die Ecke. Halte wieder an.

Nein! Bitte nicht!

Alles in mir wird heiß, mein Blut ist zurück, und es fühlt sich an, als brodele es in meinen Adern.

Die Hüttentür.

Im Holz schimmern nebeneinander drei rötliche Linien. Sie scheinen zu flackern, so, als brenne eine Flamme darin.

Das Symbol der verhüllten Männer.

Tom!, schießt es mir durch den Kopf, und ich weiß, dass ich jetzt rennen müsste. Zu meinem Bruder rennen, weil ihm nicht mehr viel Zeit bleibt. Aber ich schaffe es nicht, mich zu bewegen.

Die verhüllten Männer.

Niemand weiß wirklich, wer sie sind oder was sie sind. Wir wissen bloß, dass sie vom König geduldet werden, dass er ihre Boten, die Zeichner, gewähren lässt, wenn sie die Symbole in die Türen ritzen. Dass keine Wache etwas dagegen unternimmt, wenn dann tief in der Nacht die verhüllten Männer selbst kommen.

Unter den Kräutersammlern erzählt man sich, sie holen die jungen Männer und Frauen, um sie in ihre eigenen Reihen aufzunehmen. Doch einmal habe ich unerlaubterweise mit einem der Hüttenbauer gesprochen – neben den Kutschern gehören sie zu der einzigen Gruppe, die sich durch ganz Lavis bewegt –, und ich kann mich ganz genau an seine Worte erinnern.

»Die eigenen Reihen«, sagte er und lachte freudlos. »Das ist eine tröstliche Vorstellung. Weißt du, was sie wirklich sind? Sie sind die Boten des Todes. Verfaulende Häscher. Sie holen das Pfand, das der Brennende König zahlt, um leben zu können. Verstehst du das?«

Ich habe oft versucht, seine Worte zu vergessen, aber mir ist das nie gelungen.

Ich zwinge mich jetzt, vorwärtszugehen, bleibe direkt vor der Tür stehen. Vor dem flackernden Symbol. Ich hebe die Hand und halte sie vor die Striche. Ich habe mit Hitze gerechnet, aber im Gegenteil, eisige Kälte prallt auf meine Haut. Ich zucke zusammen, als hätte jemand meine Hand gepackt, dann stoße ich entschlossen die Tür auf und trete ein.

Mein Vater riecht nach Wein. Er steht vor der schmalen Stiege, und seine schweren Arme hängen irgendwie schlaff an seinem Körper herunter. Aber ich weiß, dass das täuscht.

Er wartet, bis ich ihm in die Augen blicke, in die kleinen, hässlichen Äuglein, die aussehen, als hätte jemand sie nachträglich in sein aufgequollenes Gesicht gedrückt. »*Du* gehst«, sagt er, und schlagartig wird mir klar, warum ich nicht sofort zu Tom gerannt bin. Eigentlich habe ich gewusst, was kommen wird.

Tom hat achtzehn Jahresumläufe hinter sich, ich siebzehn. Der Tradition nach müssen sich die Erstgeborenen vor die Hüttentür setzen, wenn das Symbol auftaucht und seinen Tribut fordert. Doch ihre jüngeren Brüder und Schwestern dürfen freiwillig ihren Platz einnehmen.

»Aber …«, beginne ich, und mein Vater macht einen schnellen Schritt nach vorne. Ich verstumme und starre auf seine großen Hände, die er zu Fäusten geballt hat.

»*Du* gehst«, sagt er noch einmal und stößt scharf die Luft aus.

Ich müsste mich wehren. Ich müsste aufbegehren und darauf beharren, dass dies nicht mein Schicksal ist, dass nicht ich dran bin und dass er mir das nicht vorschreiben kann. Aber ich starre bloß auf die Fäuste meines Vaters, nicke. »Weiß er es schon?«, frage ich.

»Nicht, dass du dich für ihn hinsetzt.«

Ich schlucke schwer, meine Kehle ist plötzlich ganz trocken. »Kann ich mich verabschieden?«

Mein Vater zögert einen Moment, dann tritt er zur Seite und gibt den Aufgang zur Stiege frei. »Beeil dich«, sagt er.

Tom sieht mir nicht besonders ähnlich. Das Braun seiner Haare ist viel heller als meines, und sie sind glatt, während mir die Locken ungebändigt vor die Stirn fallen. Sein Kreuz ist viel breiter, dem meines Vaters ähnlich, obwohl auch er Tag für Tag bloß Tau und Kräuter sammelt. Mein Gesicht ist schmal und kantig, Toms Züge haben eher etwas Rundes, Weiches. Aber wenn es uns nicht gut geht, dann machen wir beide genau das Gleiche: Unsere Kiefer mahlen hin und her. Und jetzt gerade mahlen Toms Kiefer, als würde er seine Zähne zu Staub verwandeln wollen.

Wir sitzen nebeneinander auf seinem Lager. Ich rieche den vertrauten Geruch von Stroh, Schweiß und Holz. Ich fühle mit der Hand über die weiche Wolldecke. Dies ist der einzige Platz, an dem ich mich immer sicher gefühlt habe, diese warme Hülle über mir, die Augen geschlossen, während Tom schon gleichmäßig im Schlaf atmete.

Wenn ich einer wäre, der weint, würde ich es jetzt tun.

»Wir wissen ja gar nicht, was genau passiert«, sagt Tom plötzlich.

»Ja«, sage ich.

»Vielleicht komme ich einfach endlich aus diesem Drecksloch raus. Vielleicht ist es etwas Gutes.«

»Ja, vielleicht.«

»Vielleicht finde ich raus, was es mit dem Brennenden König auf sich hat. Vielleicht gibt es Antworten.«

Meine Kehle ist jetzt so trocken, so ausgedorrt, dass es brennt. Ich halte das nicht mehr aus. Und jetzt tue ich etwas, was ich sehr lange nicht getan habe. Ich nehme Tom in den Arm. Ich drücke ihn fest, fester.

»Gib auf dich acht«, sage ich und stehe auf und will noch irgendetwas sagen, aber ich weiß nicht was, und erst in dem Augenblick, als ich die Tür öffne, sieht Tom mich an und versteht.

»Nein!«, sagt er. »Nein, Lucas, das …«

In dem Moment habe ich schon die Tür hinter mir geschlossen und den Riegel vorgelegt. Ich höre ihn schreien von drinnen. Ich höre, wie er sich gegen die Tür wirft und seine Fäuste auf das Holz schlägt.

All das hallt dumpf in meinen Ohren, während ich wie betäubt die Treppenstufen hinabgehe. Vor meinem Vater halte ich nicht an, ich blicke bloß kurz zu ihm auf, und er nickt mir zu, und dann verlasse ich die Hütte und setze mich vor die Türschwelle.

Es ist noch kälter geworden. Ich blicke zur Königsburg, zu den hohen, dunklen Türmen, und ich beiße mir fest auf die Lippe, um irgendetwas zu spüren.

Plötzlich eine Bewegung, ich zucke. Irgendwo im Schatten war etwas. Ich kneife die Augen zusammen, starre in die Schwärze, aber ich kann nichts erkennen. Ich muss mich geirrt haben, dort bewegt sich nichts.

Ich sitze da und lausche der Dunkelheit. Bilde mir ein, weit weg Hufgetrappel zu hören. Hinter mir die Kälte des Symbols. Sie frisst sich durch meinen Rücken, breitet sich in meinem Körper aus.

Sie sind die Boten des Todes. Verfaulende Häscher.

»Tom«, sage ich leise, obwohl ich weiß, dass er mich nicht hören kann, dass er vielleicht noch immer gegen die Tür schlägt, langsam erschöpfter und verzweifelter.

»Tom«, sage ich leise. »Ich habe Angst.«

2

Lavis. Ring der Graugewändler. Kräutersammlerviertel.

Ich habe sie nicht kommen gehört. Plötzlich sind sie da, zwei groß gewachsene Gestalten in langen schwarzen Umhängen, Fackeln in den Händen.

Kapuzen verbergen ihre Gesichter. Ganz dicht stehen sie vor mir, und ein modriger Geruch hüllt sie ein, hüllt mich ein. *Wie der Tod,* geht es mir durch den Kopf. *Sie riechen wie der Tod.*

Ich will weglaufen. Ich will aufspringen und weg, im Zickzack durch die Gassen, vorbei am Torwächter und weg, einfach weg, mich nicht umdrehen und hoffen, dass ich schnell genug bin.

Aber niemand kann den verhüllten Männern entkommen, und wer es versucht, dessen Familie blutet.

Also schlucke ich und zwinge mich, ganz ruhig zu atmen, die Ader an meiner Schläfe zu ignorieren, die wieder wie wild pocht. Die linke Gestalt zuckt einmal kurz mit der Hand – ich soll aufstehen. Ich starre auf die langen Finger, die von schwarzem Leder umhüllt werden. Oder ist es gar kein Leder? Ist es die Haut, längst rissig und verfault?

Langsam drücke ich mich von der Schwelle hoch, obwohl meine Beine jeden Moment unter mir wegknicken wollen und mir fast die Luft zum Atmen fehlt.

Die rechte Gestalt packt mich an der Schulter, es fühlt sich an, als bohrten sich Klauen in mein Fleisch, hart, knochig. Er drückt, und ich setze mich zwangsläufig in Bewegung. Die dunklen Gassen des Kräutersammlerviertels erscheinen mir plötzlich ganz fremd, als hätte ich sie noch nie zuvor betreten.

Gleich bin ich um die Ecke, und ich kann nicht anders. Einmal muss ich mich umdrehen, ein letztes Mal. Unsere Hütte verschmilzt beinahe mit der Nacht, und doch erkenne ich gerade noch so die verwitterten Holzbalken. Ich kann das hellere Dielenbrett gleich am Eingang sehen, wo Tom als kleiner Junge beim Spielen das alte herausgerissen hat.

Und das Symbol.

Das Symbol, das da wie ein Geschwür am Eingang prangt.

Die Krallenhand bohrt sich tiefer in meine Schulter. Ich zucke zusammen. Unbewusst bin ich langsamer geworden, habe fast angehalten. Es ist Zeit. Ich wende mich ab und gehe mit den verhüllten Männern.

Ich weiß nicht, wie lange ich nun schon durch diesen Wald laufe, die verhüllten Männer stumm hinter mir, ihr Atem in meinem Nacken, das Brechen von Zweigen und Sträuchern laut unter meinen Füßen.

Die Fackeln werfen flackerndes Licht auf den Boden und erleuchten immer nur meinen nächsten Schritt. Dahinter Schwärze, zu allen Seiten, aus der das Flüstern der Bäume in meine Ohren dringt, und ich hoffe inständig, dass das nur der Wind in den Blättern ist.

Ich zittere. Müssten wir die Grenze von Lavis nicht längst erreicht haben? Gibt es so etwas in diesem Wald überhaupt, eine Grenze? Und muss er nicht irgendwann aufhören, muss nicht irgendwann ein Ziel kommen, auf das dieser Weg des Grauens zusteuert?

Oder vielleicht, denke ich mit Entsetzen, vielleicht ist es auch nichts anderes, was die verhüllten Männer tun. Vielleicht holen sie dich, und sie gehen mit dir durch die Dunkelheit, immer weiter und ohne Ende.

Da ist etwas! Es knackt und raschelt ganz dicht neben mir, etwas bricht mit Wucht durch das Unterholz, reflexartig ducke ich mich weg. Dann ein schriller Schrei in der Nacht. Ein Todesschrei. Ein Tier? Bitte, hoffentlich nur ein Tier.

Ich atme so schnell, dass mir schon leicht schwindlig ist. Die verhüllten Männer gehen weiter stumm hinter mir, nicht das kleinste Zögern können die Geräusche der Nacht ihnen abringen.

Und da halte ich es nicht mehr aus. Die Stille um uns herum, ihr ruhiges Atmen in meinem Nacken, die Dunkelheit und die Äste, die ständig nach mir fassen, als würden sie mich zu sich zerren wollen.

»Wohin gehen wir? Wer seid ihr?«, presse ich heraus. Erst leise, dann, als nichts geschieht, mit festerer Stimme: »Wohin bringt ihr mich?«

Keine Antwort, erneut nicht mal ein Zögern in ihren Schritten.

Ich bleibe stehen, drehe mich zu ihnen um. Ich blicke dorthin, wo das Gesicht des Vorderen sein müsste, aber da ist nichts, nur Schwärze. Was auch immer sich da unter dem Gewand verbirgt, lebt es überhaupt?

Die vordere Gestalt hebt langsam den Arm und deutet mit ihrer Klauenhand in das Finster hinter mir. Nur diese eine Geste, das reicht.

Niemand widersetzt sich den verhüllten Männern. Er weiß es,

und ich weiß es. Und selbst wenn ich den Mut hätte, zu fliehen – ich wüsste nicht einmal wohin.

Ich wende mich wieder nach vorne und gehe weiter. Gehe immer weiter, wage es nicht, mich noch einmal umzudrehen, noch einmal ertrage ich den Blick in die leeren Kapuzen nicht.

Ich konzentriere mich nur auf meine Schritte, versuche, alles andere auszublenden.

Bis sich die Bäume plötzlich lichten und wir auf einen breiten Schotterweg gelangen, der mitten durch den Wald zu laufen scheint.

Der Mond ist durch die Wolken gebrochen, und er wirft ein fahles Licht auf die kleinen, spitzen Steinchen, die sich mir durch meine dünnen Schuhsohlen bohren. Der Weg führt geradewegs auf ein gewaltiges Tor zu, das eingerahmt wird von Steinmauern, die sich zu beiden Seiten dieses Tores erstrecken und in der Dunkelheit verschwinden. Die Mauer ist zusammengesetzt aus alten, zerfurchten Steinen, hoch übereinandergeschichtet, sodass ich den Mauerkamm in der Finsternis kaum ausmachen kann. Und als ich näher komme und mit jedem Schritt etwas mehr erkenne, kann ich meinen Blick nicht mehr von dem Tor nehmen. Die beiden Torflügel erinnern mich an echte Flügel, nur statt Federn strecken sich lange Metallstäbe wie ein geschwärztes Gerippe nach oben.

Und obwohl ich den dichten Bäumen entkommen bin, scheint es mir nun plötzlich, als würden sich lange, dürre Äste um meine Kehle schlingen und mir die Luft abdrücken: Ich war noch nie an diesem Ort, aber ich habe von dem Flügeltor gehört. Das Flügeltor, das sich nur nachts öffnet, um den Totengräber in seiner schwarzen Kutsche zu den Totenlichtern fahren zu lassen.

Ich stehe vor dem Friedhof von Lavis.

Einer der verhüllten Männer tritt auf das Tor zu, er schiebt es auf, das Eisen kreischt. Ein Laut wie ein Schmerzensschrei, der die Stille der Nacht durchschneidet.

»Nein«, flüstere ich heiser.

Ich will das nicht. Das können sie nicht tun. Sie können mich doch nicht auf den Friedhof bringen!

Der Verhüllte, der schräg hinter mir steht, drückt mich eisern vorwärts. Meine Füße, meine Beine sind schwer und kalt, als hätte sie das Leben bereits verlassen. Ich sollte hier nicht sein. Niemand sollte an diesem Ort sein, solange Blut durch seine Adern fließt.

Aber genau das bin ich. Ich bin alleine an diesem Ort mit den Boten des Todes, und ich denke, sie sind kurz vor ihrem Ziel. Denn vielleicht bin ich genau deshalb hier. Weil ich sterben muss.

Die Kälte erfasst mich allmählich ganz. Ich trete durch das Flügeltor und mache den ersten Schritt auf das Friedhofsgelände.

Ich habe mir niemals viele Gedanken über den Tod gemacht. Man spricht nicht darüber in Lavis. Man legt die Toten nach draußen, man zündet die Totenlichter an, und am nächsten Morgen sind die leblosen Körper weg.

In meinem Kopf war der Friedhof eine riesige, düstere Wiese, so wie unsere Pflückfelder, bloß niemals mit Sonne, und auf dieser Wiese wuchsen lange, dürre Sträucher genau im Grün der Totenlichter. Und mit jedem neuen Toten wurde die Wiese größer, weil neue Sträucher darüberwuchsen. In meiner Vorstellung war diese Wiese hinter dem Flügeltor endlos weit.

Doch das hier habe ich mir nicht ausmalen können.

Der Boden unter mir ist lehmig, und es kommt mir vor, als hefte er sich mit jedem Schritt an meine Schuhsohlen, schwer und träge, sodass ich meine Füße wie Gewichte aus Eisen voranschleppe.

Rechts und links vom Weg erstrecken sich große Flächen frischer, dunkler Erde. Ab und zu ein halb verdorrter Baum, dessen Umriss mir wie eine dürre Kreatur mit gierig ausgestreckten Armen erscheint. Die verhüllten Männer führen mich immer weiter auf dem Weg, an dessen Ende ich die Umrisse eines gewaltigen Bauwerks erahnen kann. Als wir näher kommen, sehe ich, dass es sich um eine Ruine handelt. Sie scheint riesige Ausmaße zu haben, und trotzdem ragt sie nicht besonders weit in die Höhe.

Ich werde langsamer. Sofort drückt mich einer der Männer kräftiger vorwärts.

Vor mir über dem Boden hängt der Nebel auf Kniehöhe, ich gehe auf ihn zu, und er kriecht mir entgegen, so kommt es mir vor. Ich erkenne steinerne Figuren aus Nachtgrau – Frauen, Männer, Kinder –, sie stehen am Wegesrand und blicken ins Nichts, ein ungleichmäßiges Spalier aus leeren Augen. Es riecht faulig auf dem Friedhof.

Abseits des Weges ist jetzt nicht mehr die frische Erde, sondern karges Gras, das bleich im Mondlicht schimmert, wie von einer fremden Krankheit befallen kommt es mir vor, und auf diesem Gras ziehen sich lange, endlose Reihen aus geformten Felsbrocken in die Dunkelheit. Es sieht aus, als wüchsen sie aus dem Boden, geordnet, als hätte jemand sie hier gepflanzt. Verwitterte Zeichen sind darin eingraviert, die mir nichts sagen. Mein Blick fällt auf einen großen Felsen, der sich nun direkt neben mir befindet. Auf seiner Oberfläche ist alles voll mit diesen Zeichen, sie werden von einem weiten Kreis umrahmt. Was hat das alles zu bedeuten?

Ich mache den ersten Schritt in den Nebel, es fühlt sich an, als watete ich durch Eiswasser. Es ist ein anderer Nebel als der, der morgens über den Wiesen von Lavis hängt.

Er greift nach dir, geht es mir durch den Kopf. *Er hat nicht vor, dich wieder gehen zu lassen.*

Plötzlich zucke ich zusammen. Zwischen den Felsreihen hat sich etwas bewegt. Ich kneife die Augen zu engen Schlitzen und erkenne eine dunkle, tief gebeugte Gestalt. Sie hält etwas in der Hand, eine Schaufel? Sie winkt mir mit einem freudlosen Grinsen zu.

Ich komme dem Bauwerk immer näher. Zwei hohe zu einem Bogen geschwungene Mauern werden sichtbar. Wir schreiten zwischen ihnen hindurch, und jetzt geht es abwärts, lang gezogene, teils bröcklige Stufen, die in einem Halbkreis um einen kleinen Platz weit unten angeordnet sind.

Zwischen den Steinen kämpfen sich knorrige Sträucher hervor, dieses Bauwerk muss aus der alten Zeit stammen. Gleich hinter dem Platz ragt eine gewaltige steinerne Front auf. Ich kann einige Säulen ausmachen und zwischen diesen Säulen einen dunklen Eingang, wie ein Tor zur Finsternis, auf das mich die verhüllten Männer zuschieben.

Als ich direkt vor dem schwarzen Viereck stehe, strömt mir der modrige Geruch entgegen, der auch den Männern folgt, bloß viel, viel stärker, er setzt sich in meiner Nase fest, legt sich wie ein Pelz auf meine Zunge.

Ich erkenne einen Gang, der abwärtsführt, steil abwärts, wahrscheinlich tief bis unter den Friedhof von Lavis. Aber genau weiß ich es nicht, denn dort ist bloß Schwärze.

Mein Atem geht stoßweise, mein Kopf rauscht, ich kann keinen klaren Gedanken mehr fassen. Da spüre ich wieder die Klauenhand des Verhüllten in meinem Rücken. Ich versteife mich, strecke meinen Rücken nach hinten durch. Doch der Druck der Hand wird unerbittlich stärker, und ich merke, wie der Verhüllte jetzt ganz nah hinter mich tritt – sein Atem trifft heiß auf meinen Nacken – und mir klarmacht, dass es keinen Weg zurück gibt. Das war's.

Es geht abwärts, da ist ein Tor, da sind Treppen, und da sind Gänge ins Nichts.

Aus der Dunkelheit grinst mich etwas an. Ich weiche zurück, ein Keuchen presst sich aus meiner Kehle. Ein Totenschädel!

Es ist ein Totenschädel. Und als mein Blick die Wände entlangwandert, sehe ich, dass ich mich getäuscht habe. Nicht einer. Hunderte.

Die Gänge sind zu eng. Ich bin viel zu dicht an diesen Wänden mit ihren Gerippen, an dieser löchrigen Masse aus Tod.

Jeder Atemzug fällt mir schwer, es kommt mir vor, als drücke der Fels auf meine Brust.

Oder ist einfach keine Luft mehr da?

Wird mein Atem einfach immer flacher, weil es nichts mehr zu atmen gibt?

Und trotzdem: Noch schlimmer sind die Knochen.

Die langen Reihen aus Knochen in den Wänden, übereinandergestapelt wie Weinflaschen. Die Totenschädel, die mich aus ihren leeren Augenhöhlen anstarren. Von überall her anstarren. Ich will schreien, will den bleichen Köpfen ins leere Gesicht schreien, ich will, dass das hier aufhört. Aber ich gehe bloß immer weiter, bis ich vor einer schweren Tür aus Stein stehe.

Einer der Männer schiebt sie auf, und der andere stößt mich hindurch, bevor ich reagieren kann.

Die Steintür schließt sich hinter mir, und ich höre, wie ein Riegel ins Schloss fällt. Anscheinend stehe ich in einer Art Zelle. Ich verharre, bewege mich kein Stück. Ich lausche, wie sich Schritte entfernen, dann ist es ruhig.

Die verhüllten Männer sind weg. Jedenfalls hoffe ich das.

Es riecht noch immer modrig. Obwohl ich die Wände sehen kann, kommt es mir vor, als wollten sie mich erdrücken. Völlige Finsternis, bis auf das winzige Licht einer Öllampe am anderen Ende des Raumes, es wirkt irgendwie verloren. Trotzdem zieht mich der Schein der Flamme an, als wäre ich eine Motte.

Ich mache einen schnellen Schritt vorwärts, erstarre.

Da war ein Geräusch. Und es kam aus dieser Zelle.

Ich bin nicht alleine!

Hinten zwischen Haaransatz und Nacken beginnt es unangenehm zu kribbeln, so als bewegten sich da plötzlich tausend kleine Tierchen unter der Haut. Irgendetwas starrt mich vielleicht gerade aus der Dunkelheit dieser Zelle an, beobachtet mich ganz genau. Das Kribbeln wird immer stärker, steigert sich jetzt fast zu einem Brennen.

Vorsichtig mache ich einen Schritt auf die Öllampe zu. Dann noch einen. Lausche. Wieder ein Geräusch, ein Scharren? Ich kann es nicht zuordnen.

Jetzt drei schnelle Schritte, und ich bin bei der Öllampe. Greife sie mit zittrigen Fingern, schiebe den Docht nach oben, um die Flamme zu vergrößern, und halte sie hoch, halte sie der Finsternis entgegen wie einen Schild.

Im Schein des Feuers erkenne ich einen Jugendlichen, der auf einem rechteckigen Steinblock sitzt, neben ihm einige schwarze Felle. Er blickt zu mir hoch, wischt sich flüchtig über die Augen. Schaut mich dann überraschend ruhig an. Das Kribbeln in meinem Nacken verschwindet allmählich.

Er hat kräftige, eher breite Gesichtszüge, braun gebrannte Haut und eine hohe Stirn. Das kann allerdings auch daran liegen, dass seine langen schwarzen Haare nach rechts und links wegfallen, sie sind gewellt und reichen bis zum Schulteransatz.

»Wer bist du?«, fragt er. Er spricht die Wörter so aus, als wären sie ein einziges Wort. Erst jetzt achte ich auf sein Gewand, es ist braun. Er ist also einer von niederem Blut – wobei ich mit diesen Aufteilungen nie so viel anfangen konnte.

Trotzdem habe ich bloß dieses eine Mal mit dem Hüttenbauer gesprochen und sonst noch nie mit jemandem im braunen Gewand. Meist waren sie für mich winzige Punkte weit entfernt am Fluss oder auf den Getreidefeldern. Nur Punkte eben, nicht mehr, nicht echt.

»Lucas«, antworte ich und merke im gleichen Moment, dass seine Frage wohl sicher nicht darauf abzielte, meinen Namen zu erfahren, also füge ich schnell hinzu: »Die verhüllten Männer. Haben sie dich auch heute Nacht …?« Ich schlucke, weil ich nicht noch mehr sagen muss und weil es sich plötzlich fast so anfühlt, als drücke sich die Krallenhand wieder in meinen Rücken.

»Ja«, sagt der Fremde nur, und kurz zuckt es in seinem Gesicht. »Ja, sie haben mich geholt.«

»Weißt du, was jetzt mit uns passiert?«, frage ich.

Er schüttelt den Kopf und schaut zu Boden, greift sich fest mit der Hand in die Haare, und schon wieder zuckt es in seinem Gesicht.

Ich räuspere mich. »Wir suchen mehr Licht, das passiert«, sage ich aus einer plötzlichen Eingebung heraus und fange an, mit der Lampe in der Zelle herumzuleuchten. »Komm.«

Tatsächlich muss ich nur einige Schritte machen, um noch einmal zwei Öllampen zu entdecken. Sie stehen auf einem weiteren rechteckigen Steinblock. Ich zünde sie an und gebe eine davon dem Fremden.

Er hat sich erhoben, und erst jetzt, wo er vor mir steht, merke ich, wie groß er ist, sogar größer als mein Bruder. Seine Schultern sind so breit, als trage er eine Rüstung, unter dem braunen Stoff zeichnen sich die Armmuskeln ab.

»Minenarbeiter«, sagt er, als er meinen Blick bemerkt.

»Kräutersammler«, sage ich.

»Freut mich, Lucas, Kräutersammler«, sagt er und schafft es jetzt beinahe, an diesem Ort, wo alles modrig riecht und wo die kalten Wände einen erdrücken wollen, zu lächeln. »Ich bin Noel.«

3

Lavis. Unter dem Friedhof. Unbekannte Zelle.

Beinahe lautlos schiebt sich die Tür zur Zelle auf, aber ich bin bereits wach. Irgendetwas hat mich schon vor einer ganzen Weile aus meinem unruhigen Schlaf schrecken lassen.

Ich schaue schnell zu Noel, unsere Blicke treffen sich, alarmiert. Ob er wohl etwas Schlaf gefunden hat? Ich habe jegliches Zeitgefühl verloren, weiß nicht, wie ewig ich auf der harten Steinliege mit den quälenden Gedanken gekämpft habe, was mich hier erwartet.

Vorher haben Noel und ich noch lange geredet. Nicht über unser jetziges Schicksal und auch nicht über die Angst, die fast greifbar zwischen uns in der Zelle hing, in unseren flüsternden Stimmen, den fahrigen Bewegungen. Nein, ich weiß nun, dass die Minenarbeiter nach den verschiedenen Metallen, die sie abbauen, in die Dörfer eingeteilt sind. Noel schlägt nach Eisenerz. Ich weiß, dass ihr Arbeitspensum ähnlich unschaffbar ist wie bei uns, vielleicht sogar noch härter. Und ich weiß, wie man einen Pickel auf die Felsen schlagen muss, damit man sie möglichst effektiv spaltet.

Noel kennt nun die verschiedenen Kräuterarten auf den Wiesen vor der Königsstadt, und er weiß, wie du die Glasphiolen halten musst, um die glitzernden Tautropfen morgens von den Blättern des Sonnenkrauts zu sammeln.

Bei diesen Themen sind wir geblieben. Nicht einmal von unseren Familien haben wir geredet. Und das war irgendwie gut so, wie wir es gemacht haben.

Jetzt fällt das Licht einer Fackel in den Raum, und natürlich habe ich damit gerechnet, dass die verhüllten Männer zurück sind. Umso verwunderter bin ich, als ich einen großen, dürren Mann mit bleichem Gesicht erkenne. Er trägt ein Leinengewand, das weder schwarz noch grau noch braun ist, sondern beinahe farblos. Das habe ich noch nie gesehen.

»Mitkommen«, sagt er und wendet sich zum Gehen. Die Stimme klingt leer und kalt.

»Wohin?«, frage ich, aber der Dürre antwortet nicht und setzt sich in Bewegung.

Noel und ich folgen ihm, was sollen wir schon tun, wir können nicht für immer in dieser Zelle warten. Und zumindest wissen wir bei dem Dürren, dass wir es mit einem Menschen zu tun haben. Oder ich glaube es jedenfalls.

Wir laufen durch schmale Tunnel und nehmen Abzweigungen, die ich mir nicht merken kann. Schon nach kürzester Zeit habe ich keine Orientierung mehr. Ich darf die anderen beiden auf keinen Fall verlieren! Ewig würde ich alleine hier durch die engen Gänge irren, an den immer gleich aussehenden Abzweigungen entlang, ohne jemals einen Ausgang zu finden. Ich schüttle kurz den Kopf, um das Bild zu vertreiben. *Nicht hilfreich, Lucas!*

In all den Gängen begegnet uns nicht ein einziger Mensch. Nur Schatten und die zahllosen Knochen und Schädel, deren leere Augenhöhlen uns anstarren, jeden unserer Schritte überwachen.

Dann kommen wir in einen großen, runden Raum, in dessen

Mitte eine breite Säule bis zur Decke emporragt. Sie ist aus hellbraunen Feldsteinen gemauert, die altersdunkle Fugen rahmen.

Eine ganze Reihe aus Fackeln an den Wänden erleuchtet die weite Kammer, Schatten tanzen über den nackten Stein. Aus allen Richtungen ist das Zischen und Knistern leckender Flammen zu hören.

Der Dürre läuft zügig, aber ich kann gerade noch einen Blick auf ein in den Steinboden eingelassenes Rund erhaschen, darin verkohltes Holz, möglicherweise eine erloschene Feuerstelle. Ein Zeichen dafür, dass hier unten jemand lebt?

Dann geht es enge, steile Treppen rauf, der nächste Raum ist rechteckig, und mittig im Boden befindet sich eine gemauerte Schachtöffnung.

Weiter und immer weiter geht es diese Gänge entlang und dann hinein in eine kleine Kammer. Der Dürre hält an. Er zeigt auf eine Tür, in den Stein ist ein sichelförmiges Zeichen geschlagen.

»Du zuerst«, sagt er und schaut mich dabei an. »Einfach hinsetzen und warten.«

In den düsteren Wandhohlräumen sehe ich keine Knochen, keine Schädel, sie sind ganz leer. Ich habe mich auf einen der beiden Steinquader gesetzt, die mitten im Raum stehen. Ohne die tröstliche Gesellschaft von Noel fühle ich mich nun seltsam entblößt und verlassen. Warum hat man uns getrennt?

Und jetzt zieht etwas anderes meinen Blick auf sich: Vor der Wand steht ein großer hölzerner Tisch. Darauf liegt ein Stapel aus Stofffetzen. Außerdem Glasfläschchen, einige leer, einige mit einer bräunlichen Flüssigkeit gefüllt. Und Stäbe aus Metall, dünn, seltsam geformt, einer ist flacher und breiter als der Rest, erinnert an eine Säge. Ich streiche mir nervös über die Handrücken. Mein

Herz schlägt schneller, als ich möchte. Ich bin mir nicht sicher, ob ich wissen will, was man mit diesen Geräten macht.

Ein kleiner Mann betritt den Raum.

Seine Schritte sind kurz und zügig. Sein Leinengewand ist ebenfalls farblos. »Hallo, ich bin Jon«, sagt er und setzt sich auf den Steinquader gleich neben mir. Ein Kräuseln spielt um seine Lippen, möglicherweise soll es ein Lächeln sein. Seine Augen sind prall, wie zwei übergroße Froscheier mit zu viel Schwarz darin. Ich schätze, dass er etwa vierzig Jahresumläufe hinter sich hat.

Er greift nach meiner Hand, presst dann zwei Finger auf mein Handgelenk, sie sind kühl. Ich bin zu verwundert, um überhaupt zu reagieren. Aber dann fasst er mir ins Gesicht und reißt mein rechtes Augenlid hoch. Da komme ich zu mir und schlage seine Hand weg. Stehe ruckartig auf und weiche einen Schritt zurück.

»Was soll das?«, frage ich.

Jons große Augen sehen mich einen Moment durchdringend an. Er hält sich die Hand. Dann entspannt sich sein Gesicht plötzlich, und wieder kräuselt es sich um seinen Mund. »Sie haben mal wieder nichts gesagt, richtig?«

»Was?«

»Das hier ist die Krankenstation. Du bist für eine Grunduntersuchung hier, bevor es losgehen kann.«

Ich komme nicht mehr mit. Und langsam werde ich wütend, spüre, wie da etwas in mir zu brodeln beginnt. Ich spreche lauter. »Was losgehen? Wo bin ich hier überhaupt?«

Jon sieht sich einmal schnell nach rechts und links um. »Schrei bitte nicht so«, sagt er ruhig. »Du befindest dich in Favilla. Eine Lehranstalt, ein *Internat*. Du bekommst hier deine Ausbildung.«

Es macht mich noch wütender, dass ich wieder nur fragen kann. Aber es scheint Jon sehr ernst damit zu sein, dass man hier nicht allzu laut sprechen sollte, also versuche ich, die Stimme zu senken. »Was für eine Ausbildung? Wer steckt hinter dieser ganzen Sache?« Mein Atem geht schnell. Ich bin Kräutersammler, ich *habe* eine Aufgabe. Ich verstehe das nicht.

Jon stößt Luft aus der Nase, legt den Kopf ein wenig schief und schaut mich mit seinen Froschaugen an. Sein Blick hat etwas Prüfendes, das mich irgendwie irritiert. »Du stellst viele Fragen. Das gefällt mir.« Er macht eine Pause. »Aber an diesem Ort musst du vorsichtig damit sein. Du kommst hier am besten zurecht, wenn du dich einfach an die Anweisungen hältst.«

»Also wie immer in Lavis«, sage ich scharf.

»Würdest du dich bitte wieder setzen?«, sagt Jon. »Ich muss diese Untersuchung durchführen. Das ist meine Aufgabe.«

Ich zögere einen Moment, setze mich dann wieder, versuche, meinen Atem zu beruhigen. Es wird mich nicht weiterbringen, hier und jetzt einen Aufstand zu machen. Und immerhin ist Jon der Erste, der mir an diesem Ort überhaupt so etwas wie Antworten liefert.

Jon fasst mir an die Stirn und zieht die Augenlider hoch. Ich zucke noch einmal kurz zusammen, einfach weil die Berührung unangenehm ist, halte dann aber still.

»Wir müssen das so genau machen«, sagt Jon, während er konzentriert und mit leicht geöffnetem Mund meine Augenhöhlen begutachtet. »Vor einigen Jahren haben wir uns hier sogar das Nachtbettfieber eingefangen. Das war kein Spaß. Wie heißt du eigentlich?«

»Lucas.«

»Und weiter?«

»Lucas Gavener.«

»Das hört sich nach Kräutersammler an, wenn ich mich nicht

täusche. Würdest du bitte einmal deinen Oberkörper freimachen, Lucas?«

Nein, würde ich nicht. Es hat mich nie wirklich interessiert, was andere von mir denken. Aber das hier ist anders. Das hier tut noch weh und wird es vielleicht immer.

Doch ich weiß auch, was in Lavis mit Befehlsverweigerern passiert. Ganz langsam schnüre ich mein graues Leinenhemd auf und entblöße meinen Oberkörper.

Jon lässt sich nichts anmerken. Er ignoriert die blauen und grünen Verfärbungen, die große Schürfwunde rechts an den Rippen. Er legt seinen Kopf an meine Brust. »Einatmen. Ausatmen.« Er tastet nach etwas in meiner oberen Bauchgegend, nickt dann.

»Alles in Ordnung«, sagt er, steht auf und holt aus einer Ecke des Raumes ein farbloses Gewand. »Das kannst du gleich überziehen. Grau gibt es hier nicht mehr.«

Beinahe hektisch ziehe ich mir die neuen Klamotten an. Fühle mich danach irgendwie erleichtert.

Jon wendet sich ab und holt eines der Geräte, die auf dem Tisch liegen. Es hat etwas von einer Zange, bloß ist der Zangenkopf sehr länglich, und er sieht scharf aus.

»Dein linker Arm«, sagt Jon und streckt seine Hand aus.

Mir ist danach, sie erneut wegzustoßen. Aber widerstrebend strecke ich meinen Arm aus. Gleichzeitig schließe ich die rechte Hand zur Faust, ich bin bereit, mich zu verteidigen.

Mit einer schnellen Bewegung setzt Jon an meiner Plakette an und knipst sie auf. Das Metall fällt klirrend auf die Steine, und irgendwie ist es, als würde damit auch die Verbindung zu meinem alten Leben durchtrennt. Ich starre auf meinen Arm. Die Haut, wo vorher die Plakette war, ist knochenbleich. Jetzt gibt es keinen Weg mehr zurück.

»Die Nummer um dein Handgelenk mag entfernt sein. Aber sie haben dich immer noch auf der Liste, das muss dir jederzeit klar sein«, sagt Jon, steht auf und geht zurück zum Tisch.

Er legt die Zange an ihren Platz zurück. »Du kannst jetzt los«, sagt er dann und deutet auf eine Tür am anderen Ende des Raumes. »Deine erste Unterrichtsstunde fängt gleich an.«

Ich starre noch immer auf meinen linken Arm, den fremden Fleck auf der Haut. Darf ich mich noch Kräutersammler nennen? Und wenn nicht, wie dann?

Ich schlucke, sehe schließlich Jon an und nicke. In meinem Kopf ist es noch immer wild, ich bringe das alles einfach nicht zusammen, die Verschleppung, diesen Ort, *die Ausbildung*. Aber ich versuche, so ruhig wie möglich zu bleiben.

»Alles klar«, sage ich. Zum Unterricht zu gehen heißt auf jeden Fall erst einmal zu leben! Und vielleicht ist das genug für den Moment.

Ich wende mich zum Verlassen des Raumes, habe die Tür schon halb aufgeschoben, da höre ich noch einmal Jons schnarrende Stimme. »Und Lucas?«

»Ja?«

»Du solltest hier nicht jedem trauen.«

»Und wer ist nicht jeder?«

»Dein Unterricht fängt an, Lucas. Beeil dich besser.«

4

Favilla. Große Halle.

»Nur zwei dieses Mal?«, fragt die grauhaarige Frau am anderen Ende der riesigen unterirdischen Halle. Sie hat volle Lippen, ein eher breites Gesicht, und irgendetwas geht von ihr aus, was mir sofort sagt, dass sie Kraft hat.

Sie trägt einen Umhang aus Leinenstoff, farblos, genauso wie mein Hemd und die Hemden der knapp sechzig anderen, die rechts und links am Rande der Halle in zwei Reihen aufgestellt sind, sodass sie einander gegenüberstehen, Schwerter in den Händen.

Ich blinzele zweimal schnell hintereinander. Kann es kaum fassen, plötzlich so viele Menschen in diesen toten Gemäuern zu sehen. Ob sie auch von den verhüllten Männern hierhergebracht worden sind? Und wenn ja, wo sind all die anderen, die schon abgeholt wurden?

Die meisten von ihnen dürften nicht viel älter sein als ich mit meinen siebzehn Jahresumläufen, einige wohl auch jünger. Alle Augen sind auf Noel und mich gerichtet. Ich widerstehe dem Drang, mir über die Handrücken zu streichen, versuche, möglichst ruhig den Blicken zu begegnen. Die meisten wirken eher interessiert als feindselig.

Nur ein zierliches, blondes Mädchen fällt mir sofort auf, sie starrt auf einen unbestimmten Punkt an der Hallenwand. Sie ist kleiner als die anderen Mädchen in ihrer Reihe, hat helle Haut und riesige, klare Augen. Die Haare fallen ihr über die Schultern, und ihre Klamotten sehen ein bisschen zu groß aus.

Ich mache es ihr nach und ignoriere jetzt bewusst die Leute, lasse den Blick durch die düstere Halle schweifen. Noch nie zuvor habe ich in einem so großen Raum gestanden, unsere kleine Hütte würde hier Dutzende Male hineinpassen.

Drei große Bögen aus hellem Stein ziehen sich knapp unterhalb der Decke entlang wie ausgebreitete Flügel. Sie münden nach unten hin in massige, viereckige Pfeiler. Zwischen den Pfeilern und der eigentlichen Hallenwand liegt ein kleiner, abgetrennter Bereich, von dem dunkle Gänge aus der Halle herausführen.

Parallel zu den Schülern steht je eine Reihe schwarzeiserner Feuerkörbe. Der Rauch der lodernden Feuer brennt mir scharf in den Augen, ich blinzele, es kratzt fürchterlich im Hals.

Die Flammen spiegeln sich auf dem glatten, blank polierten Boden, ich habe so eine Art Stein noch nie gesehen. Wobei der Boden selbst die Abbildung einer riesigen Flamme darstellt, die über die ganze Halle bis vorne zu der Grauhaarigen reicht.

Sie steht auf einem Podest am Kopf des Raumes, etwa zwei Fuß höher. Weiter hinter ihr erkenne ich ein Gittertor. Ich glaube, von dort geht es nach oben zum Friedhof. Zwei große steinerne Vogelfiguren flankieren den Ausgang.

All das erscheint mir so alt und gleichzeitig mächtig, dass ich mir hier falsch vorkomme. Als hätte man mich in eine fremde Geschichte gesetzt.

»Nehmt euch zwei Schwerter«, sagt die Grauhaarige. »Wir wollen sehen, was ihr könnt.«

Ich blicke zu Noel. Er schüttelt kaum merklich den Kopf. Da hat auch schon einer der Schüler das Schwert seiner Nachbarin gegriffen und hält es uns zusammen mit seinem eigenen entgegen. Er ist groß und blond, seine Augen haben ein kräftiges Braun.

»Macht lieber, und macht ordentlich«, sagt er leise, eindringlich. »Die sind hier nicht so geduldig.«

Ich zögere noch einen Moment, dann greife ich ruckartig nach dem kürzeren der beiden Schwerter. Das Leder, mit dem der Griff umwickelt ist, fühlt sich rau an. Die Waffe ist viel schwerer, als sie aussieht, das Metall schimmert kalt. Vorsichtig streiche ich über die Klinge, sie ist komplett stumpf – immerhin.

Noel schaut noch einmal zu mir, nimmt dann das zweite Schwert von dem Blonden entgegen.

»Stellt euch in der Mitte auf«, sagt die Grauhaarige.

Wir gehorchen, unsere Schritte auf dem glatten Boden laut und fast im Einklang. Ich spüre jetzt wieder in aller Deutlichkeit, wie sämtliche Blicke auf uns gerichtet sind. Als wären das da plötzlich fünfzig Schichtaufseher, die mich ganz genau beobachten. In mir drin zittert es, aber meine Bewegungen sind klar und bestimmt. Ich darf keine Schwäche zeigen! Schon gar nicht vor all diesen Fremden.

Noel und ich stellen uns einander gegenüber auf.

»Die Regeln sind einfach«, sagt die Grauhaarige. Erst jetzt entdecke ich, dass sie selbst ein Schwert am Gürtel trägt, länger und schlanker als unsere, und vermutlich ist diese Waffe alles andere als stumpf. »Ihr kämpft, bis einer entwaffnet oder kampfunfähig ist. Oder bis jemand einen Treffer erleidet, der im echten Kampf tödlich wäre. Alles ist erlaubt. Der Kampf beginnt *jetzt*.«

Ich zögere. Dann, so als würden meine Arme nicht zu mir gehören, hebe ich das Schwert vor den Körper.

Ich versuche, mich an die Bewegungen meines Vaters zu erinnern, wenn er eine seiner seltenen Übungen durchgeführt hat. Er ist einer der Viertelbeauftragten, eine Art Aufseher für unser Stadtviertel, der die Verantwortung trägt, dass jedes einzelne Gesetz des Brennenden Königs eingehalten wird. Entdecken die Männer des Königs einen Verstoß, fällt dieser in Teilen auch auf ihn zurück. Doch durch dieses Amt zählt er zu den wenigen, die neben den Königssoldaten eine Waffe führen dürfen.

Ich habe nie eine der Waffen angerührt, obwohl sie mich immer fasziniert haben.

Noel schaut mir in die Augen. »Beide geben alles?«, raunt er mir zu.

Ich nicke. Auch ohne die Worte des Blonden ist uns klar: Das hier ist wichtig.

Ich fixiere Noel. Er hält das Schwert scheinbar locker in einer Hand. Aber ich sehe, wie seine Finger fest um den Griff krampfen. Bin verwundert über mich selbst – Noels dicke Arme flößen mir Respekt ein, aber sie verunsichern mich nicht.

Ich führe den ersten Schlag. Ich führe ihn hart und schnell, Noel kann gerade eben noch seine Klinge hochreißen. Der helle Ton beim Aufeinanderprall der Schwerter hallt von den Wänden wider.

Doch mein Schwert springt nicht weg, Noel hat den Schlag – wohl eher unbeabsichtigt – mit seinem Schwert aufgenommen, und nun drücken wir die beiden Klingen fest gegeneinander. Das Metall knirscht. Einen kurzen Moment halte ich gegen, meine Muskeln schon auf das Äußerste gespannt, dann zuckt der Schmerz des Nachgebens durch sie hindurch. Noel drückt mein Schwert und damit auch mich mit Wucht nach hinten.

Instinktiv nutze ich den Schwung zu einer Drehung um mich

selbst, mein Schwert weit von mir gestreckt. Es folgt meiner Dreh-
bewegung, schwingt mit voller Wucht auf Noels Seite zu. Das
überrascht mich selbst so sehr, dass ich versuche, die Bewegung
abzustoppen. Es gelingt mir nur halbwegs. Das Schwert trifft immer noch stark genug in Noels Seite, um ihn aufkeuchen zu lassen.

Ich mache einige schnelle Schritte rückwärts. Nun stehen wir
wieder in Ausgangshaltung voreinander. Meine Stirn ist heiß,
meine Kiefer mahlen, ich umklammere den Griff fester. Wir hatten gesagt, beide geben alles. Ich hätte nicht abstoppen dürfen.

Noel hebt sein Schwert mit beiden Händen über den Kopf wie
einen gewaltigen Hammer. Er stürmt auf mich zu, und in dem
Moment, als ich meine Waffe zum Blocken hebe, weiß ich, dass
ich einen Fehler gemacht habe.

Noels Schwert prallt auf meines wie ein entwurzelter Baum
auf die Erde. Funken sprühen von den Waffen. Ich habe keine
Chance, der Schlag wirft mich zu Boden, ich komme hart mit der
Schulter auf. Schmerz zuckt hindurch, als hätte mich eine Faust
direkt auf die Knochen getroffen. Ich schaffe es gerade so, mein
Schwert in der Hand zu behalten.

Noel setzt nach. Sein Schlag zielt auf meinen Schwertarm, mit
einem kurzen Aufschrei drehe ich mich über die verletzte Schulter, um ihm auszuweichen. Ich springe auf und gehe zum Gegenangriff über. Decke ihn mit einer schnellen Reihe aus Schlägen
ein, die er nur mühsam abwehren kann. Ich dränge ihn Schritt für
Schritt zurück. Gleich habe ich ihn.

Doch da findet Noel auf einmal Stand, blockt gleichzeitig mit
mehr Krafteinsatz, sodass ich ihn nicht weiter zurücktreiben
kann. Ich kriege seine Deckung nicht durchbrochen, obwohl ich
weiter mit schnellen Schlägen auf ihn eindresche. Langsam wird
die Waffe in meiner Hand schwerer.

Mir ist klar, dass ich so nicht weitermachen kann. Noels Alltag in den Minen war körperlich viel anstrengender als die Arbeit auf den Pflückfeldern, er wird länger durchhalten. Mit jedem Augenblick schwinden meine Chancen auf einen Sieg. Ich muss mir etwas einfallen lassen!

Und da ist plötzlich die Idee. Ich habe keine Zeit, darüber nachzudenken. Ich tue es einfach.

Ich mache einen deutlichen Schritt nach links und bewege meinen linken Arm, als würde ich einen seitlichen Hieb durchführen, doch das Schwert behalte ich in der Rechten. Noel folgt der Bewegung meines Körpers und reißt seine Klinge zum Block rüber. Da schlage ich schon mit der Rechten zu, er hat keine Chance zu reagieren: Mein Schwert trifft auf seine Hand, sodass er die Waffe fallen lässt. Das Klirren auf dem glatten Steinboden klingt laut durch die Halle.

Noel will nach dem Schwert greifen, aber blitzschnell trete ich mit einem Fuß auf die Klinge und halte ihm meine stumpfe Schwertspitze an den Hals. Noel stoppt in der Bewegung. Wir schauen uns in die Augen, atmen schwer, nur langsam löst sich die Anspannung in Noels Blick.

Wir verharren kurz so, nicken uns dann zu. Ich nehme mein Schwert von seiner Kehle und trete zwei Schritte zurück.

»Das habe ich schlechter erwartet.« Die Stimme der Grauhaarigen dringt undeutlich an mein Ohr, wie ein Rufen, das ein Windstoß verschluckt. Erst jetzt werden mir überhaupt wieder die Menschen in der Halle bewusst und dass sie uns zugesehen haben. Mein Blick wandert über die Gesichter, der Blonde, der uns die Schwerter gegeben hat, lächelt und zwinkert mir anerkennend zu. Ich bewege testweise meine Schulter – ein kurzer stechender Schmerz –, aber ich glaube, sie ist so weit in Ordnung.

Die Grauhaarige kommt in unsere Richtung und mustert dabei einmal die rechte Reihe der Schüler, dann die linke. »Was ist euch aufgefallen bei diesem Kampf?«

Einen kurzen Moment herrscht Schweigen, dann: »Es war ehrlos.«

Jemand tritt aus der rechten Schülerreihe hervor. Sein Hals ist lang und dünn. Die braunen Haare sind an den Seiten eher kurz, fallen dafür vorne weit über die rechte Stirnhälfte. Die Kopfform und auch die Ohren, die am oberen Ende einen leichten Knick machen, erinnern mich an die Spürhunde der Königswachen. Er starrt mich aus klaren hellblauen Augen an, und die Verachtung darin ist unverkennbar. Ich presse die Lippen fest aufeinander. Ich kenne ihn.

Aron wohnte am anderen Ende des Viertels, wir waren im gleichen Pflücksegment. Er wurde Ende des letzten Sommers geholt. Ich habe ihn seitdem nicht unbedingt vermisst.

»Es war ein billiger Trick«, sagt Aron und starrt mich dabei unverwandt an. »In einem ehrlichen Kampf hätte er keine Chance gehabt.«

Die Grauhaarige schaut zu Aron, schnaubt und schüttelt den Kopf. »Es wundert mich immer wieder, dass diese Vorstellung sich so hartnäckig hält. Wo kommt das her?« Sie macht einige Schritte auf Aron zu, bleibt dann vor ihm stehen. Aron verzieht keine Miene.

»Ehre«, sagt sie. »Ein ehrlicher Kampf hat nichts mit Ehre zu tun. Die ehrlichsten Kämpfe, die ihr haben werdet, werden um Leben und Tod gehen. Und es ist mir völlig egal, wie ihr sie gewinnt, Hauptsache, ihr tut es.« Sie dreht sich von Aron weg und schreitet in der Halle auf und ab. Ihre rechte Hand liegt auf dem Schwertgriff.

43

»Dieser Kampf hatte nur einen einzigen Fehler: Hemmung. Die Hemmung, zu töten. Natürlich sind das hier bloß Übungen, und ich will keine Schwerverletzten, aber ihr müsst dennoch lernen, diese Hemmung zu überwinden.« Sie hält kurz an und blickt dem nächststehenden Schüler ernst in die Augen. »Wenn ihr im Kampf steht, und ihr wisst, euer Gegner will euch umbringen, dann darf es keine Hemmungen geben. Oder ihr spuckt euer eigenes Blut in den Staub, kaum dass es losgeht. Versteht ihr das?« Nun schaut sie zu Noel und mir. »Wenn ihr nicht bereit seid, euren Gegner zu töten, dann tötet er euch.«

Ich atme tief durch. Etwas an ihren Worten hat mich gepackt, hat mich irgendwie gefangen. Ich spüre das Blut in meine Wangen fließen.

»Gut«, sagt die Grauhaarige und klatscht einmal in die Hände. »Wir machen mit den Grundübungen weiter. Sucht euch einen Partner.«

Die Grauhaarige – sie heißt Emma – ruft die Mittagspause aus. Und das ist beinahe so erleichternd wie der Moment, wenn du merkst, dass du dein Pflückpensum für den Tag erreicht hast. Meine Muskeln brennen, mein Atem geht flach.

Gefühlte Ewigkeiten haben wir die Grundübungen durchgeführt, wie lange es in Wirklichkeit war, weiß ich nicht. Ich habe kein echtes Zeitempfinden hier unter der Erde, es wird nicht kälter oder wärmer zwischen den Steinen, und das unruhige Licht der Feuerkörbe sieht immer gleich aus. Zwar steht am Eingang der Halle ein gewaltiges Stundenglas, das mir bis zur Schulter reicht und durch das unermüdlich winzige weiße Körnchen rieseln, aber ich habe nie gelernt, wie man daran die tatsächlich vergangene Zeit erkennen kann.

44

Noel und ich sind im Unterricht kaum mitgekommen, da der Rest der Schüler diese Übungen anscheinend regelmäßig macht und entsprechend über Ausdauer, über Routine verfügt. Aber auch wenn Emma uns einige Male korrigiert hat, schien sie nicht sonderlich unzufrieden mit uns zu sein.

Die Schüler setzen sich in Bewegung, und ich will mich ihnen zusammen mit Noel anschließen, da steht Emma hinter uns.

»Melvin«, sagt sie, und der Blonde vom Anfang der Stunde dreht sich zu ihr um. »Du gibst den beiden eine kleine Führung durch Favilla. Du«, sie zeigt auf Noel, »trainierst nach dem Mittagessen in Liga Drei. Und du«, jetzt liegt ihr Blick auf mir, »fängst in Liga Zwei an.«

Melvin zieht die Augenbrauen hoch, als er das hört, bleibt aber stumm. Ich weiß mit dem Ganzen nichts anzufangen und nicke einfach. Emma wendet sich ab. Sie verschwindet ohne ein weiteres Wort zwischen den großen Pfeilern und dann in einem der Gänge.

»Dann mal los«, sagt Melvin.

Noel und ich folgen ihm aus der Großen Halle, jemand rempelt mich im Vorbeigehen kräftig an, sodass ich kurz strauchele, Noel hält mich fest. Natürlich, das kam von Aron. Ich drehe mich zu ihm um. Aus seinem Blick spricht jetzt nicht mehr Verachtung, sondern die blanke Wut.

»Kümmer dich nicht drum«, sagt Noel, und ich nicke.

Aber ich schaffe es nicht, meinen Blick von dem gerade durchgestreckten Rücken, dem langen, nach vorne gereckten Nacken zu nehmen.

Aron.

Erst als wir hinter Melvin die Treppen runtergehen, ist mein Kopf wieder einigermaßen frei. Ich konzentriere mich auf die

45

Stufen und die vereinzelten Risse darin, die im schummrigen Licht der Fackeln nur schwer zu erkennen sind.

In dieser ewigen Nacht unter der Erde, von der ich nun ein Teil geworden bin.

5

Favilla. Treppen.

Ich soll nicht jedem trauen, hat Jon gesagt.

Das ist allerdings bei jemandem wie Melvin nicht besonders einfach. Auch wenn es verkehrt wirkt an diesem seltsamen Ort: Sein breites Grinsen, bei dem er nur die obere Zahnreihe entblößt, hat etwas Ansteckendes, seine Lockerheit genauso.

Ich kann ihn sympathisch finden, sage ich mir eindringlich. *Das heißt ja nicht, dass ich ihm auch trauen muss.*

»Kommen wir zu dem größten Problem«, sagt Melvin. »Die Schlafzellen. Es gibt einen Jungen- und einen Mädchenflügel, getrennt voneinander.« Er nickt und schließt betreten die Augen. »Ja, ich weiß, dass das sehr hart ist. Es sei denn, ihr steht auf Kerle, dann wäre das ja nicht so dramatisch.«

Noel und ich schütteln den Kopf, aber Melvin scheint sich für die Antwort sowieso nicht zu interessieren. Er breitet die Arme aus. Wir stehen in dem großen, runden Raum mit der erloschenen Feuerstelle und der steinernen Säule in der Mitte.

»Das hier ist der Gemeinschaftsraum. Bis zur zehnten Abendstunde dürft ihr euch hier noch aufhalten. Ist sogar ganz gemütlich manchmal. Ich muss euch aber warnen, ich bin der Meister des Würfelspiels, macht euch da mal keine falschen Hoffnungen«, sagt er und klopft sich selbst auf die Schulter, wird dann aber wieder ernster. »Aber in dem Moment, in dem der Dürre das Stundenglas umdreht, müsst ihr euch in euren Zellen aufhalten«, er deutet auf die andere Seite des Raumes, dort steht ein weiteres der großen Stundengläser mit den winzigen weißen Körnchen. »Bis zur sechsten Morgenstunde herrscht dann absolute Zellenpflicht. Daran muss sich jeder halten, da kennen die keine Kompromisse. Nun ja«, er senkt die Stimme und seine Augen verengen sich. Er fährt sich schnell mit der Zunge über die Lippen. »Ist auch besser so. Nachts wandeln hier die Toten durch die Gänge.«

Ich starre ihn an, ein dumpfes Gefühl in der Magengegend, das sich nach oben ausbreitet und mir den Atem abschnüren will.

»Jetzt guckt nicht so«, sagt Melvin und lacht. »Das war ein Spaß. Das einzig lebende Tote hier ist die schlechte Luft. Los, kommt mit, ich zeig euch alles. An sich ist es nicht kompliziert.«

Die meisten Gänge sehen gleich aus, schmale von bleichen Knochen durchsetzte Wände und so niedrige Decken, dass Noel sich manchmal ducken muss. Sie werden nur spärlich durch Fackeln oder eben gar nicht beleuchtet. Das macht die Orientierung zwar schwierig, aber Melvin gibt uns immerhin einen ungefähren Überblick.

Wenn ich den Aufenthaltsraum verlasse und sofort nach links abbiege, gelange ich nach etwa zweihundert Schritten zu den Jungenzellen. Am Ende der Jungenzellen befinden sich dann unsere Waschräume.

Wenn ich stattdessen sofort nach rechts abbiege, komme ich zu den Mädchenzellen, vom Aufbau her ein genaues Abbild des Jungenflügels.

Mache ich zunächst einige Dutzend Schritte geradeaus und

gehe dann erst nach links, komme ich zu den Lagerräumen, allerdings sind diese für uns Schüler nicht zugänglich. Auf der anderen Seite geht es zur sogenannten Bibliothek. Melvin schnaubt belustigt, als wir ihn bei dem Wort verständnislos anschauen.

»Darin werden die Bücher aufbewahrt. Ihr werdet hier unter anderem lernen, zu lesen. Ist am Anfang echt anstrengend, aber irgendwann klappt es dann. Die Bibliothek darf man trotzdem nur unter Aufsicht betreten.«

Bücher.

Lesen.

Ich bewege stumm die Lippen. Es sind Wörter, die ich schon mal irgendwann gehört habe, vielleicht in einem Gespräch der Torwachen aufgeschnappt oder von den Aufsehern, ich kann mich nicht einmal genau erinnern. Es waren einfach Wörter, ohne Bedeutung. Und jetzt liegen diese Wörter plötzlich an einem Ort tief unter der Erde, und ich bin auch dort, und bei diesem Gedanken wird mir beinahe schwindelig.

Melvin kratzt sich am Hinterkopf. »Das war es eigentlich schon mit Ebene Zwei. Dort hinten beginnt dann der unerschlossene Bereich. Ich glaube, nicht mal die Lehrenden wissen, wie weit es da noch geht. Vielleicht nicht mal der Internatsleiter.«

Ich horche kurz auf bei diesem Wort. Es gibt also jemanden, der all dies hier lenkt!

Ich starre in die Finsternis der Gänge. Ob die Knochen dort irgendwann aufhören? Ob es irgendwann einfach nur noch normale Tunnel sind, in denen du nicht das Gefühl hast, du musst aufpassen, wo du hintrittst, wo du dich abstützt und dass du lieber nicht zu laut redest?

Ich kann es mir nicht vorstellen.

Und wahrscheinlich ist es auch am besten, einfach nicht zu viel

49

darüber nachzudenken, was dort noch sein könnte. Ich raffe nervös den Kragen meines Leinenhemds und wende den Blick ab.

Die Treppen am Gemeinschaftsraum sind der einzige Weg zurück hoch in die Ebene Eins der Totenstadt.

Über dem Gemeinschaftsraum befindet sich der viereckige Raum mit dem gemauerten Schachteingang. Ich erfahre, dass es sich dabei um einen Brunnen handelt, die Säule im Gemeinschaftsraum ist also keine Säule, sondern der Brunnenschacht. Irgendwie gefällt mir diese Vorstellung. Ich kann nicht sagen, warum.

Einer der Gänge, der von hier abgeht, führt zur Großen Halle, durch den gegenüberliegenden Gang gelangen wir zu den verschiedenen Unterrichtsräumen. Ich habe keine Ahnung, wie ich mir die Wege einprägen soll, weiß aber gleichzeitig, dass ich es muss, denn die Verzweigungen scheinen mir wie ein endloses Labyrinth, in dem du dich besser nicht verläufst.

Hinter den Unterrichtsräumen sind dann die Unterkünfte der *Begrabenen*. So nennen sie die Bediensteten von Favilla, die Wachen, die Köche, die Gehilfen, und auch Jon als Krankenpfleger gehört dazu. Es handelt sich bei ihnen um ehemalige Schüler, wie Melvin uns erzählt. Sie haben Favilla seit ihrer Ankunft nicht mehr verlassen. Der Gedanke verursacht ein unangenehmes Ziehen in meiner Brust.

Vorbei an ihren Unterkünften führen Wege weit in die Dunkelheit, wo es Pilze, Wurzeln und Höhlenkäfer zu finden gibt.

»Irgendwas müssen wir schließlich essen«, sagt Melvin, als wir ihn wieder einmal verständnislos angucken.

Wir warten einen Moment, ob er einen Scherz gemacht hat, aber vergeblich.

»Schlimmer als unsere steinharten Brotklumpen können sie auch nicht sein«, murmelt Noel.

Damit könnte er recht haben. Schon wir Graugewändler wurden bloß mit dürftiger Nahrung versorgt – jedenfalls solange wir unser Pensum erfüllt haben. Die Kutscher waren da unbestechlich, jeder bekam genau die Ration, die er sich verdient oder eben nicht verdient hatte.

Die Braungewändler, denen nach den Gesetzen des Brennenden Königs weniger zusteht, dürften somit beinahe Ungenießbares bekommen haben. Plötzlich denke ich, dass wir Kräutersammler es vielleicht doch gar nicht schlecht gehabt haben, obwohl ich weiß, dass das Unsinn ist.

»Die Flamme, die Statuen – was haben sie zu bedeuten?«, frage ich, als wir wieder in der Großen Halle angekommen sind, und gehe auf die Figuren zu, die da wie stumme Wächter am Ausgang stehen. Ihr Sockel bildet ein steinernes Feuer, aus dem sie emporsteigen, die Flügel weit ausgestreckt, die Brust stolz nach vorne gewölbt, und sie erscheinen dabei unverwundbar. Der schwarze Stein glänzt wie der Boden, und die Schatten der Fackeln bewegen sich über die schmalen Köpfe der Vögel, sodass es aussieht, als wären sie lebendig.

»Phönixe«, sagt Melvin und schließt zu uns auf. »Ihr kennt ja sicher die Legenden. Wenn sie sterben, verbrennen sie zu Asche, deshalb die Flammen. Liegt irgendwie nahe, was?«

Ich nicke und schlucke schwer. Phönixe. Irgendwo in mir hatte es noch Hoffnung gegeben, dass die verhüllten Männer unabhängig vom König existieren. Doch sein Wappentier hier gleich zweimal in der Großen Halle zu finden, lässt diese Hoffnung endgültig sterben.

»Der Brennende König«, murmele ich.

»Die Schwarzgewändler erzählen, er besitzt welche«, sagt Melvin. »Dass einige ihrer Älteren die Phönixe im Königshaus pflegen. Aber mit eigenen Augen gesehen hat sie natürlich niemand.«

Ich muss an die Leuchtfeuer der Königsburg denken, die nur einige Tage im Jahr entflammen, so hell, dass es in meinen Augen geflimmert hat, wenn ich zu lange hineingeschaut habe.

»Das kann nicht sein«, sagt jetzt Noel. »Phönixe sind gewaltige Tiere. Sie sind so groß wie vier Hütten, und wenn sie über ein Land hinwegfegen, hinterlassen sie eine Schneise der Zerstörung. Die setzen sich nicht irgendwo ins Königshaus.«

»Du hast also schon mal so einen Phönix gesehen?«, fragt Melvin.

»Nein.« Noel zuckt mit den Schultern. »Aber das weiß jeder bei uns.«

»Ach was«, sagt Melvin und grinst sein breites Grinsen. »Ich bin ursprünglich Jäger. Bei uns wusste jeder Volldiot, dass Phönixe die verborgenen Wächter des Reiches sind, die nur dann von der Sonne zu uns herabfliegen, wenn dem Reich Gefahr droht. Und was erzählt man bei dir so, Lucas?«

Ich verzichte auf eine Antwort und schüttle mich kurz, so als wolle ich eine giftige Spinne loswerden. Mir ist das alles zu viel. Bei uns hieß es, Phönixe seien Wesen aus der alten Zeit, die schon längst von der Erde verschwunden sind. Worauf kann ich mich noch verlassen? Alles, was ich sicher zu wissen glaubte, scheint auf einmal nicht mehr zu gelten.

Und ich weiß ja nicht einmal, warum genau wir hier sind, warum gerade wir ausgewählt wurden und zu welchem konkreten Zweck. Aber ich muss Schritt für Schritt vorgehen, um das hier ansatzweise verstehen zu können: »Die Lehrende, Emma. Sie hat etwas von Ligen gesagt. Was hat das zu bedeuten?«

»Es gibt zwei Arten von Unterricht«, sagt Melvin. »Einmal den Gesamtunterricht, vormittags, da treffen sich alle Schüler gemeinsam in der Großen Halle. Wie eben gerade. Und dann den Ligenunterricht, nachmittags. Für jede Disziplin werden wir in eine von vier Ligen eingeteilt, um entsprechend unseren Fähigkeiten zu trainieren. Wenn man im Schwertkampf gleich zu Beginn in Liga Drei eingeteilt wird, ist das wirklich gut«, er nickt Noel anerkennend zu. »Aber dass jemand sofort in Liga Zwei anfangen darf … Ich kann mich nicht erinnern, dass das schon mal passiert ist.«

»Wirklich?« Wieder ist da dieses Gefühl, dass ich schon bei Emmas Worten hatte, dieses seltsame Gepacktsein.

»Ja, was glaubst du, warum Aron am Ende so außerordentlich höflich und zuvorkommend zu dir war? Der hat sich mühsam aus Liga Vier hochgearbeitet.«

»Warum ist das so wichtig? Ist das mit den Ligen so wie mit Schwarz-, Grau- und Braungewändlern oder wie?«

»Nicht ganz. Aber so ähnlich. Es heißt, der Internatsleiter hat einen genauen Überblick darüber, wer sich in welcher Liga wie schlägt. Und es heißt, wer besonders gut ist und sich an die Regeln hält, hat Aufstiegschancen über die Lehranstalt hinaus.«

»Und wer besonders schlecht ist?«, fragt Noel nach einer kurzen Pause.

Melvin zögert, und jetzt ist da wieder der ernste Ausdruck auf seinem Gesicht, den er auch hatte, als er uns im Unterricht die beiden Schwerter gereicht hat.

»Na ja, für einige gibt es die Möglichkeit, einer von den Begrabenen zu werden«, sagt er langsam, fast vorsichtig.

53

»Und der Rest?«, fragt Noel.

Wieder zögert Melvin. Dann: »Der Rest verschwindet. Wohin, weiß niemand.«

Ich habe keine Ahnung, was ich sagen soll. Noel scheint es genauso zu gehen. Und während wir einfach nur dastehen, kommt plötzlich irgendwo vom anderen Ende der Halle ein Geräusch. Irgendetwas zwischen Rascheln und Scharren. Doch zu sehen ist dort hinten niemand. Auf meine Zunge legt sich ein bitterer Geschmack.

Und jetzt kann ich die Fragen, die mich am meisten beschäftigen, einfach nicht mehr zurückhalten. »Warum sind wir an diesem Ort, Melvin? Wofür genau sollen wir hier ausgebildet werden?« Ich räuspere mich hastig. »Der Internatsleiter …«, sage ich, doch Melvin fällt mir ins Wort.

»Jetzt kommen die Fragen, auf die ich auch keine Antwort weiß. Niemand hat den Internatsleiter je gesehen. Keine Ahnung, wie es euch geht, aber ich hab Hunger, als hätte ich stundenlanges Schwertkampftraining hinter mir.« Nun grinst er wieder sein breites Grinsen, doch ich habe das Gefühl, dass es nicht ganz bei den Augen ankommt.

»Aber irgendwer muss ja …«, startet nun auch Noel einen Versuch, doch Melvin ist schon längst vorangegangen.

»Los, machen wir, dass wir in den Speisesaal kommen, sonst ist alles weg.«

Frustriert schaue ich zu Noel, sehe, dass auch er zögert, sich nicht so einfach abwürgen lassen will. Doch es scheint, als müssten wir mitmachen, um irgendwann an weitere Antworten zu kommen.

Versucht gleichgültig zucke ich mit den Schultern, und Noel und ich setzen uns in Bewegung, wir folgen Melvin aus der Großen Halle. Als ich mich noch einmal umdrehe, kommt es mir vor, als würden die beiden Phönixfiguren mir hinterherstarren. Als beobachteten sie jeden meiner Schritte.

6

Favilla. Speisesaal.

»Stell dir einfach vor, es ist köstliche Rehkeule«, sagt Melvin und will mir die gebratenen Höhlenkäfer auf den Teller stapeln. Sie sind faustgroß, haben einen bläulichen Schimmer und riechen ein bisschen nach Fisch.

»Danke«, sage ich freundlich, aber bestimmt. »Ich tue mir selber auf.«

Dann greife ich nach zwei kleineren Exemplaren und nehme reichlich von den schwarzen Wurzeln dazu, die ebenfalls in Schüsseln auf dem Versorgungstisch am Kopf des Raumes liegen.

Der Speisesaal ist im Vergleich zur Großen Halle sehr bescheiden eingerichtet. In den Wänden kann ich einige Hohlräume ausmachen. *Senkgräber* hat Melvin sie genannt. Anscheinend hat man aus diesem Raum allerdings die Knochen entfernt.

Und dennoch kann ich auch hier die Präsenz des Todes überall spüren, als schwebe er unsichtbar im Raum. Mein Magen fühlt sich trotz Hunger wie verschlossen an.

In der Mitte stehen acht hölzerne Essenstische, an denen die Schüler auf Bänken sitzen. Das Stimmengewirr hat nach dem konzentrierten Schweigen bei der Schwertkampfübung etwas Angenehmes.

Die Feuerkörbe sind hier zahlreicher, auf den Tischen hat man einige Öllampen platziert, von der Decke hängt ein eisernes Lampengestell mit vier gewaltigen Kerzen, sodass der Raum entsprechend hell ist.

Aus einem Eingang am Ende der Halle – vermutlich liegt dort die Küche – kommt ein Mann gehumpelt. Er zieht das rechte Bein nach, schleift den Fuß geradezu über den Boden. Er geht gebeugt, sein Rücken ist auf seltsame Art verdreht. Er hat eine Glatze, riesige Ohren und einen mürrischen Gesichtsausdruck. In den Händen hält er eine Schüssel mit frischen Höhlenkäfern.

»Starr den lieber nicht zu lange an. Das kann er nicht leiden«, sagt Melvin neben mir, und ich zucke wie ertappt zusammen. »Es heißt, Benjamin war einmal einer der talentiertesten Schüler Favillas. Bis es ihn beim Gräbereinsturz im Osten der Großen Halle erwischt hat. Auch wenn er nicht so die Stimmungsbestie ist, er ist eigentlich echt in Ordnung.«

»Ach so«, sage ich zweifelnd und beobachte, wie Benjamin sich an zwei Schülern vorbeidrängelt und die Schüssel auf den Versorgungstisch knallt.

Plötzlich kommt mir der Gedanke, dass Melvin mir alles erzählen könnte. Gräbereinsturz. Wer weiß schon, was oder wer den Mann wirklich verkrüppelt hat.

Ich blinzele, an den Rauch habe ich mich noch immer nicht gewöhnt. Versuche, nicht weiter über Benjamin nachzudenken. Wenn ich mich verrückt machen lasse, dann habe ich hier unten sicher verloren.

Noel hat sich mehr als doppelt so viel aufgetan wie ich. Wir setzen uns mit unseren Tellern auf eine der Bänke. Melvin stellt uns die anderen Schüler dort vor: Phil, Johanna, Nora und Estelle. Die ersten drei lächeln uns freundlich zu.

57

Estelle nickt kurz und starrt dann wieder auf ihr Essen.

Sie hat kräftige rote Haare, in kleinen Wellen fallen sie ihr weit über den Rücken. Die sanft geschwungenen Lippen setzen sich von ihrer klaren weißen Haut ab. Unter ihrem Leinenhemd heben sich deutlich die Brüste hervor. Sie sitzt unnatürlich gerade auf der Bank.

Sie ist schön, das kann niemand leugnen, besonders nicht Phil, der es kaum schafft, den Blick von ihr loszureißen. Selbst Noel schaut sie etwas zu erfreut an. Trotzdem kann ich an ihr nicht viel finden, vielleicht gerade weil sie so makellos aussieht.

Ich fülle drei der Trinkbecher auf dem Tisch mit Wasser aus der großen Karaffe in der Mitte.

»Estelle meint es nicht so. Sie ist eigentlich eine ganz Liebe. Die Gute verträgt bloß keine Schwarzwurzeln«, sagt Melvin und lächelt sie zuckersüß an.

»Ich vertrage keine doofen Sprüche«, sagt Estelle, schmunzelt dann aber kurz und schüttelt den Kopf.

Ich fange mit den Käfern an. Versuche, sie mir nur noch so kurz wie möglich anzusehen, nehme den ersten und beiße ein großes Stück ab.

Ich kaue schnell, zwischen meinen Zähnen knirscht der Panzer. Der Käfer schmeckt tatsächlich entfernt nach Fisch, allerdings gleichzeitig unangenehm süßlich. Nicht lecker, aber auszuhalten. Und auch wenn sich jetzt ein Rest vom Panzer hinten rechts zwischen den Zähnen verkeilt und ich ihn mit der Zunge allein nicht wieder rausbekomme: Ich werde mich daran gewöhnen können.

Neben mir beginnt Noel zu essen wie ein Verrückter. Er schiebt sich Wurzeln und Käfer in einem irrsinnigen Tempo in den Mund. Er schmatzt beim Kauen, schluckt dann laut, spült mit

Wasser nach, indem er den Trinkbecher in einem Zug leert. Und sofort sind die nächsten Käfer dran.

»Gemach, Großer«, sagt Melvin und lacht. »Das Essen ist nicht in Ligen eingeteilt.«

Noel zuckt mit den Schultern, er grinst mit vollem Mund. »Ich hab halt Hunger, okay?«

Das weitere Essen verläuft weitestgehend entspannt, trotzdem lasse ich meine Augen immer wieder misstrauisch durch den Raum schweifen, will auf alles vorbereitet sein. Einmal schaue ich dabei zu Aron rüber, der zwei Tische entfernt sitzt, aber er würdigt mich keines Blickes.

Melvin zieht Noel weiter mit seinen Essgewohnheiten auf, und wir sprechen darüber, wo wir ursprünglich herkommen und wie wir dort gelebt haben. Beziehungsweise, eigentlich spreche ich kaum, Noel fragt die anderen unermüdlich aus, selbst für die kleinsten Kleinigkeiten scheint er sich zu interessieren.

Phil kommt ebenfalls aus dem Ring der Graugewändler, er gehörte zu den Stoffwerkern. Trotzdem ist mir sein Arbeitsbereich ähnlich fremd wie die der anderen. Die verschiedenen Viertel der Graugewändler sind durch Holzpalisaden voneinander abgetrennt, und es gibt keine Durchgänge.

Phil war für das Färben der Kleidung zuständig. Ich verstehe nicht viel von dem, was er erzählt, das Beizen, das Färbebad, die Farbstoffe. Aber einige der Kräuterarten, die ich gesammelt habe, fanden bei ihm Verwendung, und es ist ein komisches Gefühl, das zu hören. Möglich, dass Blätter, die ich selbst von den Pflanzen abgezupft habe, später durch seine Hände gegangen sind, und jetzt sitzen wir hier gemeinsam an einem Tisch, und ich erfahre zum ersten Mal, was die Stoffwerker überhaupt genau gemacht haben.

Johanna war Getreidebäuerin und ist somit Braungewändlerin, genau wie Nora, die als Holzfällerin am westlichen Waldrand gearbeitet hat.

Wenn Tom all das hören könnte! Wir haben früher oft zusammen *Arbeiter* gespielt.

Ich glaube, es gab kein Spiel, bei dem Tom und ich uns so oft gestritten haben wie bei *Arbeiter*.

Es war zu der Zeit, als wir tagsüber noch ins Kinderhaus gingen. Bis zum Erreichen des achten Jahresumlaufes, bevor man dann die ersten Schichten bekam, wurden alle Kinder des Viertels dort von zwei der Erwachsenen beaufsichtigt.

Wir haben uns verschiedene Berufsgruppen ausgesucht und so getan, als wären wir sie. Kräutersammler wollte nie einer sein. Ich war am liebsten Jäger, Tom am liebsten Holzfäller. Aber auch andere Arbeitsgruppen waren beliebt.

Wie oft haben wir darüber diskutiert, was die einzelnen Arbeiter denn jetzt eigentlich genau machen. Tom war felsenfest davon überzeugt, dass die Fischer durch den Fluss waten und die Fische aus dem Wasser pflücken wie Kräuter. Ich hätte mein linkes Bein darauf verwettet, dass sie mit Pfeil und Bogen gejagt werden. Gut, ich *habe* mein linkes Bein darauf verwettet, aber wir konnten damals ja nicht rausfinden, wer recht hatte.

So ähnlich ging das bei jeder einzelnen Berufsgruppe, und nicht einmal die Erwachsenen konnten uns helfen: Sie wüssten es nicht, und es sei auch nicht wichtig.

Und obwohl Tom und ich uns deswegen ständig gestritten haben, war es mit Abstand unser Lieblingsspiel – und so sind eben zwei ungleiche Fischer nebeneinander durch den unsichtbaren Fluss gewatet: einer, der mit lockeren Handbewegungen Fische pflückte, und einer, der energisch Pfeile ins Wasser schoss.

Ich muss lächeln bei dem Gedanken. Aber dann sehe ich plötzlich wieder Toms Blick vor mir, als ich die Tür zuschlage, und ich versuche, schnell an etwas anderes zu denken.

Ich konzentriere mich auf Johanna, die gerade davon erzählt, wie sie sich bei ihrer ersten Ernte den Rücken ausgerenkt hat, weil die Körbe zu schwer für sie waren. Die Kinder der Braungewändler müssen bereits mit sechs Jahresumläufen in die Schichtarbeit einsteigen. Überhaupt hat jeder von uns anscheinend ein völlig unterschiedliches Leben geführt, selbst wenn wir die gleiche Gewandfarbe hatten. Nur eine Sache war immer gleich: An die Gesetze des Brennenden Königs hatten wir uns alle zu halten. Ohne Kompromisse. Ohne Ausnahmen.

»Ich bin auch in Liga Zwei Schwertkampf«, sagt Nora, als das Essen vorbei ist. »Wir können zusammen hingehen, wenn du möchtest.«

Sie hat die braunen Haare zum Zopf gebunden. Ihr Gesicht sieht recht unscheinbar aus, aber ich mag ihr Lächeln.

»Klar, gerne«, sage ich.

Noel und ich schauen uns an, nicken uns zum Abschied zu. Es ist seltsam. Obwohl wir uns erst seit Stunden kennen, kommt er mir hier vor wie ein Verbündeter. Ich wünschte, wir wären in die gleiche Liga eingeteilt.

»Du hast toll gekämpft vorhin«, sagt Nora, als wir den Speisesaal verlassen, und ihr Arm streift meinen. »Ich bin selbst nicht so schlecht im Schwertkampf. Wenn du … wenn du möchtest, können wir ja mal zusammen üben oder so.«

Ich nicke. Es wäre einfacher mit dem Misstrauen, wenn meine Mitschüler alle so wären wie Aron. »Gerne«, sage ich. »Das kann ich bestimmt gut gebrauchen.«

Nora lächelt. Gemeinsam gehen wir durch die dunklen Gänge von Favilla, Nora gibt die Richtung an, sie zögert bei keiner einzigen Abzweigung. Bis ich plötzlich zögere, anhalte, und mir läuft es kalt über den Rücken.

Nora macht ebenfalls Halt und dreht sich zu mir um. »Ist irgendetwas?«

»Was ist denn dort hinten?«, frage ich misstrauisch und kneife die Augen zusammen. Ganz am Ende eines Ganges, der nach links wegführt, erkenne ich einen grünlichen Lichtschimmer.

»Ach, das ist nichts Besonderes …«, beginnt Nora, doch da gehe ich schon längst mit eiligen Schritten auf das Licht zu. Wenn es hier Totenlichter gibt, dann sollte ich wissen, warum. Ich sollte wissen, was auf mich zukommt.

»Warte!« Nora läuft mir hinterher. »Wir haben gar keine Zeit dafür. Wir dürfen auf keinen Fall zu spät zum Unterricht kommen.«

»Wir beeilen uns«, sage ich, und da haben wir die Lichtquelle auch schon erreicht. Ich bleibe abrupt stehen, und in mir zieht sich alles zusammen. Liegt da etwa tatsächlich …

»Er ist nur aus Stein«, sagt Nora neben mir beruhigend. »Der ist nicht echt.«

Ich brauche einen Moment, um zu verstehen, was sie gerade gesagt hat. Dann atme ich durch.

In der Mitte einer großen Grabkammer steht ein rechteckiger steinerner Block, und oben in diesen Block hat jemand eine liegende Figur eingemeißelt.

»Der Sarkophag des zweiten Phönixwächters«, sagt Nora. »Er stammt aus sehr alter Zeit.«

»Sarkophag«, wiederhole ich leise für mich. Ich mache einige Schritte auf das Grab zu. Der Wächter hat die Hände über der

Brust um einen Schwertknauf gefaltet. Das Schwert liegt auf seinem Körper und zeigt mit der Spitze zu seinen Füßen. Er trägt eine schwere Rüstung, und die Details sind so fein gearbeitet, dass man glauben könnte, sie sei nicht aus Stein, sondern aus echtem, meisterhaft geschmiedetem Stahl. Auf dem Kopf des Phönixwächters sitzt ein spitzer Helm, sein Gesicht sieht friedlich aus, er hat die Lider geschlossen.

Es schüttelt mich kurz bei dem Gedanken, dass vielleicht in genau der gleichen Haltung der echte Wächter in diesem Sarkophag liegt, nur eben ohne Augenlider, ein bleiches, uraltes Gerippe, mehr nicht.

Kann man sich in irgendeiner Weise an den Ort der Toten gewöhnen? Vorher kannte ich bloß die Totenlichter bei Nacht und ein paar Legenden über den Friedhof. Wie soll das hier irgendwann *normal* für mich werden?

Erneut fällt mein Blick auf die grüne Flamme. Sie brennt in einer gusseisernen Schale, die auf einem Sockel gleich neben dem Sarkophag steht.

»Warum brennt hier ein Totenlicht, wenn er schon seit Hunderten Jahren da drinliegt?«, frage ich.

Nora zuckt angespannt mit den Schultern. »Wahrscheinlich gibt es die Tradition der Totenlichter schon ebenso lange. Und so erinnert man an die Dienste der Phönixwächter.«

Bevor ich etwas erwidern kann, greift sie meinen Arm. Ihre Stimme ist gesenkt. »Lucas, bitte«, sagt sie eindringlich. »Der Internatsleiter sieht es nicht gern, wenn Schüler ohne Grund in den Gängen haltmachen.«

Ich bleibe noch einen Moment stehen, den Blick auf dem Sarkophag, auf dem ruhenden Gesicht des Phönixwächters. Dann nicke ich. Nora war bloß hilfsbereit und wollte mich mit zum Unterricht nehmen, ich sollte sie das nicht bereuen lassen. Außerdem lag da gerade etwas in ihrer Stimme. Ein tiefes Unbehagen, eine festsitzende Angst, die jetzt beinahe auf mich überschwappt.

Ich folge Nora mit diesem unguten Gefühl in der Brust durch die Gänge zum Unterrichtsraum, und wir wechseln nur noch wenige Worte. Dieser Ort lässt meinem Kopf einfach keine Ruhe.

Der Internatsleiter. Warum fürchtet Nora ihn, wenn sie nicht einmal weiß, wer er ist? Und was ist das überhaupt für ein Leiter, der sich nicht blicken lässt?

Erst als die Einheit beginnt, komme ich halbwegs von all diesen Fragen los.

Ich merke schnell, dass mir für Liga Zwei die Übung fehlt. Unser Lehrender Nikolai, ein kleiner Mann, so breit wie hoch, korrigiert mich oft, was Aron einige triumphierende Blicke in meine Richtung werfen lässt. Aber ich kann Nikolais Anweisungen gut umsetzen, und schon am Ende der Stunde habe ich den Eindruck, ein deutlich besseres Gefühl für die Waffe zu besitzen. Für die verschiedenen Arten, einen Hieb zu führen. Für meine Bewegungen und für die der anderen.

Möglicherweise werde ich mich in Liga Zwei halten können.

7

Favilla. Schlafzelle Lucas.

»Dieser Aron. Du kennst ihn?«, fragt Noel abends in der Zelle. Wir liegen jeweils auf unseren Schlaffellen, beide völlig erschöpft vom Tag. Mein Körper ist so schwer wie Eisen, ich spüre jeden einzelnen Muskel nach den ungewohnten Bewegungen. »Ja, wir kommen aus demselben Viertel.«

Noel wartet darauf, dass ich weiterspreche.

»Wir konnten uns nie wirklich leiden. Solche hast du ja manchmal, die dich einfach nicht ausstehen können und die du einfach nicht ausstehen kannst. Meist kann ich mir das dann nicht mal erklären.«

Ich sehe Noel aus den Augenwinkeln nicken.

»Wir kamen aber so weit miteinander klar. Dann haben wir uns beide für dasselbe Mädchen interessiert, und sie mochte mich lieber. Seitdem hat er versucht, mir zu schaden, wo er nur konnte.« Ich hole tief Luft. »Ich glaube nicht, dass sich das auf einmal geändert hat.«

»Das soll er mal versuchen«, murmelt Noel, und daraufhin schweigen wir eine Weile. Irgendwo draußen schabt eine Steintür über den Boden, ansonsten ist es still. Noel spricht zögernd weiter: »Das Mädchen. Konntest du dich verabschieden?«

65

Ich schüttele den Kopf. »Das war schon vor einiger Zeit vorbei. Mein Vater hat es nicht erlaubt.«

»Was?«

»Ach, war nicht schlimm. Ich fand sie ganz niedlich, mehr nicht«, sage ich etwas zu scharf und zu schnell. Ich hoffe, Noel versteht, dass ich nicht darüber reden will.

Die kurzen Treffen, nur möglich, weil Tom für mich gelogen hat. Die Küsse, die nach Wildbeeren, aber auch nach Angst geschmeckt haben. Der Schmerz, als mein Vater es dann doch herausgefunden hat. Julias Bild vor meinen Augen und meine geballten Fäuste nachts, wenn ich nicht einschlafen konnte. All das muss Noel nicht erfahren, das ist lange vorbei.

»Was hältst du von der ganzen Sache hier?«, fragt Noel nach einer Weile. »Dieser Ort, Favilla. Die Ausbildung.«

Ich zögere einen Moment.

»Ehrlich gesagt habe ich keine Ahnung«, antworte ich dann. »Bislang war ja außer Aron niemand feindselig zu uns. Aber vielleicht ist es gerade das, was mich so misstrauisch macht.«

»Ich frage mich ständig, was alles noch auf uns zukommt«, sagt Noel. »Was der Brennende König mit uns vorhat, falls wir hier erfolgreich sind.«

Ich schweige. Mir bereitet der Gedanke genauso Sorgen, was er mit uns macht, falls wir *nicht* erfolgreich sind.

»Ich finde die Hemmung vorm Töten richtig«, sagt Noel. »Ich habe nicht vor, sie abzulegen.«

»Ich auch nicht.«

Ich habe schon mehrmals gesehen, wie Menschen getötet wurden. Wie die Wachen des Königs sie auf den großen Platz gezerrt haben. Meistens haben sie sie aufgehängt. Einige Male musste ich auch eine Enthauptung miterleben.

Ich weiß noch genau, wie wir im letzten Winter früher von der Schicht gerufen wurden. Meine Hände waren bereits taub unter den Handschuhen. Der eisige Wind hatte meine Lippen aufgerissen. Es war einer der kältesten Tage des Jahres, und wir konnten uns kaum durchgraben zu den Kräutern, weil es immer wieder zu schneien anfing.

Im Winter wachsen bloß einige sehr widerstandsfähige Krautarten, wie Kriegsfarn und Erdkraut, die wir dann in den anderen Jahreszeiten nicht pflücken, weil wir uns voll auf die anderen Kräuter konzentrieren sollen.

Doch obwohl ich bereits völlig erschöpft war, als einer der Aufseher das frühzeitige Ende der Schicht verkündete, konnte ich mich nicht darüber freuen. So etwas passierte nicht ohne Grund.

Ich weiß noch, wie wir alle den Heimweg antraten, eine große Masse aus Grau, die sich über die verschneiten Pfade bewegte, wie eine gewaltige, träge Schlange.

Irgendwann schloss Tom zu mir auf. Ich musste meinen Bruder nicht ansehen, um zu wissen, dass er das Gleiche befürchtete wie ich.

Auf dem Viertelplatz drängten sich die Körper dicht zusammen, sodass sich der Schnee unter ihren Füßen in Matsch verwandelte. Tom stand gleich neben mir, um seine Mundpartie zeichnete sich ein weißer Kreis, und seine Kiefer mahlten.

Ich drückte ihm einmal kurz die Hand, um ihm zu zeigen, dass ich da war. Ich wusste schon jetzt, dass er sich heute Nacht im Schlaf hin- und herwerfen und sein Gesicht dabei zucken würde. Obwohl er einen Jahresumlauf älter war, nahmen ihn diese Dinge noch viel mehr mit als mich. Er schaute zu mir rüber, unsere Blicke trafen sich, ich konnte seine Abscheu, seine Furcht sehen.

Dann richtete ich meinen Blick wieder nach vorne. Wenn eine

Wache dich erwischte, wie du im entscheidenden Moment die Augen abgewendet hast, konntest du öffentlich gezüchtigt werden. Oder schlimmer.

Vorne vor den Reihen der Sammler sah ich meinen Vater. Er trug einen grauen Waffenrock und hielt ein Schwert in der Hand. Zusammen mit den beiden anderen Viertelbeauftragten bildete er eine Art eigenen Ring zwischen den Kräutersammlern und den Königswachen. Er ließ seinen Blick über die Menge gleiten, und ich sah schnell geradeaus, bevor er Tom und mich erreichte.

Auf einem hölzernen Podest standen zwei Wachen mit einem Graugewändler.

Es war Oskar, er wohnte drei Straßen entfernt von mir. Daneben konnte ich Den Herold erkennen, und die Taubheit aus meinen Fingern kroch in Richtung meiner Brust. *Der Herold.*

Er stand dort in einem weißen Gewand, der Farbe der Wachen. In seiner Hand hielt er ein rotes Banner, auf dem ein schwarzer Phönix abgebildet war.

»Ich spreche zu euch als die Stimme des Königs«, hob er an, man verstand ihn klar und deutlich auf dem ganzen Platz, ohne dass er geschrien hätte.

Sein Gesicht war aus der Entfernung nicht genau zu erkennen, aber ich wurde das Gefühl nie los, dass dort drin etwas fehlte.

»Dieser Mann hat uns betrogen.« Er deutete mit dem spitzen Eisenstab in seiner Linken auf Oskar. »Mich. Euch. Und den Brennenden König, unseren guten Herrscher.«

»Unseren guten Herrscher«, murmelte ich, ich murmelte es wie alle anderen, weil es von uns erwartet wurde, weil wir es mussten.

»Oskar Tanner. Ich klage dich an des Diebstahls von Königseigentum.« Der Herold schaute unverwandt in die Menge. »Vor drei Tagen wurde Oskar Tanner von einem der Schichtaufseher beobachtet, wie er sich Erdkraut in den Mund stopfte. Zuvor hatte er wochenlang sein Pensum nicht eingehalten.«

Ich blickte auf Oskars gebeugte Gestalt. Obwohl er erst knapp vierzig Jahresumläufe hinter sich hatte, hatte die Gicht ihn bereits vor einem Jahresumlauf heimgesucht. Er konnte sein Pensum nicht mehr erfüllen, und so wurden ihm die Essensrationen gekürzt. Hüttenmitbewohner hätten ihn nach den Gesetzen des Brennenden Königs miternähren dürfen. Doch seine Frau war früh gestorben und seine Tochter von den verhüllten Männern geholt worden. Nachbarn war es aufs Schärfste verboten, jemandem vom eigenen Essen etwas abzugeben.

Oskar hatte das Erdkraut gegessen, weil er am Verhungern war.

»Der Brennende König sorgt für all jene, die beitragen«, fuhr Der Herold fort. »Seine Gesetze sichern unser Überleben. Wer sie nicht einhält, ist eine Gefahr für uns alle.«

Er machte eine Pause und wendete sich nun ganz zu Oskar herum. »So verurteile ich dich zum Tod durch das Schwert, Oskar Tanner. Es ist der Wille des Brennenden Königs, unseres guten Herrschers.«

»Unseres guten Herrschers«, versuchte ich ein zweites Mal zu murmeln, aber kein Laut kam über meine Lippen.

Eine der Wachen stieß Oskar auf die Knie und drückte seinen Oberkörper über den Holzblock vor ihm, sodass der Nacken für die andere Wache entblößt war, die nun mit dem Schwert auf ihn zutrat.

Aus den Augenwinkeln sah ich Tom, wie er zitterte. In dem Moment, wo die Wache ihr Schwert hob, tat ich so, als würde ich stolpern, und schob mich direkt vor Tom. Auch wenn er größer war, seine Augen konnten bloß meinen Hinterkopf sehen, während ich mit festem Blick nach vorne schaute.

Und ich kann mich noch genau an den letzten flehenden Ausdruck auf Oskars Gesicht, an gestammelte Worte, an das Blut im Schnee erinnern. An dieses Zucken in der Menge, als das Schwert herabsauste.

Aber am schlimmsten war die Ruhe, mit der die Wachen das alles getan haben. Mit welcher Selbstverständlichkeit einer von ihnen das Schwert gezogen und ihm mit einem wuchtigen Hieb den Nacken durchtrennt hatte, als wäre es Brot, das es zu schneiden gilt.

Die Vorstellung, dass ich selbst jemandem ein Schwert in den Hals oder in die Brust rammen soll, macht mir Angst. Ich weiß nicht, ob ich das kann. Ich weiß nicht, ob ich das können will. Ich starre an die Decke der Zelle, frösele und schiebe dann den Gedanken weg.

»Zeit, ein bisschen Schlaf zu finden«, sagt Noel.

Ich nicke und lösche die Öllampe.

Und vielleicht wäre das jetzt der Moment, zu sagen, dass wir froh sind, dass wir hier zusammen gelandet sind. Dass wir nicht alleine in dieses dunkle Labyrinth geworfen wurden. Aber ich glaube, das wissen wir auch so.

Es dauert nicht lange, bis ich einschlafe. Obwohl ich so viel zum Nachdenken hätte, obwohl ich das alles noch irgendwie erfassen muss, die Erschöpfung zieht mich mit sich. Sogar das Bild von meinem Bruder, wie er mich ansieht, als ich die Tür zuschlage, kann mich nicht wachhalten. Ich sinke in eine traumlose Ruhe.

Da waren Schritte.

Ich starre in die Dunkelheit. Mein Herz hämmert durch meinen Körper, ich halte die Luft an. Da waren Schritte, ich bin mir sicher. Schritte ganz nah, hier drin, oder nein, gleich an der Wand rechts von mir oder auf Noels Seite, ich weiß es nicht. Lausche. Kein Geräusch außer Noels Atem.

Ich traue dem nicht. Verharre bewegungslos, so als könnte ich das, was auch immer da ist, mit der kleinsten Bewegung auf mich aufmerksam machen. So als wartete es nur darauf. Ich starre immer weiter in die Dunkelheit, bin mir fast sicher, dass jeden Moment etwas passiert.

Es tut sich nichts.

Ich lasse die Luft langsam aus meiner Lunge strömen. Schüttele mich und streiche mir einmal über die Handrücken. Vielleicht doch nur ein Traum. Wahrscheinlich. Es ist ja gar nichts zu hören. Es wird ein Traum gewesen sein.

Aber ich glaube mir nicht.

Die Zelle kommt mir auf einmal noch enger vor. Das hier ist nicht richtig. Das hier zwängt das Innere meiner Brust ein, als sei es ebenfalls in einem zu kleinen Verlies eingesperrt. Ich bin an einem völlig fremden Ort und habe nicht die leiseste Ahnung, was hier vor sich geht. Alles könnte da draußen rumlaufen. Alles könnte in dieser Ausbildung auf uns warten, und ich bin nur einer von vielen, und wenn ich nicht aufpasse, dann lassen sie mich oder Noel verschwinden, und niemand weiß, wohin.

Ich liege lange wach, obwohl die Schritte nicht zurückkommen und ich bloß Noel schwer im Schlaf atmen höre.

8

Favilla. Schlafzelle Lucas.

Es hämmert gegen die Tür, ich schrecke hoch. Noel auf der anderen Seite der Zelle wirkt ebenfalls alarmiert. Von draußen klingt gedämpft Melvins Stimme: »Na los, ihr verpasst das Frühstück!«

Ich wälze mich aus dem Bett. Meine Muskeln schmerzen, mein Kopf ist schwer und träge. Trotzdem beeilen Noel und ich uns, in den Speisesaal zu kommen.

»Sag mal, hast du heute Nacht zufällig etwas gehört?«, frage ich Noel und versuche, beiläufig zu klingen.

»Nein, ich habe durchgeschlafen. Warum?«

»Ach so, ich dachte nur. Ist auch egal«, antworte ich schnell. Heute Morgen bin ich mir fast sicher, dass es ein Traum gewesen sein muss. Fast.

Als wir den Speisesaal betreten, leert er sich schon langsam. Auf dem Versorgungstisch steht nur noch eine einzige Schüssel. Heute gibt es keine Schwarzwurzeln, sondern nur kleinere, gräuliche Exemplare.

Der Raum kommt mir auf einmal zu klein vor, die Wände zu eng, die Decke zu flach. Normalerweise wäre ich jetzt unter freiem Himmel auf dem Weg zu den Pflückfeldern, der frische Morgenwind würde mir unter das Hemd fahren, das Gras unter meinen Füßen wäre noch feucht von der Nacht, und die ersten Sonnenstrahlen würden auf mein Gesicht fallen.

Die Decke hier ist wirklich viel zu niedrig, ich beginne zu schwitzen.

»Steht da nicht rum wie zwei Idioten«, motzt plötzlich jemand neben uns. Ich drehe den Kopf und blicke in das ärgerliche Gesicht Benjamins. »Ich will das abräumen.«

»Aber wir haben noch nicht gegessen«, sage ich schnell.

»Das ist mir doch egal.« Benjamin zuckt mit den Schultern. »Wer zu spät kommt, kriegt kein Essen mehr. So sind die Regeln.«

Er drückt sich an mir vorbei und greift nach der Schüssel mit den Wurzeln.

Bevor ich etwas sagen kann, legt Noel mir eine Hand auf die Schulter und raunt mir ins Ohr: »Lass mich mal machen. Ich weiß, wie man mit solchen Typen umgeht.«

Dann tritt er einen Schritt vor und baut sich vor Benjamin auf. »Du warst Minenkumpel, richtig?«

Benjamin sieht zu Noel hoch und kneift feindselig die Augen zusammen. »Und wenn es so wäre?«

»Dann wüsstest du, dass ein Grubenmann ohne Frühstück nicht er selbst ist. Aber ja«, sagt Noel und sieht ihn herausfordernd an, »das kann natürlich nur ein richtiger Grubenmann wissen.«

Benjamin zuckt bloß mit den Schultern und verzieht das Gesicht. »Dann hättest du vielleicht einfach nicht zu spät kommen sollen. Ein richtiger Minenkumpel ist nämlich pünktlich, ganz einfach.«

»Na ja«, sagt Noel. »Ich schlag Zwanzig-Faust-Steine mit einem Hieb. Du weißt wahrscheinlich gar nicht, wovon ich spreche. Ich schätze mal, du bist schon an den Fünfzehnern gescheitert.«

Benjamin macht einen Schritt nach vorne, er reckt sein Gesicht

73

nach oben, so dicht wie möglich vor das von Noel. »Zu meinen besten Zeiten habe ich Zweiundzwanzig-Faust-Steine zerteilt.«

»Niemals«, sagt Noel und grinst.

»Glaub, was du willst, Kleinhirn.« Auch auf Benjamins Züge schiebt sich nun so was wie ein Grinsen, ich atme erleichtert auf.

»Welches Metall?«, fragt Noel.

»Gold«, sagt Benjamin.

»Eisen«, sagt Noel.

»Eisenkumpel konnte ich noch nie leiden.« Benjamin deutet einen Schlag in Noels Magengegend an, dann einen zweiten in meine Richtung, erstaunlich flink, ich zucke unwillkürlich zurück. Er lacht auf. »Jetzt schnappt euch ein paar Wurzeln, und macht, dass ihr wegkommt, ihr Vögel. Bei Roland kommt ihr besser nicht zu spät.«

Noel sieht zu mir, und ich muss schmunzeln. Er weiß wirklich mit anderen umzugehen, das muss man ihm lassen. Hätte ich dasselbe Gespräch geführt, hätte ich mir wahrscheinlich eine eingefangen.

Ich will nach der Schüssel greifen, da sagt plötzlich eine Stimme hinter uns scharf: »Das Frühstück ist bereits beendet, und das weißt du, Benjamin.«

Wir fahren herum, vor uns steht Emma. Sie fixiert Benjamin, verzieht keine Miene, als sie weiterspricht. »Wir haben schon darüber geredet.«

»Ich wollte nur …«, beginnt Benjamin.

»Du kennst die Regeln des Internatsleiters«, schneidet Emma ihm das Wort ab, und in ihrem sowieso ernsten Gesicht liegt jetzt eine unerbittliche Härte. Als stünde da eine steinerne Wächterin. Ich schlucke trocken, weiß nicht, wo ich hinsehen soll.

Benjamin hat den Blick gesenkt, er nickt hektisch, greift nach der Schüssel und humpelt in Richtung Küche, dreht sich nicht um.

Als Emma sich nun uns zuwendet, weicht die unheimliche Härte allmählich wieder aus ihrem Gesicht. Aber ich kann sie noch wie einen verborgenen Schatten darin erkennen.

»Ihr solltet jetzt in den Unterricht gehen«, sagt sie. »Roland wartet sicher schon.«

Der Speisesaal ist mittlerweile leer bis auf uns.

Wir nicken. Wir sagen kein Wort.

In der Großen Halle brennen heute nur in der Hälfte der Feuerkörbe Flammen. Sie sind ungewöhnlich dunkel, ein kräftiges Rot ganz ohne Gelb- und Orangetöne. Ein würziger Geruch liegt in der Luft, der mich an Dreifußkraut erinnert.

Auf dem Boden der Halle verteilt, sitzen in regelmäßigen Abständen die Schüler. Sie haben sich auf die Knie niedergelassen, die Hände ruhen auf ihren Oberschenkeln. Die farblose Kleidung lässt sie noch kleiner wirken in dem gewaltigen Raum, wie undeutliche Erhebungen des Bodens.

Wir scheinen gerade noch rechtzeitig gekommen zu sein.

Schnell suchen wir uns einen freien Platz auf dem Boden und knien uns ebenfalls hin. Der glatte Stein ist kalt, ich spüre es deutlich, selbst durch die feste Leinenhose.

Neben mir kniet Estelle. Ihre Haare wirken im schummrigen Licht, als würden sie glühen. Sie hat die Lippen so fest aufeinandergepresst, dass sie blutleer sind, fast so weiß wie ihre Haut. Ihr Blick geht starr nach vorne, ist ganz woanders.

Melvin hat uns bei seiner Führung erklärt, was das hier ist: der Gedankenunterricht. Er soll der Ausbildung mentaler Stärke dienen. In verschiedenen Übungen lernt man, seinen Geist zu fokus-

75

sieren, zu kontrollieren und schließlich einen »inneren Punkt« zu finden, wie Melvin es genannt hat. Ich habe nicht ganz verstanden, was er damit meint, und auch diese Situation, die ruhige, aber gleichzeitig zum Zerreißen gespannte Stimmung, bereitet mir Unbehagen.

Der Brennende König kontrolliert uns, nicht wir uns selber. Wozu ist dieser Unterricht wirklich da?

»Ihr schließt jetzt die Augen. Alle.«

Die Stimme kommt wie aus dem Nichts. Sie ist nicht sonderlich laut, trotzdem dringt sie deutlich durch die gesamte Halle, so als würde ihr Besitzer direkt neben mir stehen, so als meine er nur mich. Eine blasse Gestalt ist plötzlich aus den Schatten aufgetaucht und beginnt, am Kopf der Halle auf und ab zu gehen, die Hände hinter dem Rücken verschränkt. Das muss Roland sein.

Ich mache die Augen zu, vor meinen Lidern bewegen sich die Lichter der Flammen langsam hin und her.

Mir gefällt das nicht. Zwar machen hier alle mit, als wäre das normal, aber trotzdem habe ich das Gefühl, jeden Moment könnte mich jemand packen, könnte sich eine Hand um meine Kehle schließen, und ich bin wehrlos dagegen. Mir gefällt das überhaupt nicht.

»Auch wenn ihr noch wenig Erfahrung habt oder euch diese Übungen ganz neu sind, ich verlange von euch, dass ihr mit voller Konzentration teilnehmt. Auch wenn euch die tiefsten Versenkungsstufen mit Sicherheit noch verschlossen bleiben werden«, spricht Roland weiter, er formt die Wörter in einem immer gleichen Rhythmus. »Wir beginnen. Ihr konzentriert euch nun ganz auf euren Atem. Ihr lasst die Luft langsam in euren Bauch strömen. Ihr haltet sie einen kurzen Augenblick. Ihr lasst sie langsam wieder ausströmen.«

Ich versuche, seinen Anweisungen zu folgen. Der würzige Kräuterduft dringt mir in die Nase. Ich muss gegen einen plötzlichen Hustenreiz ankämpfen, kann nicht verhindern, dass ich röchelnd ausatme.

Ich versuche es erneut.

Einatmen. Luft halten. Ausatmen.

Mein Magen schmerzt vor Hunger. Ich spüre meinen rechten Knöchel, auf dem ich ungünstig sitze. Es juckt mich an der Schulter.

Vorsichtig öffne ich erst das rechte Auge, Roland befindet sich noch immer am Kopf der Halle, dann das linke. Sofort fühle ich mich besser, als hätte ich ein bisschen Kontrolle zurückgewonnen.

Noel neben mir hat die Augen fest geschlossen, sein massiger Oberkörper bewegt sich auf und ab. Mein Blick wandert weiter, alle Schüler haben die Augen geschlossen, atmen im Rhythmus. Mir kommt das komisch vor. Ich weiß nicht, was das bringen soll.

Da trifft mein Blick plötzlich auf ein geöffnetes Augenpaar.

Das blonde Mädchen, das mir schon in der ersten Unterrichtseinheit aufgefallen ist, sieht mich aus ihren großen Augen an.

Sie kniet schräg versetzt in der Reihe vor mir, und es scheint sie überhaupt nicht zu interessieren, ob Roland ihren leicht zur Seite gedrehten Kopf, ihre offenen Augen entdeckt. Von ihr geht eine Gelassenheit, ein Trotz aus, der mir gefällt. Selbst aus der Entfernung und in dem schummrigen roten Licht der Feuerkörbe kann ich das kräftige Graugrün ihrer Iris erkennen. Obwohl ihr Gesicht eher rundlich ist, wirkt es gleichzeitig markant. Die langen Haare sind glatt, ich mag die Farbe, die mich an Weizen erinnert, und wie sie sich auf ihr immer noch zu groß wirkendes Leinenhemd legen.

Unbeeindruckt, ja fast gelangweilt schaut sie mich an, ich schaue zurück, und obwohl mein Herz plötzlich viel zu schnell schlägt, obwohl die Hände auf meinen Oberschenkeln auf einmal gleichzeitig kalt und schwitzig werden: Ich hab nicht vor, zuerst wegzusehen.

Ich lächele sie an. Ich weiß noch, wie Julia damals am Anfang immer den Blick gesenkt hat, wenn ich sie so genau angesehen und dann auch noch gelächelt habe. Wie die meisten der Kräutersammlermädchen das getan haben, selbst wenn ich es nicht beabsichtigt habe. Wie Nora es gestern getan hat.

Das blonde Mädchen verzieht keine Miene, ihr Gesicht bleibt wie eingefroren, ihre Augen sind unverändert gleichgültig auf mich gerichtet.

Mein Herz legt noch einmal an Tempo zu. So bin ich doch sonst nicht. Unruhe packt mich, ich will mir über die Handrücken streichen, lasse es dann aber und schließe die Augen. Verdammt.

»Ich möchte, dass ihr euch alle aufs Vollste konzentriert.« Die Schritte von Roland sind auf einmal direkt neben mir, ich halte die Luft an, erinnere mich erst dann wieder an die Anweisung und versuche, in den gleichmäßigen Atemrhythmus zu finden.

Was war das denn gerade, Lucas Gavener?

Ich merke, wie das Blut meine Wangen erhitzt. Wie meine Muskeln sich verkrampfen.

Reiß dich jetzt zusammen!

Rolands Schritte sind noch immer ganz in meiner Nähe.

Ich muss allein bei der Luft bleiben, die durch meinen Körper strömt. Nirgendwo sonst.

Einatmen. Halten. Ausatmen.

Aber nur darauf kann ich mich einfach nicht konzentrieren. Also schnell an etwas anderes denken!

Ich stelle mir die Pflückfelder vor.

Die langen Wiesen, die geordneten Bereiche, in denen bloß eine Sorte von Pflanzen wächst, die Wildwiesen, der deutlich größere Abschnitt, wo alles durcheinanderwuchert. Sonnenkraut kann nicht alleine gedeihen.

Ich stelle mir vor, wie wir morgens mit den Glasphiolen die glänzenden Tautropfen von den Sonnenkrautblüten geholt haben. Wie du dich geärgert hast, wenn dir einer weggeglitten ist, weil es nicht viele von diesen glänzenden Tropfen gibt. Wie mein Bruder, der in einem anderen Pflücksegment war, mir manchmal von Weitem einen Gruß zugewunken hat.

Tom. Ich weiß, dass ich nicht an ihn denken sollte, dass es nur wehtut. Aber jetzt kann ich nicht mehr anders inmitten dieser Ruhe und der Luft, die nach Dreifußkraut duftet. Jetzt bin ich mitten in unserer Hütte, und ich kann nicht weg. Die Anweisungen von Roland sind bloß noch ein leises Murmeln aus der Ferne.

Mein Vater riecht nach Wein. Er steht vor mir, und seine schweren Arme hängen irgendwie schlaff an seinem Körper herunter. Aber ich weiß, dass das täuscht.

Ich spüre meinen Rücken, die Striemen, die sein Gürtel darauf hinterlassen hat, sie treten wieder hervor. Ich spüre die Schürfwunde über meinen Rippen, wie die Verkrustung aufreißt und frisches Blut aus ihr heraussickert.

»Du gehst«, sagt mein Vater. »Aber ich mache weiter.«

Er tritt einen Schritt zur Seite, und hinter ihm steht Tom.

Tom trägt die graue Leinenhose, der Oberkörper ist frei. Auf der Haut ein blaubraunes Streifenmuster. Er hält die Hand vor seine Rippen, über eine frische Schürfwunde, aus der das Blut sickert. Tom schaut mir in die Augen, es tut weh.

Und plötzlich ist mir alles klar. Ist mir klar, was ich schon die ganze Zeit wusste, aber mir auf keinen Fall eingestehen wollte.

Es gab einen Grund, warum ich nicht richtig dagegen angekämpft habe, als mein Vater mich vor die Tür geschickt hat. Es gab einen Grund, warum ich nicht an meinen Bruder denken wollte, einen Grund, der über den Schmerz des Abschieds hinausgeht.

Denn ich könnte mir tausendmal sagen, dass mein Bruder nichts abbekommen wird, weil mein Vater ihn immer in Ruhe gelassen hat, weil es immer nur auf mich ging. Aber ich würde mich tausendmal belügen. Mein Vater wird nicht aufhören, wenn ich weg bin. Ich weiß es, und ich habe es tief in mir die ganze Zeit über gewusst: Ich habe meinen Bruder den Fäusten meines Vaters überlassen, ohne mich auch nur zu wehren. Ohne einen Versuch dagegen zu unternehmen.

Diese Erkenntnis bricht mit einer solchen Heftigkeit über mich herein, dass ich das Gefühl habe, keine Luft mehr zu bekommen. Ich reiße die Augen auf.

Roland steht direkt vor mir, er hat blasse Haut, zwischen Oberlippe und Nase zieht sich eine kurze, gerade Narbe, die Augenbrauen sind dunkel und buschig, die Pupillen groß und von einem unruhigen Grün umrahmt. Oder … Violett? Ich drücke den Rücken durch, bin irritiert – das war doch … nein, Grün, jetzt bin ich mir ganz sicher. Ich bin bloß noch zu durcheinander von den Gedanken an Tom.

Roland und ich starren einander an, mein Brustkorb hebt und senkt sich schnell.

Und wie ich da vor ihm knie in der Großen Halle unter dem Friedhof von Lavis und wir uns ansehen und ich keine Ahnung habe, wer das wirklich ist und was er, was der Internatsleiter, was der Brennende König am Ende mit uns vorhaben, fasse ich einen Entschluss.

Es ist egal, was ihre Pläne sind, es tut nichts zur Sache.

Ich werde die Ausbildung absolvieren, und ich werde sie so gut und so schnell absolvieren wie kein anderer Schüler vor mir. Ich werde sehr bald Aufgaben über die Lehranstalt hinaus erhalten und dieses Internat verlassen, und ich werde zu dem Zeitpunkt ein so guter Kämpfer geworden sein, dass ich es mit meinem Vater aufnehmen kann. Mit seiner unsäglichen Kraft, mit all seiner Brutalität.

Die erste und die einzige Mission am Ende meiner kurzen Ausbildung wird sein, meinen Bruder zu befreien. Das bin ich ihm schuldig. Ich habe ihn verraten, aber ich werde es wieder in Ordnung bringen.

Ich bringe es wieder in Ordnung, Tom.

Ich löse meinen Blick von Roland, schließe die Lider. Halte sie jetzt geschlossen, während sich Rolands Schritte entfernen, und bis zum Ende der Einheit sitze ich da, die Gedanken nur auf mein Ziel konzentriert.

Als die Schüler später die Große Halle verlassen, steht Roland auf einmal wieder vor mir. »Ich will nicht, dass das noch einmal vorkommt.« Er presst den Mund zu einer dünnen, geraden Linie. »Die Augen bleiben geschlossen. Das gilt für alle. Überleg dir gut, ob du dir so etwas leisten kannst.«

»Natürlich«, sage ich mit fester Stimme. »Es wird nicht wieder vorkommen.«

9

Favilla. Gemeinschaftsraum.

Abends im Gemeinschaftsraum wird mir alles zu viel.

Wir sitzen in einer kleinen Runde und spielen Würfel.

Rechts neben mir hockt Noel, links Alexis, eine ehemalige Hüttenbauerin mit kurzen schwarzen Haaren, die mir ab und zu Tipps gibt. Aber es bringt nichts, das Spiel ist so neu für mich und geht mir zu schnell. Es heißt *Könige und Narren* und dreht sich darum, den anderen zu überwerfen und dessen Spielsteine – einzelne, leicht verbogene Kettenhemdringe – einzuheimsen. Man kann *zwingen, erhöhen, kontern, wiederholen*, aber ich habe das Gefühl, eigentlich ist es egal, was man macht, am Ende landen die Spielsteine doch bei Melvin.

Außerdem mit in der Runde sitzen Johanna und Phil, die ich schon vom Essen gestern kenne. Daneben noch ein Junge namens Swen und sein Kumpel Timeon, mit denen ich vorher noch nicht gesprochen habe.

Mein Blick liegt auf dem Stundenglas am anderen Ende des Raumes. Die Körnchen rieseln unermüdlich, der Haufen klettert die Stundenstriche hinauf, die auf die durchsichtige Oberfläche gezeichnet wurden. Bald werden alle Körnchen unten sein und den letzten Strich erreicht haben, und dann kommt der Dürre, um das Glas umzudrehen. Die Körnchen sind Knochenmehl, haben sie mir erzählt, sie haben es erzählt, als sei das völlig normal.

Ich sehe nach rechts und links, spüre Druck in meiner Brust, der mir ganz langsam den Atem abschnürt.

»Was sagst du denn dazu, Lucas?«, fragt Melvin mich, während er die Würfel wirft, seinen Blick lässig auf Johanna gerichtet, die diesen provozierend erwidert.

»Hm?«, mache ich, blinzele.

»Vierundsechzig«, sagt Melvin und gibt die Würfel an Swen weiter. »Na ja, du musst doch auch sagen, dass es extrem unfair ist, dass Noel so eine wunderschön gebräunte Haut hat. Ich meine, du hast jeden Tag draußen verbracht, und der da war schon vor Favilla ständig unter der Erde. Also warum bist du so verdammt braun, Noel?!«

Noel seufzt amüsiert. »Wie oft soll ich dir das noch erklären«, sagt er. »Das ist halt einfach so. Hab ich von meinem Vater.«

Ich versuche zu lächeln, so zu tun, als ob ich voll dabei wäre, aber mit meinem Kopf bin ich ganz woanders.

Ich höre kaum hin, als Melvin sagt: »Ach, ich glaube ja, ihr habt in Wirklichkeit nur gefaulenzt und in der Sonne gelegen«, und Swen, der schon die ganze Zeit mit verbissener Miene und roter Stirn dasitzt, daraufhin motzt: »Okay, können wir mal weiterspielen?!«

Trotz seines Ausmaßes, trotz der höheren Decke kommt mir dieser Raum plötzlich kleiner vor als meine Zelle, scheint es mir, als schöben sich die Wände immer enger zusammen, der Rauch der Fackeln kriecht in meine Brust, kriecht immer weiter vorwärts, ich kann kaum atmen, ich sollte hier nicht sein, das ist zu tief unter der Erde, überhaupt unter der Erde sollte man nicht sein, nicht hier bei den Toten, das ist alles zu eng, viel zu eng und stickig, und es ist immer dunkel, bei den Toten, zu dunkel für Kräuter und überhaupt, dunkel und stickig, man kann hier doch gar nicht atmen, ich kann nicht atmen, ich muss hier raus.

»Zu den Latrinen«, stoße ich hervor und stehe auf. Muss mich anstrengen, nicht aus dem Gemeinschaftsraum hinauszurennen.

Beinahe remple ich das Mädchen mit den Weizenhaaren und den zu großen Klamotten an, das mir entgegenkommt, ich weiche aber noch schnell aus, dann bin ich draußen in den Gängen.

Ich muss hier raus.

Ich wende mich nicht nach links, wo es zu den Jungenzellen und den Waschräumen geht. Ich haste geradeaus, reiße eine der Wandfackeln aus der Halterung, stürme weiter. Die Gänge. Irgendwo werden sie hinführen, irgendwo wird es einen Ausgang geben, warum zum Henker habe ich nicht die Treppen nach oben genommen, aber egal, ich finde hier einen Weg, es muss einen Weg geben, ich will diese Dunkelheit nicht mehr, ich will diese engen, kalten Steinwände, den Tod nicht mehr, hier kann man nicht atmen, ich brauche echte Luft.

Ich renne immer weiter vorwärts. Mein Herz hämmert wie wild durch meinen Körper, mein Atem geht schnell und flach. Kalter Schweiß drückt sich aus meiner Haut.

Ich versuche, mich in die Richtung zu orientieren, wo der unerschlossene Bereich ist, irgendwo dort muss es einen Ausgang geben, ich renne. Stoße dann mit dem Knie kräftig gegen einen Felsvorsprung, keuche schmerzerfüllt auf, halte an.

Atmen. Den Schmerz wegatmen.

Ein. Aus.

Ruhig werden, Lucas. Komm wieder zu dir.

Was denke ich mir eigentlich? So komme ich nicht raus. Das bringt nichts.

Ein. Aus.

Ich habe doch einen Plan, ich habe. Einen Plan. Ich muss erst lernen. Ich hätte doch. Gar keine Chance gegen meinen Vater.

Ein. Aus.

Ich muss zurück. Ich muss einen Punkt finden, der mir bekannt vorkommt, ich muss –

Plötzlich fahre ich zusammen. Nur eine Handlänge vor meinem Gesicht starren mich die blassen Augen des Dürren an. Er hat den Hals vorgereckt und mustert mich mit seinem kalten Blick, ich denke unwillkürlich an Totenschädel.

»Ich wollte …«, sage ich hastig. »Die Waschräume. Ich habe mich verlaufen.«

»Mir nach«, sagt er und wendet sich zum Gehen.

Was soll ich tun, ich folge ihm.

Die Schritte des Dürren sind mehr ein Schlurfen als ein Auftreten. Und alles bei ihm sieht sehr langsam aus. Trotzdem bewegt er sich schnell vorwärts, ich muss aufpassen, dass ich mit ihm mithalte.

Als wir wenig später den Gemeinschaftsraum erreichen, haben wir kaum halb so viel an Strecke zurückgelegt wie ich auf der Flucht, und beinahe lache ich auf. Aber eben nur beinahe, denn mir ist kein bisschen nach Lachen zumute.

Diese Gänge sind wirklich so unübersichtlich, dass man sich selbst auf dem Weg zu den Zellen verlaufen kann, und meine Ausrede ist daher eigentlich gar nicht so schlecht. Aber ich habe keine Ahnung, wie Favilla mit so etwas umgeht. Ob eine Ausrede hier irgendjemanden interessiert.

Wir betreten den Gemeinschaftsraum, und Melvin kommt mir mit schnellen Schritten entgegen. Der Ausdruck in seinem Gesicht ist ernst, aber freundlich.

85

Er legt mir einen Arm um die Schultern, sodass ich anhalte. Der Dürre geht einfach weiter, dreht sich nicht einmal um und schlurft die Treppen hinauf.

»Wir unterhalten uns mal kurz«, sagt Melvin und führt mich in einen Bereich des Gemeinschaftsraums gleich neben dem Stundenglas, wo gerade keine Schüler in Hörweite sind.

»Hast du dich gewehrt?«, fragt Melvin.

»Was?«

»Bist du mit dem Dürren gegangen, ohne dich zu wehren?«

Ich nicke.

»Gut.« Melvin schaut einmal über seine Schulter. »Das ist normal, was dir passiert ist. Das geht vielen so in den ersten Tagen. Nur die Minenarbeiter und die Steinschläger bleiben meist ruhig. Und aus irgendeinem Grund die Hüttenbauer.«

Melvin macht eine kurze Pause, bevor er weiterspricht. »An den ersten Tagen wird über so etwas hinweggesehen, wenn man nicht zu sehr austickt, eben weil es fast jedem passiert. Mir damals auch. Aber mir hat dann zum Glück jemand sehr deutlich gesagt, was ich dir jetzt sagen werde.« Melvin blickt mir eindringlich in die Augen. »Wenn die nicht wollen, dass du rausgehst, dann gehst du auch nicht raus. Die haben überall Wachen, selbst vorm unerschlossenen Bereich, wo vermutlich nicht mal ein Weg nach oben führt. Sie werden über dein heutiges Verhalten hinwegsehen, weil es normal ist. Aber das werden sie nicht noch einmal, alles hier hat Konsequenzen. Im Guten wie im Schlechten. Ich sage dir das jetzt. Andere müssen es auf die harte Tour lernen.«

Ich nicke langsam, beiße mir fest mit den Zähnen auf die Unterlippe.

Ich bin ein fatales Risiko eingegangen, das ist mir jetzt noch klarer als vorher. Es gibt nur den einen Weg hinaus, den, einer der besten Schüler von Favilla zu werden, hinausgeschickt zu werden als ihr Rekrut, um mich dann aber zu meinem Bruder abzusetzen. Und gegen mich als einen der besten Schüler wird mein Vater keine Chance haben. Ich muss es einfach schaffen.

»In Ordnung.« Ich räuspere mich. »Danke.«

Wir schweigen einen Moment.

»Komm«, sagt Melvin dann und boxt mir gegen die Brust. »Gehen wir zurück zum Würfeln. Ich bin gerade am Gewinnen. Nicht dass noch jemand einen *Phönix* wirft.«

10

Favilla.

Es ist, als bewege sich die Zeit mit einem Ziel vor Augen schneller als vorher. Und gleichzeitig geht es mir nicht schnell genug.

In den folgenden Tagen lernen wir einige der anderen Unterrichtsfächer kennen und werden jeweils in Ligen eingeteilt. Noch ein sofortiger Einstieg in Liga Zwei ist mir nicht vergönnt, aber im Kampf mit Hiebwaffen komme ich zusammen mit Noel in Liga Drei, genauso im waffenlosen Kampf. Bogenschießen, Alchemie und Schriftunterricht beginne ich in Liga Vier.

Noch nicht eingeteilt wurde ich in Stichwaffen, Heilkunde und Logik. Es kann aber auch sein, dass das noch eine Weile dauert, es gibt keinen festen Rhythmus, habe ich mir sagen lassen.

Doch mir reichen auch jetzt schon die neuen Fächer, und ich bin froh, dass Schwertkampf angeblich mit Abstand am häufigsten unterrichtet wird. Denn selbst nach diesen paar Tagen habe ich das Gefühl, so viel Neues erfahren zu haben wie zuvor in meinem ganzen Leben nicht.

Im waffenlosen Kampf habe ich gelernt, dass es *unbedingte* und *bedingte Reflexe* gibt. Im Bogenschießen wurde mir Ballistik erklärt, was ich nur so halb verstanden habe, und in Alchemie wurde mir eröffnet, dass es für die Heilung von Krankheiten

Möglichkeiten gibt, von denen ich vorher nicht einmal etwas geahnt habe.

All das ist irgendwie faszinierend, all diese Dinge, die ich nicht kannte, von vielen Sachen wusste ich nicht einmal, dass sie existieren. Irgendwie ist das Ganze aber auch einfach nur überfordernd, viel zu viel, als dränge sich da alles auf einmal in meinen Kopf.

Mir machen die Kampfeinheiten wesentlich mehr Spaß als der ganze Theoriekram. Sie liegen mir auch mehr, und außerdem machen diese engen Räume das Denken schwieriger.

Am schwersten fällt mir der Schriftunterricht. Zwar mag ich die Idee, Wissen und damit neue Fähigkeiten aus dem Papier herauszuholen oder später sogar hineinzulegen, aber ich kann mir die Buchstaben nur mühsam einprägen. Und wenn ich daran denke, dass ich sie einmal zu Wörtern zusammensetzen soll, wird mir ganz schwindelig.

»Das ist völlig normal«, sagt Melvin in einer Mittagspause und beißt in eine Schwarzwurzel. »Ihr hättet mich mal hören sollen, als ich angefangen habe, vorzulesen, das klang, als hätte ich einen lebenden Höhlenkäfer im Mund.«

Ich nicke und versuche mich an einem Lächeln, aber es gelingt mir nicht ganz. Noel soll zwar in Schriftkunst auch in Liga Vier anfangen, doch ihm scheint der Umgang mit den Buchstaben viel leichter zu fallen als mir, in seinen Augen glänzt dabei sogar so etwas wie Begeisterung.

Ich gönne Noel das. Aber es zeigt mir auch, dass ich es nicht leicht haben werde, mich hervorzutun, dass die Konkurrenz in keiner Disziplin zu unterschätzen ist. Eine unbestimmte Unruhe erfasst mich, wenn ich daran denke.

Am selben Abend liege ich in der Zelle und kann nicht einschlafen. Die Nachmittagseinheit im Schriftunterricht ist ebenfalls schlecht gelaufen, es fühlt sich an, als würden die Zeichen nun in meinem Kopf herumwirbeln wie Laubblätter im Wind. Und da höre ich auf einmal wieder die Schritte.

Erst ist es bloß ein entferntes Huschen von Füßen, irgendwo, es könnte auch der Dürre sein, der ein letztes Mal im Jungenflügel auf und ab geht, bevor er seinen Wachposten am oberen Ende der Treppen einnimmt, die Ebene Zwei mit Ebene Eins verbinden.

Dann sind die Schritte plötzlich ganz nah, so nah, dass ich wieder fast den Eindruck habe, als schleiche jemand hier durch die Zelle.

Leise verlasse ich mein Bett. Wage es kaum zu atmen. Meine nackten Füße bewegen sich unsicher über den kalten Steinboden. Wieder kommt es mir vor, als könnte es nun jeden Moment passieren, was auch immer *es* genau ist. Vorsichtig rüttle ich an Noels Arm.

»Psssst«, mache ich, als er hochschreckt. »Hörst du das?«

Noel lauscht mit mir zusammen in die Dunkelheit. Die Schritte werden erst leiser, dann wieder lauter. Es fröstelt mich.

»Ich höre es«, flüstert Noel. »Ich glaube, es ist in der Wand.«

Er steht auf, entzündet die Öllampe, durchquert leise die Zelle und hält sein Ohr an die Steine. Die Schritte klingen kurz ab, um danach schneller wieder zurückzukommen, und dann ist es ruhig. Dann ist nichts mehr zu hören.

Wir warten lange, ohne ein Wort zu sagen. Ich glaube nicht, dass noch etwas passieren wird. Und trotzdem fahre ich immer wieder mit dem Blick über die dunklen Wände, über die unregelmäßigen Steinmuster und Schattierungen.

Schließlich setzt Noel sich neben mich auf sein Lager. »Du hast das schon einmal gehört, richtig?«

Ich nicke.

»Das ist nicht gut«, sagt Noel, und seine Hände umklammern die Bettkante. »Ich hasse es, dass wir keine Ahnung haben, was eigentlich los ist. Ich hasse diese ständige Ungewissheit.«

Ich nicke wieder und denke, dass Noel zwar recht hat, aber dass es mich eigentlich nicht zu interessieren hat. Dass wir nicht auf die Idee kommen sollten, der Sache nachzugehen, eine Idee, die ich da fast in seinen Augen erkennen kann. Ich darf nicht riskieren, auf die Lehrenden ungehorsam zu wirken.

»Warten wir's ab«, sage ich. »Möglich, dass wir es nie wieder hören.«

»Möglich«, sagt Noel. Er pustet die Öllampe aus, und im letzten Bild, das ich von seinem Gesicht erhasche, sehe ich tiefe Besorgnis.

Wir wissen es beide besser.

Auch am nächsten Morgen beschäftigt der nächtliche Vorfall mich weiterhin. Ich sitze vor meinem Teller, den ich mit großen, ledrigen Pilzen gefüllt habe, und kaue langsam. Diese Schritte könnten alles bedeuten. Sind Menschen dort in den Wänden? Andere … Kreaturen? Suchen sie nach etwas? Ich wünschte, ich hätte wenigstens einen Ansatzpunkt, aber ich habe nichts.

Eine Bewegung neben mir lenkt mich ab, und für einen kurzen Moment sind die Gedanken an die Schritte wie weggeblasen.

Ich habe versucht, nicht an sie zu denken. Ich muss mich auf meine Aufgabe konzentrieren und auf nichts anderes. Und erst recht nicht auf so einen Schwachsinn wie: »*Soll ich sie mal ansprechen?*« Darüber habe ich noch nie nachgedacht, und überhaupt hat das Ganze einfach gar nichts bei mir zu suchen. Und trotzdem kommt mein Kopf viel zu oft nicht von ihr los: das Mädchen mit den Weizenhaaren.

Sie steht nun am Versorgungstisch und tut sich einige Höhlenkäfer auf den Teller. Dann stockt sie plötzlich, fasst sich an den Ärmel ihres Leinenhemdes. Mit spitzen Fingern zieht sie etwas Kleines aus dem Stoff hervor. Ein Laubblatt? Nein, das ergibt keinen Sinn.

Sie setzt sich an einen der Tische. Mein Blick folgt ihr. Noch immer scheint sie sich für nichts hier wirklich zu interessieren. Besonders nicht für mich. Ich kann mich nicht daran erinnern, überhaupt einmal so etwas wie Verunsicherung auf ihrem Gesicht entdeckt zu haben.

»Sam«, sagt Melvin, der neben mir am Frühstückstisch sitzt.

Ich rucke den Kopf herum und schaue ihn verständnislos an. »Hm?«

»Das Mädchen, das du gerade angestarrt hast wie ein paarungsbereites Wildschwein. Sie heißt Sam.«

»Ich hab nur ein bisschen rumgeguckt.«

»Ist klar«, sagt Melvin und zwinkert mir zu. »Aber sei nicht enttäuscht später. Die hat sogar mich abblitzen lassen. Und so was passiert mir eigentlich nicht.«

»Mhm«, mache ich, lächele halbherzig und ertappe mich dabei, wie ich schon wieder zu ihr hinüberschaue.

»Dass du den Mut hast, wieder aufzutauchen! Ich dachte, du bist wenigstens schlau genug, zu merken, dass du hier nichts zu suchen hast.« Aron hält das Übungsschwert bereits in der Hand und hat sein Aufwärmen kurz unterbrochen. Er reckt den langen Hals vor und verzieht den Mund. »Wobei, eigentlich sollte es mich nicht kümmern, wo du dich blamierst, ich bin sowieso bald in Liga Eins.«

Übergangslos setzt er seine Übungen fort, sodass jede Erwiderung von mir nur noch dämlich wirken würde. Arons Bewegungen sind elegant und präzise, gleichzeitig hat er dabei ein überraschendes Tempo. Ich versuche ihn zu ignorieren und gehe gemeinsam mit Nora zum hölzernen Waffengestell.

Es ist mein zweites Mal in Liga Zwei Schwertkampf, und ich bin erschöpft von dem gemeinsamen Unterricht in der Großen Halle am Vormittag. Wir haben diesmal zusätzlich zum Gambeson Kettenhemden getragen. Nora sieht noch relativ frisch aus, sie ist das wahrscheinlich gewohnt. Sie hat die dunklen Haare zu einem Zopf gebunden, erst heute fällt mir die kleine Narbe an ihrem Kinn auf. Sie nickt in Richtung Aron. »Ich kann ihn auch nicht leiden«, sagt sie, während sie sich die abgenutzten Schutzhandschuhe überstreift, und lächelt mich aufmunternd an.

Nikolai betritt den Raum, wir beginnen mit dem Unterricht. Ich merke, dass die Übungen dieses Mal schon viel besser klappen. Trotzdem komme ich nicht drum herum, immer wieder in Arons Richtung zu schauen.

Er ist wirklich gut, und er weiß es. Einmal hält er inne, als er meinen Blick bemerkt, und erwidert ihn herausfordernd, ein überhebliches Lächeln auf dem Gesicht. Ich merke, wie mir das Blut in die Wangen steigt. Ich hätte große Lust, ihm sein Grinsen aus dem Gesicht zu schlagen, zwinge mich aber wieder zur Konzentration auf die Übung. Ich schwitze.

Es geht um einfache, schnelle Hiebe. Mein Schwert prallt so kräftig auf das von Nora, dass sie mich überrascht anschaut. Obwohl es altes, schartiges Eisen ist, klingt der Ton lange nach.

»Auf die saubere Ausführung achten!«, sagt Nikolai hinter mir scharf.

Seine tiefe Stimme erinnert mich an einen der Torwächter im Kräutersammlerviertel, den alle immer *den Bären* genannt haben.

Ich reiße mich zusammen und achte darauf, dass ich das Schwert genau so führe, wie Nikolai es uns gezeigt hat. Es klappt ganz gut, solange ich den Raum ausblende. Solange ich die Worte, das Aufkeuchen der anderen sieben Kampfpaare, die hellen Töne, wenn das Eisen der Schwerter aufeinanderschlägt, aus meiner Welt aussperre.

Kurz vor dem Ende der Einheit sagt Nikolai dann: »Freier Kampf. Wenn ihr einen Sieger habt, ist der Unterricht für euch beendet, und ihr könnt gehen.« Er stellt sich zu den Waffengestellen, sodass er den Raum gut überblicken kann. »Es geht los. Alles ist erlaubt.«

Ich weiß, dass Nora mehr Erfahrung hat und daher besser ist als ich. Trotzdem habe ich nicht vor, diesen Kampf zu verlieren und Nikolai sehen zu lassen, dass ich unterlegen bin.

Ich greife mit einer schnellen Reihe von Hieben an. Nora pariert. Zu mühelos. Das kann ich besser.

Ich mache einige Schritte nach hinten, um auf Noras Gegenangriff gefasst zu sein. Unbeabsichtigt werfe ich dabei einen Blick in Richtung Aron.

Und obwohl Aron gerade eine Schlagfolge seines Gegners parieren muss, erwidert er meinen Blick. Er zieht den rechten Mundwinkel nach oben. Dann macht er eine kurze Finte und entwaffnet seinen Gegner blitzschnell mit einem gezielten Schlag. Schaut danach sofort wieder mich an, als habe er gerade mir die Waffe aus der Hand geschlagen.

Nora greift an, diesmal bin ich es, der pariert. Und plötzlich ist da eine solche Kraft in mir, dass ich einen heftigen Konter führe, der Nora kurz aus dem Gleichgewicht bringt.

Ihr rechtes Bein ist jetzt völlig ungeschützt, und ehe ich darüber nachdenken kann, trete ich mit voller Wucht dagegen.

Mit einem kurzen, spitzen Schrei geht Nora zu Boden. Sie lässt das Schwert klirrend auf die Steine fallen und hält sich den Fuß, über den sie weggeknickt ist.

Kurz bin ich regungslos, dann lasse auch ich mein Schwert fallen, knie mich neben sie. Was habe ich mir nur gedacht? »Alles in Ordnung?«

»Geht schon«, sagt Nora, aber ihr Gesicht ist ganz verkrampft, und sie lässt den Fuß nicht los. »Ist halb so wild.«

»Warte, ich helfe dir.« Ich drücke mich unter ihre linke Schulter und stehe auf, hebe ihren Körper mit nach oben und bleibe so als Stütze stehen. Nora hält den verletzten Fuß über dem Boden.

Aron geht dicht an uns vorbei und schnalzt mit der Zunge. »Ich sage doch, du kämpfst ohne Ehre. Oder ist das deine Masche, um die Weiber rumzukriegen?«

Ich beachte ihn nicht, meine Wut ist verflogen und einem schlechten Gewissen gewichen. »Tut mir leid«, murmele ich und starre auf den grauen Steinboden.

»Alles ist erlaubt«, sagt Nora. »Kannst du ja nicht wissen, dass ich gleich so dämlich falle.«

Ich spüre, dass sie irgendwo recht hat, aber es wäre einfacher für mich, wenn sie wütend wäre.

»Komm«, sage ich. »Ich bringe dich zur Krankenstation.«

Nora nickt, und wir machen uns auf den Weg. Ich stütze sie die ganze Zeit, und auch wenn da zwischen uns beiden nie mehr sein wird, weil ich sie nicht auf diese Weise interessant finde: Die Berührung hat etwas Angenehmes in den kalten Gängen von Favilla.

Als wir die Krankenstation betreten, ist Jon nicht zu sehen. Ich helfe Nora dabei, sich auf einen der Steinquader zu setzen, anschließend rufe ich halblaut: »Hallo?«

Keine Reaktion.

Dann das Öffnen und Schließen einer Tür im Bereich, den ich nicht einsehen kann. Mit gleichmäßigen Schritten kommt Jon um die Ecke. Er wischt sich im Gehen die Hände mit einem Stofftuch trocken. Seine Froschlaich-Augen betrachten uns beide aufmerksam. »Das Fußgelenk?«, fragt er und bleibt vor Nora stehen.

Sie nickt und senkt dann den Blick.

»Es war keine Absicht«, sage ich schnell. »Ich habe nicht nachgedacht.«

»Vor mir brauchst du dich nicht zu rechtfertigen«, sagt Jon, um die Lippen kräuselt sich die Haut wieder zu seinem Lächeln. »Aber wenn es dich beruhigt: An Tagen mit Kampfübungen habe ich hier meistens einige Gäste.«

Ich schweige.

»Wie geht es dir?«, fragt Jon, sein Blick fixiert mich.

»Gut«, sage ich schnell. Dann überlegter: »Nein, wirklich. Ich komme so weit zurecht.«

»Das freut mich.« Jon schaut mich noch einen Moment prüfend an und wendet sich dann Nora zu. »Danke, Lucas, du kannst jetzt gehen«, sagt er und kniet sich hin, um Noras Fußgelenk abzutasten. »Hoffen wir mal, dass wir uns nicht so bald wiedersehen.«

Nora schenkt mir noch ein zwar angespanntes, aber aufmunterndes Lächeln, ich verabschiede mich hastig und verlasse die Krankenstation.

Draußen verschwinde ich schnell in einen der wenig benutzten Gänge. Meine Kiefer mahlen wie wild aufeinander, ich habe die Fäuste geballt. Will sie auf die bleichen Schädel einprügeln lassen, die mich aus den Nischen in den Wänden anstarren. Höhnisch, überheblich, so wie Aron.

Vielleicht hat Nora recht, vielleicht hat Jon recht, ich weiß es nicht. Vielleicht passiert so etwas eben, aber ich darf nicht so einfach die Kontrolle verlieren. Vor allem nicht, wenn Aron der Auslöser ist!

Aron.

Meine Fäuste ballen sich noch fester zusammen.

»Du verpasst das Abendessen.« Die Stimme hinter mir lässt mich herumfahren. Im schummrigen Licht der zwei Fackeln, die an beiden Enden des Ganges angebracht sind, erkenne ich das Gesicht von Emma.

»Ich habe gerade Nikolai auf dem Gang getroffen. Er hat mir von dem kleinen Zwischenfall erzählt«, sagt sie und kommt einen Schritt auf mich zu. »Er meinte, es sei ein völlig legitimer Kampf gewesen.«

Ich schlucke und räuspere mich. Nur langsam verlässt dieses Gefühl der plötzlichen Gefahr meinen Körper. Eine Art Schäumen, das allmählich abebbt.

»Meinte er das«, sage ich.

»Ja. Er meinte auch, dass du Talent hast.« Emma macht eine kurze Pause. Die Züge des rundlichen Gesichts sind fest, so als zweifle sie nie an den Dingen, die sie sagt. »Ich bin derselben Überzeugung. Du hast Talent, Lucas. Enormes Talent. Ob du es nutzen kannst, entscheidet sich hier drin.« Sie tippt sich gegen den Kopf, dann lässt sie die Hand fallen, wie von selbst landet sie auf dem Schwertgriff an ihrer Taille. Als sie weiterspricht, ist ihre Stimme gesenkt. »Der Internatsleiter hat bereits Notiz von dir genommen. Und du wirst sicher schon davon gehört haben, dass es noch andere Aufgaben gibt als die der Begrabenen. Aufgaben *oberhalb*. Noch bist du nicht in Liga Eins, aber du bist auf einem guten Weg dahin.« Sie sieht mir direkt in die Augen und fährt mit normaler Stimme fort: »Du hast nichts falsch gemacht heute. Das muss dir klar sein.«

Ich zögere einen Moment, nicke schließlich langsam. Ich müsste Aufregung verspüren – der Internatsleiter scheint etwas auf mich zu halten! Möglicherweise bin ich meinem Ziel ein Stück näher! Aber gerade ist da nur Verwirrung.

Vielleicht hat sie recht, genauso wie die anderen, ich weiß es nicht.

11

Favilla. Waschraum Jungen.

Ich schöpfe mir mit beiden Händen Wasser ins Gesicht und reibe es mit den Handflächen ab. Das Wasser ist eisig kalt, aber ich spüre regelrecht, wie es den Tag von meiner Haut wäscht. Gleich beginnt die Nachtruhe. Ich habe heute nicht mehr trainiert, sondern saß stumm am Feuer des Gemeinschaftsraums. Ich will jetzt einfach nur noch ins Bett.

Unwillkürlich werfe ich einen letzten Blick nach hinten zum Latrinenbereich. Der Waschraum hat zwei Hauptabteilungen. Ich stehe im namensgebenden Waschbereich, der eigentlich nur aus dem Trog besteht, wie wir Schüler ihn nennen. Ein hölzerner Wasserbehälter, der eine gesamte Wandlänge einnimmt. Fünf Leute haben dort nebeneinander Platz und können sich zeitgleich waschen.

Außer dem Trog gibt es hier nur noch das Trinkwasserfass, es steht einige Schritte tiefer im Raum gleich bei der gegenüberliegenden Wand. Noch weiter hinten kommt dann die Schwelle, die zu den Latrinen führt. Die beiden Bereiche sind durch einen sehr kurzen Tunnel verbunden, bei dem selbst ich stets den Kopf einziehen muss. Glücklicherweise zieht der unangenehme Geruch von den Latrinen selten bis in den Waschbereich herüber.

99

Doch von hier aus kann ich höchstens die Hälfte des Latrinenbereichs einsehen. So etwas kann ich nicht ab. Überhaupt, in diesem Raum liegen keine Gerippe, keine Knochen in den Wänden, in beiden Abteilen brennen je vier Fackeln, und sonst ist hier ja wirklich nichts, alles leer – und trotzdem macht mich dieser Raum immer besonders unruhig. Ich kann es nicht erklären.

Es ist still. Ich höre bloß das Tropfen, das vom Trog kommt. Ganz links zieht sich an der Unterkante ein schmaler Riss durchs Holz, von wo das Wasser in immer gleichem Rhythmus auf den Steinboden prallt.

Mit einem Ruck schiebt sich plötzlich die Tür zum Waschraum auf. Ich fahre herum.

Verdammt. Ich muss ein erschöpftes Seufzen unterdrücken. Einfach nicht beachten. Einfach nicht drum kümmern, und dann ist gut. Aber trotzdem wünschte ich, ich wäre einige Momente früher hier fertig gewesen.

Aron wirft mir einen Blick aus den Augenwinkeln zu, den ich nicht deuten kann. Dann geht er mit langen Schritten an mir vorbei zum Wasserfass. Er taucht den ledernen Trinkschlauch hinein, er muss sich weit vorbeugen, weil das Fass beinahe leer ist.

Ich schüttele schnell die letzten Tropfen von meinen Fingern, drehe mich um und will den Raum verlassen.

»Lucas. Warte kurz.«

Im ersten Moment will ich ihn einfach ignorieren, die Tür aufstoßen und in Richtung meiner Zelle verschwinden. Aber feige darf ich auch nicht auf ihn wirken. Ich halte an. »Was ist?«

Aron dreht sich um, die Schultern hat er etwas hochgezogen, den Kopf gesenkt, er sieht zu Boden. So habe ich ihn noch nie gesehen. »Entschuldige.«

»Was?«, frage ich, denn jetzt verstehe ich überhaupt nichts mehr.

»Ich hab mich echt wie ein Arschloch benommen.« Er macht einige Schritte auf mich zu. Ich bleibe stehen, bin ganz starr.

»Ich habe in den letzten Stunden ein bisschen nachgedacht«, sagt er. »Wir sind jetzt hier. Nicht mehr bei den Kräutersammlern. Was vergangen ist, ist vergangen. Wir Schüler sollten lieber zusammenhalten.« Aron blickt zu mir hoch, seine Augen liegen tief in den Augenhöhlen, plötzlich erinnert er mich überhaupt nicht mehr an einen Spürhund oder an sonst irgendwas. Plötzlich ist er einfach nur noch ein farbloser Schüler. Ich weiß nicht, was ich davon halten soll.

»Wir sollten Frieden schließen«, sagt er und streckt seine Hand aus.

Ich starre sie an. Obwohl sie blass ist, weil sie seit vielen, vielen Tagen kein Sonnenlicht bekommen hat, obwohl die Haut sich nicht pellt, wie sie es so oft tut, weil selbst die Alten immer wieder allergisch auf einige der Pflanzen reagieren – es ist eine Kräutersammlerhand, unmöglich zu beschreiben, warum genau.

Es wäre leichter, sein Angebot auszuschlagen. Ich kann ihn nicht leiden, daran würde auch eine Versöhnung nichts ändern. Und auch wenn er so gerne von Ehre spricht: Wie sehr er zu seinem Wort steht, müsste sich erst zeigen.

Ich blicke ihm in die Augen, er schaut zurück, keine Wut, nichts, er ist ganz ruhig.

Ein Feind weniger ist ein Feind weniger.

Ich atme einmal tief durch.

Dann ergreife ich seine Hand.

Sie fühlt sich kühl und ein bisschen feucht an, ihr Druck ist fest.

»In Ordnung«, sage ich und lasse seine Hand los, sobald der Punkt erreicht ist, dass es nicht mehr hektisch wirkt.

Aron nickt und sieht jetzt irgendwie unschlüssig aus, sein Körpergewicht nach vorne gelagert.

»Na dann.« Ich mache einen Schritt zur Tür. Ich hoffe, er denkt nicht, wir müssten uns jetzt gut miteinander verstehen oder so etwas.

»Warte«, sagt er eifrig und drückt sich an mir vorbei. »Diese Tür, die hat einen kleinen Fehler. Das weißt du bestimmt noch nicht. Das kann einem richtige Probleme machen.« Er schiebt die Steintür nach außen auf. Ungeduldig werfe ich einen Blick nach hinten zum Latrinenbereich.

»Abschließen können sie nur die Lehrenden, das ist klar«, fährt Aron fort. Langsam nervt er mich, ich wollte schon lange im Bett sein. »Aber wenn du sie zuschiebst und du drückst zu weit oben, dann kann sich die Tür so richtig verkeilen. Und manchmal brauchst du Stunden, bis du sie wieder aufbekommst.«

»Hör zu, Aron …«, beginne ich und mache einen Schritt auf die Tür zu, doch Aron redet einfach weiter.

»Dann kann man ganz schnell die Nachtruhe verpassen«, sagt er, und jetzt schiebt sich urplötzlich sein verächtliches Grinsen wieder aufs Gesicht. Und die Zeit reicht ihm sogar noch, zu sagen: »Und das mögen die Lehrenden ja gar nicht gerne.«

Da erst reagiere ich. Ich werfe mich nach vorne, will ihn aufhalten, aber zu spät, er hat die Tür bereits zugestemmt.

Der Fels verkeilt sich knirschend, in dem Moment pralle ich auch schon mit der Schulter gegen den Stein. Sofort schießt ein dumpfer Schmerz durch sie hindurch.

Aber die Tür bewegt sich nicht.

Ich war zu langsam.

Von draußen klingt gedämpft Arons Stimme. Ich höre den Triumph darin bis hier, die pure Häme in seinen Worten. »Nimm es mir nicht übel, Lucas«, sagt er. »Manchmal ist diese Tür einfach verflixt.«

»Aron!«, schreie ich, hämmere mit der Faust gegen die Tür. »Mach auf!«

Von der anderen Seite ist nichts mehr zu hören. Ich drücke mich mit der schmerzfreien Schulter gegen den Stein. Doch meine Füße finden keinen Halt auf dem Boden, ich kann keine Kraft hinter meinen Körper bringen.

Ich Vollidiot.

Ich hätte nicht einen Augenblick glauben dürfen, dass Aron irgendetwas ernst meint von dem, was er sagt.

Ich drücke mich mit dem Rücken gegen den Ausgang, aber auch das hilft kein bisschen. Mein Atem geht flach, meine Hände sind ganz zittrig. Als ich den Gemeinschaftsraum verlassen habe, war nur noch wenig Mehl in der oberen Hälfte des Stundenglases. Der Dürre wird sehr bald hinunterkommen, um es umzudrehen. Die Nachtruhe wird gleich beginnen. Ich drücke mich weiter mit aller Kraft gegen die Tür. Das kann doch nicht sein! Da muss sich doch etwas bewegen! Ich muss hier raus!

Ich kann meinen hektischen Atem kaum kontrollieren, mein Herz hämmert mit wilden Schlägen gegen meine Brust.

Beruhig dich, Lucas!

Ich drücke weiter.

Denk nach!

Ich lasse von der Tür ab. Ein Hebel. Ich brauche etwas zum Hebeln. Ich muss die Verkantung lösen.

Ich drehe mich um, mein Blick huscht hektisch durch den Raum, hier ist nichts.

103

Der Latrinenbereich. Ich haste durch den engen Tunnel hinüber. Doch dort sind nur die drei Nischen, die Latrinenöffnungen, sonst nichts.

Doch. Da. An der Wand. Ein loser Stein, handgroß. Nicht gut, aber vielleicht reicht er. Schnell. Ich muss mich beeilen, der Dürre wird das Stundenglas längst umgedreht haben!

Zurück zur Tür. Ich setze den Stein an, die Spitze passt knapp unter den Schlitz.

Hebeln.

Ich rutsche ab. Verdammt.

Wie konnte ich nur einen Moment denken, Aron wäre aufrichtig?

Meine Hände sind mittlerweile ganz schwitzig. Ich setze wieder an. Hebeln. Es reicht nicht, ich kriege nicht genug Kraft hinter den Stein.

Ich versuche es immer wieder. Aber es hilft nichts, meine Bewegungen werden nur fahriger, meine Gedanken hektischer.

Schließlich schleudere ich den Stein nach hinten gegen die Wand, er prallt nur kurz ab und taucht mit einem dumpfen Platschen ins Wasser des Trogs.

Ich muss mir etwas anderes überlegen. Ich muss.

In diesem Moment schaben Steine übereinander, die Tür ruckelt, dann schiebt sie sich auf. Vielleicht hat Noel – nein. Alles in mir zieht sich zusammen. Es ist der Dürre. In seinem Blick erkenne ich nur Leere.

Doch dann taucht Nikolai aus der Dunkelheit neben ihm auf. Ich empfinde so etwas wie Erleichterung. Lieber Nikolai als allein mit dem Dürren. Lieber Nikolai als jemand wie Roland. Ich kenne ihn ja aus dem Unterricht, er kennt mich, er wird verstehen, dass ich für das hier nichts kann.

»Ich war …«, beginne ich, aber Nikolai hebt die Hand, um mich zu unterbrechen. Und jetzt erst sehe ich den Ausdruck in seinem Gesicht, und augenblicklich fühlt es sich an, als würde alles Blut aus meinem Körper verschwinden.

Es ist der gleiche steinerne Ausdruck, den Emma auch im Speisesaal hatte. Der Ausdruck, den sie haben, wenn sie vom Internatsleiter sprechen.

Nikolai blickt zum Dürren und nickt einmal in Richtung Waschraum. Der Dürre geht an mir vorbei, seine Füße kratzen über den Boden.

Es dauert nur einige Momente, bis er wieder aus dem Latrinenbereich kommt. Er hat die Fackeln gelöscht. Und wie erstarrt sehe ich ihm zu, wie er nun auch die Fackeln im Waschbereich löscht, bevor er sich wieder neben Nikolai stellt.

»Die Nachtruhe wird eingehalten«, sagt Nikolai, sein Gesicht ist eine starre Maske. »Immer.«

Ich öffne den Mund, doch Nikolai schiebt bereits die Tür zu, er sperrt mich in die Dunkelheit. Ich höre, wie er die Tür verriegelt. Wie sich jenseits der steinernen Wand ihre Schritte entfernen.

Stille.

Nur durchbrochen von den Tropfen, die in der vollkommenen Schwärze weiter auf dem Stein zerschellen.

Ich versuche nicht einmal mehr, die Tür aufzudrücken. Ich drehe ihr den Rücken zu, lasse mich kraftlos an ihr hinabgleiten, bis mein Hintern auf dem kühlen Steinboden landet. Ich vergrabe den Kopf in den Händen.

Ich Vollidiot.

Ich hätte es von Beginn an ahnen müssen, ich hätte vorbereitet sein müssen.

Vielleicht hat der Tag mich so erschöpft, dass meine Gedanken zu träge waren. Vielleicht verliert man in Favilla auch einfach den Blick für die Gefahren, gerade weil man sich so oft danach umsehen muss. Vielleicht wollte ich glauben, dass wenigstens die Sache mit Aron sich endlich erledigt hat.

Doch so oder so. Meine Hände krampfen, ich könnte mir den Hals umdrehen. Ich habe mir diese Situation selbst eingebrockt. Ich habe mich wie ein dämlicher Trottel reinlegen lassen!

Ich will schreien vor Wut, werde den seltsamen Gedanken aber nicht los, dass ich irgendetwas in dieser Zelle aufwecken könnte. Etwas, das mit mir hier drin ist und nur darauf wartet, aus der Finsternis gerufen zu werden. Ich bleibe lieber ganz leise. Schreie in mich selbst hinein.

Es dauert, bis die erste Welle aus Wut abgeklungen ist. Bis meine Kiefer allmählich weniger fest aufeinanderdrücken, meine Fäuste sich langsam wieder lösen. Ich wische mir die schweißnassen Hände an der Leinenhose ab.

Das Tropfen macht mich wahnsinnig. Ich hasse den Waschraum. Ich drücke mich hoch und taste in der Dunkelheit nach dem Trog. Ich habe die Augen geöffnet, aber eigentlich ist es egal, ich könnte sie genauso gut geschlossen halten.

Meine Hände erreichen das Holz, ich bewege mich nach links, dort irgendwo ist die undichte Stelle. Da. Ich spüre das kühle Wasser, das durch den Riss im Holz quillt.

Ich spanne mein Leinenhemd unten am Saum und reiße kräftig. Das Gewebe gibt nach, und ich halte einen langen Fetzen in der Hand, mit dem ich nun versuche, den Riss zu stopfen. Aber der Stoff ist zu dick, es klappt nicht.

Immer ungeduldiger versuche ich, den Stoff hineinzupressen. Ich probiere alles Mögliche, ich weiß nicht, wie lange. Doch es klappt einfach nicht, irgendwann gebe ich auf.

Erschöpft krieche ich durch das Dunkel zurück zur Tür. Lehne mich gegen die Wand und fahre mir durch die verschwitzen Haare.

Aber ich habe nicht einmal mehr die Kraft, richtig wütend zu werden. Ich will nicht wissen, ob hier noch etwas mit in der Zelle ist, ich will nicht daran denken. Ich will nicht wissen, wie lange ich hier schon bin und wie lange ich hier drinbleiben werde. Ich will einfach nur noch schlafen.

Ich schließe die Augen.

Die Wassertropfen prallen auf den Stein.

Ich will einfach nur schlafen.

Ich kann sie vor meinen Augen sehen, die Tropfen, wie sie fallen. Wie sie auf dem Stein zerschlagen.

Du wirst hier niemals schlafen können, geht es mir durch den Kopf, und ich weiß, dass ich recht habe. Mir ist schlecht. Ich kann nicht mehr. Ich hasse Aron. Ich hasse Favilla. Ich hasse den Brennenden König.

Ich habe versucht, mich an die Regeln zu halten, ich wurde bloß reingelegt. Aber das ist denen egal. Wir sind denen vollkommen egal, wir müssen funktionieren, das ist doch das Einzige, was je gezählt hat in Lavis.

Du musst funktionieren.

Der Brennende König sorgt für all jene, die beitragen.

Ich habe immer beigetragen, und wohin hat es mich gebracht?

Ich presse die Lippen fest aufeinander. Das Schlimmste ist, dass ich diese Frage nicht einmal beantworten kann.

Zu den Toten, könnte ich sagen.

Zu gewissenlosen Ausbildern, die mich zu einem hörigen Rekruten machen wollen, könnte ich sagen.

Zu einem Internatsleiter, den alle fürchten, den aber niemand je gesehen hat, könnte ich sagen.

Zum Sterben, könnte ich sagen.

Und alles stimmt irgendwie, und alles stimmt irgendwie auch nicht. Weil wir keine Ahnung haben, was hier wirklich vor sich geht. Weil wir keine Antworten bekommen, nur immer mehr Fragen.

Und eigentlich muss ich das alles ja nicht einmal wissen, eigentlich muss ich nur wissen, wie ich mich noch schneller verbessere, um hier rauszukommen.

Aber trotzdem macht es mich fertig, keine Ahnung zu haben, was noch alles auf uns warten könnte. Ich kenne ja nicht einmal alle Regeln hier. Wahrscheinlich kennt kein Schüler die. Mit allem, was ich in Favilla tue, könnte ich, ohne es zu wissen, einen entscheidenden Fehler begehen.

Ich sitze lange so mit dem Rücken gegen die Wand gelehnt, und die Gedanken lassen mich nicht los.

Schließlich beginnt mein Rücken zu schmerzen, und ich muss mir eine andere Position suchen.

Und je länger die Nacht andauert, desto mehr schmerzt mein erschöpfter Körper. Aber am schlimmsten sind die Wassertropfen. Nach und nach kommt es mir vor, als würden sie direkt auf meine Schädeldecke prallen, als hallten die Töne in meinem Kopf wider, ein unendliches Echo. Die Nacht geht nicht zu Ende. Sie hört einfach nicht auf.

Aron tut so, als sei nichts gewesen. Er nickt mir im Speisesaal sogar freundlich zu, ich reagiere nicht. Als der Dürre mir am Morgen die Tür aufgesperrt hat, war ich fast zu schwach, um aufzustehen. Nun muss ich mich anstrengen, nicht mit dem Kopf nach vorne auf den Tisch zu sacken, so müde bin ich.

Noel neben mir geht es kaum anders. Auch er hat die ganze

Nacht kaum ein Auge zugetan. Er hat gestern den Dürren und Nikolai abgefangen, als sie vom Waschraum zurückkamen, er hatte meine Stimme gehört. Sie haben ihm gesagt, wenn er nicht in seiner Zelle bleibt, wird er und werde auch ich ein noch viel größeres Problem haben, also hat er gehorcht.

Es sieht aus, als zögen sich Schatten durch Noels Gesicht an diesem Morgen. Ich glaube, er hatte das Schlimmste befürchtet.

Wir quälen uns durch Heilkunde. Es ist unsere erste Einheit in diesem Fach, und natürlich werden wir dank unserer Verfassung sofort in Liga Vier eingeteilt.

In der Mittagspause verschwinden wir, anstatt zu essen, schnell in unserer Zelle und legen uns schlafen. Abwechselnd. Jeder die Hälfte der Zeit.

Es dauert einige Tage, bis ich wieder ganz bei Kräften bin.

Und mit jeder vergangenen Stunde kommt mir die Nacht im Waschraum mehr vor wie ein Albtraum, der gar nicht passiert ist. Wie eine Sache, vor der du dich fürchtest, die aber eigentlich nie eintritt. Aber es war nicht nur ein Albtraum, es war echt, und ich werde nicht vergessen, dass es Aron gewesen ist, dem ich das alles zu verdanken habe.

12

Favilla. Schlafzelle Lucas.

Der Federkiel biegt sich in meiner Hand. Die Spitze gräbt sich beinahe in das Pergament, als würde ich etwas in Stein einritzen. Ich beiße mir mit den Zähnen fest auf die Unterlippe.

F ... A ... W ...

»V«, sagt Noel.

»Das gibt es doch nicht.« Ich schmeiße die Schreibfeder auf den Boden, stoße dabei mit dem Ellenbogen gegen das Tintenfass auf meinem Bett und kann es gerade noch vorm Herunterkippen aufhalten. »Das ist doch scheiße.«

Noel schweigt.

»Man hört das W doch«, sage ich und hebe den Federkiel wieder vom Boden auf. »Warum kann ich es dann nicht schreiben?«

»Du musst es dir eben einfach merken«, sagt Noel. »Wenn du es einmal drin hast, kommt es dir ganz normal vor.«

»So schaffe ich es nie in Liga Drei.«

Noel lächelt schwach. »In irgendwas muss ich schließlich besser sein als du. Außerdem schaffst du es, ich bin mir ganz sicher. Du brauchst nur ein bisschen Geduld.«

Ich lecke mir über die Lippen, der salzige Geschmack von Schweiß. Wir haben bis zum letzten Moment mit den Holz-

schwertern trainiert, ich hatte keine Chance, mich vor der Nachtruhe zu waschen.

Ich brauche nur ein bisschen Geduld. Doch Geduld ist etwas,
das ich nicht habe.

»Willst du noch einen Tipp?«, fragt Noel.

Ich schließe einmal kurz die Augen, öffne sie dann wieder. Ich
würde zwanzig Stunden ohne Pause Kampfübungen machen, um
mir nur eine Stunde Schriftkunst sparen zu können.

Leider haben wir Schriftkunst sehr häufig, fast so häufig wie
Schwertkampf. So etwas wie den Unterricht mit Stichwaffen dagegen habe ich jetzt erst einige Male gehabt.

»Ja«, sage ich schließlich trotzdem zerknirscht zu Noel.
»Gerne.«

»Versuch, die Feder lockerer in der Hand zu halten. Die Bewegungen müssen fließen. Es ist wie beim Schwertkampf, nur dass
sich eben bloß deine Hand bewegt.«

»Okay«, sage ich.

»Na ja, leichter gesagt als getan. Aber es geht«, meint Noel und
zieht dann die Augenbrauen hoch. »Ich würde sagen, es reicht für
heute, oder?«

Ich nicke. »Danke, Noel.«

»Keine Ursache.«

Ich räume mein Schreibzeug weg. Noel erklärt mir oft noch
einige Buchstaben oder Wörter abends in der Zelle. Er ist schon
vor einer Weile in Liga Drei aufgestiegen, und seine Begeisterung
für die Schriftzeichen nimmt tatsächlich immer noch zu.

Auch sonst übe ich viel mit Noel. Wir nutzen die kurze Zeit,
die uns abends im Gemeinschaftsraum bleibt, um mit den Holzschwertern zu trainieren. Hier kann ich Noel eine Menge bei-
bringen. Manchmal spielt er auch bloß *Könige und Narren* mit

111

Melvin und einigen anderen Schülern. Dann trainiere ich alleine oder mit Nora.

Als ich nun auf dem harten Stein liege und die Augen schließe, bemerke ich erst, wie erschöpft ich eigentlich bin. Mein Gesicht brennt vom getrockneten Schweiß auf der Haut. Ich spüre die blauen Flecken an meinen Oberschenkeln, wo ich einige Schwertschläge abbekommen habe. Ich will mich kein Stück mehr bewegen.

Ich hätte früher nie gedacht, dass ich mit jemandem wie Noel so gut auskomme. Er ist so anders als Rorick, mein Arbeitskollege bei den Kräutersammlern. Rorick war fünf Jahresumläufe älter als ich, wir hatten das gleiche Pflücksegment, und er ist wohl derjenige, den ich am ehesten als einen Freund bezeichnet hätte.

Er war eher der schweigsame Typ, aber was er sagte, hatte er sich gut überlegt, das mochte ich an ihm. Und er konnte Menschen nachspielen. Das konnte er wie kein anderer.

Ich lächele kurz in mich hinein. Meistens, wenn die Arbeit besonders hart war, wenn die Sonne in der Jahresmitte besonders heiß und gleißend auf die endlosen Kräutersträucher fiel, fing er an. Er positionierte sich dann genau neben mir, den Blick hatte er nach unten gerichtet, sammelte weiter, als wäre nichts. Doch währenddessen ahmte er die Stimmen der Schichtaufseher nach, und er tat das so gut, dass man hätte denken können, sie seien es, die neben mir sammelten.

»Mmmmh«, sagte er im genau richtigen Tonfall. »Ich bin Dork, der Schichtaufseher. Mir fehlt zwar das Gehirn, aber das macht nichts, so ist der Kopf viel leichter, ich kann das jedem nur empfehlen.«

Und dann legte Rorick erst richtig los. Er beherrschte die Stimme jedes Schichtaufsehers und sogar die Des Herolds. Und auch wenn all das in echt weit entfernt davon war, lustig zu sein, konnte ich manchmal kaum verhindern, lauthals loszulachen. Vielleicht, denke ich, vielleicht gerade, weil es sonst so schlimm war.

»Lucas?«, sagt Noel plötzlich in die Stille unseres Schlafraums hinein, und seine Stimme klingt angespannt.

»Ja.« Ich schaue zu Noel rüber, er hat seine Öllampe noch nicht gelöscht.

»Du musst auch mal Pause machen.«

»Hm?«

»Du kannst nicht jeden Abend trainieren. Dein Blick ist manchmal ganz woanders, wenn du deine Bewegungsabfolgen durchgehst. Ich finde, du solltest es nicht übertreiben«, sagt Noel und klingt jetzt ernsthaft beunruhigt.

»Ich finde, das ist meine Sache«, sage ich scharf.

»Natürlich, aber –«

»Lass gut sein, Noel, ich bin müde.« Ich drehe mich auf meinem Lager um. Starre gegen die Wand.

Ich weiß, dass er es nicht böse meint, und ich sollte ihn nicht so abwürgen. Es ist nicht fair. Aber meine Lage lässt mir keine Wahl.

Zwar bleibe ich nach außen ganz ruhig, schaffe es weitestgehend, Arons Sprüche, sein verschlagenes Spürhundgesicht zu ignorieren. Auch wenn es in mir drin brodelt, ich gönne ihm die Genugtuung nicht.

Zwar geht es Noras Fuß wieder besser, und sie scheint es mir tatsächlich nicht übel zu nehmen. Ich kann ihre und auch Emmas Einschätzung langsam annehmen: Solche Unfälle gehören dazu.

Zwar mache ich Fortschritte.

Aber es geht mir trotz allem zu langsam. Trotz allem bin ich noch nicht einmal im Schwertkampf bei Melvin und den anderen in Liga Eins angelangt. Sogar Aron in Liga Zwei ist mir noch weit überlegen, das ist ganz deutlich zu erkennen. Und ich ertrage es kaum, dass ausgerechnet er besser ist als ich.

Die Tage vergehen, verschwimmen beinahe ineinander. Ich habe darüber keinen Überblick mehr, doch Noel zählt sie, indem er kleine Striche in die Bettkante ritzt.

Ich wage es nicht, so genau hinzuschauen, aber ich bin mir sicher, es sind über vierzig. Und jeder dieser Striche ist ein Tag gegen meinen Bruder. Wenn ich die Augen schließe, kann ich ihn vor mir sehen, den Ausdruck in seinem Gesicht, als ich die Tür vor ihm zusperrte.

Ich kann mich nicht, ich darf mich nicht zurückhalten, selbst wenn Noel es sagt. »Es ist meine Entscheidung«, sage ich also, um die Sache endgültig klarzustellen. »Und ich hoffe, du kannst das akzeptieren.«

»Wie du meinst«, sagt Noel nach einer kurzen Pause, und am nächsten Morgen spricht er es nicht noch einmal an, und es wird schnell wieder normal zwischen uns.

Alles andere als normal sind allerdings die Schritte nachts. Noel und ich sind uns mittlerweile sicher, dass die Geräusche aus den Wänden kommen. Dass da irgendwer oder irgendetwas ganz dicht an uns vorbeiläuft, und, dieser Gedanke lässt mich nicht mehr los, dass dieser jemand uns möglicherweise genauso gut hört, wie wir ihn hören. Dass er einen Grund haben muss, zwischen den Zellen umherzulaufen, er damit irgendein Ziel verfolgt.

Manchmal hören wir tagelang nichts, dann wecken die Geräusche uns wieder an zwei aufeinanderfolgenden Abenden. Wir können keinen Rhythmus ausmachen.

Die Ungewissheit um dieses Phänomen macht mich fertig, gleichzeitig sage ich mir immer wieder, dass es mich nicht kümmern darf.

Aber wie sollte es das nicht, wenn ich weiß, jede Nacht könnten sie wiederkehren. Und vielleicht bleibt es dann nicht nur bei den Schritten, sondern sie kommen in unsere Zelle. Und wer weiß schon, was dann passiert.

13

Favilla. Speisesaal.

Ich starre an die Decke, blicke auf die faustgroßen Öffnungen oben in den Ecken, die man in vielen Räumen hier finden kann, selbst in unserer Zelle ist eine.

»Rauchschächte«, hat Melvin erklärt. »Wenn es die nicht gäbe, könnte der Rauch der Fackeln nicht abziehen, und wir würden hier drin ersticken.«

»Wahnsinn, oder?« Alexis lässt sich neben mir auf der Bank nieder. Sie hat ausschließlich Pilze auf dem Teller. Ihr kurzes schwarzes Haar ist zerzaust. Sie sieht müde aus.

»Hm?«, mache ich.

»Die Rauchschächte«, sagt Alexis. »Wer die damals gebaut hat, muss ein Genie gewesen sein.«

Ich schweige.

»Sie müssen die Schächte so kleinteilig und weit verzweigt angelegt haben, dass der Rauch sich im Wald bereits unter dem Blätterdach verliert.« Alexis malt mit dem Finger unsichtbare Striche auf den Tisch. »Eine Meisterleistung.«

»Lass mich raten«, sage ich und bin ausnahmsweise froh über eine Ablenkung. »Da spricht die Hüttenbauerin.«

Alexis zieht die Augenbrauen hoch und nickt. »Gut erkannt«,

sagt sie. »Hat halt jeder so seine Eigenarten. Bei dir wusste ich zum Beispiel sofort, dass du Kräutersammler bist.«

»Warum das denn?«

»Na ja, du machst diese Sache mit deinen Händen. Dieses Wischen über die Handrücken«, Alexis versucht, die Geste nachzumachen. »Das hat schon mal eine Kräutersammlerin gemacht, die hier war.«

»Ah, verstehe«, sage ich.

»Kriege ich jetzt noch eine Erklärung, warum du das machst?«

»Ach so.« Ich grinse. »Das auch noch.«

»Ja, das auch noch.«

»Das kommt von den Sonnenkrautpollen«, sage ich und schaue ihr ins Gesicht, »die kleben auf deinem Handrücken, und wenn dann die Sonne draufscheint, bekommst du unglaublich schnell verbrannte Haut. Deswegen musst du sie immer wieder abstreichen. Gewöhnt man sich schnell an.«

Alexis setzt zu einer Erwiderung an, da ist Noel, der eben unsere Teller weggebracht hat, wieder am Tisch.

»Unterricht?«, fragt er.

Wir nicken, gemeinsam machen wir uns auf den Weg in die Große Halle. Dort angekommen stellen wir uns in die Reihe auf der rechten Seite und warten.

»W-w-willkommen zu der h-heutigen Einheit.« Finnley, der Lehrende für Bogenschießen, steht auf einmal im Raum. Wo kommen die immer so urplötzlich her?

In der Hand hält er einen Langbogen aus dunklem Holz, glatt poliert, sodass er glänzt. Über dem Rücken trägt er einen Köcher, die Befiederung besteht aus schmalen Schwanenfedern.

»Oh Mann«, murmelt Swen, der neben Noel steht, halblaut, sodass nur wir es hören können.

Ich weiß von Noel, dass Swen nur eine Abholung vor uns nach Favilla gekommen ist. Und dass es immer wieder Streit mit ihm beim Spielen von *Könige und Narren* gibt.

»Dieser Stotter-Trottel geht mir auf die Nerven.« Swen verzieht das Gesicht. »G-g-g-geh dich erhängen, F-F-Finnley.«

In diesem Moment zischt es, ein Pfeil schießt an Swens Gesicht vorbei, mit höchstens einem Fingerbreit Abstand. Er donnert gegen einen der Steinpfeiler, die Spitze zerspringt mit einem Krachen.

Swen hat die Augen weit aufgerissen und fasst sich ungläubig an die Stelle, wo der Pfeil ihn nur knapp verfehlt hat.

»R-R-Ruhe dahinten«, sagt Finnley und senkt seinen Bogen wieder.

Von Swen ist nichts mehr zu hören, doch ich sehe, wie die Ungläubigkeit und der Schock in seinen Augen langsam mühsam unterdrückter Wut weichen.

Ich blinzele. Bin noch immer geschockt. Egal, wie meisterhaft Finnley mit dem Bogen umgehen mag, der Pfeil hätte sich Swen auch in den Schädel bohren können!

Ich blicke zu Noel, er starrt angestrengt nach vorne.

Als wir mit dem Schießen beginnen, trifft keiner meiner ersten zehn Pfeile auch nur annähernd das Ziel. Erst allmählich kann ich mich wieder auf den Unterricht konzentrieren.

Bogenschießen gehört nicht zu meinen besten Fächern, aber ich komme hier durchaus voran. Es ist eine ruhigere Kampfkunst als die anderen. Ich kann meine Überraschungsmomente nicht einsetzen, es geht noch mehr um Technik. Und manchmal, wenn die Pfeile zu oft ihr Ziel verfehlen, schäumt es regelrecht in mir. Aber das Gefühl für den Bogen, die Spannkraft, den Winkel, den Flug des Pfeils wird ganz allmählich besser.

Noch muss ich am Nachmittag in Liga Vier üben. Doch ich denke, ich habe eine Chance, irgendwann Liga Drei zu erreichen. Irgendwann ist zwar immer noch zu langsam, aber auf jeden Fall bin ich hier deutlich zuversichtlicher als in Schriftkunst.

Auch in der jetzigen Einheit habe ich das Gefühl, mich zu verbessern. Doch wenn ich jemanden wie Estelle neben mir sehe, die mit einer vollkommenen Selbstverständlichkeit jeden Pfeil genau ins Ziel schießt, dann erwacht wieder diese schreckliche Unruhe in mir. Das ist das Problem an den gemeinsamen Einheiten am Vormittag, du siehst noch deutlicher, wie stark die Konkurrenz ist, als wenn du bloß mit den Schülern aus der eigenen Liga trainierst.

Ich versuche deshalb immer, mich am Vormittag nur auf mich zu konzentrieren. Meistens klappt das ganz gut. Auch jetzt. Ich blende Estelle und die anderen weitestgehend aus und bin nur bei mir und dem Bogen in meiner Hand. Das Knochenmehl scheint dann außerdem stets schneller durchs Stundenglas zu rieseln – wenn man eben nicht darauf achtet.

Nach Ende der Einheit, als Noel und ich gemeinsam die Große Halle verlassen wollen, sehe ich auf der anderen Seite der Halle, auf dem Podest gleich beim Ausgang zum Friedhof, einige Schüler stehen.

»Was ist da denn los?«, fragt Noel.

»Keine Ahnung.« Ich zucke mit den Schultern, doch Noel ist schon unterwegs. Ich folge ihm widerwillig.

Als wir dem Pulk näher kommen, erkenne ich, dass sich die Schüler um Swen versammelt haben. Er steht vor einer der schwarzen Phönixstatuen und hält mit der rechten Hand einen spitz zulaufenden Stein in die Höhe.

Die langen, dunklen Locken fallen ihm vors Gesicht, er schiebt sie zur Seite. Der Ausdruck in seinen Augen gefällt mir nicht. Er ist noch immer aufgebracht, wütend, aber ich kann auch eine stumpfe Gleichgültigkeit erkennen. So als ob er nichts zu verlieren hätte.

»Was meint ihr?«, sagt er und nickt in Richtung der Statue. »Der sieht doch bestimmt viel schöner aus, wenn ich ihm ein paar Verzierungen in den Leib ritze, oder?«

Drei Schüler wechseln Blicke untereinander, drehen sich um und verschwinden schnell. Genau so einen Blick will ich jetzt Noel zuwerfen, der Kerl ist nicht ganz bei Sinnen, wenn er das ernsthaft vorhat, wir sollten hier weg. Aber Noel kommt mir zuvor. »Swen, lass das doch«, sagt er.

»Ach nee«, sagt Swen und wendet sich zu ihm. »Der Neue. Was weißt du denn schon. Denkst du, du kannst mir jetzt gut zureden, und dann habe ich wieder alle lieb?«

»Nein«, sagt Noel, ohne eine Spur von Ärger. »Aber ich bin mir sicher, du hast ein ernsthaftes Problem, wenn du das machst. Also komm einfach mit.«

Swen schnaubt, in seinen Augen scheint es zu blitzen. »Mit wem habe ich dann ein Problem? Mit dem Internatsleiter? Den habe ich noch nie gesehen. Mit den Lehrenden, die gleich nach dem Unterricht sowieso wieder verschwinden? Mit den Wachen, die angeblich irgendwo beim Aufgang zum Friedhof stehen?« Er macht eine fahrige Geste mit der linken Hand. »Wisst ihr, was ich glaube? Das alles hier ist nur irgendein bescheuertes Experiment. Irgendein Spiel. Und eigentlich muss man bloß das Tor aufstoßen und nach oben in die Freiheit gehen, dann hat man das Spiel gewonnen. Es macht nur niemand.«

Ich lasse den Blick nervös durch die Halle schweifen. Die anderen um uns herum werden ebenfalls immer unruhiger. Wir sollten jetzt wirklich weg hier, das wird sonst überhaupt nicht gut ausgehen!

»Und wisst ihr was?«, redet Swen weiter. »Nachdem ich diesen Vogel verziert habe, gehe ich vielleicht einfach raus.« Er wendet sich der Phönixstatue zu und hebt wieder den Stein. Noel hastet vorwärts, aber zu spät. Mit einem lauten Schaben kratzt der Stein über die Brustfedern. Dann erst ist Noel bei ihm und reißt Swens Arm zurück. »Nun hör schon auf!« Selbst Noels Stimme bleibt jetzt nicht mehr ruhig. Swen versucht, seinen Arm zu befreien, aber Noel hält eisern fest. »Bevor es jemand sieht.«

Swen tritt Noel kräftig gegen das Schienbein und schafft es dann doch, sich blitzschnell aus seinem Griff zu winden. Er macht zwei Schritte nach hinten. Ich trete neben Noel.

»Verschwindet hier«, zischt Swen und umklammert den Stein wie eine Waffe. »Niemand hat euch hergebeten.«

Ich habe ihn bereits kämpfen gesehen, er ist kein ungefährlicher Gegner, und einen Moment weiß ich nicht, ob er uns tatsächlich angreifen will.

»Swen!«

Der Ruf lässt ihn herumfahren.

Timeon, der Trainingspartner und beste Kumpel von Swen, kommt durch die Große Halle auf uns zugerannt. »Swen«, wiederholt er atemlos, als er unsere Gruppe erreicht hat. »Reiß dich zusammen, du Vollidiot, du machst alles kaputt.«

»Ach, halt doch die Fresse«, fährt Swen ihn an, aber ich kann plötzlich eine Unsicherheit in seiner Stimme hören.

Timeon baut sich direkt vor Swen auf. Er ist einen halben Kopf kleiner. »*Du* hältst jetzt die Fresse.«

»Ich werde überhaupt …« Weiter kommt Swen nicht. Timeon holt aus und schlägt Swen mit dem flachen Handrücken so kräftig ins Gesicht, dass Swens Kopf regelrecht nach hinten wirbelt. Timeon setzt nach und packt mit beiden Händen das Leinenhemd von Swen, hält ihn fest. »Es reicht!«, fährt er ihn an, zögert, dann sagt er leiser: »Du weißt doch, wozu die fähig sind.«

Swens Augen werden enger, er zieht die Oberlippe hoch, einen Moment sieht es so aus, als ob er Timeon gleich ins Gesicht spucken würde. Doch schließlich entspannen sich seine Züge allmählich, er nickt.

Timeon lässt ihn los, und Swen wischt sich mit der Hand übers Gesicht. Er atmet tief durch und schließt dabei die Augen.

Als er sie erneut öffnet und uns anschaut, gehört sein Blick wieder ihm.

»Was glotzt ihr denn so?«, sagt er. »Verpisst euch!«

Als wäre es das Kommando, auf das alle gewartet haben, löst sich der Halbkreis beinahe augenblicklich auf. Die anderen Schüler zerstreuen sich und gehen in kleinen Gruppen zum Speisesaal. Auch Swen und Timeon verschwinden eilig aus der Großen Halle, Timeon redet dabei vehement auf Swen ein.

Ich bleibe vor der Phönixstatue stehen. Man kann die Scharte, die Swen in die Brust geritzt hat, nur entdecken, wenn man ganz genau hinschaut. Als ich sie aber erst einmal gefunden habe, wirkt sie so auffällig wie ein Leuchtfeuer. Als hätte ein Schwerthieb das steinerne Fleisch des Feuervogels zerteilt. Ich würde mich nicht einmal wundern, wenn Flüssigkeit heraustropfen würde.

Ob es stimmt? Dass echte Phönixe, wenn sie sterben, verbrennen und aus ihrer Asche wiederauferstehen?

»Gehen wir«, sagt Noel.

Ich nicke.

Gemeinsam schreiten wir über die riesige Flamme, die der Marmorboden bildet. Ohne andere Schüler kommt mir die Große

Halle noch viel weiträumiger, mächtiger vor, unsere Schritte hallen laut von den Wänden wider.

Als wir beinahe am Ende der Halle angelangt sind, bleibe ich ruckartig stehen. Da war eine Bewegung. Irgendwo links. Links zwischen den Stützpfeilern.

Langsam drehe ich den Kopf und blicke angestrengt in den schummrigen Randbereich.

»Was ist?«, sagt Noel leise, der ebenfalls angehalten hat.

Ich antworte nicht. Ich lasse meinen Blick noch einmal von rechts nach links wandern. Aber ich kann nichts Verdächtiges entdecken.

»Schatten«, sage ich schließlich, mehr zu mir selbst als zu Noel, und wende mich ab. »Nur die üblichen Schatten von Favilla.«

Wir verlassen die Große Halle, ich schlucke trocken.

Irgendwie ist mir schlecht.

Am nächsten Morgen erscheint Swen nicht beim Essen.

Noel und ich waren beide früher als sonst wach, und so gehören wir zu den Ersten, die den Raum betreten. Wir setzen uns zu Nora an den Tisch, die sich bereits ihr Essen geholt hat.

Ich kann von meinem Platz aus sehen, wer in den Speisesaal kommt. Erst schaue ich wenig interessiert hin. Nacheinander trudeln die Schüler ein, einige alleine, einige in kleinen Grüppchen. Ich sehe, wie Valerie langsam neben Marcus hergeht, er hat sich vor drei Tagen beim waffenlosen Kampf das Knie verdreht und humpelt noch ein wenig. Ich sehe, wie Melvin und Johanna wild über etwas diskutieren, Johanna dann lacht und Melvin mit der flachen Hand auf den Hintern schlägt. Und dann betritt Timeon den Raum.

Ich verschlucke mich beinahe an meinem Essen, würge es

runter und trinke schnell nach. Ein Schauder läuft mir einmal über den gesamten Körper, von der Kopfhaut bis hinunter zu den Füßen und wieder zurück.

Wenn ich nicht wüsste, dass Timeon Schüler dieses Internats ist, würde ich denken, eine frische Leiche wäre vom Friedhof zu uns herabgestiegen, um sich ohne Umwege in die Gebeinhäuser legen zu können.

Seine Haltung ist kraftlos. Sein Gesicht noch blasser als das des Dürren. Und ich kann selbst von meinem Platz aus erkennen, dass seine Augen leer geradeaus schauen.

Mit mechanischen Bewegungen holt er sich etwas zu essen, ich kann meinen Blick nicht von ihm nehmen, und er setzt sich zu Valerie und Marcus an den Tisch. Ausdruckslos bewegen sich seine Lippen, Valerie und Marcus schauen einander an, dann legt Valerie ihre Hand auf die von Timeon. Ich merke, dass ich schon viel zu lange dorthin gestarrt habe, räuspere mich und fixiere wieder den Eingang.

Nun bin ich hellwach. Mein Magen zieht sich zu einem eiskalten Klumpen zusammen, so als warte ich auf etwas Unausweichliches.

Alexis kommt rein, sie unterhält sich mit Liv.

Estelle kommt rein, alleine.

Aron und zwei andere kommen rein, unsere Blicke treffen sich, und er grinst mich boshaft an.

Sam kommt rein, ihre Augen sind starr geradeaus gerichtet.

Phil, Klara, Callan, Moa und viele andere. Bald sind es alle. Nur Swen ist noch nicht da.

»Hau mal rein«, sagt Noel plötzlich von der Seite. »Der Unterricht fängt gleich an.«

Ich schaue auf meinen Teller. Ich habe fast nichts gegessen. Die

Wurzeln sehen staubtrocken aus. Aus dem zur Hälfte verspeisten Höhlenkäfer sickert eine bläuliche Flüssigkeit.

»Ich gehe noch einmal schnell zu den Waschräumen«, murmele ich und stehe ruckartig auf.

»Na gut. Aber beeil dich, dass du nicht zu spät kommst«, sagt Noel, doch er sagt es ohne Sorge. Ich bin noch kein einziges Mal zu spät zum Unterricht erschienen.

Ich haste aus dem Speisesaal, vorbei am Brunnen, die Treppen hinab, durch den Gemeinschaftsraum, im Stundenglas rieselt das Knochenmehl unermüdlich, ich biege nach links ab, die Gänge entlang, vor Swens Schlafzelle bleibe ich stehen.

Ich hebe die zur Faust geballte Hand, sie zittert. Vielleicht hat Swen einfach verschlafen, sage ich mir. Ich muss ihn bloß wecken. Ich klopfe zweimal gegen den Stein, lausche, höre nichts. Dann schiebe ich die Tür auf.

Die Zelle ist nicht leer, aber es ist auch nicht Swen, der sich jetzt zu mir umdreht.

Vor mir steht eine Frau, die ich noch nie gesehen habe. Vermutlich eine Begrabene. Sie trägt kurzes braunes Haar, und ihre Gesichtszüge sind fein und schmal. Ich schlucke, denke, gleich kommt irgendetwas von ihr. Aber sie schaut mich einfach nur ausdruckslos an und wartet.

»Ich dachte nur, Swen hat verschlafen«, sage ich heiser.

»Swen ist krank geworden«, sagt sie. »Er liegt jetzt auf der Krankenstation. Ich säubere die Zelle.«

»Ah.« Ich starre auf den Stofflappen, den sie in der Hand hält. Im Licht der Öllampen kann ich es nicht ganz genau erkennen, aber doch bin ich mir sicher, dass er von einer dunklen, roten Flüssigkeit getränkt ist.

»Gut«, sage ich schnell. »Danke.«

Ich stoße die Steintür einfach wieder zu. Der Unterricht. Er fängt gleich an, ich darf nicht zu spät kommen, ich beginne zu rennen. Werde schneller, immer schneller. Ich renne, als wäre der Tod hinter mir her. Mir ist schwindelig, ich kann mich kaum orientieren.

Ich wünschte, ich wäre nicht hier runtergekommen. Und doch musste ich es tun, ich musste es mit Sicherheit wissen.

Vielleicht ist er auch wirklich nur krank, sage ich mir, während ich durch die Gänge renne, durch den Gemeinschaftsraum und die Treppen rauf, *vielleicht ist er einfach nur ein bisschen krank.*

In den kommenden Tagen taucht Swen nicht auf. Und niemand, nicht einmal Timeon, spricht mehr von ihm.

14

Favilla. Gemeinschaftsraum.

Reiß dich zusammen, Lucas Gavener! So was habe ich noch nie erlebt. Mein Körper ist ganz erhitzt, Schweißtropfen pressen sich aus der Haut, oben an der Stirn gleich beim Haaransatz. Meine Fingerspitzen sind taub, als hätte ich sie in Eiswasser gehalten. Am liebsten würde ich mir ununterbrochen über die Handflächen wischen.

Es hat gedauert, bis ich mich hierzu entschieden habe. Die ersten Tage nach Swens Verschwinden war ich sowieso noch völlig von der Rolle, mittlerweile habe ich gelernt, damit umzugehen. Natürlich habe ich es nicht vergessen, aber ich habe mich mehr und mehr dazu gezwungen, so wenig wie möglich daran zu denken. Sonst wäre ich wahrscheinlich durchgedreht.

Doch besonders jetzt will ich nicht daran denken. Ich richte meinen Blick nach vorne. Jetzt muss ich mich konzentrieren. Es ist bescheuert, wie aufgeregt ich bin.

Ich hole tief Luft, dann überwinde ich den kurzen Weg zu Sam, die in einer Ecke des Gemeinschaftsraums sitzt und unbeteiligt den Würfelspielern zusieht.

»Hallo«, sage ich schnell, als ich vor ihr anhalte. »Ich bin Lucas.«

Sie blickt langsam zu mir hoch, die Farbe ihrer Augen erinnert mich aus der Nähe an Felskräuter. Mir haben die immer gefallen.

Ihre Lippen sind eher schmal und blass, haben aber einen schönen Schwung. Eine Haarsträhne hängt ihr vor der Stirn.

»Sam«, sagt sie und blickt dann demonstrativ wieder in Richtung der Würfelspieler, und in diesem Moment fällt mir auf, dass ich mir vielleicht vorher hätte überlegen sollen, was genau ich denn sagen will.

»Kannst du eigentlich auch lächeln?« Es ist das Erstbeste, was mir in den Kopf kommt. »Sieht manchmal nicht so aus.«

Ganz toll, Lucas! Aber immerhin, sie schaut wieder hoch. »Bist du rübergekommen, um mich zu beleidigen?«

»Nein«, sage ich und räuspere mich. Ich strecke den Rücken durch, mein Blick ist nun fest. »Hast du Lust, ein bisschen Schwertkampf zu üben? Ich könnte dir ein paar Tricks zeigen.«

Sam streicht sich die Haarsträhne nach hinten und steht auf. Zwei Schritte liegen zwischen uns, trotzdem ist sie mir so nah wie noch nie zuvor, mein Herz hämmert. Nach außen bleibe ich ruhig.

»Danke, nein«, sagt sie, sieht mir noch einmal unbeeindruckt in die Augen und lässt mich stehen, verlässt den Gemeinschaftsraum in Richtung der Mädchenzellen.

Ich blicke ihr nach, völlig verdutzt. Ich war davon ausgegangen, wenn wir erst mal ins Gespräch kommen, erledigt sich der Rest von selbst. *Falsch gedacht.*

»Wenn die Leute einfach immer auf mich hören würden, wäre das Leben viel leichter«, sagt plötzlich Melvin neben mir und schlägt mir mit einer Hand auf die Schulter. »*Könige und Narren*, wir brauchen noch einen Mitspieler. Los geht's.«

Einen kurzen Moment ist mir danach, seine Hand von meiner

Schulter zu stoßen und mich schnell zurückzuziehen. Oder aber Sam hinterherzulaufen und sie zur Rede zu stellen. Dann überlege ich es mir anders und nicke. »Na gut, was soll's.«

Ich setze mich mit ihm zu den Würfelspielern, wo auch Noel ist. Da ich erst das dritte Mal überhaupt mitspiele, verliere ich gnadenlos. Aber immerhin bin ich jetzt nicht mehr aufgeregt, sondern wütend, das ist besser.

Am folgenden Tag haben wir Schwertkampf. In der Großen Halle gehe ich an Sam vorbei, ohne sie eines Blickes zu würdigen. Ich bin mir allerdings ziemlich sicher, dass sie mich ebenso ignoriert.

Und auch wenn ich mich heute gut und selbstsicher fühle, ein kurzer Stich des Ärgers zuckt in diesem Moment doch einmal durch mich hindurch, wie einer dieser seltenen, kleinen Schläge, wenn du das Haar eines anderen an einem besonders trockenen Tag mit den Fingerspitzen berührst. Zwergenblitz haben wir das bei den Kräutersammlern genannt.

Noel und ich stellen uns nebeneinander in die Reihe der Schüler. Auf der anderen Seite der Halle, in der uns gegenüberliegenden Reihe, steht Aron genau auf meiner Höhe, als hätte er gewusst, wo wir landen.

»Bevor ihr eure Waffen nehmt, brauche ich einen Freiwilligen«, sagt Emma. Sie befindet sich auf dem Podest am Kopf der Großen Halle, ihr Blick schweift über die Schülerreihen.

»Ich«, sage ich, ohne zu zögern, trete einen Schritt vor, schaue Aron dabei unverwandt an. Noel schräg hinter mir zieht scharf die Luft ein.

»Wir haben in der letzten Einheit über Beinarbeit gesprochen«, sagt Emma und sieht mich an. »Lucas, ich möchte, dass du dir einen Gegner aussuchst.« Jetzt schaut sie wieder über die Reihen.

»Und eure Aufgabe ist es, ganz genau auf die Beinarbeit zu achten. Ich möchte, dass ihr Stärken und Schwächen dabei wirklich versteht.«

Aron hat sich schon leicht vorgebeugt, so als würde er jeden Moment in die Mitte treten. Natürlich denkt er, ich werde ihn auswählen. Und natürlich wäre das eine Möglichkeit, aber ich bin noch nicht so weit, es mit ihm aufzunehmen. Das weiß ich.

Mein Blick wandert nach links, nach rechts, und da kommt der Name plötzlich wie von selbst über meine Lippen.

»Sam.«

Ein Raunen geht durch die Halle, scheint zwischen den hohen Wänden widerzuhallen. Köpfe drehen sich in Richtung Sam. Nur Noel sieht mich ernst an und schüttelt ganz leicht den Kopf, sodass bloß ich es mitbekomme.

Ich nicke ihm zu, um ihm zu bedeuten, dass er sich keine Sorgen zu machen braucht. Ich habe nicht vor, Sam wehzutun. Ich werde vorsichtig sein. Aber ich kann nicht anders: Sie hätte mich nicht so stehen lassen müssen, ein kleiner Dämpfer für ihr Auftreten tut ihr sicher mal ganz gut. Eine kleine Herausforderung. Und wahrscheinlich, denke ich, wahrscheinlich bin ich ihr dann nicht mehr so vollkommen egal.

Ich gehe an Noel vorbei, greife mir ein Gambeson vom Stapel, streife es über, schließe die Schnallen an der Seite, ziehe die gepolsterten Schutzhandschuhe an und nehme eines der Übungsschwerter aus dem Waffengestell. Dann baue ich mich in der Mitte der Halle auf, warte auf Sam.

Sie stellt sich vor mich. Ihre Züge sind hart, nicht so teilnahmslos wie sonst. Sie hält ein Übungsschwert in der Hand, trägt aber nur ihre Leinenklamotten, kein Gambeson, keine Schutzhandschuhe.

»Willst du nicht …«, beginne ich, aber sie unterbricht mich. »Können wir anfangen?«

Emma klatscht vorne einmal in die Hände. »Also: Achtet auf die Beinarbeit. Alles ist erlaubt. Der Kampf beginnt *jetzt*.«

Ich plane nicht, Sam lange vorzuführen. Ich werde sie schnell entwaffnen, ohne sie dabei zu verletzen. Da ist es nicht so schlimm, dass sie auf die Schutzkleidung verzichtet.

Sam starrt auf einen unbestimmbaren Punkt zwischen meiner Waffe und meiner Brust.

Ich greife an. Harte, kurze Schläge. Sam pariert, die eiserne Schlagmelodie tönt laut durch die Halle. Ihre Bewegungen sind gekonnter, als ich erwartet habe. Ihre Schritte sind ruhig und schnell zugleich.

Wir lösen uns voneinander. Umkreisen uns nun mit seitwärts gerichteten Schritten. Kurze Kontakte der beiden Waffen, eine Art Abtasten, keine richtigen Schlagfolgen. Sie versteht es, ihre Deckung zu halten, ich muss offensiver vorgehen.

Ich deute einen Schritt nach links an, reiße dann aber das Schwert mit beiden Händen über den Kopf und greife sie frontal von oben an.

Blitzschnell hebt Sam ihre Waffe. Sie packt ihre stumpfe Klinge mit der Linken, sodass sie das Schwert an beiden Enden hält, und blockt meinen Schlag wie mit einem Kampfstab. Im selben Moment reißt sie ihr Schwert nach links und hakt mit der Parierstange meine Klinge ein, hebelt sie dann wuchtig zur Seite und mich mit ihr.

Bevor ich meine Waffe wieder heben kann, schwingt sie ihr Schwert nach oben über ihren Kopf und stößt es mit dem Schwertknauf voran frontal auf mein Gesicht zu. Einen Fingerbreit vor meiner Nase stoppt sie die Waffe ab. Ich spüre den Luft-

131

zug, bin erstarrt, sie hätte mir problemlos die Nase zertrümmern können.

»Reicht das jetzt?«, zischt sie.

Ihr Gesicht ist ganz dicht vor meinem, ihre Haarspitzen kitzeln meine Wangen.

Einen Moment verharren wir so, dann stoße ich sie weg. Mache selbst einige Schritte nach hinten und halte das Schwert vor mich. Dieser Kampf ist noch nicht vorbei.

Sam schaut mich an, ihr Blick ist feindselig. Auch sie nimmt Haltung ein. Ihre Bewegungen sind präzise. Die Ader an meiner Schläfe beginnt zu pochen.

Du hast dich nicht ein bisschen verschätzt, Lucas. Du hast dich ganz gewaltig verschätzt.

Ich wische den Gedanken weg. Es war ein Trick, den ich nicht kannte, das ist alles. Ich bin jetzt aufmerksamer.

Ich täusche einen seitlich geführten Schlag über rechts an, schwenke dann um und führe ihn über links. Und obwohl ich sehe, dass Sam wieder genau das Gleiche macht, dass sie wieder ihr Schwert an beiden Enden hält, kann ich es nicht verhindern, sie ist zu schnell. Wieder schiebt sie meinen Schlag zur Seite, hakt mit der Parierstange ein, stößt es weg, als wäre ich ein blutiger Anfänger. Und wieder hält sie den Schwertknauf nur einen Fingerbreit vor meiner Nase an. Exakt der gleiche Bewegungsablauf wie eben.

Du bist ein blutiger Anfänger, schießt es mir noch durch den Kopf.

Dann hebt Sam den Schwertknauf. Sie schaut mich mitleidslos an. Sie schlägt ihn kräftig gegen meine Schläfe.

Schwarz.

15

Favilla. Krankenstation.

Die Schicht.

Ich müsste längst dort sein! Es ist mitten am Tag, die Tautropfen sind durch, vier Körbe Felskraut hätte ich schon sammeln müssen, mindestens. Heute ist doch Felskraut dran. Ich bin mir nicht sicher. Doch. Ja. Felskraut. Es ist mitten am Tag, obwohl es so dunkel ist, ich müsste längst dort sein!

Ich richte mich ruckartig von meinem Lager auf, stoße einen unterdrückten Schrei hervor, Schmerz gräbt sich wie eine Kralle in meinen Hinterkopf.

»Ruhig«, sagt eine schnarrende Stimme, und eine Hand drückt meinen Oberkörper wieder nach unten, während die andere Hand Nacken und Schulter sichert und meinen Kopf seitlich zurück auf das weiche Stofflaken führt.

Obwohl ich meine Augen schon beim Aufrichten weit aufgerissen habe, erkenne ich erst jetzt das spitze Gesicht von Jon. Irgendein Teil meines Gehirns hatte mit meinem Vater gerechnet, und so fühle ich Erleichterung.

»Eigentlich war der Plan, dass wir uns so schnell nicht mehr wiedersehen.« Jon spricht mit gedämpfter Stimme, und ich bin ihm dankbar dafür, denn selbst die Lautstärke reicht, es in meinem Schädel wirbeln zu lassen. An meinem Hinterkopf pochen die Schmerzen nun wie kleine, schnelle Hammerschläge.

Plötzlich tauchen die Bilder aus der Großen Halle vor mir auf. Noel, der den Kopf schüttelt. Sam, die auf Schutzkleidung verzichtet. Ihre schnellen Bewegungen. Die Warnung. Der Stoß gegen die Schläfe.

»Verdammt«, stöhne ich und presse meine Handballen gegen die Stirn.

»Hat dir niemand erzählt, dass Sam die beste Kämpferin des Internats ist?«, fragt Jon. »Stillhalten.«

Er tupft mit einem Tuch hinten an meinem Kopf herum, ich ziehe bei der ersten Berührung scharf die Luft ein, bewege mich aber nicht.

»Du bist beim Sturz mit dem Kopf auf den Marmorboden geschlagen und hast dir eine Platzwunde zugezogen. Mehr ist es aber auch nicht.« Ein letztes kräftiges Tupfen, dann richtet Jon sich von meiner Liege auf. »Du wirst schnell wieder auf der Höhe sein.«

Er entfernt sich aus meinem Blickfeld, ich höre, wie er herumräumt. Feine metallene Töne, ein kurzes Schaben.

Ich schließe die Augen, atme durch und öffne sie dann wieder. Es ist immer noch die Krankenstation. Ich habe tatsächlich gegen Sam verloren.

Und auch wenn ich gerne wütend auf sie wäre, weil sie sich im gemeinsamen Unterricht stets so unauffällig verhalten hat, dass ich sie dort nie richtig in Aktion gesehen habe. Oder auf Noel, der den Kopf geschüttelt hat, weil er es wahrscheinlich wusste, weil er sich oft genug beim Würfelspiel mit den anderen unterhalten hat, anstatt zu üben: Ich bin nur wütend auf mich.

Wie konnte ich so selbstverständlich davon ausgehen, dass

Sam in Liga Drei oder Vier kämpft? Wie konnte ich das riskieren, nur weil es mich gestört hat, dass sie sich nicht für mich interessiert? Wie konnte ich mich so blamieren?

Emma, die Leiterin von Liga Eins, hat jeden Moment meiner Niederlage mitbekommen. Jeden Moment meiner vollkommenen Chancenlosigkeit. Sie wird sich das gut merken. Sie wird es dem Internatsleiter erzählen.

Oder aber er hat es schon längst erfahren. Keine Ahnung, wo er seine Augen hat. Möglicherweise hat er sogar zugesehen, ohne dass ich es bemerkt habe.

Mir kommt es vor, als hätte ich schlagartig Fieber bekommen, so heiß ist es plötzlich in mir drin. Ob sich so das Nachtbettfieber anfühlt, von dem du urplötzlich im Schlaf aufschreckst, und entweder du überstehst diese eine Nacht, dann hast du es geschafft, oder du überstehst sie eben nicht?

Ich weiß nicht, wie der Internatsleiter entscheidet, wen er als fähigen Rekruten auswählt, wie viele Chancen er einem gibt. Und ich weiß nicht, was mit denen passiert, die keine Chance mehr bekommen.

»Du denkst zu viel«, sagt Jon. Er scheint drüben fertig zu sein und setzt sich jetzt neben mich ans Bett. Seine Haltung ist entspannt, für einen kurzen Moment wirkt er sehr klein und alt.

»Der Brennende König«, sage ich plötzlich, ich weiß nicht genau, wie ich darauf komme, aber alles ist besser, als an meine Niederlage und ihre Folgen zu denken. Selbst das. »War er schon hier? Hast du ihn schon einmal gesehen?«

»Nein«, sagt Jon, ohne zu zögern. »Nicht dass ich wüsste.«

»Mir hat einmal jemand erzählt, der Brennende König lebe schon seit Hunderten von Jahren«, sage ich. »Er sei unsterblich, solange er den verhüllten Männern ihr Pfand entrichtet. Und nun stecken hinter diesen verhüllten Männern bloß seine eigenen Leute. Ihr.«

»Genau genommen bist du ja doch bei den Toten gelandet«, sagt Jon, und die Fältchen um seine Lippen kräuseln sich. »Nur eben anders als gedacht.«

Ich nicke einmal mit dem Kopf und bereue es sofort. Ich halte still, bis der Schmerz wieder nachlässt. »Denkst du, der andere Teil ist wahr? Der Teil mit der Unsterblichkeit?«

»Ich glaube, dass an den meisten Legenden etwas dran ist.« Jon kneift die Augen zusammen. Auch um seine Augenwinkel kräuseln sich nun Falten, als wäre seine Haut aus Leder. »Aber der Brennende König stirbt wie ein normaler Mensch. Einer seiner vielen Söhne, die er mit seinen Haremsdamen zeugt, übernimmt dann Amt und Umhang. So erzählen es mir die Schwarzgewändler, und sie sind von Zeit zu Zeit am Königshof.«

»Ein Harem?«

»Eine Schar aus Frauen, die nur ihm gehören. Einmal im Jahr sucht er sich eine der jungen Schwarzgewändlerinnen bei der Auswahlzeremonie aus und nimmt sie in seinen Harem auf.«

»Unfreiwillig?«, sage ich und merke im selben Moment, dass die Frage dämlich ist. Seit wann sollte man die Dinge in Lavis freiwillig tun dürfen? »Was denkst du, warum verhüllt sich der Brennende König?«, schiebe ich also schnell nach.

»Möglicherweise für seine Sicherheit. Möglicherweise aus anderen Gründen«, sagt Jon, und jetzt senkt er die Stimme und starrt auf einen unbestimmten Punkt an der Steinwand. »Dort, wo ich herkomme, hat man sich erzählt, der Brennende König mischt sich manchmal unter das einfache Volk. Er kann das tun, weil niemand sein Gesicht kennt. Von Zeit zu Zeit ist er als einer der Kutscher unterwegs, dann wieder als Hüttenbauer oder als einfache Wache. Er weiß genau, was in seinem Reich vor sich geht, ohne dass wir etwas davon mitbekommen, er kontrolliert alles und zieht seine Fäden. Er …« Jon macht eine kurze Pause, blickt nach rechts und links hinten. Dann zuckt er mit den Schultern und lehnt sich zurück. »Geschichten. Irgendetwas wird dran sein, aber nicht alles ist wahr.«

Wieder macht er eine Pause und schaut mich durchdringend an, prüfend.

»Du bist unzufrieden mit dir.«

Ich nicke jetzt nur ganz leicht, doch selbst diese kleine Bewegung weckt erneut die Hammerschläge in meinem Hinterkopf.

»Es ist nicht nur dieser Kampf. Es ist mehr«, sagt Jon.

Diesmal verzichte ich auf ein Nicken. »Ja«, sage ich.

»Was ist los?«

Ich zögere einen Moment. Jon hat gesagt, ich soll hier nicht jedem trauen, das schließt ihn nicht aus. Aber mit Noel kann ich über diese Angelegenheit nicht reden, ich kenne seine Bedenken.

»Ich möchte schneller Fortschritte machen«, sage ich. »Ich weiß, dass ich Talent habe, und ich möchte es ganz einfach nutzen. Aber viel zu oft haut es nicht hin.«

Jon schweigt und blickt auf die Wand, wo eine Spinne hinauf zur Decke krabbelt. Auch ich sehe ihr nun zu. Sie hat keine Eile, die langen, haarigen Beine scheinen vor jedem Auftreten den Fels kurz abzutasten.

»Ich bin ein sehr guter Krankenpfleger«, sagt Jon. »Ich war es aber nicht immer. Ich war ordentlich, ich war *talentiert*, aber ich war nicht gut. Meine Entscheidungen manchmal zu wenig durchdacht, meine Bewegungen zu ungenau. Einige der Wunden, die ich vernäht habe, sind heute gruselige Narben. Und Benjamin würde vielleicht nicht humpeln, wenn er erst ein paar Jahresumläufe später in meine Hände geraten wäre. Ich habe mein Bestes gegeben … Du kennst ihn. Du weißt, wie wenig das war.«

Die Spinne hat die Decke erreicht, sie verschwindet in einer Ritze zwischen den Steinen.

»Irgendwann hat mein Ausbilder dann etwas gesagt, was ich nie vergessen werde: *Du wirst erst herausragende Ergebnisse erzielen, Jon, wenn du weißt, dass du es tun wirst.*«

Er hält einen Moment inne, ich warte.

»*Du musst nicht glauben, dass es klappt. Du musst es wissen,* hat er gesagt. *Ich rede nicht von Selbstüberschätzung, Jon. Ich rede davon, dass du meistens ganz genau weißt, welche Dinge zu tun sind, und dass du diese Dinge einfach tun musst und wissen, dass sie dir gelingen.*« Jon schaut mich an und legt den Kopf ein wenig schief. »Ich weiß nicht, ob das irgendwie einen Sinn ergibt, was ich erzähle. Aber ich bin dann nach und nach zu einem hervorragenden Krankenpfleger geworden.«

Wir schweigen einen Augenblick. Jon scheint noch in der Erinnerung zu verharren.

Dann steht er ruckartig auf, der Stuhl schiebt kreischend über den Steinboden. »Ich bin ins Reden gekommen. Ich habe noch ein bisschen Arbeit zu erledigen. Bis zur Nachtruhe kannst du hierbleiben, wenn du möchtest. Morgen bist du vom Unterricht befreit und bleibst in deiner Zelle. Wenn die Schmerzen schlimmer werden, gibst du mir Bescheid.«

»In Ordnung.« Ich räuspere mich und zögere noch einen Moment, bevor ich weiterspreche. »Jon … wofür genau werden wir hier ausgebildet?«

»Versuch jetzt, noch ein bisschen Schlaf zu finden.« Er wendet sich zum Gehen und entfernt sich mit langsamen, gleichmäßigen Schritten.

»Danke, Jon«, murmele ich leise.

»Keine Ursache«, höre ich aus dem hinteren Teil des Raumes, dann geht eine Tür, und es ist still. Ich blicke nach oben zur Decke, wo die Spinne verschwunden ist. Sie ist nicht wieder hervorgekrabbelt.

16

Favilla. Unterrichtsraum Zwei.

Eigentlich ist es wie beim Schwertkampf.

Ein falscher Schritt, und aus Leben wird Tod. Vielleicht ist das der Grund, warum Alchemie mir leichter fällt als die anderen Kopf-Fächer wie Schriftkunst und Logik.

Vielleicht liegt es aber auch einfach daran, dass ich die Kräuter gut auseinanderhalten kann, dass ich vorsichtig mit ihnen umgehe, einen Blick für sie habe.

Ich setze das Messer zwischen Blüte und Stängel der gelben Donnerblume an. Schneide ich die Blüte zu weit oben ab, entfaltet sie nicht ihre volle Wirkung. Schneide ich sie zu weit unten ab, kann die Tinktur in dieser Zusammensetzung giftig werden.

Ich setze den Schnitt.

Ich greife mit spitzen Fingern nach der Blüte und trenne sie vom Stängel. Dann zerstampfe ich sie mit dem Mörser und streiche sie mit der Messerklinge von der Holzplatte in den Glasbehälter, unter dem eine kleine Flamme brennt. Die gräuliche Flüssigkeit brodelt kurz und schäumt ein wenig, als die zerkleinerten Blütenteile hineinfallen.

»Wenn ihr die Donnerblüte hineingegeben habt«, sagt die Lehrende Isabella, die am Kopf des Raumes vor einer Reihe von Glasgefäßen steht – aus zweien von ihnen steigt dicker Dampf in die Höhe –, »dann wartet ihr, bis sich die Flüssigkeit vollständig gelb gefärbt hat. Das kann eine ganze Weile dauern.«

Noel ist neben mir noch dabei, sein Messer an der richtigen Stelle anzusetzen. In meinem Gefäß breitet sich das Gelb in Schlieren aus, wie Finger, die sich durch Nebel tasten.

Ich lasse meinen Blick durch den Raum schweifen, über die Holzpulte, auf denen die Glaskolben aufgebaut sind. Hier und dort steigt Dampf auf. Klara fragt ihre Nachbarin Johanna etwas. Estelle schiebt soeben konzentriert die Blütenblätter in den Glaskolben. Normalerweise sitzt Alexis neben ihr, komisch, ich kann sie gar nicht sehen. Sie wird wohl zur Handreinigung gegangen sein oder so. Auch der Platz neben Moa, wo sonst Callan sitzt, ist frei. Vielleicht gab es ja auch einen kleinen Unfall im Ligenkampf. Wahrscheinlich.

Ich schaue weiter. Phil wirft beinahe sein Gefäß um und kann es im letzten Moment wieder ins Gleichgewicht bringen. Timeon zerstampft seine Blüte, als wollte er sie auseinander*hämmern*.

Aber natürlich bleibt mein Blick wieder nur an einer Person hängen. Und schon während ich dahin schaue, ärgere ich mich über mich selbst. Gerade jetzt müsste ich sie eigentlich nicht mal mehr mit dem Hinterteil anschauen. Aber es ist, als wäre es meinen Augen einfach egal, was ich ihnen befehle. Ihre Haare sind ein wenig durcheinander. Sie schiebt die Zungenspitze ein ganz kleines bisschen vor, als sie das Messer am Blütenhals ansetzt. Ihr Gesicht hat die übliche Härte, um die sie sonst so bemüht ist, verloren. Sie gefällt mir so.

»Dich hat es wirklich ganz schön erwischt, was?«

Melvin steht neben mir. Bei den gemeinsamen Vormittagseinheiten von Alchemie laufen einige der sehr erfahrenen Schüler durch die Reihen und haben ein Auge auf die Behälter. Das hat sich als sinnvoll erwiesen, hat Isabella uns erklärt, die Zahl der Unfälle war vorher auf ein »nicht mehr akzeptables Maß« gestiegen.

Melvin sieht zu Sam hinüber und dann wieder zu mir, er ist viel zu auffällig!

»Schwachsinn.« Ich starre schnell auf meinen Glasbehälter.

»Sehr gut«, sagt Melvin, aber es klingt nicht so, als würde er mir glauben. »Ich finde ja auch, Liebe wird überbewertet.«

Jetzt sehe ich doch wieder zu ihm hoch.

»Das sagst du?«, frage ich ihn zweifelnd.

»Klar sag ich das. Warum sollte ich das nicht sagen?«

»Na ja … es ist ja nicht so, dass du dich von den Mädchen fernhältst.«

»Ja, aber das ist was anderes. Das hat ja nichts mit Liebe zu tun. Liebe macht alles nur kompliziert.«

Ich nicke einmal und ziehe die Augenbrauen hoch. »Könnte hinkommen.«

»Man darf sich einfach nicht verlieben«, sagt Melvin und grinst. »Schon ist alles gut.«

»Na ja«, sage ich und schaue unwillkürlich wieder zu Sam hinüber. »Manchmal kannst du es dir ja nicht aussuchen.«

»Ha, ich wusste es!«, sagt Melvin triumphierend und boxt mir gegen die Schulter.

»Was?«

»Du bist ein Romantiker.«

»Ach, so ein Schwachsinn.«

»Aber sicher.« Melvin hört gar nicht mehr auf zu grinsen. »Unser harter Lucas hat 'nen weichen Romantikerkern. Ich hab es immer gewusst.«

»Musst du nicht andere Leute mit deiner Anwesenheit belästigen?«, frage ich, kann mir ein Schmunzeln aber nicht verkneifen – obwohl er falschliegt. Ich halte nichts von Romantik.

Aus den Augenwinkeln sehe ich, wie Noel mir einen Blick züwirft. Verwundert? Skeptisch? Amüsiert? Ich kann ihn nicht deuten.

»Stimmt, die anderen können meine wundervolle Anwesenheit gar nicht erwarten«, sagt Melvin, zögert dann allerdings noch einen Moment. »Aber im Ernst. Verlieb dich lieber nicht in die. Das ist nicht gut hier in Favilla.«

Ich sehe wieder zu ihm hoch, nicke dann, ebenfalls ernst. Melvin geht weiter und lässt mich jetzt doch irgendwie nachdenklich zurück, mein Blick wieder bei Sam.

Habe ich eh nicht vor. Ich bin hier eh so bald wie möglich weg.

Sam hat den Schnitt gesetzt und zerstampft nun die Blüten mit ruhigen, gleichmäßigen Bewegungen, sie ist ganz bei sich. Ich muss aufhören, da hinzugucken.

»Wenn sich die Tinktur gelb gefärbt hat, fächelt ihr euch den Geruch zu.« Isabella beginnt, durch die Reihen zu gehen. »Sollte es sehr penetrant faulig riechen, habt ihr einen Fehler gemacht und die Tinktur in ein Gift verwandelt. Unbrauchbar. Durch den Geruch kann man das Gemisch nicht einmal als heimliches Gift einsetzen, da er so kräftig ist, dass er selbst einem todkranken Greis auffallen würde.«

Sie ist nun auf meiner Höhe. Ihre schulterlangen Haare haben ein blasses Braun und scheinen immer ein bisschen an ihrem Kopf, ihrem Hals zu kleben, ohne dabei jedoch fettig zu wirken. Sie ist groß für eine Frau und schlank, einige würden vielleicht auch sagen mager. Ihre Augen sind klein, ich weiß nie, wo genau sie gerade hinschaut.

»Falls es beinahe geruchsneutral ist, habt ihr alles richtig gemacht«, fährt sie fort. »Dann kommt nun der schwierige Teil.«

»*Dann* kommt der schwierige Teil?«, sagt Noel halblaut.

Er hat seine Blüte nun ebenfalls zerstampft und in die Flüssigkeit gegeben. Ich muss ihm zustimmen, diese Rezeptur ist mit Abstand die schwierigste, die wir bislang kennengelernt haben.

»Auf eurem Pult steht ein kleines Fläschchen. Den Inhalt dieses Fläschchens kippt ihr zu der restlichen Flüssigkeit in den Glaskolben. Sofort danach – und damit meine ich *sofort* danach – greift ihr den Fidibus und entflammt damit die Tinktur im Glaskolben. Seid ihr zu langsam, ist die neue Flüssigkeit bereits zu tief eingesunken, und ihr könnt nichts mehr entzünden. Achtet aber auch darauf, dass ihr nicht zu hektisch seid, dann funktioniert es genauso wenig, wie wenn ihr zu vorsichtig arbeitet.«

Isabella hat mittlerweile kehrtgemacht und bleibt nun direkt neben meinem Pult stehen. »Los geht es. Zeigt, was ihr könnt.«

Isabella war bislang nicht ungerecht, sie hat mich auch nie angefahren oder sonst irgendetwas, aber trotzdem ist sie für mich nach Roland die Unangenehmste der Lehrenden. Ihre Ausstrahlung sagt dir, dass du dir lieber keinen Fehler erlauben solltest. Dass sie sich das alles merkt, vielleicht sogar irgendwo aufschreibt nach der Stunde. Dass sie nur darauf wartet, dass du etwas falsch machst.

Ich hole tief Luft. Greife nach dem kleinen Fläschchen und entkorke es. Meine Fingerspitzen kribbeln. Der Drang, mir über die Handrücken zu streichen, macht mich fast wahnsinnig.

Ich habe gerade erst eine bittere Niederlage gegen Sam erlitten, und ich bin mir sicher, der Internatsleiter hat davon erfahren. Auch Isabella wird ihm Bericht erstatten. Sie ist bestimmt so eine, die ganz genau Bericht erstattet, mit allen Einzelheiten.

Es muss endlich wieder Gutes von mir zu berichten geben.

Auch wenn das hier eigentlich überhaupt keine große Sache ist, plötzlich ist es das doch. Ich will der beste Schüler werden, ich darf nicht ständig bei Fehlern beobachtet werden, auch nicht bei kleinen.

Ich nehme das Fläschchen in die Linke, den Fidibus in die Rechte. Da ist ein ganz leichtes Zittern in meinen Händen, eines, das man nicht sieht, aber mit dem ich die Bewegungen niemals richtig hinbekommen werde.

Isabella tippt mit dem Fuß einmal auf den Boden.

Ich fühle mich, als würde ich wieder vor Sam stehen und bemerken, dass ich unterlegen bin. Es nicht wahrhaben wollen, aber eigentlich wissen, dass ich keine Chance habe. Ich schaff das nicht.

Doch.

Plötzlich erfasst mich eine Ruhe, die ich vorher nicht kannte. Bei Sam habe ich einen Fehler gemacht. Ich hätte sie nicht herausfordern dürfen, weil ich nicht genug über sie wusste.

Aber bei dieser Aufgabe weiß ich, was ich zu tun habe, ich weiß, was die richtigen Schritte sind, ich muss sie nur machen. Das Danach und das Davor spielen in diesem Moment keine Rolle.

Ich tue das, was nötig ist.

Ich kippe die Flüssigkeit in den Glaskolben, mit einer fließenden Bewegung lasse ich den Fidibus folgen. Ich halte die Flamme auf die Oberfläche, vorsichtig, aber auch sehr gezielt, und schon fängt die Flüssigkeit Feuer. Schnell ziehe ich den Fidibus zurück, betrachte zufrieden mein Werk, eine kleine gelbe Flamme tänzelt nun über der Oberfläche.

Isabella sagt nichts. Sie geht einfach weiter. Aber ich habe gesehen, wie sie kurz die Augenbrauen gehoben hat.

»Nicht schlecht«, sagt Noel, der soeben das kleine Fläschchen geöffnet hat. »Hilfst du mir?«

Noel hat nie ein Problem damit, um Hilfe zu bitten. Er braucht sie selten, aber wenn, fragt er einfach danach, egal wen. Ich könnte das nicht. Mir fällt es ja schon schwer, *ihn* zu fragen, ob er mir bei Schriftkunst etwas erklärt.

Manchmal könnte ich mir etwas von ihm abgucken.

»Klar«, sage ich. »Gerne.«

Ich erkläre ihm, wie es bei mir funktioniert hat, und er hört aufmerksam zu. Und dabei habe ich ein so gutes Gefühl wie lange nicht mehr. Auch wenn es nur ein klitzekleiner Sieg ist, ein kurzer Moment, in dem ich zufrieden mit mir bin.

Für diesen einen kurzen Moment fühle ich mich, als könnte ich alles schaffen.

17

Favilla. Unterrichtsraum Vier.

»Bekommen wir heute wieder ein paar deiner krummen Tricks zu sehen?«, fragt Aron. »Oder gehen die dir langsam aus?«

Es macht mich wütend, dass er mich so wütend macht. Dass ich nicht einfach drüberstehen kann, wenn er wie jetzt vor dem Waffengestell auf mich wartet, um sich genau vor meinen Augen das letzte der guten Schwerter zu nehmen, die neuer sind als die anderen, viel besser ausgewogen, deren Metall nach einem Schlag lange und unverwechselbar nachklingt.

Ich nehme mir eins der alten Schwerter, sehe ihn an und versuche, nichts als Gleichgültigkeit in meinen Blick zu legen.

Ich zwinge mich, ihn danach nicht weiter zu beachten. Wende mich ab und gehe zu Nora, um mit den Übungen zu beginnen.

Ich pariere ihre Schläge mühelos, fast spielerisch. In den Wochen seit der Niederlage gegen Sam habe ich enorme Fortschritte gemacht.

Vielleicht war das alles so etwas wie ein Weckruf.

Ich gehe nicht mehr wild drauflos, ohne nachzudenken, aber ich lasse mich auch nicht von den Aufgaben abschrecken, kein Stück.

Ich betrachte möglichst genau, was zu tun ist, um zum Erfolg zu kommen. Und dann mache ich genau diese Dinge, egal wie schwer, egal wie unangenehm sie erscheinen. *Ich tue das, was nötig ist.*

Und so sind Arons Blicke mit den Tagen immer weniger überheblich und immer mehr feindselig geworden. Er weiß genau wie ich, dass ich nun ernsthafte Konkurrenz für ihn bin. Dass er mit mir zu rechnen hat.

Der Unterricht kommt mir heute extrem lang vor.

Ich gehe vorsichtig mit Nora um, stoppe meine Schläge zum richtigen Zeitpunkt ab und versuche, ihr gleichzeitig nicht das Gefühl zu geben, ich müsste mich nicht anstrengen. Nikolai zeigt uns eine neue Finte, die ich schnell beherrsche. Neben mir verstaucht Johanna sich leicht die Hand, kann dann aber nach einer Weile weiterkämpfen.

Und erst kurz vorm Ende der Einheit passiert etwas Ungewöhnliches. Emma steht plötzlich im Raum. Sie ist auf einmal da, ich habe sie nicht kommen sehen – wie es so oft bei den Lehrenden der Fall ist. Vielleicht liegt es an der ständigen Düsternis in Favilla, vielleicht bewegen sie sich einfach außerordentlich leise, ich weiß es nicht.

»Ich brauche kurz eure Aufmerksamkeit«, sagt Emma mit lauter Stimme. Das Klingen der Schwerter verstummt, und alle Augen richten sich auf die Leiterin von Liga Eins.

»Ihr werdet einen neuen Schüler in eure Liga bekommen. Er hat in Liga Eins keine Fortschritte machen können, und ich möchte, dass ihr ihn in Liga Zwei gut aufnehmt.« Sie legt ihre Hände ineinander. »Im Gegenzug möchte ich einen Schüler aus Liga Zwei in die Liga Eins aufnehmen. Ich habe mit Nikolai gesprochen, und er sagte mir, die beiden stärksten Schwertkämpfer seien derzeit Aron und Lucas. Sieht das irgendjemand hier anders?«

Sie schaut sich im Raum um, niemand sagt etwas.

»Gut. In der nächsten Einheit wird es einen Zweikampf geben, in dem sich entscheidet, ob Aron oder Lucas in die Liga Eins aufsteigt.« Sie macht eine kurze Pause, dann nickt sie unserem Lehrenden einmal zu. »Nikolai.«

Damit verlässt sie den Raum, ohne Aron, mich oder sonst jemanden anzuschauen. Ich sehe ihr nach, die kraftvollen Schritte, der gerade Rücken, und weiß nicht, was ich denken soll. Eigentlich müsste da Freude sein über die Chance, die sich mir bietet, die ich mir erarbeitet habe. Aber gerade fühle ich nur Druck in mir, der sich gegen meinen Brustkorb presst, als wollte er ihn zum Platzen bringen.

Aron ist ein extrem starker Gegner. Ich kann, ich *darf* nicht gegen Aron verlieren. Nicht gegen ihn.

Doch eins ist mir klar: Ich *muss* diesen Kampf gewinnen, wenn ich es jemals mit meinem Vater aufnehmen will, wenn ich überhaupt jemals die Möglichkeit dazu bekommen will.

Nikolai beendet die Unterrichtseinheit frühzeitig, und Aron verlässt eilig den Raum. Ich brauche lange, um mir das Gambeson auszuziehen, verhake mich mit einer der Schnallen. Ich stecke das Schwert schief in den Waffenständer, sodass es fast wieder herausfällt.

Das Abendessen geht an mir vorbei, ich kaue abwesend auf den Höhlenkäfern rum, ohne etwas zu schmecken, und tue so, als würde ich der Diskussion zwischen Noel und Melvin lauschen. Sie können sich nicht einigen, ob Wälder oder Gebirge die schönere Landschaftsform sind. Irgendwann starre ich einfach nur noch in den Raum, beobachte Benjamin, der von der Küche zum Versorgungstisch und wieder zurück humpelt. Die Zeit geht langsam.

Im Gemeinschaftsraum übe ich nicht, sondern setze mich abseits in eine der Ecken, Noel kommt dazu.

In den letzten Wochen hat Noel des Öfteren sowohl aufs Würfelspiel als auch aufs Training verzichtet und war einfach nur für sich oder hat sich mit einigen der anderen Schüler unterhalten. Noch immer bewundere ich ihn für die Mühelosigkeit, die er im Umgang selbst mit fremden Menschen besitzt.

»Das gibt es echt nicht«, sagt Noel und krempelt die Ärmel seines Leinenhemds hoch. »Das Essen ist ja nun wirklich nicht lange her, aber ich könnte schon wieder was futtern.«

Ich ziehe die Augenbrauen hoch und schmunzele. »Ist das dein Ernst?«

Noel zuckt mit den Schultern und beißt entschuldigend die Zähne aufeinander. »Tja, was soll ich machen?«

Dann fährt er sich durch die Haare, sein Ausdruck wird ernst, und er schaut zum anderen Ende des Raumes. Ich folge seinem Blick.

Dort sitzt Estelle. Sie ist, wie eigentlich immer, alleine. Ihr rotes Haar scheint an den unteren Spitzen noch etwas nass zu sein, den Rücken hält sie in der für sie so unverwechselbar geraden Haltung. Ihr Blick wirkt so abwesend, wie ich mich gerade noch gefühlt habe.

»Sie gefällt dir?«, frage ich.

»Sie ist hübsch. Aber darum geht es nicht«, sagt Noel. »Irgendwas bedrückt sie.«

»Eine Lehranstalt des Brennenden Königs, geschmückt mit Totenschädeln, in der man nie das Tageslicht sieht und keine Ahnung hat, was auf einen zukommt. Könnte schon sein, dass einen das irgendwie bedrückt.«

»Nein, das meine ich nicht«, sagt Noel und legt die Stirn in

Falten. »Ich glaube, dass hier etwas vor sich geht. Und irgendwie verhält sie sich auffällig, irgendetwas hat sie damit zu tun, ich kann nur den Finger nicht drauflegen.«

»Meinst du?«

»Etwas geht hier vor sich«, sagt Noel leise. »Wir müssen herausfinden, was es ist, Lucas.«

»Hör zu, Noel …«, beginne ich, und in diesem Moment steht Aron vor uns. Sein Gesicht ist gerötet, und auch auf seinem langen Hals zeichnen sich Flecken ab.

»Wir klären das jetzt hier«, sagt er, und sein Blick ist starr und hasserfüllt auf mich gerichtet.

»Verschwinde, Aron«, sagt Noel, erhebt sich und baut sich vor ihm auf. Der Muskel hinten an seinem rechten Oberarm zuckt einmal.

Aron legt den Kopf zur Seite und sieht an Noel vorbei weiter mich an. »Wir brauchen niemanden, der das Ganze überwacht. Wir klären das jetzt hier.«

Ich schaue zu ihm hoch, weiß nicht, wie ich reagieren soll.

»Ich habe gesagt, du sollst verschwinden«, sagt Noel bedrohlich und beugt sich einen Tick näher vor.

»Oder hast du Angst vor mir so wie vor deinem Vater?«, fragt Aron.

»Jetzt pass mal auf, Kleiner!« Noel packt Aron am Kragen seines Leinenhemds. Der macht keine Anstalten, sich zu wehren. In dem Moment bin ich bei Noel und halte ihn an der Schulter zurück. »Hör auf, Noel«, sage ich.

Noel lässt Aron verdutzt los und sieht mich an. Ich nehme die Hand von seiner Schulter, dann sage ich zu Aron: »In Ordnung. Bringen wir es hinter uns.«

18

Favilla. Gemeinschaftsraum.

Ich weiß nicht, wo Aron die beiden Übungsschwerter aus Eisen herhat, und eigentlich tut es auch nichts zur Sache. Entscheidend ist, dass wir sie in den Händen halten und dass wir keine Schutzkleidung tragen. Und dass ein richtig geführter Schlag mir mühelos die Knochen brechen wird. Ich fahre mir mit der Zunge über die Lippen, sie sind trocken und rissig.

Das Licht der Fackeln ist gedimmt, denn vor ihnen stehen die anderen Schüler. Sie haben einen weiten Kreis um uns gebildet.

Manchmal kommt es vor, dass jemand einen Mitschüler im Gemeinschaftsraum offiziell herausfordert. Es sind Spielereien mit den Holzschwertern. Aber wenn beispielsweise Melvin kämpft, kann es schon passieren, dass mehr als die Hälfte der Schüler sich versammelt, um zuzuschauen.

Diesmal sind so gut wie alle da. Irgendwo in dem Gedränge erkenne ich auch Sams Gesicht.

Ich konzentriere mich auf Aron.

Die Regeln sind klar und einfach: Wir kämpfen, bis jemand aufgibt. Alles ist erlaubt.

»Hat dich ein kleiner Spruch über deinen Vater doch wirklich dazu gebracht, mit mir zu kämpfen, was?«, sagt Aron, während wir damit beginnen, einander zu umkreisen, lauernd wie zwei wilde Tiere. Seine Arme sind länger als meine, das verschafft ihm einen Vorteil in der Reichweite.

Ich zucke nach vorne, einige schnelle Hiebe, die er pariert, dann umkreisen wir uns weiter. Meine Muskeln sind verkrampft, die Ader an meiner Schläfe pocht kräftig. Aron setzt vor, wieder einige schnelle Schläge, und schon lösen wir uns erneut voneinander.

»Warum genau hat dein Vater dich eigentlich vermöbelt?« Aron deutet einen Angriff an, zieht dann aber wieder zurück. »Hat ihn nicht kaltgelassen, dass deine Mutter tot ist seit deiner Geburt? Konnte wohl nicht ertragen, dass du sie auf dem Gewissen hast, wie?«

Ich reiße das Schwert hoch über meinen Kopf, um mit einem Frontalangriff vorzugehen. Er soll seine Schnauze halten!

Die Waffe saust herunter, doch in diesem Moment macht Aron einen schnellen Schritt nach vorne an mir vorbei, und ich laufe ins Leere. Sein Schwert donnert von hinten gegen meinen Rücken. Ich keuche auf vor Schmerz, schnell bringe ich mich einige Schritt weit in Sicherheit.

Ich halte das Schwert zitternd vor mich, nur langsam lässt der Schmerz in meinem Rücken nach.

»Was stöhnst du denn so?«, sagt Aron, und jetzt zeigt er mir sein überhebliches Lächeln. »Du müsstest das doch gewohnt sein.«

Der Drang, wieder mit wilden Schlägen auf ihn einzuhämmern, ist beinahe übermächtig. Als wäre eine fremde Kraft in mich gefahren und hätte die Kontrolle übernommen. Mein ganzer Körper bebt jetzt vor Anspannung, ich presse die Zähne so fest aufeinander, dass es wehtut.

Und dann, so plötzlich wie es gekommen ist, ist das Zittern weg, und ich bin ganz ruhig.

Ich tue das, was nötig ist.

Ich schaue Aron fest in die Augen, mit der vollkommenen Ruhe, die ich in mir spüre. Ich strecke mein Schwert gerade mit einer Hand aus, sodass es direkt auf sein Gesicht zeigt, wie ein langer, spitzer Knochenfinger.

»Du wolltest doch noch ein paar von meinen Tricks sehen, oder?«, sage ich und schaue ihn unverwandt an. »Was meinst du?« Ich senke das Schwert minimal, sodass es genau auf seinen Mund deutet. »Soll ich dir zuerst die Zähne rausschlagen?«, das Schwert einen Tick höher, »oder die Nase zertrümmern?«

Ich sehe, wie Arons Überheblichkeit aus seinem Gesicht verschwindet, wie er schnell zweimal hintereinander blinzelt und einen Schritt zurückweicht. Das kennt er von mir nicht, das ist eigentlich sein Part.

Ich zucke einmal mit dem Schwert, um ihn zu erschrecken. Aron macht noch einen Schritt nach hinten.

»Du willst Tricks?«, sagt er, und jetzt sieht es aus, als fletsche er die Zähne. »Du kannst Tricks haben.«

Er zieht sich weiter zurück, bis zu dem Ring aus Schülern, sie machen sofort Platz. Er geht zur Wand, ohne den Blick von mir zu nehmen, greift eine der Fackeln, hebt sie aus ihrer Halterung.

»Du kannst Tricks haben«, wiederholt er und kommt mit der Fackel zurück in den Kreis.

Jetzt bin ich es, der einen Schritt nach hinten macht. Die Leinenhemden sind leicht entflammbar, hier ist alles voller Schüler. Und sie alle sind jetzt in Gefahr.

»Aron«, sage ich und ziehe mein Schwert ein Stück zurück. »Hör auf damit.«

»Jetzt kriegst du Angst, was?« Aron kommt auf mich zu, die Fackel in der Linken, er fuchtelt damit herum. Die anderen werden unruhig, der Kreis vergrößert sich.

»Hat dein Vater dich eigentlich auch gefickt?«, fragt Aron. »Oder hat er dich bloß geschlagen und deinen Bruder durchgenommen?« Er bewegt sich wieder in dieser lauernden Kampfhaltung. Er rechnet mit meinem Angriff, er rechnet damit, dass ich wild auf ihn losstürme. Und einen Moment lang bin ich kurz davor. Einen Moment lang will ich die Waffe heben und einfach auf ihn einschlagen. Doch dann lasse ich das Schwert sinken, drehe mich ein Stück zur Seite und mache eine wegwerfende Bewegung mit der linken Hand. »Weißt du was? Lass gut sein.«

Aus den Augenwinkeln sehe ich, wie Aron an Spannung verliert und ein Grinsen auf sein Gesicht huscht.

Das ist mein Zeichen. Völlig unvermittelt mache ich einen Schritt seitwärts in seine Richtung und ramme mein Schwert mit der stumpfen Spitze zuerst auf seinen Fuß. Gleichzeitig explodiert es in mir.

Aron schreit auf und knickt ein. Da führe ich schon einen seitlichen Hieb, mit all der Wut, die ich eben noch zurückgehalten habe. Ich dresche das Schwert auf Aron, ich dresche es auf meinen Vater. Die Klinge kracht in Arons Seite, seine Rippen knirschen. Ein atemloses Aufkeuchen. Er geht zu Boden. Da bin ich schon über ihm. Drücke seinen Oberkörper mit den Knien auf den steinernen Untergrund.

»Gib auf«, zische ich, Speichel schießt dabei aus meinem Mund. Mein Kopf rauscht, mein Körper brennt.

»Niemals«, presst Aron zwischen zusammengebissenen Zähnen hervor. Seine Pupillen sind riesig, im Augenweiß geplatzte Adern.

155

Ich hebe die Faust und schlage sie ihm ins Gesicht. »Gib auf!«
»Nein.«

Erneut donnert meine Faust in sein Gesicht. Kracht ungebremst auf sein geschlossenes Auge, das bereits anzuschwellen beginnt.

In meinem Kopf lodert es, ein feuriges Etwas tobt darin herum.

»Du sollst aufgeben!« Meine Hände schließen sich um seinen Hals, beginnen zu würgen. Vor meinen Augen flimmert es. Er soll endlich aufgeben! Er soll seine Schnauze halten und aufgeben! Ich lasse nicht los.

Da plötzlich umschlingen Pranken meine Schultern, zerren mich von ihm weg. Ich wehre mich wie ein Irrer, aber ich habe keine Chance, Noels Stimme dringt wie von weit weg an mein Ohr. »Es reicht, Lucas! Es ist vorbei! Du hast gewonnen!«

Ich liege auf dem Bauch, weil mein Rücken zu sehr schmerzt. Mir ist kalt, obwohl ich die Felle fest um meinen Körper geschlungen habe. Meine Fingerknöchel sind geschwollen. Mein Kopf dröhnt. Ich tue so, als ob ich schlafe.

Ich weiß, dass Noel wach liegt. Dass er früher oder später anfangen wird, zu reden. Weil er weiß, dass auch ich wach bin. Schon vor Tom konnte ich das nie verbergen.

Also warte ich, starre in die Dunkelheit, und es dauert wirklich lange, bis Noel das Wort ergreift: »Bei uns Minenarbeitern hat man sich Geschichten erzählt, über ein Volk in den Bergen, das in der alten Zeit dort gelebt haben soll.« Noel macht eine Pause. »Unter ihnen soll es Krieger gegeben haben wie sonst in keinem der Königreiche. Nackte Krieger, die in blindem Zorn in ihren Schild bissen. Krieger, die nichts aufhalten konnte, wenn man sie losließ. Man hat sich erzählt, diese Kämpfer konnten nicht mehr zwischen Freund und Feind unterscheiden, wenn der Blutrausch sie gepackt hatte. Sie hießen Berserker.«

Ich schweige. Natürlich ist mir klar, worauf er hinauswill.

»Ich weiß, so gut kennen wir uns auch wieder nicht«, sagt Noel nun. »Aber dieser Ort verändert dich, Lucas.«

Erneut verzichte ich auf eine Antwort. Ich wüsste auch nicht, was ich darauf erwidern sollte.

Das Schweigen dehnt sich.

»Mehr habe ich nicht«, sagt Noel schließlich. »Gute Nacht.«

»Gute Nacht.«

Noels Worte bedrücken mich, und irgendwo machen sie mir auch Angst. Was, wenn er recht hat? Was, wenn ich dabei bin, mich selbst zu verlieren? Wenn an den Geschichten über die Berserker etwas Wahres dran ist, wenn diese zerstörerische Wut nicht nur in den Bergmenschen schlummert, sondern auch in mir?

Aber ich darf jetzt nicht aufhören. Ich darf es einfach nicht.

Für Tom.

Ich schließe die Augen und versuche, ganz ruhig und entspannt zu atmen.

Ich tue das, was nötig ist.

19

Favilla.

Die Stimmung zwischen Noel und mir bleibt kühl.

Im Schriftunterricht sitzen wir weiterhin nebeneinander, im Kampf mit Hiebwaffen, Liga Drei, bleiben wir Partner. Doch wir reden nur das Nötigste, und wir vermeiden, einander in die Augen zu sehen. Abends komme ich meist nach Noel in die Zelle, weil ich bis kurz vor der Nachtruhe übe, und meist schläft er dann schon, oder er tut, als ob.

Vielleicht ist es auch besser so. Früher oder später werde ich diesen Ort sowieso verlassen, vielleicht macht es das Ganze einfacher. Aber das ändert nichts an dem Gefühl, meinen einzigen Verbündeten verloren zu haben.

Ich habe Aron mit meinem Schwerthieb zwei Rippen gebrochen, und er steigt erst langsam wieder ins Training ein, es wird dauern, bis er seine alte Stärke erreicht hat. Wir haben erzählt, dass er bei einem Übungskampf ungünstig gefallen ist, und weder der Dürre noch die Lehrenden haben weitere Nachfragen gestellt.

Zwar bin ich mir sicher, Jon wird gemerkt haben, dass die Geschichte so nicht stimmen kann, aber vielleicht hat er nichts gesagt. Oder es kümmert die Lehrenden einfach nicht, mit welcher Härte unsere Übungskämpfe geführt werden. Vielleicht ist es auch genau das, was sie wollen. Ich weiß es nicht. Aber sie begegnen mir mit derselben Haltung wie vorher, nur dass ich jetzt tatsächlich in Liga Eins trainiere – Arons Verletzung hat ein Duell vor Emmas Augen hinfällig gemacht.

»Nicht schlecht«, sagt Melvin nach einer der Schwertkampfeinheiten und klopft mir auf die Schulter. »Du machst dich.«

»Danke«, sage ich und wische mir den Schweiß von der Stirn.

Natürlich gehöre ich in dieser Liga noch zu den schwächeren Kämpfern, aber nicht mehr lange, das habe ich mir fest vorgenommen.

»Lucas. Du bringst das mit weg«, sagt Emma plötzlich. Sie geht einige Schritte von mir entfernt auf selber Höhe und wirft mir eines der Übungsschwerter zu. Ich halte meines noch in der rechten Hand, und so wirbele ich herum und reiße meine Waffe zur Seite, damit ich das andere Schwert mit links fangen kann.

Emma sieht mich an, ein Lächeln huscht über ihr Gesicht. »Habe ich mir gedacht.« Sie nickt mir anerkennend zu. »Danke, Lucas. Wir sehen uns.«

Melvin und ich tragen die Schwerter zurück zum Waffengestell und entledigen uns der Schutzkleidung. Melvin ist auffallend schweigsam.

»Was war das denn gerade von Emma?«, frage ich ihn.

Melvin zögert einen Moment. Dann schüttelt er den Kopf und schnaubt. »Echt nicht schlecht.«

Ich sehe ihn verständnislos an.

»Ein Schwert ganz locker mit der Linken zu fangen, während man mit der Rechten so etwas wie einen Schlag durchführt. Das macht man eigentlich nicht mal eben so intuitiv.«

»Und das heißt?«

»Das heißt, du hast möglicherweise eine Begabung zum Kampf mit zwei Klingen. Die ist extrem selten.« Er fährt sich durch die blonden Haare. »Bis zu einem gewissen Grad kann man es lernen, ich habe das schon hinter mir. Aber nur diejenigen mit einem besonderen Talent können es hierbei zur Meisterschaft bringen.«

Wir verlassen den Unterrichtsraum.

»Wer weiß«, sagt Melvin, und so etwas wie Anerkennung liegt in seinem Blick. »Vielleicht hast du die Begabung. Das würde deinen Wert in den Augen der Lehrenden enorm steigern.«

»Ah, hm«, ich versuche, nicht sonderlich interessiert zu klingen. In meinem Kopf sehe ich Tom vor mir, ich bin immer näher dran, ihn zu retten!

Und da ist noch etwas.

Etwas, das ich so nicht kenne, eine Art Glühen in mir, eine angenehme Hitze.

Ich bin gut. Ich war kein schlechter Kräutersammler, aber Schwertkampf liegt mir. Es liegt mir so sehr, dass ich vielleicht sogar ein einzigartiges Talent habe. Ich bin keine Plakette mehr, eine von vielen, die nicht von Bedeutung, die mühelos zu ersetzen ist. Ich kann etwas.

Mir gefällt dieses Glühen.

In den Gängen stoße ich beinahe mit Estelle zusammen. Sie rauscht um eine Ecke, und ich kann im letzten Moment eine schnelle Bewegung zur Seite machen. Mein Unterarm schürft über einen Felsvorsprung.

»Pass doch auf«, sage ich laut, weil ich mich erschreckt habe – noch immer kann ich meine Wachsamkeit in Favilla einfach nicht ganz ablegen.

»Es war keine Absicht«, faucht Estelle, und bevor ich noch etwas sagen kann, ist sie davongestürmt.

Ich setze meinen Weg zum Speisesaal fort. Die meisten Tische sind komplett besetzt. Ich muss mit meinem Teller voller Höhlenkäfer neben Noel Platz nehmen, wenn ich mich nicht zu Leuten an den Tisch setzen will, mit denen ich noch nie geredet habe.

Noel und ich essen schweigend. Nora unterhält sich mit Phil, versucht, mich einige Male ins Gespräch einzubeziehen, aber merkt schnell, dass ich kein Interesse daran habe, und lässt es daraufhin sein. Ich kann nicht anders, ich starre zu Sam hinüber, die teilnahmslos auf ihren Teller blickt. Als sie den Kopf hebt, schaue ich schnell weg, bevor sie etwas bemerkt.

»Hast du Estelle gesehen?«, fragt Noel plötzlich.

»Hm?«

»Ob du Estelle gesehen hast, sie ist früh vom Essen aufgestanden.«

»Ja«, sage ich verwundert. »Sie ist mir entgegengekommen. War ganz in Eile. Warum?«

»Nur so«, sagt Noel ohne eine Regung im Gesicht. »Danke.«

Er steht vom Tisch auf und nimmt seinen Teller mit, der noch zu einem Viertel gefüllt ist.

Er bringt den Teller zum Versorgungstisch, wo Benjamin ihn freudig grüßt, aber auch darauf reagiert Noel nicht, sondern verschwindet einfach aus dem Speisesaal.

Später im Gemeinschaftsraum beteiligt er sich nicht am Würfelspiel, sondern sitzt schweigsam mit einigen anderen an der Feuerstelle. Er geht zu den Schlafzellen.

Ich trainiere bis kurz vor der Nachtruhe. Als nur noch einige wenige Schüler auf der anderen Seite der Brunnensäule sitzen, nehme ich ein zweites der Holzschwerter in die Hand und probiere mich damit. Es ist ungewohnt, aber ich glaube, ich stelle mich ganz ordentlich an.

Dann höre ich den Dürren die Treppe herunterkommen, dieses unverwechselbare Schlurfen. Ich lege eilig die Schwerter in die Truhe gleich neben der Wand und verschwinde in Richtung der Jungenzellen.

Sie sind hier! Die Schritte!

Und diesmal sind sie nicht in den Wänden, auch nicht darüber oder davor. Sie sind *in* der Zelle.

Ich halte die Luft an. Wage es kaum, die Augen zu öffnen. Das Blut rast durch meinen Körper. *Ganz ruhig bleiben.*

Ich drehe meinen Kopf so vorsichtig wie nur möglich. Öffne die Augen, jeder Muskel ist gespannt, damit ich mich blitzartig verteidigen kann gegen das, was sich da in der Dunkelheit bewegt.

Aber ganz dunkel ist es nicht. Ich blinzele verwundert. Da leuchtet ein Licht bei der Tür.

Ich stocke. »Noel?«

Die große Gestalt am Zelleneingang zuckt zusammen. Die Öllampe in ihrer Hand flackert, kommt dann wieder zur Ruhe, Noel dreht sich zu mir um. »Schlaf weiter«, sagt er tonlos.

»Noel, was machst du da?«, frage ich leise zurück und drücke mich von meinem Lager hoch.

»Schlaf bitte einfach weiter, Lucas.«

»Das werde ich nicht tun.« Schon bin ich bei Noel, stelle mich breitbeinig und mit verschränkten Armen vor ihn. Nicht, um ihm zu drohen, sondern um ihm klarzumachen, dass ich mich so einfach nicht zufriedengeben werde. Ich will eine Antwort.

Noel wischt sich einmal schnell über den Mund, Augenringe zeichnen sich in seinem Gesicht ab wie zwei geschwungene Narben. »Ich werde jetzt der Sache mit den Schritten nachgehen«, sagt er.

Ich atme tief durch. Irgendwo habe ich gewusst, dass dieser Moment kommen würde. Was ich dann tue, habe ich nicht gewusst. »Es sind doch gar keine Schritte zu hören.«

»Dann wäre es ja auch schon zu spät. Ich muss vor ihnen da sein«, sagt Noel. »Es gibt keinen Rhythmus. Aber einen Schlüssel. Estelle. Immer wenn sie besonders durch den Wind ist, sind nachts die Schritte zu hören.«

»Aber das muss doch überhaupt nicht stimmen.«

»Es stimmt. Ich habe es lange genug beobachtet. Es …« Noel bricht den Satz ab und strafft den Rücken. »Ist auch völlig egal. Ich gehe jetzt, und du wirst mich nicht aufhalten.«

Genau das müsste ich nun versuchen. Ihm den Weg versperren und sagen, wie gefährlich das ist. Dass wir keine Ahnung haben, was da draußen wartet. Und dass es sein Ende bedeuten könnte, wenn er erwischt wird. Swen ist nach einem nicht annähernd so groben Regelverstoß verschwunden. Sie werden nicht einen Moment zögern, auch Noel zu beseitigen!

Aber ich kann ihm ansehen, dass er seine Entscheidung getroffen hat. Ich auch. Egal, was er von mir hält, und egal, was für ein Risiko das hier sein mag. Er ist mein Freund.

»Wir müssen leise und schnell sein.« Ich greife selbst nach einer Öllampe und entzünde sie an der von Noel.

Er sieht mich verdutzt an, ich drücke mich an ihm vorbei und schiebe vorsichtig die Steintür auf. Ich mache den ersten Schritt hinaus. Es scheint, als schlucke die Finsternis das Licht meiner Öllampe, keine Fackel brennt in dieser Nacht draußen auf den Gängen vor den Jungenzellen. Da ist nur tiefe Schwärze, die mir plötzlich ganz endlos vorkommt. Noel ist dicht hinter mir.

163

20

Favilla. Gänge.

Obwohl wir uns so leise wie möglich bewegen, kommt es mir vor, als donnere jeder unserer Schritte wie ein Hammerschlag in die Dunkelheit. Als würde jedes Rascheln der Kleidung zwischen den engen Wänden herumschwirren wie ein lautes Insekt. Als lausche ganz Favilla nur uns.

Ich habe den Docht der Öllampe gekürzt, sodass nur ein winziges Flämmchen in der Finsternis tanzt, gerade genug, dass ich den Weg vor mir noch erkennen kann.

Wir halten uns dicht an der Wand. Das erscheint uns sicherer – obwohl ich dabei das Gefühl habe, jeden Moment könnten die Toten von dort nach uns greifen.

Wir nähern uns dem Gemeinschaftraum, wie es von da aus weitergehen soll, ist uns allerdings nicht klar.

Oben bei den Treppenaufgängen wachen der Dürre und ein weiterer Begrabener, das wissen wir. Ebene Eins wird uns also versperrt bleiben. Aber irgendein erstes Ziel brauchen wir schließlich.

Noch eine Biegung nach rechts, dann wieder nach links, gleich haben wir den Gemeinschaftsraum erreicht. Mein Atem geht schneller.

Plötzlich Geräusche.

Hinter uns.

Ein Schaben auf den Steinen. Ein undeutliches Wispern, das zu uns herüberdringt.

Doch mir fährt es durch den Körper wie ein überlautes Brüllen. Verdammt! Die nächste Abzweigung ist zu weit entfernt, dorthin schaffen wir es niemals. Das Wispern nähert sich. Oder ist es keuchender Atem?

Panisch blicke ich mich in der Dunkelheit um. Was sollen wir tun? Es könnte jeden Moment zu spät sein!

Da fällt es mir plötzlich ein: Gleich auf der anderen Seite in der Wand sind große Senkgräber für vollständige Skelettkörper. Ich kann mich erinnern. Dort müssten wir hineinpassen.

»Schnell«, zische ich und zerre Noel am Oberarm, damit er mir folgt. Ich lösche meine Öllampe, und er macht es mir nach. Jetzt ist das Wispern – Keuchen? – noch näher, in der Finsternis klingt es röchelnd, wie von einem großen, hungrigen Tier. Fast kann ich es vor mir sehen, die scharfen Klauen, die lange Schnauze witternd nach vorne gestreckt. Es fühlt sich an, als könnte ich bereits gierigen, kribbelnden Atem in meinem Nacken spüren.

Ich taste die Wand ab, etwas huscht unter meinen Fingern, und ich zucke kurz zurück, dann zwinge ich mich, weiterzutasten, diese Nischen müssen hier irgendwo sein, ich kenne diese Gänge doch!

Es wird jeden Moment um die Ecke kommen, es ist gleich da! Ich schwitze kalten Schweiß, spüre in aller Deutlichkeit, wie ein Tropfen mir von der Achselhöhle die Seite hinunter bis zur Hüfte läuft.

Dann endlich, etwas weiter rechts, als ich vermutet hatte, finden meine eiskalten Finger etwas: die Senkgräber. Es handelt sich um drei horizontal verlaufende Öffnungen in der Wand, die genau übereinanderliegen. Ohne zu zögern, stelle ich meine Lampe in die zweithöhere Nische, greife an den Rand und wuchte mich hoch.

Ich lande direkt auf dem Gerippe, mit dem Bauch zuerst. Es bricht und knackt unter mir, ein spitzer Knochen bohrt sich mir schmerzhaft in die Seite. Ich keuche auf, gebe sonst aber keinen Laut von mir.

Unter mir höre ich, wie sich Noel in die für ihn viel zu kleine Grabnische zwängt. Ich lausche, während ich in einer Art unfreiwilligen Umarmung mit dem Gerippe liege. Auf meiner Zunge breitet sich ein schaler Geschmack aus, wie Fäulnis.

Die Geräusche jetzt ganz nah, auch nicht mehr undeutlich. Das ist kein Keuchen.

Es sind Schritte, es sind gedämpfte Stimmen.

Aber ich kann keine Erleichterung fühlen. Mehr Augen, die mich entdecken können!

Die Schritte klingen vorsichtig, leise, aber nicht so, als hätten ihre Verursacher Angst, erwischt zu werden. Ich zähle. Ich glaube, sie sind zu dritt.

Jetzt sehe ich auch ein Flackern, einen Lichtschein, der auf uns zukommt, und dann wieder leises Flüstern.

»… denke nicht, dass das passieren wird …«

»… du hast ihn doch gehört …«

Drei Lichter bewegen sich an uns vorbei. In den unruhigen Flammen zeichnen sich drei undeutliche Gestalten in dunklen Kutten ab, die Gesichter von Kapuzen verdeckt. Sie sind nun genau auf unserer Höhe.

Ich halte den Atem an. Wenn nur einer von ihnen seine Lampe ein Stück nach links schwenkt, wird er uns entdecken. Es braucht nur eine Bewegung, und es ist zu Ende. Gleichzeitig drängt alles in mir danach, mich von diesen Knochen, die sich an meinen Körper drücken, wegzustoßen. Einfach nur möglichst viel Abstand von ihnen zu gewinnen. Mich wild zu schütteln, den Tod von meiner Haut zu schütteln. Ich beiße mir fest auf die Unterlippe, kann dem Reflex nur mühsam widerstehen.

Und dann, so schnell, wie sie gekommen sind, sind die Vermummten auch schon wieder an uns vorbei.

Einen kurzen Augenblick lausche ich noch in die Finsternis, halte es kaum noch länger aus. Schiebe mich nun, so leise und trotzdem so schnell wie möglich, aus der Nische, lasse mich zurück in den Gang gleiten. Ein Schauder läuft mir über den Rücken, ich kann immer noch die spitzen Knochen fühlen, wie sie in meine Seite stechen.

Hinten an der Biegung verschwinden die Lichter nach links.

»Wir müssen ihnen nach«, flüstert Noel, und wir setzen uns in Bewegung. Nun ohne Lampen.

Bleib ruhig! Es ist nicht schlimm, dass du nichts erkennen kannst, sage ich mir. *Bleib einfach ruhig, und du wirst nicht stolpern!*

Wir erreichen die Biegung, rechts geht es zum Gemeinschaftsraum. Wir wenden uns nach links und folgen den drei Lichtpunkten. Es sieht aus, als würden sie durch die Finsternis schweben.

»Verdammt«, zischt Noel, ein bisschen zu laut, sodass ich mich reflexartig zu den Seiten umdrehe. Aber da ist nur Schwärze.

Wir stehen an einer Weggabelung, die sich gleich hinter einer Biegung auftut. So konnten wir nicht sehen, welche Abzweigung die Kapuzengestalten genommen haben.

»Verdammt«, zischt Noel ein zweites Mal, jetzt leiser. Er zögert einen Moment. »Wenn wir jeder einen Gang nehmen, finden wir sie.«

»Ich glaube nicht, dass das eine gute Idee ist«, sage ich.

»Es ist unsere einzige Möglichkeit. Wir müssen herausfinden, was das zu bedeuten hat«, sagt Noel eindringlich, wie einer, der gar nicht anders kann. »Ich rechts. Du links.«

Und schon verschwindet er in der Finsternis.

Ihm nach!, denke ich und laufe los, doch dann bremse ich ruckartig ab.

Ich werde ihn in der Dunkelheit nicht wiederfinden. Und wenn nicht wenigstens einer von uns die Gestalten entdeckt, wird es ihm keine Ruhe lassen.

Außerdem will ich nun auch wissen, was es damit auf sich hat. Auch wenn ich das Risiko kenne. Sollten sie mich erwischen, werde ich ebenfalls zu einem Namen werden, den niemand hier mehr ausspricht, den man so schnell wie möglich vergisst.

Ich nehme die linke Abzweigung.

Ich gehe schnell und schaffe es so kaum, mich leise zu bewegen. Aber mir bleibt keine Wahl, wenn ich sie finden will. Ich strecke die Arme weit vor mich, damit ich nicht irgendwo gegenlaufe. Meine Hände streifen etwas Weiches, Klebriges, das sich sofort wie eine Hülle um meine Hand legt. Hastig, fast panisch wische ich es weg. Hoffentlich bloß Spinnenweben. Weiter vorwärts.

Irgendwann stoße ich mit den Händen gegen eine Wand, drehe den Kopf nach rechts, und da sind sie wieder. Die Lichter.

Mein Herz schlägt bereits viel zu schnell, trotzdem beginnt es nun noch mal an Fahrt zuzulegen.

Ruhig jetzt, Lucas. Du schaffst das!

Ich schleiche mich vorwärts, halte mich dabei dicht an der Wand. Mit der Linken taste ich mich an ihr entlang, um mehr

Sicherheit zu haben. Meine Hand fährt über Steine, einige spitz, einige flach, dann geht es zu einem unregelmäßigen Muster von Knochen über. Und dann bewegen sich die Lichter vorne nicht mehr.

Ich nähere mich ihnen immer weiter, der Drang, umzukehren, wird mit jedem Schritt stärker. Gleichzeitig kann ich es kaum erwarten, dort zu sein.

Schließlich habe ich sie fast erreicht. Ich kann das Raunen der Stimmen bereits hören. Sie stehen in einer der Grabkammern, einer der großen. Ich drücke mich mit dem Rücken an die Wand vor dem Eingang. Er ist aus dunklen Steinen gemauert und hoch für einen Grabeingang, selbst Noel würde knapp hindurchpassen, ohne sich ducken zu müssen. Oben säumt ihn ein Rundbogen.

Ich spähe hinein.

Sie stehen von mir abgewandt. Ihre Gewänder sind von einem tiefen Schwarz, doch auf dem Rücken prangt ein großes rotes Wappen. Es hat die Form eines Wassertropfens, im undeutlichen Licht ihrer Lampen wirkt die Farbe genau wie Blut.

Die Grabkammer ist kahl und leer bis auf einen steinernen Sarg, dessen Deckenplatte aus der gemeißelten Nachbildung eines Menschen besteht. Mit zusammengefalteten Händen liegt er dort. Nun tritt einer der Vermummten einen Schritt zur Seite und gibt den Blick auf eine kleine grünliche Flamme in einer gusseisernen Schale gleich neben dem Kopf frei. Es muss einer der Phönixwächter sein.

»… sehr bald losgehen«, höre ich eine der Gestalten flüstern.

»Ich denke sogar, in den nächsten Tagen.«

»Er wird es uns heute sagen, schätze ich.«

»Ich finde das viel zu früh. Er sollte länger warten.«

»Ich überhaupt nicht. Außerdem haben wir das sowieso nicht zu entscheiden.«

Etwas an der Stimme kommt mir bekannt vor, aber weil sie so leise sprechen, kann ich sie nicht zuordnen.

»Wirst du den Übergriff übernehmen?«

»Ja.«

»Was ist mit deinem Knie?«

»Nur noch ein bisschen empfindlich, ist sonst kein Nachteil mehr.«

»Gut, wie auch immer. Ich warte jetzt nicht mehr auf die anderen«, flüstert eine der Gestalten und dreht sich in Richtung des Eingangs.

Ich reiße den Kopf weg von der Öffnung. Kann mit einem Mal nicht mehr atmen, es fühlt sich an, als hätte sich etwas in meiner Brusthöhle verkeilt.

»Moment«, kommt es aus der Kammer.

»Was ist?«

»Seid mal kurz still.«

Ich höre, wie er oder sie einen Schritt in meine Richtung macht. Noch einen. Ich drücke mich jetzt so kräftig an die Wand, als könnte ich dadurch in ihr verschwinden. Wage es nicht, Luft zu holen oder mich nur das geringste bisschen zu bewegen.

Er soll sich wieder umdrehen! Er hat nichts gesehen! Er muss sich einfach nur wieder umdrehen!

»Reicht das jetzt?«, sagt eine der Stimmen, nun etwas lauter, und ich bin mir jetzt ganz sicher, dass ich sie kenne. Ich weiß nur nicht, woher. Mein Kopf rauscht.

»Na gut. Er wartet sicher schon.«

Dann sind da Schritte und das Schieben von Stein. Bewegungen, Rascheln. Wieder das Schieben. Stille.

Ich höre nur noch das Hämmern meines Herzens und meinen gepressten Atem, den ich jetzt kaum mehr ruhig halten kann.

Ich warte.

Nichts.

Ganz vorsichtig, ganz langsam schiebe ich den Kopf wieder in Richtung des Eingangs. Bereit, ihn jeden Moment erneut nach hinten zu reißen.

Die Grabkammer ist leer.

21

Favilla. Schlafzelle Lucas.

»Jetzt erzähl endlich! Was hast du gesehen?«

Noel steht im Raum, ich sitze auf dem Lager und stütze meinen Kopf mit den Händen. Ich muss nun genau die richtigen Dinge sagen. Ich darf mir keinen Fehler erlauben.

»Es waren die Begrabenen«, sage ich. »Es war nichts Schlimmes.«

»Was?«

Ich hole tief Luft. »Sie haben nach Höhlenkäfern gesucht«, sage ich. »Ich habe die Lichter wiedergefunden und bin ihnen gefolgt. Sie hatten ihre Kapuzen längst abgenommen, und ich habe zwei der Begrabenen erkannt. Sie haben irgendetwas davon geredet, dass in Ebene Eins derzeit zu wenig Höhlenkäfer zu finden sind. Vier oder fünf hatten sie schon in einem Beutel. Ich bin ihnen bis zu dem Wachposten vor dem unerschlossenen Bereich gefolgt. Dort habe ich umgedreht.«

Noel schweigt. Dann sagt er bedächtig: »Warum meintest du, dass wir so schnell zurück in die Zelle müssen?«

»Es waren noch andere Suchtrupps unterwegs«, sage ich und konzentriere mich darauf, meine Stimme fest klingen zu lassen. *Genau so ist es gewesen*, sage ich mir – so klappt es am besten.

»Ich wurde beinahe erwischt, es war haarscharf. Sie hatten mich gehört, sie waren beunruhigt. Sie hätten uns früher oder später entdeckt.«

»Ah«, sagt Noel. »Okay.«

Wieder schweigt er, und am liebsten würde ich die Stille jetzt brechen, doch das wäre nicht klug.

Ich kann lügen. Ich habe meinen Vater oft genug belogen. Aus Notwendigkeit.

Bei Noel fällt es mir schwerer, ich fühle mich irgendwie schäbig dabei. Obwohl es auch hier notwendig ist.

»Warum haben wir die Schritte hier in der Zelle gehört?«, fragt er.

»Ich schätze, die Geräusche müssen sich durch die Rauchschächte übertragen haben, wenn die Begrabenen sich auf den Weg machten. Vielleicht hören wir es deshalb jedes Mal. Ihre Quartiere sind ja in etwa über uns.«

»Das heißt, wir haben uns völlig umsonst Sorgen um diese Sache gemacht?« Noel sieht mir in die Augen, und ich erwidere seinen Blick. Ich kann Zweifel darin erkennen, es ergibt nicht ganz Sinn für ihn.

»Scheint so«, sage ich.

Noch einen Augenblick muss ich Noels Blick standhalten, dann nickt er.

»In Ordnung.« Er atmet langsam aus und streicht sich die Haare zurück. »Tut mir leid, dass ich dich da mit reingezogen habe.«

»Schon gut.« Ich fühle mich elend. Trotz unserer Meinungsverschiedenheiten vertraut er mir so sehr, dass er meine Erlebnisse nicht weiter hinterfragt. Ich hintergehe ihn.

Aber ich bin mir gleichzeitig sicher, dass es das Richtige ist. Für mich. Und auch für ihn. Ich weiß nicht genau, was er jetzt unternehmen würde, wenn ich ihm die Wahrheit gesagt hätte. Doch es könnte unser Ende bedeuten. Schon unsere Unternehmung heute Nacht war viel zu riskant.

»Danke, Lucas«, sagt Noel, und jetzt muss ich doch zu Boden sehen. Ich drücke meine Finger kräftig in die Oberschenkel, um mir nichts anmerken zu lassen.

»Bitte«, sage ich mit belegter Stimme.

»Wir sollten schlafen«, sagt Noel.

Ich nicke.

Ich lege mich auf mein Lager, wir wünschen uns eine gute Nacht.

In meinem Kopf müsste es wild sein, aber da ist nur Erschöpfung.

In meinem Traum stehe ich in der leeren Grabkammer. Ich drücke gegen den Sarkophag des Phönixwächters, doch nichts bewegt sich. Ich taste über die Wände der Grabkammer, ob da irgendwo eine Öffnung ist, aber nichts.

Sehr bald losgehen.

Ich taste immer schneller, hektisch, panisch. Irgendwo müssen sie doch hin sein!

Aus der Wand höre ich Swen schreien. »Es ist alles nur ein Spiel«, schreit er. »Alles nur ein Spiel.«

Noel steht neben mir.

»Sie sammeln nur Höhlenkäfer!«, rufe ich, taste weiter über die endlose Wand der Grabkammer. »Es ist nichts Schlimmes!«

Er wird es uns heute sagen.

Dann bin ich auf einmal in einem schwarzen Gang. Dort hinten in der Dunkelheit bewegen sich drei Lichter. Sie haben die

Form von Wassertropfen. Das Feuer ist blutrot. Ich renne den Lichtern hinterher. Ich renne immer weiter.

Als ich aufwache, fühle ich mich kein Stück ausgeruht.

Im Waschraum tropft Wasser auf Stein. Ich hasse dieses Geräusch. Ich stelle mich vor den Trog und schöpfe mit den Händen Wasser in mein Gesicht, ausnahmsweise hat die Kälte etwas Angenehmes.

Ich streife mein Hemd vom Körper, tunke mein Waschtuch in das Wasser, reibe mir Achseln und Brust ab. Einige leichtere Blessuren aus dem Kampfunterricht bedecken meinen Körper, hinten auf dem Rücken halten sich die Verfärbungen von Arons Schwertschlag hartnäckig, aber ich spüre sie kaum noch. Die tiefe Schürfwunde, die ich von meinem Vater hatte, ist vollständig abgeheilt, dünne weiße Haut hat sich dort gebildet.

»Heilt wieder«, hat Tom immer gesagt. Er sagte es wie eine Beschwörungsformel zu mir. Schon seit dem ersten Mal, als mein Vater zugeschlagen hatte.

Ich muss etwa zwölf Jahresumläufe alt gewesen sein.

Mein Vater trank schon lange, allerdings hatte er mich bis dahin zwar oft angeschrien, doch nie richtig angerührt. Bloß ein paar Backpfeifen, wie sie die anderen Jungs im Viertel von ihren Eltern auch von Zeit zu Zeit bekamen.

Es war einer dieser heißen Tage, an denen die Sonne dir auf dem Schädel brennt, als wolle sie ihn zum Schmelzen bringen, und du ständig schluckst, weil dein Hals so trocken ist, das aber überhaupt nichts bringt und du es trotzdem immer wieder tust.

Als ich nach Hause kam, war es schon dunkel. Das erhoffte Gewitter, das vielleicht etwas Abkühlung gebracht hätte, war ausgeblieben, die Luft immer noch beinahe so schwül und drückend wie tagsüber.

Ich stieß die Tür kräftig auf und eilte zum Wasserfass. Ich griff nach einem der Tonkrüge, tauchte ihn ins Wasser und begann gierig zu trinken, sodass mir ein Teil der Flüssigkeit übers Kinn auf die Brust schwappte.

»He!« Eine kräftige Hand packte mich an der Schulter, und ich ließ vor Schreck den Tonkrug fallen. Das Wasser schwappte kalt über meine Füße.

Das Gesicht meines Vaters war rot, und seine Augen waren glasig. »Wasser ist kostbar«, sagte er.

Ich schwieg und sah zu Boden. Das hatte sich bisher immer als das Beste erwiesen.

»Was glaubst du«, sagte er und schob sein Gesicht dichter an meines. »Was glaubst du. Wenn jemand dich sieht, wie du das Wasser verschüttest. Glaubst du, das finden die lustig? Der Sommer ist zu heiß. Die sind froh, wenn sie sauberes Wasser haben, und du verschüttest das?«

Er hatte meine Schulter immer noch nicht losgelassen, und sein Griff wurde nun fester. Langsam kroch mir die Angst in den Nacken.

»Ich bin Viertelbeauftragter«, sagte er mit schwerer Zunge, die Worte flossen ineinander. »Ich muss für Ordnung sorgen. Die Leute müssen mich respektieren. Was glaubst du, was die denken, wenn mein eigener Sohn gutes Trinkwasser verschüttet.« Er rüttelte einmal kräftig an meiner Schulter. »Hä?«

Ich öffnete den Mund, wollte ihm sagen, dass es doch nur etwas Wasser war, dass ich es nicht mit Absicht getan hatte, doch da hatte mein Vater bereits zugeschlagen. Seine flache Hand knallte mir so kräftig ins Gesicht wie noch nie zuvor, der Schmerz wie ein Feuer, ich wusste gar nicht mehr, wo oben und unten war.

»Aber du hast dich ja noch nie um die Leben anderer ge-

176

schert«, spie mein Vater mir förmlich ins Gesicht, und dann legte er richtig los.

Die Fäuste. Ich auf dem Boden. Der Gürtel, der auf mich hinabsaust. Sein verzerrtes Gesicht. Die Todesangst. Ich kann mich nur noch verschwommen an diese Momente erinnern. Wahrscheinlich ist das auch besser so.

Er hörte erst auf, als er meinen Bruder bemerkte, der von oben heruntergekommen war. Mein Vater stieß mich von sich, sein Atem ging schwer. Er sackte in sich zusammen. Es war das einzige Mal in meinem ganzen Leben, dass ich ihn weinen gesehen habe.

»Ich verspreche dir, Lucas, das wird nie wieder passieren«, sagte er immer wieder. Und einige Tage lang habe ich ihm das sogar geglaubt.

Die Tür zum Waschraum wird aufgeschoben und reißt mich aus meinen Gedanken. Aron tritt durch den Eingang, man sieht kaum noch, dass er eine Verletzung auskuriert – an den Tagen direkt nach dem Kampf hätte man denken können, Benjamin humpele durch die Gänge.

Er geht an mir vorbei, ohne Notiz von mir zu nehmen. Ich versuche, es genauso zu halten.

Es ist anders geworden nach unserem Kampf, auf seltsame Art und Weise hat es Verhältnisse geklärt. Aber trotzdem kann ich seine Anwesenheit noch immer nicht ausstehen, bin froh, wenn ich ihn nicht in meiner Nähe haben muss.

Aron füllt seinen Trinkschlauch auf, und ich bleibe einfach stehen, wo ich bin. Versuche gar nicht erst, so zu tun, als würde ich mich beschäftigen. Trotz allem sind meine Muskeln auf Spannung, bereit zu reagieren. Trotz allem habe ich nichts vergessen, erst recht nicht, was das letzte Mal passiert ist, als wir hier aufeinandergetroffen sind.

Doch Aron dreht sich einfach nur um, und so unspektakulär, wie er gekommen ist, verschwindet er auch wieder aus dem Waschraum. Als wäre ich für ihn bloß ein Schüler unter vielen.

Ich entspanne mich langsam wieder. Eigentlich bin ich noch bei Tom.

Er half mir die Stiege hinauf und ins Bett.

»Heilt wieder«, sagte er, als ich dort zusammengekrümmt lag. Dann begann er, mir Geschichten zu erzählen. Von fremden Königreichen, die er erfunden hatte. Es linderte die Schmerzen nicht, aber es lenkte ab, ich wusste, dass jemand da war, und ich war ihm dankbar dafür.

Er musste in den kommenden Jahren viele Königreiche erfinden.

Der Kiesel saust den Brunnenschacht hinunter. Er schlägt gegen die gemauerten Steine und prallt mit einem Klacken ab. Dann verschwindet er in der Dunkelheit, ich höre das Klacken noch einige Male, mit jedem Ton wird es leiser. Schließlich wird das Geräusch gänzlich verschluckt.

Ich stehe an der Öffnung des Brunnenschachts und starre in die Tiefe, Schwärze, noch schwärzer als die Finsternis der Gänge. Niemand sonst hält sich hier auf. Es ist Mittagspause, ich habe keinen Hunger.

Wie weit es wohl dort hinabgeht?

Wo der Stein wohl gelandet ist?

Wenn das nur meine dringendsten Fragen wären!

Ich habe immer noch nicht entschieden, wie ich mit dem Erlebnis von gestern umgehen soll. Ehrlich gesagt, habe ich nicht die leiseste Ahnung.

Es soll sehr bald losgehen, haben die Vermummten gesagt. Das könnte alles bedeuten. Möglicherweise hat es überhaupt nichts zu sagen, hat es gar keine Auswirkungen auf mich. Möglicherweise aber bin ich, ist Noel, sind alle Schüler hier in Gefahr, ich kann es nicht sagen.

Doch wenn hier tatsächlich etwas nicht mit rechten Dingen zugeht, wer steckt dann dort mit drin und wer nicht? Ich weiß also nicht einmal, an wen ich mich wenden soll, wem ich überhaupt noch trauen kann.

Ich muss an die flüsternde Stimme denken, die ich gekannt, aber nicht erkannt habe. Wer war das?

Ich kneife die Augen zusammen, versuche, mir die Szene genau in Erinnerung zu rufen. Aber ich komme einfach nicht auf die Lösung, sosehr ich mich auch anstrenge. Es fühlt sich an, wie wenn du eine gute Idee hattest, und plötzlich ist sie weg, und du drehst und wendest alles in deinem Kopf, und du weißt, sie ist da noch irgendwo, aber du wirst sie nicht mehr wiederfinden.

»Lucas.«

Ich drehe mich ruckartig um, vor mir steht Emma.

»Ich muss mit dir sprechen«, sagt sie mit gesenkter Stimme. Sie wirkt angespannt.

»In Ordnung«, sage ich und trete schnell einen Schritt weg vom Brunnenschacht.

Sie oder irgendjemand anders hätte mich mühelos in die dunkle Öffnung stoßen können.

Emma kontrolliert mit schnellen Blicken die Eingänge ringsum, dann beugt sie sich zu mir vor.

»Wir sind in Gefahr, Lucas«, sagt sie. »Seit Längerem bin ich einer Gruppe von Verrätern auf der Spur, die Favilla bedrohen. Ich weiß nicht, wer alles dahintersteckt, wie viele Schüler, Lehrer, Begrabene. Aber du bist ein herausragender Kämpfer und gleichzeitig noch nicht so lange in diesem Internat, dass ich befürchten muss, du gehörst schon dazu. Ich hoffe, ich kann dir noch trauen.«

Sie macht eine Pause. Ihr Blick durchbohrt mich fast. Ich streife mir mit den Zähnen über die Lippen, warte, dass sie weiterspricht, in mir ist alles ganz starr.

»Triff mich heute Nacht im Gemeinschaftsraum. Wenn die Nachtruhe seit etwa einem Stundenstrich andauert. Allein. Wir treffen dann die anderen, denen man noch gefahrlos trauen kann.« Sie fasst mich am Unterarm, ihr Griff ist fest. »Kann ich auf dich zählen?«

Ich schaffe in diesem Moment gar nichts anderes, außer zu nicken. Spüre Erleichterung, als ihre Hand mich wieder loslässt.

»Der Internatsleiter wird dir sehr dankbar sein, falls wir diese Gefahr von Favilla abwenden können«, sagt Emma. »Und jetzt geh bitte zum Essen. Du wirst heute Nacht all deine Kraft brauchen.« Sie macht auf der Stelle kehrt und verschwindet in den Gang, der in Richtung Unterrichtsraum Zwei führt. Ich stehe da und starre dorthin, wo sie eben noch war. Blinzele einmal, als hätte ich ein Gespenst gesehen.

Der Internatsleiter wird dir sehr dankbar sein.

Ich wende mich ab, mache mich auf den Weg zum Speisesaal.

Es steht also fest. Mein Leben und auch das der meisten anderen hier ist tatsächlich in Gefahr. Jedenfalls wenn es stimmt, was Emma sagt. Bloß, wer verrät wen? Was genau haben sie vor, wer auch immer *sie* sind? Schüler? Begrabene? Lehrende? Oder eine Gruppe, die ich überhaupt nicht kenne? Haben sie genug von den unbarmherzigen Regeln des Internatsleiters? Oder wollen sie etwas ganz anderes?

Ich wünschte, ich könnte Emma nachrennen und nach mehr Antworten verlangen.

Doch vielleicht bekomme ich davon heute Nacht mehr.

Statt Angst vor dem Kommenden breitet sich plötzlich eine seltsame Aufgeregtheit in mir aus. Ich weiß nun, was zu tun ist.

Und ich werde Emma, ich werde den Internatsleiter nicht enttäuschen. Sie setzen auf mich, sie halten viel von mir. Wieder spüre ich dieses innere Glühen. Ich werde Tom nicht enttäuschen. Vielleicht ist das meine Chance, mich endlich so hervorzutun, wie es mein Ziel ist, seit ich in Favilla bin.

Und trotz dieser Aufgeregtheit in mir betrete ich den Speisesaal heute misstrauischer als je zuvor. Irgendwo hier drin sitzen sie möglicherweise. Die Verräter.

Im Bogenschießunterricht finde ich keinen Moment Ruhe. Erst vor Kurzem bin ich in Liga Drei aufgestiegen, trotzdem gelingt mir der Umgang mit dieser Waffe eigentlich mittlerweile gut. Eigentlich. Heute werde ich das Gefühl nicht los, dass sich mir ein Pfeil in den Rücken bohrt, sobald ich nur einen Schritt zu weit nach vorne mache, sobald ich unaufmerksam bin.

Ich beobachte meinen rechten Nachbarn aus den Augenwinkeln, während ich meinen Bogen spanne. Hat er mir einen wissenden Blick zugeworfen? Wartet er nur auf seine Chance?

Und warum zum Henker kann ich Alexis schon wieder nirgendwo entdecken? Callan ist nur einige Plätze von mir entfernt, aber ich weiß plötzlich nicht einmal, ob ich Alexis seit meinem Kampf mit Sam überhaupt noch mal gesehen habe. Keine Ahnung, ich will da jetzt nicht drüber nachdenken!

Meine Pfeile treffen ihr Ziel nicht. Wenn einer von ihnen etwas ahnt, macht mich das noch verdächtiger.

Meine Hände beginnen zu schwitzen.

Ich versuche, so zu tun, als wäre das alles ganz normal, als wäre das bloß ein kleines Formtief. Ich mache einfach weiter, ruhig, so schwer mir das auch fällt.

Abends in meiner Zelle weiß ich nicht mehr, wie ich den Ligenunterricht hinter mich gebracht habe.

Noel liegt schon im Bett, hat seine Lampe gelöscht. Leise greife ich mein dünnstes Schlaffell und schiebe es beim Schließen der Tür unter den Türspalt. Später, so hoffe ich, werde ich sie weitestgehend lautlos öffnen können.

Ich habe kein gutes Zeitempfinden, ich kann wirklich nur vermuten, wann der Zeitpunkt gekommen ist, die Zelle wieder zu verlassen. Ich liege wach, will aufstehen und auf und ab laufen, doch das würde natürlich Noel wecken.

Die Stimme des Vermummten gehörte zu einer männlichen Person. Glaube ich. Ich wälze die Erinnerung im Kopf hin und her. Und einen Moment bin ich kurz vor der Lösung. Doch dann ist die Erkenntnis auch schon wieder weggerückt.

Leider hält mich das nicht vom Grübeln ab.

Irgendwann scheint es mir an der Zeit zu sein, und ich schiebe mich vorsichtig von meinem Lager hinunter. Leise durch die Zelle. Noel schnarcht ein wenig. Ich bin bei der Tür.

Ich ziehe sie so lautlos auf wie möglich. Trotzdem kann man den Stein über die obere Kante schaben hören. Noels Schnarchen verstummt, ich erstarre. Dann ein geräuschvolles Luftholen, ein Schlucken, und er beginnt wieder regelmäßig zu atmen.

Ich ziehe die Tür noch einen Spalt weiter auf, zwänge mich hindurch und schließe sie wieder. Eine Öllampe habe ich nicht mit. Den Weg zum Gemeinschaftsraum finde ich auch so.

Ich halte mich dicht an der Wand, zwar denke ich nicht, dass jemand mir auflauert, trotzdem bin ich wachsam, die Knie leicht gebeugt, als würde ich kämpfen.

Emma wartet bereits auf mich. Sie steht mit dem Rücken zum Brunnenschacht, ich gehe direkt auf sie zu. Sie trägt einen farblosen Umhang aus festem Stoff – anders als die gewöhnlichen Leinenhemden. Darunter erkenne ich eine Brustplatte aus schwarzem Leder.

»Du bist hier«, sagt sie leise. »Gut.«

Sie greift unter ihren Umhang, holt ein Schwert hervor, und ich spüre so etwas wie Ehrfurcht, als ich es entgegennehme. Das ist kein Übungsschwert.

Ich fahre vorsichtig mit der Fingerspitze über die Klinge. Sie ist so scharf, dass sie mir beinahe in die Haut schneidet. Dann sehe ich wieder Emma an.

»Sie sind auf den Gängen«, sagt sie, die Stimme noch immer gesenkt. »Hattest du das Gefühl, dass dir jemand gefolgt ist?«

Ich sehe mich unwillkürlich nach hinten um. Schüttele dann den Kopf. »Nein.«

Emma mustert mich. »Oben treffen wir die Verstärkung. Aber du solltest dir jetzt ebenfalls Schutzkleidung …«, beginnt sie, und dann geht auf einmal alles ganz schnell.

Dann sind da plötzlich Bewegungen bei den Treppen, die zu Ebene Eins führen. Vier Gestalten in schwarzen Kutten stürmen herab, rennen auf uns zu. Sie schreien keinen Kampfschrei, stumm rauschen sie heran, so als wäre dort niemand unter den Kapuzen.

Ich blicke ihnen entgegen, rühre mich kein Stück. Erst das schabende Geräusch, als Emma ihr Schwert zieht, löst meine Starre.

»Los!«, ruft sie laut und nimmt Kampfhaltung ein. »Rücken an Rücken!«

Ich folge ihrem Befehl. Emmas Rücken ist kräftig, wie ein massiver Schild.

Die Gestalten sind fast bei uns.

Ich spüre, wie meine Beine weich und unsicher werden. Das Blut rast durch meinen Körper, die Ader an meiner Schläfe pocht.

»Ganz ruhig, Lucas«, sagt Emma konzentriert. »Wir werden das schaffen.«

22

Favilla. Gemeinschaftsraum.

Damit habe ich nicht gerechnet.

Vier Gegner, jeder von uns muss zwei besiegen, aber drei stürmen auf Emma los, und nur einer von ihnen greift mich an.

Wahrscheinlich gut für mich – mein Gegner schlägt zu, ohne auch nur einen Moment abzustoppen, nimmt die volle Wucht seines Anlaufs mit in seinen Hieb. Ich hebe die Waffe im letzten Moment zum Block. Der Aufprall donnert durch meinen Schwertarm hindurch. Zurückweichen kann ich nicht, da steht Emma.

Nun deckt mich der Vermummte mit einer schnellen Folge aus Schlägen ein, die ich parieren kann. Ich sehe allerdings nicht die winzigste Chance, zum Gegenangriff überzugehen.

Hinter mir spüre ich, wie Emma sich kurz von meinem Rücken löst, dann ein Aufschrei, und schon ist sie wieder zurück. Schon eine einzige Unaufmerksamkeit von Emma würde mein Ende bedeuten – sie ist mein Rückenpanzer.

Doch ich darf das nicht beachten. Jeder Moment der Unkonzentriertheit könnte meinen Tod bedeuten. Das hier ist keine Übung, das ist echt.

Immer schneller schlägt das Schwert meines Gegners auf mich ein, immer schneller muss ich parieren, es ist, als gäbe es nur noch diese beiden Schwerter, die in einem endlosen Wirbel aufeinanderprallen. Die Töne hallen wie das Tosen eines metallenen Sturmes.

Ich darf nicht denken. Nur reagieren.

Und so plötzlich, wie es begonnen hat, endet es auch.

Der Vermummte macht zwei schnelle Schritte nach hinten, ich bin viel zu verdutzt, um nachzusetzen. Er dreht sich um und rennt aus dem Gemeinschaftsraum. Seine Schritte sind dabei fast lautlos, obwohl er sich in einem rasenden Tempo bewegt, und er verschwindet in der Dunkelheit von Ebene Zwei – was ist los?

Das erste Mal seit Beginn des Kampfes werfe ich einen Blick nach hinten.

Emma steht mit ausgestrecktem Schwertarm da und hält ihre Waffe einem der Vermummten vor die Brust. Er hat die leeren Hände erhoben. Am Boden, halb gegen die Brunnensäule gestützt, lehnt ein zweiter Vermummter, hält sich die Seite und keucht gepresst auf. Der dritte liegt zusammengesunken dort, bewegt sich nicht mehr.

Mit der freien Hand fasst Emma sich an den Oberschenkel. Sie verzieht schmerzerfüllt das Gesicht. »Du musst ihm nach! Schnell«, sagt sie. »Er darf nicht entkommen!«

»Aber …«, beginne ich.

»Lucas! Wir haben keine Zeit«, unterbricht Emma mich scharf.

Ich nicke, wie fremdgesteuert. Noch immer bin ich völlig überfordert von alldem.

Ich löse den Blick von der reglosen Gestalt am Boden. Greife eine der Fackeln von der Wand und bewege mich auf den Ausgang des Gemeinschaftsraums zu, werde jetzt immer schneller.

»Er wird zum Phönixwächter geflüchtet sein«, ruft Emma mir nach. »Ich bin mir ganz sicher.«

Die letzten Worte höre ich kaum noch, weil ich schon längst in die Dunkelheit der Gänge gestürmt bin.

Wie genau ich zum Grab des Phönixwächters gelangen kann, weiß ich nicht, doch ich glaube, dass ich die richtige Richtung einschlage.

Ich renne wie ein Verrückter, gleichzeitig bin ich bereit, mich jederzeit zu verteidigen. Ich versuche, nicht daran zu denken, wie weit das Licht meiner Fackel in der Finsternis zu sehen ist. Trotzdem brauche ich sie, ich muss mich irgendwie orientieren können.

Du läufst in deinen Tod. Er könnte dich mühelos überraschen. Ich beiße mir kräftig auf die Lippe. Der Verräter ist auf der Flucht, er wird nicht auf mich warten.

Ich stürme weiter vorwärts, ungebremst. Jeder Atemzug ist eine Pfeilspitze in meiner Brust. Das Schwert in meiner Hand fühlt sich unendlich schwer an, als wäre es aus Stein.

Ich kenne diesen Bereich der Katakomben nicht. Hätte ich eben rechts abbiegen müssen statt links?

Ich werde langsamer. Leuchte mit der Fackel über die Wände.

Ich sehe eine Halterung, in der eine erloschene Fackel steckt, darüber in den Stein gemeißelt einige Grabnischen und Buchstaben. Mir bleibt keine Zeit, sie zu entziffern. Ich kenn das alles hier nicht.

Ich laufe weiter, ich darf keine Zeit verlieren. Vielleicht bin ich ja doch richtig. Oder ich muss umkehren. Wahrscheinlich sollte ich das. Ja.

In dem Moment erreiche ich eine Weggabelung, und das fühlt sich an, wie wenn du deinen Pflückbereich wild nach den letzten Sonnenkräutern für das Pensum abgesucht hast, und dann, wenn du schon denkst, du kannst dein Pensum heute vergessen, stößt du auf eine letzte Ansammlung davon.

Ich kenne diesen Punkt! Hier haben Noel und ich uns gestern getrennt, nachdem wir die Lichter verloren hatten.

Ich lasse in einem kurzen Anflug von Erleichterung die Fackel sinken und atme für einen Moment durch. Von hier aus weiß ich den Weg. Gleichzeitig ist mir klar: Ich muss jetzt noch aufmerksamer sein.

Ich halte mich nun wieder dicht an der Wand. Vorbei geht es an der kalten, glatten Steinmauer, vorbei an den leeren Totengesichtern.

Und da vorne ist die Kammer des Phönixwächters, ich kann das bleiche grünliche Licht erkennen. Vor dem Licht eine Bewegung. Vielleicht bloß ein zufälliger Schatten. Vielleicht auch nicht.

Ich nähere mich schnell und positioniere mich an der gleichen Stelle wie gestern. Stein schabt in der Grabkammer über Stein.

Diesmal werde ich nicht warten.

Ich fasse mein Schwert fester. Dann stoße ich mich von der Wand ab und stürze mich mit einer schnellen Drehung hinein.

Keinen Moment zu spät.

Ich sehe gerade noch, wie die vermummte Gestalt im Sarkophag des Phönixwächters verschwindet. Nur noch ein Teil seines Oberkörpers und der von der Kapuze verborgene Kopf sind zu sehen. Dieser Kopf dreht sich nun zu mir um, dann taucht er ab.

Ich haste hinterher. Das Grab steht noch immer offen. Schräg ist der Grabdeckel zur Seite geschoben, sodass er noch zur Hälfte auf dem steinernen Behälter liegt.

Ohne weiter nachzudenken, steige ich in die Öffnung, die Fackel nach vorne ausgestreckt. Kleine, eng gesetzte Treppenstufen führen nach unten, und ich folge ihnen, so schnell ich kann. Ich gelange in einen langen, geraden Gang. Dort, ich sehe ihn, den Vermummten. Ich renne hinterher.

Nun wirst du mir ganz bestimmt nicht mehr entkommen! Ich werde den Internatsleiter nicht enttäuschen.

Er ist schnell, ich hole nicht auf. Aber ich kann den Abstand halten.

Und jetzt neigt sich der Gang plötzlich abwärts. Doch was mich am meisten verstört: An diesen Wänden brennen Fackeln.

Wer hat sie hier platziert? Wer hat sie entzündet?

Langsam wird es richtig steil. Nach rechts führt ein Gang ab, einige Schritte später auch einer nach links. Doch der Vermummte rennt weiter geradeaus, immer tiefer unter die Erde.

Ebene Zwei ist also nicht der tiefste Punkt von Favilla! Es muss eine dritte Ebene geben!

Dann sehe ich, wie der Vermummte anhält, er steht irgendwie erhöht. Hektisch macht er sich an etwas über seinem Kopf zu schaffen. Ich bin gleich bei ihm.

Er verschwindet in der Decke, als ich ihn beinahe erreicht habe. Ich brauche nur einige Augenblicke, um zu verstehen.

Einige Treppenstufen führen nach oben, und dort in der Decke klafft eine dunkle Öffnung. Es ist ein weiterer Grabeingang.

Ich haste die schmalen Stufen hinauf, dort über mir sehe ich die Öffnung, meine Gedanken rasen. Ich werde beim Rauskommen ungeschützt sein. Aber was bleibt mir übrig. Ich muss ihn kriegen.

Ich lasse die Fackel fallen, stütze mich mit den Ellenbogen auf den Rand des Grabes und hebele mich hoch. Drehe mich über den Rand und rolle mich sofort ab, um einem möglichen Schlag auszuweichen.

Ich springe auf die Beine.

Ein Schwert saust auf mich zu, gerade noch kann ich meines in die Höhe reißen und den Schlag abwehren. Mache dann einige schnelle Schritte nach hinten, nehme Kampfhaltung ein.

189

Der Vermummte will es zu Ende bringen.

Ich auch!

Doch das wird nun noch schwerer, wie ich mit Schrecken erkenne.

Ich weiß nicht, wo er ihn herhat, aber er hält plötzlich einen Schild in der linken Hand.

Es ist ein großer, hölzerner Rundschild mit einem Eisenbuckel in der Mitte.

Hastig versuche ich, mir die Dinge in Erinnerung zu rufen, die wir über den Kampf gegen einen Schildträger gelernt haben. Aber in meinem Kopf ist kein klarer Gedanke mehr.

Der Vermummte kommt auf mich zu. Er hält seinen Schild dabei vor seiner Körpermitte nach vorne gestreckt. Er verbirgt sein Schwert dahinter, ich kann es nicht sehen.

Ich weiche einen Schritt zurück, der Vermummte drängt vorwärts, der Schild ist jetzt direkt vor mir. Plötzlich reißt er ihn zur Seite, und in einer fließenden Bewegung stößt er mit dem Schwert zu, das er anscheinend direkt hinter dem Schild platziert hatte. Ein gerader Stich, der auf meine Brust zielt.

Im allerletzten Moment gelingt es mir, mein Schwert hochzureißen und einen Satz nach hinten zu machen. Die Schwertspitze schlitzt mir das Hemd auf, aber ich spüre keinen Schmerz. Sie hat meine Brust um Haaresbreite verfehlt.

Schnell mache ich noch zwei weitere Schritte zurück, dann zur Seite. Ich darf mich nicht an die Wand drängen lassen!

Der Vermummte hebt seinen Schild wieder vor die Körpermitte. Erneut verbirgt er sein Schwert dahinter und kommt so auf mich zu.

Jetzt weiß ich, was er tut. Jetzt kann ich dem entgegnen.

Er reißt den Schild zur Seite, mit aller Kraft schlage ich von oben auf das vorwärtszuckende Schwert, sodass ich es Richtung Boden lenke.

Das ist meine Chance, jetzt muss ich nur noch …

In diesem Moment saust auch schon der Schild von der anderen Seite heran und donnert mir gegen den Kopf, schleudert mich zu Boden. Schmerz taumelt durch meinen Schädel. Ich glaube, ich schmecke Blut. Vor meinen Augen tanzen wirre grüne Punkte.

Sie haben das Grün der Totenlichter.

Ich will mich orientieren, aber ich kann nicht. Verschwommen sehe ich eine Gestalt, die ihr Schwert hebt. Genau über mir. Und dann ist da plötzlich eine Stimme, die ich kenne. »Nein!«

Ich nehme wahr, wie die Gestalt innehält. Ich drehe meinen Kopf, ganz langsam klärt sich mein Sichtfeld.

Ich blicke auf die letzte Person, mit der ich hier gerechnet hätte.

Mühsam wuchtet sich Benjamin aus dem geöffneten Steinsarg heraus. Sein rechtes Bein bleibt an der Kante hängen, er muss es mit den Armen hochziehen. Dann steht er mit uns im Raum, die kleine, zusammengekrümmte Statur. Er ist unbewaffnet.

»Ich habe etwas gehört und bin euch gefolgt«, sagt er, so als wäre er uns eine Erklärung schuldig. »Ich war gerade in Ebene Zwei, um …« Er bricht ab und richtet sich an den Vermummten. »Du wirst jetzt deine Waffe fallen lassen und dich ergeben!«

Der Vermummte rührt sich nicht.

»Ich warne dich …«, beginnt Benjamin, da hat der Vermummte schon seinen Schild gehoben und stößt ihn kraftvoll zur Seite. Benjamin schleudert auf den Boden. Ungebremst prallt er auf den Stein, ohne sich abfangen zu können, und schreit auf. Er versucht wieder hochzukommen, aber er schafft es nicht.

Der Vermummte dreht sich zu mir. Hastig greife ich mein Schwert, das neben mir auf dem Boden liegt, und bin mit einem

Satz auf den Beinen. Mein Kopf dröhnt. Aber ich habe nicht vor, mich davon beeinträchtigen zu lassen.

Der Vermummte rückt vor. Sein Schwert hält er nun nicht mehr hinter dem Schild, sondern gleich daneben. Er deckt mich mit Schlägen ein. Ich pariere und versuche gleichzeitig, etwas entgegenzusetzen, Druck aufzubauen, ihn in die Defensive zu treiben. Aber er blockt meine Schläge einfach mit seinem Schild ab. Geht dabei immer weiter vorwärts. Ich kann nichts anderes tun, als erneut zurückzuweichen. Er lässt mir keine Pause. Hinter mir kommt die Wand näher. Verdammt.

Und da flackert plötzlich ein kurzes, klares Bild in meinem Kopf auf. Ein einziger deutlicher Satz.

Was ist mit deinem Knie?

Er ist es. Er muss es einfach sein.

Ich habe sowieso keine andere Wahl.

Ich hebe mein Schwert hoch über den Kopf, auch wenn ich damit meine Deckung aufgebe, meine Brust freimache, sodass er mir sein Schwert bis ins Herz rammen kann. Ich lasse meine Waffe von oben hinabsausen.

Er geht darauf ein und hebt das Schild zum Block.

Das ist meine Chance!

Anstatt zuzuschlagen, stoppe ich ab und führe einen Schlag über die linke Hüfte, der auf seinen Oberschenkel zielt.

Obwohl er es nicht kommen sehen hat, kann er sein Schwert schnell genug zum Block bewegen. Aber nun ist seine Waffe auf der linken Seite gebunden, und so trete ich kräftig zu.

Er schafft es sogar noch, zu reagieren und sein Bein nach hinten zu ziehen. Dadurch trifft mein Fuß sein Knie nicht mit voller Wucht. Aber stark genug, dass er aufschreit, den Schild fallen lässt und einknickt.

Blitzschnell ziehe ich mein Schwert hoch und setze ihm die Spitze auf die Brust, genau dort, wo sein Herz ist. Es kommt mir vor, als könne ich seinen Puls durch das Metall bis in meine Hand spüren.

Der Vermummte lässt das Schwert fallen und reißt die Arme hoch. »Ich gebe auf, Lucas. Nicht!«

Ich kenne die Stimme.

Der Vermummte zieht sich hastig die Kapuze vom Kopf, und ich blicke in ein schreckensbleiches Gesicht. Meine Augen weiten sich, mir wird beinahe schwindelig. Ich kann nicht glauben, was ich sehe.

»Melvin?«

23

Favilla. Ebene Drei.

Du solltest hier nicht jedem trauen, hat Jon gesagt, und er hat damit recht behalten.

Ich starre Melvin an, als knie da vor mir ein Geist. Das Schwert, dessen Spitze noch immer auf sein Herz zielt, beginnt in meiner Hand zu zittern.

Das kann einfach nicht stimmen!

»Es tut mir leid«, sagt Melvin und senkt den Blick.

Da höre ich plötzlich noch eine andere Stimme hinter mir, und es ist nicht die von Benjamin.

»Ich wusste, dass ich auf dich zählen kann«, sagt Emma.

Sie steht mitten im Raum. Sie muss einen anderen Weg als den durch den Sarkophag genommen haben. Ihre Haltung ist leicht gebeugt, offensichtlich hat sie noch Schmerzen.

Aus den Augenwinkeln sehe ich, wie Benjamin sich duckt. Und wie sich ein Ausdruck von Furcht auf sein sonst so mürrisches Gesicht legt.

»Ich werde dem Internatsleiter von deinen Verdiensten berichten«, sagt Emma. »Melvin. Steh auf, und komm zu mir. Wir werden dich zum Verhör mitnehmen.«

Melvin nickt einmal, seine Gesichtszüge sind wie erstarrt.

Dann steht er vorsichtig auf, die Hände erhoben, meine Klinge folgt seiner Brust. Er hält den Blick die ganze Zeit gesenkt und geht die wenigen Schritte zu Emma hinüber.

Und erst ganz allmählich beginnt die Ader an meiner Schläfe langsamer zu pochen, hört mein Schwertarm auf zu zittern. Erst ganz allmählich realisiere ich, dass es vorbei ist, merke, dass meine Knie seltsam schwach werden.

»Gut«, sagt Emma. Sie holt ein dünnes Seil hervor und bindet Melvin die Hände auf dem Rücken zusammen. Er hat den Blick noch immer nicht vom Boden genommen.

»Der Krüppel hätte nicht hier sein dürfen«, sagt Emma dann. »Er hat gegen alle Regeln verstoßen. Er hat zu viel gesehen. Töte ihn.«

Durch mich fährt es hindurch wie ein Blitz, der in einen Baum einschlägt. Ich lasse beinahe das Schwert fallen, weiß überhaupt nicht, wo ich hingucken, was ich sagen soll.

Es ist, wie wenn du denkst, dein Vater hat sich ausgetobt für heute, seine Fäuste lassen dich jetzt in Frieden, und dann dreht er sich noch mal um und legt erst richtig los. Genauso ist das jetzt, nur viel, viel schlimmer.

»Was?«, presse ich hervor.

»Du sollst ihn töten«, sagt Emma, und in ihrem Gesicht liegt wieder diese steinerne Härte. »Er hat die Regeln gebrochen. Er muss die Konsequenzen tragen.«

»Aber …«

»Tu es!«, unterbricht sie mich scharf. »Ich werde meine Anweisungen nicht infrage stellen lassen. Und auch der Internatsleiter nicht. Er kann nur Männer brauchen, die Befehlen, ohne zu zögern, folgen.«

Ich schweige. Für einen Moment ist da bloß Leere in meinem

Kopf. Auf meiner Zunge breitet sich ein fauliger Geschmack aus, so als würde ich wieder mit einem der Skelette in dem Senkgrab liegen. Doch jetzt wünschte ich, ich wäre noch dort anstatt in dieser Kammer, mit diesem Schwert in der Hand, das plötzlich wieder so unendlich schwer ist. Aber ich bin hier. Ich kann es nicht ändern. Ich nicke und stelle mich vor Benjamin.

Er hat es immer noch nicht geschafft, aufzustehen. Halb liegt er auf seinem so seltsam verkrümmten Rücken, halb auf der Schulter. Ein Zucken in seinem rechten Bein. Er blickt mich an, und in seinen Augen erkenne ich Furcht und Furchtlosigkeit zugleich. »Mach es schnell«, zischt er.

Ich hebe mein Schwert, mir ist schlecht.

Und wahrscheinlich sind es nur Augenblicke, die ich vor ihm stehe, aber es ist, als wäre die Zeit angehalten, als hätte man ihr diesen Raum plötzlich entrissen.

Ich kann das nicht. Ich kann das nicht tun. Wäre Benjamin nicht aufgetaucht, wäre ich vielleicht nicht einmal mehr am Leben.

Und doch weiß ich, dass ich es tun *muss*.

Ich habe mir ein Versprechen gegeben. Ich habe Tom ein Versprechen gegeben, dass ich ihn retten werde. Tom ist mein Bruder, das hier vor mir ist jemand, mit dem ich nie mehr als ein paar Worte gewechselt habe. Er hat die Regeln nicht befolgt, er muss gewusst haben, was die Konsequenzen sein können. Ich bin am Ende nur die ausführende Kraft. Ich muss Emma, ich muss dem Internatsleiter gehorchen.

Tom braucht mich.

Ich tue das, was nötig ist.

Ich befehle meinem Arm, das Schwert hinuntersausen zu lassen, durch das Fleisch von Benjamin hindurch bis in das pulsierende Herz.

Aber mein Arm gehorcht nicht.

»Lucas«, höre ich Emma hinter mir nun mit ruhiger Stimme sagen. »Es ist Zeit. Tu es.«

Ich blicke auf Benjamin hinunter. Er hat den Arm schwach vor sein Gesicht gehoben, eine halbherzige Abwehrgeste. Den Kopf hat er zur Seite gedreht, seine Augen huschen hin und her, können sich nicht entscheiden, ob sie mich ansehen sollen oder bloß auf den Steinboden starren.

»Jetzt mach schon«, flüstert Benjamin.

Und plötzlich sehe ich nicht mehr ihn dort unten vor mir. Ich sehe mich selbst. Ich sehe mich, die Hand zur Abwehr erhoben, hilflos gegen die Wut meines Vaters. Ihm ausgeliefert. Unschuldig.

Du bist nicht mehr du selbst. Manchmal, hat Noel gesagt.

Doch, sage ich in meinem Kopf. *Doch, Noel. Immer.*

»Ich werde es nicht tun.« Meine Stimme ist fest.

Ich lasse das Schwert fallen, ich drehe mich zu Emma um.

Einen Moment passiert gar nichts, außer dass Melvin sein Grinsen grinst, das ich einmal für sympathisch gehalten habe. Benjamin rührt sich gar nicht, nur sein Blick geht von einem zum anderen.

Emma sieht mich an, ich kann keine Regung in ihrem Gesicht erkennen. Die Stille dehnt sich unerträglich, dann endlich ergreift sie das Wort: »Komm mit. Das Schwert bleibt, wo es ist.«

Sie führt Melvin voraus, guckt sich um, dass ich ihr auch folge. Kurz schießt es durch meinen Kopf, dass das jetzt vielleicht noch die Möglichkeit zur Flucht wäre. Vielleicht die letzte.

Aber ich schaffe es gerade mal, ihr mit langsamen Schritten zu folgen, alles ist ganz benommen. Wo soll ich denn auch schon hin?

Wir verlassen die Grabkammer.

Ich habe versagt.

Ich war zu schwach, und ich habe meinen Bruder erneut im Stich gelassen.

Und gleichzeitig weiß ich nicht, ob ich es nun tun würde, wenn ich noch einmal vor Benjamin stehen könnte.

Wahrscheinlich nicht. Ich *bin* zu schwach.

Ich habe den Kopf in den Händen vergraben. Meine Stirn ist ganz heiß. Die Kammer, in der ich sitze, ist winzig und leer. Ein Stück Fels dient mir als Sitz. Ansonsten gibt es nur eine schwach brennende Fackel und kahle Wände voller Gleichgültigkeit.

Ich habe versagt.

Nichts kann mich jetzt noch retten, nichts kann Tom noch retten. Ich kenne die geheime Ebene, das Geheimgangsystem, ich weiß genau, was mit ihm passiert ist, wenn Melvin nun einfach verschwindet. Melvin und die anderen Angreifer. Auch ich habe nun zu viel gesehen, wie Benjamin.

Wenn ich einer wäre, der weint, würde ich es jetzt tun.

Die Tür schiebt sich auf. Emma hält eine Fackel in der einen Hand, in der anderen das Schwert. Sie bedeutet mir, mitzukommen. Ich wische mir über die Handrücken, stehe dann auf und folge ihr. Doch eines steht fest. Auch wenn ich diesen Entschluss eigentlich hätte fassen sollen, als mein Schwert noch in Reichweite lag: Kampflos werde ich nicht untergehen.

Und dann schiebt Emma eine große, schwere Steintür auf. Sie bedeutet mir, voranzugehen in den Raum, der dahinterliegt, und ich mache ein paar Schritte vorwärts, starre das an, was sich da vor mir auftut. Ich tupfe mir mit der Zunge das Blut von der Lippe. Was ich sehe, ergibt keinen Sinn.

Ich stehe in einem kreisrunden Raum, in dessen Mitte die Brunnensäule emporragt. Türen führen in alle Richtungen. Und vor einigen dieser Türen stehen im Halbkreis acht Schüler in schwarzen Kutten, und einer ist mir so zugewandt, dass ich den roten Wassertropfen erkenne.

Diesmal sind die Gestalten nicht verhüllt, ihre Kapuzen haben sie nach hinten geworfen.

Ich sehe Nora. Estelle. Sam. Einen Moment bleibt mein Blick an ihr hängen, und sie erwidert ihn, und das erste Mal habe ich das Gefühl, dass so etwas wie Freundlichkeit darin liegt. Aber meine Augen huschen weiter, weil ich es einfach nicht glauben kann. Melvin!

In diesem Moment öffnet sich eine Tür auf der gegenüberliegenden Seite des Raumes. Mit kurzen, gleichmäßigen Schritten kommt er auf mich zu. Ein Kräuseln um seine Lippen. Vor mir macht er halt, und ich weiß nicht, was ich sagen, was ich überhaupt denken soll. Er trägt die schwarze Kutte, und darunter kann ich eine ebenso schwarze Stahlrüstung erkennen.

»Mein Name ist Jonathan«, sagt Jon, und in seinem Blick liegt etwas, das ich auf der Krankenstation so nie gesehen habe. Macht. »Ich bin der Internatsleiter von Favilla.«

Er macht eine kurze Pause, dann zeigt er auf den leeren Platz neben Melvin.

Das ist alles zu viel.

Wie betäubt leiste ich Folge und stelle mich in den Halbkreis.

Melvin beugt sich seitlich zu mir. Er grinst. Er raunt mir ins Ohr: »Willkommen im Zirkel.«

KINGS & FOOLS

VERSTÖRENDE TRÄUME

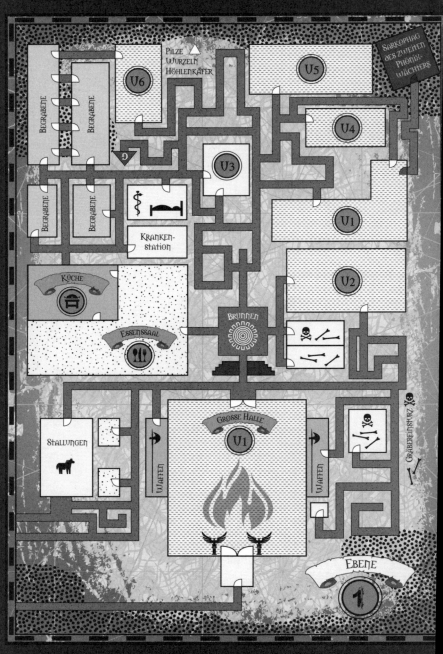

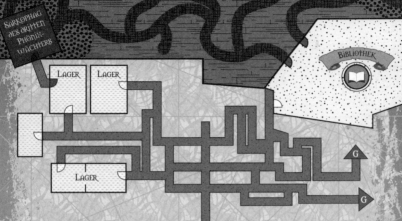

UNERSCHLOSSENER BEREICH

SARKOPHAG DES DRITTEN PHÖNIX- WÄCHTERS

LAGER LAGER

BIBLIOTHEK

LAGER

G

G

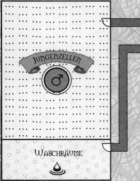
JUNGENZELLEN ♂

GEMEINSCHAFTSRAUM

MÄDCHENZELLEN ♀

WASCHRÄUME

WASCHRÄUME

EBENE 2

Für Saskia,
in Liebe für deine Art, die Welt wahrzunehmen,
deine Leidenschaft, und dafür, dass du dieser besondere
Mensch bist, der du bist.

ESTELLE

1

Lavis. Bereich der Schwarzgewändler.

Jede Zeitverzögerung, jedes Geräusch, jede unerwartete Bewegung könnte ich mit dem Leben bezahlen. Ich prüfe nochmals, ob die schweren Vorhänge dicht zugezogen sind. Bloß keinen Schlitz frei lassen. Ich halte den Atem an und horche: Nur das Quietschen einer Schuppentür im Wind ist zu hören, irgendwo draußen in einer Gasse. Im Haus bleibt es vollkommen still.

Barfuß haue ich ab. Die Holztür ist angelehnt, sodass ich sie lediglich einen winzigen Spalt aufschieben muss. Die Fackeln im Gang sind erloschen, nur der Geruch von Rauch hängt noch zwischen den Steinmauern.

Über die Wendeltreppe im Turm, die in die verlassenen Kellergewölbe führt, schleiche ich mich ungesehen aus dem Haus.

Es ist stockfinster. Der beißende Geruch von faulendem Holz dringt aus den Gewölben, und die Kälte der Steinplatten frisst sich in meine nackten Füße.

Den Weg durch den Keller kenne ich auswendig. Gestapelte Truhen in dem spinnenvernetzten, tiefen Gewölbe, verstaubte Flaschen, Schaufeln und Leinensäcke. Die abgestandene Luft.

Besser ich sehe nicht, was hinter oder neben mir lauert, ich will einfach nur raus hier, raus durch die eingefallene Holztür.

Draußen empfängt mich die kalte Nachtluft, der Wind spielt in meinen Haaren. Leo wartet sicher schon.

Von hier aus muss ich unbemerkt durch die verdunkelten Hinterhöfe der Schwarzgewändler schleichen, um in den östlichen Teil des Rings zu gelangen. In einem Schuppen direkt neben dem Kellerausgang habe ich einen schwarzen Umhang für meine nächtlichen Ausflüge versteckt. Ich werfe ihn über meine Schultern und ziehe die Kapuze über den Kopf, verschwinde in den Gassen. Spitze Steinchen piksen mich in die Fußsohlen.

Ich liebe es, diese verbotenen Dinge zu tun. Zu wissen, dass meine Eltern in ihren Gemächern liegen und glauben, ihr Mädchen würde im Zimmer nebenan friedlich schlafen. Zu wissen, dass mich die Sperrstunde nicht aufhalten kann, dass der Brennende König denkt, jeder einzelne Bewohner seines Reiches würde sich seinen Gesetzen fügen.

Über meine Schulter sehe ich nach oben, zu den gewaltigen Türmen des Königshauses. Dunkle Rauchschwaden steigen über den erloschenen Leuchtfeuern auf.

In der ausgestorbenen Gasse liegt ein zerknicktes Stück Weidenholz auf den Pflastersteinen, von irgendwoher rieche ich gebratenen Fisch. Eine Fahne mit dem Schlüssel als Familienwappen ragt an einer rostigen Eisenstange aus der Hauswand neben mir. Trostlos schaukelt das zerfledderte Stück Stoff im Wind vor und zurück.

Etwas raschelt. Ich drehe mich um, doch da ist niemand. Trotzdem habe ich das Gefühl, dass sich Blicke in meinen Rücken bohren. Man sagt, der Brennende König habe seine Augen überall.

Was, wenn jemand mich beobachtet? Jetzt. Oben aus einem Fenster? Hinter einer Säule? Augen, die durch ein Schlüsselloch spähen? Oder jemand direkt hinter mir?

Unwillkürlich beschleunige ich meine Schritte. Plötzlich eine Bewegung in der Dunkelheit. Ich presse mich in eine Mauernische, ducke mich unter einen Steinvorsprung und halte die Luft an, rühre mich nicht. Das Geräusch einer schweren Rüstung ist zu hören, Eisen schabt auf Eisen. Stille.

Der Brennende König hat stets die Kontrolle, schießt mir die durchdringende Stimme Des Herolds durch den Kopf.

Nur ein Fehltritt, und mein Vater wird auch einer von denen sein, dessen Tochter verschwindet. Nur ein Vergehen, und mein Kopf wird rollen. *Der Brennende König hat stets die Kontrolle.*

Von der Seite erhasche ich einen Blick auf zwei Wachen in glänzender Plattenrüstung. Sie stehen ganz in meiner Nähe, zwei undurchdringliche Hüllen aus Metall. Ein schwarzes Phönixzeichen prangt auf ihrem Brustpanzer. Jetzt wechseln sie ein paar Worte, aber durch die massiven Helme sind ihre Stimmen gedämpft, ich kann sie nicht verstehen.

Sie kommen näher, ihre Schritte hallen zwischen den Häuserfronten. Sie sind so dicht neben mir, dass ich es nicht wage, Luft zu holen. Mir wird schwindelig. Fast bin ich mir sicher, dass sie meine Gegenwart spüren. Spüren *müssen*.

Und dann bleiben sie stehen.

Ich kann ihren Schweiß riechen, selbst das Kettenhemd kann ich von hier leise klirren hören.

Ich kneife die Augen zusammen, versuche, keinen Laut von mir zu geben.

Und jetzt sind da wieder ihre Schritte. Aber sie ziehen an mir vorbei, werden leiser, und ich atme zuerst ganz vorsichtig, dann voll aus.

Fast muss ich lachen, so froh bin ich. Alles in mir kribbelt.

Ich sehe Leos Gesicht schon vor mir. Wie er mich aus den braunen, klaren Augen ansieht. Die feinen Züge, die geraden Konturen, das nach hinten gekämmte Haar.

Gleich werde ich ihm über die Wangen streichen, die Bartstoppeln wie feinen Sand unter meinen Fingerspitzen spüren, und dann wird er meinen Namen sagen.

Durch die Hinterhöfe renne ich und muss mich zwingen, langsamer zu laufen, nicht übermütig zu werden, dicht an den Hausmauern zu bleiben. Dann endlich bin ich da, aber auf den letzten Metern bleibe ich urplötzlich stehen. Weil mein Körper nicht mehr reagiert. Und weil ich wie versteinert geradeaus starre. Fassungslos.

Blinzle. Aber was ich sehe, verschwindet nicht.

Die Linien im Holz scheinen zu flackern. Leuchtend rot stechen sie mir ins Auge.

Das Symbol.

Die Nacht der verhüllten Männer.

Vor der Türschwelle sitzt Leo, mein Leo, der mich mit blassem Gesicht anstarrt, als hätte er den Tod gesehen. Leo, der wartet, dass sie ihn mitnehmen, darauf wartet, mir für immer Lebewohl zu sagen. Ich presse meine Hand vor den Mund, damit ich nicht losschreie.

Dann stürze ich auf ihn zu und klammere mich an ihn. Halte ihn fest, so fest es nur geht. Bringe kein Wort hervor. Warum er? Nicht oft trifft es die Jungen aus unserer Schicht der Schwarzgewändler. Leo ist von hohem Blut. Warum ausgerechnet er?

Leo löst sich aus meiner Umklammerung und starrt mich an. Öffnet den Mund, schließt ihn dann wieder und schüttelt kaum merklich den Kopf. In seinen Augen blitzt etwas auf, was ich noch nie bei ihm gesehen habe. Angst.

Er berührt mein Gesicht, streichelt abwesend meine Wange und lässt seinen Arm dann sinken. Schweigend sitzen wir nebeneinander auf der Treppenstufe. Der Stoff unserer Kleidung berührt sich.

In mir verkrampft sich alles. Während er einfach nur dasitzt, graben sich meine Finger in die Einkerbungen der rauen Steinplatten. Wieso sagt er nichts, wie kann er einfach nur so neben mir sitzen?

Ich würde selbst gern irgendetwas sagen, irgendetwas, das hilft, das alles wiedergutmacht. Aber wenn die verhüllten Männer jemanden holen, dann kehrt er nicht zurück.

»Du duftest nach Weidenholz. Ich mag es, wenn du so riechst.« Er gräbt seine Nase in mein Haar und gibt mir einen Kuss auf den Kopf, wie er das immer tut, wenn ich nach der Arbeit zu ihm komme. Er schluckt schwer, als er wieder nach vorn starrt.

Nie hätte ich wirklich geglaubt, dass dieser Tag einmal kommen wird. Ich hätte mir die Worte zurechtlegen können, Worte, die man sagen würde, wenn man weiß, dass man den anderen nie wiedersieht. Und jetzt sind sie nicht da.

»Du musst gehen, Estelle«, sagt er.

»Ich kann nicht«, antworte ich, greife in sein Hemd und vergrabe mein Gesicht an seiner Schulter, will ihn nie wieder loslassen.

»Versprichst du mir etwas?«

»Alles«, murmle ich.

Er löst meine Finger von seinem Hemd, als wären sie daran festgeklebt, und trotzdem hat seine Geste etwas Tröstliches.

»Vermisse mich nicht«, sagt er und küsst mich. Ein Kuss, der nach Abschied schmeckt.

Dieser Kuss muss für alles ausreichen, wofür jetzt keine Zeit mehr bleibt. Ich will meine Lippen nicht von seinen lösen, aber er drückt mich zurück. »Du musst gehen, Estelle. Geh jetzt, bevor sie dich erwischen.«

Ich will sagen, dass ich nicht gehen kann, dass ich das nicht schaffe, bis Leo noch mal sagt, jetzt beinahe schreit: »Geh!«

2

Favilla. Zirkelraum.

Neun Türen, neun Fackeln, neun Schwerter. Neun Pfeile sind im Marmorboden eingraviert.

Regale aus dunklem Holz ragen an den Wänden hoch. Buchrücken zeigen zu uns. Fächer mit etlichen aufeinanderliegenden Schriftrollen. Fächer mit Kelchen, Schatullen und einzelnen Rüstungsteilen.

Im Halbkreis stehen wir um den Brunnenschacht herum, der in der Mitte des Raumes wie eine Säule nach oben ragt. Sam, Melvin, Liv, Nora, Callan, Ellinor, Moa und ich. Die Schatten der Flammen huschen über unsere ernsten Mienen. Wir warten.

Konzentriere dich, Estelle. Konzentriere dich.

Die Bilder jener Nacht schießen mir immer wieder durch den Kopf. Die kalte Nacht mit den geflüsterten Worten, in der ich mich verabschieden musste. Bilder, die nicht gehen wollen. Und die Gänsehaut hat nicht nur meine Arme erfasst, sondern längst den ganzen Körper.

»*Vermisse mich nicht*«, hat Leo gesagt.

215

Ich lege den Kopf weit in den Nacken. An der Decke des Zirkelraums prangt ein gewaltiges Gemälde. Es zeigt die Abbildung eines Phönix. Von der Schweifspitze bis zum Kopf ist er so genau gezeichnet, dass ich die feinen Federäste zählen könnte.

Die riesigen Flügel greifen um den Brunnenschacht und fügen sich an den Enden wieder zu einem Kreis zusammen. Der rotgoldene Schweif misst fast das Doppelte der Spannweite seiner Flügel, an deren Spitzen Feuer züngelt. Wenn ich ihn aus einem ganz bestimmten Blickwinkel betrachte, hat die Flamme einen Blauschimmer.

Der Phönix hat den Schnabel aufgerissen, und ich frage mich jedes Mal, wenn ich ihn betrachte, wie ein Phönixschrei wohl klingt. In seinen Augen leuchtet unerschöpflicher Mut, doch ich erkenne auch eine leichte Ahnung von Zerstörung, etwas Unbändiges.

Eine Tür wird aufgeschoben. Zu wuchtig und zu laut. Ein Luftstoß lässt die Flammen der Fackeln zittern. Die Spannung ist nicht nur in mir. Sie ist im ganzen Raum.

Emma betritt den Saal, sie bedeutet Lucas, voranzugehen. Seine dunkelbraunen Locken sind zerzaust, sie kleben ihm an den Schläfen und in der Stirn. Die Schnüre seines verdreckten Leinenhemds sind offen, es rutscht ihm leicht über eine Schulter, lässt einen Blick auf die weiße, sehnige Brust frei. Mit der Zungenspitze leckt er sich über das frische Blut an seiner Lippe.

Sein unruhiger Blick streift nacheinander jeden Einzelnen von uns. Bleibt etwas länger an mir hängen, vielleicht auch an

Sam, seine Augen zucken hin und her – ich kann es nicht genau ausmachen.

Dann wird eine Tür auf der gegenüberliegenden Seite des Raumes geöffnet.

Ich muss mich nicht umdrehen, um zu wissen, wer auf uns zukommt. Ich kenne das Geräusch seiner Schuhe auf dem glatten Boden. Die berechneten Abstände vor dem Auftreten, die langsamen Schritte. Da ist jetzt eine Präsenz im Raum wie eine unsichtbare Substanz, fast greifbar.

Vor Lucas bleibt er stehen. Durch den Schwung seines Umhangs erhasche ich einen kurzen Blick auf die schwarze Stahlrüstung, die er darunter trägt.

»Mein Name ist Jonathan«, sagt er. »Ich bin der Internatsleiter von Favilla.« Er deutet auf den leeren Platz an Melvins Seite. Emma schiebt Lucas vor, der sich einmal nervös über seine Handrücken streicht, dann jedoch mit zügigen Schritten auf Melvin zugeht.

Melvin beugt sich ein Stück zu ihm hinunter, setzt sein herausforderndes Grinsen auf und flüstert ihm etwas ins Ohr, das auch zu uns anderen durchdringt: »Willkommen im Zirkel.«

Jonathan hat die Arme ausgestreckt, darin liegt die gefaltete Kutte mit dem Wappen auf der Rückseite. Die rote Phönixträne.

»Deine Robe, Lucas.«

Lucas sieht vom Wappen auf. Ich kenne Jonathans Blick, so nah vor seinem mausartigen Gesicht, die durchdringenden, intensiven Augen, die großen, runden Augäpfel, die er so weit aufreißt, dass man fürchtet, sie könnten jeden Moment aus seinem Kopf fallen. Manchmal macht mir sein Blick Angst. Vor allem dann, wenn er meinen trifft, weil ich dann jedes Mal das Gefühl habe, ertappt worden zu sein.

Wortlos nimmt Lucas die Robe entgegen, er wirft den schweren Stoff über die Schultern, und das Schwarz lässt sein helles Leinenhemd verschwinden.

Jonathan geht auf und ab, wie er das immer tut, wenn er etwas von Bedeutung zu verkünden hat. »Das, was eben geschehen ist, Lucas, war Teil unseres Plans. Es gibt keine Verräter, es gab nie einen wirklichen Kampf. All das war nur eine Inszenierung. Eine Prüfung.« Jonathan ist nicht sonderlich groß oder kräftig, doch seine Stimme füllt den ganzen Raum. Es ist die Art, wie er spricht, leidenschaftlich, erhaben.

»Die Welt ist sehr viel größer, als du geglaubt hast. Was gibt dir mehr Macht als jegliches Gold?« Dicht vor Lucas kommt er zum Stehen. »Wissen, Lucas. Das Wissen.« Er dreht sich plötzlich um, läuft an den Regalen entlang und lässt dabei die Hände über die Buchrücken wandern. »Unsere Aufgabe ist es, diese Macht zu bewahren und zu schützen. Wir sind die letzten Hüter des Wissens. Favilla ist der einzige Ort, an dem der Geist Freiheit besitzt. Und irgendwann wird unsere Zeit gekommen sein. Nur wir können den Brennenden König aufhalten. Denk nach, Lucas. Denk an das Volk von Lavis. Was lebt es für ein Leben? Verdummt. Ohne einen Sinn, ohne eine Wahl. Stupide arbeiten sie sich krumm, und wofür? Der König gibt ihnen nichts zurück. Der König führt *sein* Leben auf *ihre* Kosten. Das Volk von Lavis und sogar wir –«, und jetzt zeigt er mit dem Finger auf jeden Einzelnen von uns, um ihn dann auf Lucas' Brust zu setzen, »wir sind unfrei.«

Manchmal kriegt mich Jonathan noch, und ich bilde mir ein, dass es richtig ist, ihm zu folgen. Dabei wissen wir überhaupt nicht, was wahr ist von den Dingen, die er sagt.

Was wohl in Lucas vorgeht? Ich weiß noch, wie es sich angefühlt hat, als ich dort vor einem Jahr stand und die Intensität von Jonathans Worten über mich hinweggeströmt ist.

Noch völlig erschrocken von dem, was gerade geschehen war, musste man erfahren, dass das ganze bisherige Leben eine einzige Lüge war.

Lucas öffnet den Mund, will etwas erwidern, aber Jonathan redet einfach weiter. »Das hier ist nicht das Internat des Brennenden Königs. Wir sind die einzige Hoffnung, den Brennenden König von seinem Thron zu stoßen. Wir sind die Rebellen von Lavis. Jener König, dem du gehorcht hast, ist kein rechtmäßiger. Vor Jahrhunderten wurde der wahre König gestürzt, die Thronfolger, das ganze Königsgeschlecht wurde kaltblütig ermordet.«

Lucas steht aufrecht, zwar weicht er hin und wieder Jonathans scharfem Blick aus, dennoch wirkt er gefangen von dem, was hier passiert. Je mehr er erfährt, desto härter werden die Züge in seinem Gesicht. Auch er wird bald von diesen ganzen Plänen gesteuert sein, genau wie die anderen.

»Ich weiß, wie du dich fühlen musst, all das ist viel auf einmal. Aber eines kann ich dir versprechen. Wenn ich dir vertrauen kann, dann kannst du mir vertrauen. Du wirst es nicht bereuen, für unsere Sache zu kämpfen.

Benjamin gehört zum inneren Kreis. Es war wahre Stärke, den Unschuldigen am Leben zu lassen. Werte, die ich in Favilla vertrete. Es geht jetzt um mehr als um dich, um mehr als um uns. Es geht um das Volk von Lavis.« Seine Finger krümmen sich langsam, krallenartig knicken die oberen Fingerglieder ein. »Verstehst du das?«

Lucas nickt.

Aber ich weiß, dass er es nicht verstehen kann. Noch nicht. Ich schiele auf die neun Pfeile am Boden.

Nun sind wir wieder vollzählig.

Ich weiß nicht, weshalb Alexis plötzlich verschwunden ist. Keiner von uns Mitgliedern weiß das. Meine Zelle war auf einmal leer, und Jonathan hat weiter von Vertrauen gesprochen, so als hätte sie nie existiert.

Aber jetzt ist Alexis' Platz wieder belegt, und keiner der Lehrenden will uns sagen, was mit ihr passiert ist.

Jeder von uns ist ersetzbar.

Sam kann kämpfen wie kein anderer. Melvin kann Messer werfen, schneller, als man mit dem Auge folgen kann, Nora kennt Hunderte Rezepturen auswendig. Moa kann den Morgenstern mit solch einer Wucht schwingen, dass er selbst Wände damit einschlagen könnte, und ich kann zwei Dutzend Pfeile abfeuern, ohne nur einmal danebenzuschießen. Alexis konnte nicht nur mit *einer* Waffe gut umgehen, sondern mit sämtlichen.

Aber wir sind alle ersetzbar.

Ich sehe in Lucas' eisernes Gesicht. Er wird ihr Nachfolger sein. Sam neben mir reibt sich nervös die Arme. Hört dann wieder damit auf, als es plötzlich ruhig ist und das Echo von Jonathans Worten in uns nachhallt.

»Das heißt, die verhüllten Männer –?«, platzt die Frage aus Lucas heraus.

»Sklavenhändler des Königs«, antwortet Jonathan. »Die Jungen und Mädchen, die in der Nacht von den wirklichen verhüllten Männern abgeholt werden, werden als Sklaven in andere Königreiche verkauft. Sie sind nichts weiter als Handelsware des Brennenden Königs. Wir tauschen einige wenige der Schwellensitzer aus und setzen ausgebildete Schüler vor die Türen, die dann in anderen Königreichen als Informanten für uns arbeiten.«

»Aber –«, setzt Lucas an.

Da schüttelt Jonathan den Kopf, spricht jetzt beinahe sanft: »Ich habe dir einmal gesagt, dass ich es gut finde, dass du Fragen stellst. Aber du wirst ein Gefühl für Zeitpunkte, für die richtigen Momente entwickeln müssen. Vorerst müssen dir diese Antworten genügen.«

Lucas verstummt.

Diese Antworten sollen immer genügen. Aber wie in uns allen brennen in mir viel mehr Fragen. Sie brennen dort schon seit einem Jahresumlauf, und ich habe Angst, dass sie irgendwann so heftig ausbrechen, dass ich all das nicht mehr aushalte. Die Vorstellung, dass auch Leo als ein Sklave irgendwo dort draußen ist und ich hier in diesen Katakomben gefangen bin, sie zehrt an mir.

»Bist du bereit?« Jonathan sieht Lucas prüfend an.

»Wofür?«

»Für deinen ersten Einzelunterricht«, sagt er und zeigt auf eine der neun Türen im Kreis.

Lucas zögert einen Augenblick, starrt auf irgendeinen Punkt dicht neben Jonathans Kopf, dann sagt er: »Ja.« Seine Stimme ist fest.

Im Dunkeln ein Klopfen. Ich schrecke hoch und stütze mich auf den Händen ab. »Ja?« Meine Stimme klingt aufgeregter als gewollt.

»Ich bin es, Sam.«

Schon kratzt die Tür über den steinernen Boden. Ein kreischendes Schaben, das sich unangenehm an den Zähnen anfühlt.

Jetzt, wo zwischen den beiden Betten wieder jemand steht, kommt mir die Zelle kleiner vor als gewöhnlich.

Sam hält in der linken Hand einen Beutel, in der rechten eine Öllampe. Im Schein der Flamme wirken ihre ohnehin großen Augen noch größer.

Ich sehe sie fragend an.

»Jonathan schickt mich. Ich soll jetzt bei dir in der Zelle wohnen.«

Es war absehbar, dass bald jemand Neues mit mir die Zelle teilen würde, nachdem Alexis verschwunden ist.

Ohne Lampe und Beutel abzustellen, lehnt Sam sich mit dem Rücken gegen die schwere Tür. Wieder das fürchterliche Schaben, wahrscheinlich steckt irgendein kleines Steinchen im Türschlitz, dann ein dumpfes Knallen.

Irgendwie bin ich überrumpelt, weiß nicht, wie ich das finden soll.

Sam wirft ihren Beutel auf das Fell, die Lampe stellt sie in der

Wandnische zwischen den Betten ab. Sie setzt sich und lässt den Umhang von ihren Schultern gleiten, mit dem schwarzen Stoff in der Hand sieht sie mich für einen Moment unbeholfen an.

»Du kannst ihn dort an den Haken neben meinen hängen, da ist noch genügend Platz«, sage ich und lächle, aber vielleicht kann sie das im spärlichen Licht gar nicht erkennen, vielleicht ist der Versuch auch einfach untergegangen, es kommt nämlich nicht mal ein flüchtiges Lächeln zurück.

Wir schweigen uns an. Ich überlege, was ich sagen könnte.

»Was hältst du von Lucas?« Es ist das Erstbeste, was mir einfällt.

»Ehrgeiz hat er jedenfalls genug«, sagt sie kurz angebunden.

»Ich frage mich, warum er immer überall der Beste sein will«, sage ich, aber Sam zuckt lediglich mit den Schultern.

Sie dreht sich um und fährt sich durch die langen, blonden Haare. Manchmal kommen mir ihre Bewegungen und auch irgendetwas in ihrem Gesicht merkwürdig bekannt vor, als würde ich sie schon länger kennen.

Ich weiß, dass Sam nicht sonderlich gesprächig ist, aber sie könnte mich wenigstens fragen, wohin Alexis verschwunden ist, irgendetwas Nettes sagen, doch sie kramt nur geschäftig in ihrem Beutel. Ich lausche den Geräuschen, die ihr Herumwühlen verursacht. Ich finde, sie könnte ruhig etwas leiser sein und mehr Rücksicht nehmen, wenn sie schon nicht reden will. Und außerdem ist *sie* hier die Neue.

»Was suchst du denn da?«, frage ich.

»Geht dich nichts an.« Ohne Vorwarnung pustet Sam plötzlich die Lampe aus.

223

Mit einem Schlag ist es stockdunkel, bis auf das winzige Glühen der Dochtspitze, das kurz darauf auch erlischt.

»Es wäre nett, wenn du mir beim nächsten Mal Bescheid gibst, bevor ich im Dunkeln liege«, sage ich, worauf Sam nur ein Schnauben von sich gibt.

Sie wälzt sich noch ein paarmal hin und her, bis sie die richtige Schlafposition gefunden hat. Was für ein gelungener Start!

3

Favilla. Große Halle.

Ich hasse den Gedankenunterricht. Er fühlt sich irgendwie gefährlich an, als ob mein Geist, meine Gedanken mir entgleiten, einfach wegstürzen. Wenn ich versuche, meinen Kopf vollständig zu leeren, ist es, als ob ich gleich in Ohnmacht fallen würde. Dieses ungute Gefühl schlummert seit der ersten Einheit in mir.

Der Marmorboden unter meinen Füßen ist kalt. Vor meinen geschlossenen Augen flackert ein unruhiges Schwarz. Dort, wo die Fackeln brennen, kann ich manchmal durch die geschlossenen Lider Lichtpunkte tanzen sehen. Meine Knöchel schmerzen von der unbequemen Sitzposition.

Das Schlagen in meiner Brust wird lauter, während ich mich auf meine Atmung konzentriere. Meine Hände liegen flach auf den Oberschenkeln, ich darf sie nicht bewegen, mich gar nicht bewegen.

Und immer dann, wenn ich eigentlich auf den inneren Punkt achten soll, warte ich auf Rolands tiefe Stimme, die manchmal plötzlich nah ist und dann wieder abklingt. Ständig versuche ich, seinen Standpunkt auszumachen. Aber ich darf nicht nachsehen, die Augen müssen immer geschlossen bleiben.

Er könnte jederzeit unmittelbar neben mir stehen. Sich dieser Ungewissheit zu überlassen fühlt sich an, als ob tausend Insekten auf meinem Rücken herumkrabbeln, die jeden Moment zubeißen können – es macht mich wahnsinnig.

In mir drin ist alles laut. Je mehr ich mich darauf konzentriere, ruhig zu sein, ganz still dazusitzen, desto zappeliger werde ich. Und ich weiß nicht einmal, wofür diese Einheit überhaupt gut sein soll. Wie soll ich dadurch *mentale Stärke* erlangen?

Laut Anweisungen müsste ich bei dieser finalen Fokussierungsübung sowohl die tiefste Versenkungsstufe als auch den Fokussierungspunkt, an dem ich festhalte, erreicht haben.

Stattdessen rasen meine Gedanken.

Ich sitze nur da und warte, bis Roland uns endlich aus der Stunde entlässt.

»Beobachtet euren Atem, und stabilisiert euer Denken.« Seine Anleitungen klingen eher drängend als beruhigend. »Es geht in der Übung nicht darum, von Punkt zu Punkt weiterzudenken, sondern darum, sich in einem Punkt zu verlieren. Sich nach innen zu richten und sich von der Umgebung zu trennen.«

Eine Strähne löst sich aus meinem gebundenen Haar und fällt mir ins Gesicht. Sie baumelt direkt vor meiner Nase auf und ab. Ich versuche, sie mit einem Pusten loszuwerden.

»Fokussieren.« Rolands Stimme ist plötzlich direkt neben mir. Und obwohl ich versuche, auf diese Augenblicke gefasst zu sein, zucke ich zusammen. Mit einem Schnauben gibt er mir zu verstehen, dass ich mich gefälligst anstrengen soll.

Aber ich kapituliere. Lasse meine Gedanken jetzt einfach schweifen. Denke an Sam und wie wir uns gestern gestritten haben. Dann denke ich an Leo und daran, wo er in diesem Augenblick wohl sein mag. Erinnerungen jagen mir durch den Kopf.

Wir schleichen uns zum Fluss. Ich bin vorher noch nie in tiefem Wasser geschwommen. Für Vergnügen haben wir in Lavis keine Zeit, das ist egoistisch. Es wird nicht geduldet, dass man etwas tut, was die Gesellschaft nicht irgendwie voranbringt. Überhaupt war ich noch nie hinter der Grenzmauer des Hofs der Schwarzgewändler und so weit weg von meinem Zuhause. Aber Leo arbeitet bei der Pferdezucht, und er weiß, wie man durch die Nebentore schleichen kann, die er tagsüber beim Ausreiten der Pferde passieren darf.

Es ist schön dort in der Nacht am Fluss. Die Feuerweide mit den langen, herunterhängenden Ästen streichelt das Wasser. Die Sterne am Nachthimmel finden sich als kleine, schimmernde Punkte auf der spiegelnden Oberfläche wieder. Der Mond bleibt als dünne Sichel halb hinter den Wolken verborgen.

Es ist irgendwie beruhigend, dass die Türme des Königshauses aus der Entfernung kleiner werden.

Leo fasst mich mit beiden Händen an den Hüften und zieht mich zu sich. Seine Lippen bewegen sich an meinem Ohr, als er mir etwas zuflüstert, ich bin kurz davor, den Kopf wegzuziehen, weil es so kitzelt, aber ich will den Moment nicht zerstören. Ich lege meine Hände flach auf seinen Brustkorb, meine Finger suchen die Schnüre seines Hemds. Es gefällt mir, wenn er dabei meinem Blick standhält. Er fasst nach etwas in meinen Haaren, nimmt eine Strähne zwischen die Finger, dann streift er mir

227

den Umhang von den Schultern. Wir ziehen uns weiter aus und waten langsam ins Wasser.

Als ich untertauche und sich die kalte, von der Nacht schwarze Decke um mich hüllt, fühle ich mich plötzlich frei. Ich mag es, wie sich Leos und meine Haare unter Wasser anfühlen. Wie flüssige, weiche Federn, die langsam hin und her schweben. Die Bewegungen so leicht, die Ohren dicht, der Kopf leer.

Ich atme wieder aus. Roland ist weg, das Dunkel vor meinen geschlossenen Augen ist jetzt ein ruhiges Dunkel. Und zum ersten Mal lasse ich mich auf die finale Übung ein. Zum ersten Mal fokussiere ich einen Gedanken, den Gedanken an das Untertauchen, die Schwerelosigkeit. Da ist ein leichtes Ziehen in meinen Fingerspitzen, ein Kribbeln in meinem Nacken, und alles in meinem Kopf weicht. Nur Stille. Ein angenehmes Nichts. Wie unter Wasser.

Ich halte den Atem an.

Plötzlich, wie die scharfe Spitze eines Pfeils, ein Stich rechts und links an meiner Schläfe, ein Schmerz, der von beiden Seiten meinen Kopf durchbohrt. Dann das Gefühl, als ob irgendetwas da hineinströmt. Etwas, das sich fremd anfühlt, schwerer, eisiger Nebel, der sich in meinem Kopf festsetzt und ausbreitet. Er drückt sich gegen meine Schädeldecke, ich kann nichts dagegen tun.

Was ist das da in meinem Kopf? Ich will, dass es aufhört, hole Luft, viel zu laut und reiße die Augen auf.

Ich habe völlig vergessen, wo ich bin, als mein erschrockener Blick genau den von Roland trifft, das Schlangengrün seiner stechenden Augen.

Ich kann nicht anders, als ihn für einen Moment anzustarren. Die Furche zwischen seinen tiefschwarzen, auswuchernden Brauen, die schmalen, zusammengepressten Lippen und die seltsame Narbe zwischen Mund und Nase.

Roland mustert mich, als ob er bis in mich hineinschauen könnte, und kurz flimmert in seiner Iris ein seltsam violetter Glanz auf.

Schnell kneife ich meine Augen wieder zusammen und versuche, meine zitternden Hände ganz ruhig auf meinen Schenkeln liegen zu lassen. Ich hoffe, dass ich nicht weiter auffalle.

Der stechende Schmerz in der Schläfe ist weg, aber ich kann dort immer noch einen leichten Druck spüren.

Ich will nur noch raus hier.

Passiert das bei allen so, wenn man sich auf die Übungen einlässt? Bestimmt mag deshalb niemand den Gedankenunterricht. Bestimmt haben das alle schon öfter durchgemacht, sage ich mir. Ich sage es mir immer wieder.

Draußen stütze ich mich an der Wand ab und lehne den Kopf an den kühlen Fels. Hier im Schutz des engen Gangs lässt es sich ein bisschen aushalten.

Keine Ahnung, wie lange ich hier stehe, bis sich eine Hand auf meine Schulter legt. »Alles in Ordnung?«

Ich drehe mich um.

Es ist Nora. Sie runzelt die Stirn und sieht mich besorgt an. Ich weiß, dass sie es sicher nur gut meint, aber mir ist nicht nach reden. »Alles gut. Danke.«

»Bist du sicher?«, hakt sie noch mal nach.

»Ja, es geht mir gut.« Jetzt schenke ich ihr ein schnelles Lächeln, kurz zögert sie, ich nicke noch mal, und dann geht sie weiter.

Ich löse mich schließlich von der Wand und reibe den Staub von meinen Handflächen. Diesen seltsamen, feinen Staub, der die Beinkammern bedeckt, der auf den Knochen und Schädeln liegt und sich in den Hohlräumen sammelt. Ich ekle mich vor dem toten Geruch, den er auf der Haut hinterlässt.

Am Abend, nachdem ich Allgemeinkunde mit dröhnendem Kopf über mich ergehen lassen habe, würde ich mich am liebsten in meine Zelle legen und schlafen, damit mein Kopf sich dann vielleicht wieder klar anfühlt, aber ich schleppe mich in den Gemeinschaftsraum. Jonathan gefällt es nicht, dass ich so oft allein bin. Ihm gefällt es nicht, dass er mich kaum mit anderen sieht.

Abgesehen von den Schülergruppen, die mich überfordern, mag ich diesen Raum. Wahrscheinlich wegen der hohen Wände und dem warmen Feuer. Manchmal, wenn ich gedankenverloren auf die Wände starre, stelle ich mir vor, wie ich dort durch ein Fenster schaue, mit Blick auf den Wald.

Ich mag es auch, nach oben zu sehen, in das Kreuzgewölbe aus Holz. Irgendwie erinnert mich das an mein Zuhause. Die Häuser und Anwesen am Hof der Schwarzgewändler hatten immer hohe Decken. Ich kann mich noch ganz genau an unseren Kamin erinnern und an das Familienwappen, das darüber aufgehängt war. Jede Familie von hohem Blut besaß eins. Unseres war das der Feder, vererbt von Generation zu Generation.

Ich war Nestflechterin. Wenn ich nicht mit voller Konzentration bei der Sache war, funktionierte gar nichts. Der Boden eines Phönixnests ist am schwersten, dafür verwendet man die dickeren Äste der Feuerweiden. Es muss eine ungerade Zahl sein, damit sie einen Stern ergeben, der einen Durchmesser von etwa einer Manneslänge hat. Um die anderen Stränge im Kreis herum einzuflechten, muss man um das Nest herumlaufen. Vorher werden die Stränge im Wasser eingeweicht, so lange, bis die Haut an den Fingerkuppen wellig wird.

Meine Mutter war in derselben Schicht wie ich. Sie hat schon von klein auf Nester geflochten. Wenn man ihr zusah, konnte einem beinahe schwindelig werden.

Oben durch die Schlaufe, links rüber, dann rechts durch die Schlaufe, vorn kreuzen, festziehen und von vorn.

Eine bestimmte Technik. Je eine für Boden, Rand und Seiten. Man darf nicht durcheinanderkommen. Ein Fehler im Weidennest kann einen die Hälfte der Essensration kosten. Und wenn man sein Pensum nicht erfüllt, dann wird es am nächsten Tag verdoppelt.

Der Kontrolleur ging immer auf und ab, und dabei sah man seinen Bauch schwabbeln. Wie ein gewaltiger Ring schlang sich der Speck um seinen Körper. Sein Gesicht sah aus wie eingesunken, der Hals wie aufgeblasen, das Schwert, das seitlich von seiner üppigen Hüfte baumelte, vergleichsweise winzig.

Immer am Ende einer Schicht ging er zwischen unseren Reihen hindurch. Im Sommer roch er nach Schweiß. Im Winter nach geräuchertem Fleisch.

»Steh auf!«, brüllte er plötzlich und sah auf eine der Arbeiterinnen hinunter. Sie hatte zwei Töchter, und ihr Familienwappen zierte ein Kleeblatt. Mehr wusste ich nicht über sie. Obwohl wir Tag für Tag die gleiche Arbeit verrichteten.

Vorsichtig stand sie auf, ohne dem Kontrolleur dabei in die Augen zu sehen. Sie reichte ihm gerade mal bis zur Brust. Er war riesig.

»Das reicht nicht für die Phönixe.« Er zeigte mit einem seiner wulstigen Finger auf das Weidennest, das vor ihren Füßen lag.

»Es hat sechs Ellen, wie vorgegeben«, sagte sie mit zerbrechlicher Stimme.

Der Kontrolleur lachte los, ein grässliches Grunzen, bis er schlagartig wieder ernst wurde und dann einmal kräftig mit dem Fuß auf das Nest trat. Ein lautes Knacken und Krachen, und es war kaputt. Mehrere Tage Arbeit, die mit einem einzigen Fußtritt dahin waren. Ich hörte meine Mutter hinter mir scharf die Luft einziehen.

»Nicht stabil genug«, sagte er und kam dabei mit seinem Gesicht ganz dicht vor das der Frau, so nah, dass sich ihre Nasen fast berührten.

Dann griff er hinter sich, die Flechterin kniff bereits die Augen zusammen. Obwohl wir wussten, dass er uns nicht anrühren durfte, dachte man jedes Mal, er würde seine Waffe ziehen, aber stattdessen zog er ein Stück Pergament hervor. »Zeig mir deinen Arm«, befahl er.

Sie streckte ihm ihr Handgelenk entgegen, damit er die Kennziffer auf der Plakette lesen konnte. Sie wurde aufgeschrieben.

Ich habe mich oft gefragt, ob wir die Nester wirklich für die

Phönixe weben. Keiner außer den sechs Pflegerinnen hat sie je gesehen. Es gibt niemanden, der uns sagen kann, ob irgendwo in der Burg des Brennenden Königs wirklich magische Geschöpfe verborgen sind.

Oder hat man uns einfach nur beschäftigt, damit der Kontrolleur sich vor uns hinstellen konnte, um die Nummern an unseren Handgelenken zu notieren?

Wir wurden alle mehrfach aufgeschrieben. Mich erwischte der Kontrolleur meistens, wenn ich mit meiner Nachbarin sprach. Sprechen während der Arbeit war strengstens verboten.

Jeden Tag wurde eine Frau vom Kontrolleur aufgeschrieben, und wenn er keinen Grund fand, dann suchte er eben nach einem Fehler im Flechtmuster. Irgendetwas fand er immer.

Einmal strichen sie meiner ganzen Familie die Seife. Jetzt erscheint mir das lächerlich, jetzt, wo ich weiß, dass die Braungewändler zum Teil verhungert sind, weil sie ihr Pensum nicht einhalten konnten.

Aber damals war es schlimm, wenn nur die Hälfte auf dem Teller lag und man als Einzige noch im Saal saß, um das Nest fertig zu flechten. Wenn die Finger längst schon brannten und blutig aufgekratzt waren. Es war schlimm, keine Seife zu haben. Der Kutscher hat dich komisch angesehen und gesagt: »Nur ein kleines Paket heute?«, und ich nahm es entgegen, mit ins Haus und starrte auf die Phönixbrosche an der Uniform meines Vaters, als ich es ihm überreichte.

Wenn mein Vater von der Arbeit kam, behielt er seine Uniform noch eine Weile an. Er lehnte am Sesselrand und ließ sich ein Glas Wein von mir bringen. Er nahm immer dann einen

233

Schluck, wenn ihn etwas besonders aufwühlte, wenn er von der Politik am Königshaus erzählte.

Ich erinnere mich an das Gold der Brosche, das auf seiner Brust glänzte. Während er sprach, musste ich mich besonders anstrengen, meinen Blick wieder zu seinem Gesicht wandern zu lassen.

Hier tragen alle dieselben Hosen und Hemden in dieser nichtssagenden Farbe. Ich vermisse plötzlich die langen schwarzen Kleider und die kleinen Stickereien am Dekolleté, sogar die eng um den Körper geschnürte Korsage.

Callan und Liv aus dem Zirkel üben mit Holzschwertern, und direkt hinter dem Feuer steht Aron mit ein paar Leuten, mit denen er gewöhnlich eher nichts zu tun hat. Das Mädchen mit den langen, roten Haaren dicht neben ihm steht so aufrecht, wie es nur Mädchen von hohem Blut gelernt haben. Ihr Name ist Felicity, ich habe sie schon früher das eine oder andere Mal am Hof der Schwarzgewändler gesehen. Wenn ich mich recht erinnere, hat sie bei der Hundezucht gearbeitet. Sie war ein Waisenkind. Man munkelte, der Brennende König habe ihre Eltern nach einem Gesetzesverstoß vergiftet.

Felicity stellt sich jetzt dichter neben Aron, der auch die drei anderen Schüler näher zu sich heranwinkt. Er erzählt ihnen etwas, worüber er sich wohl aufregt, denn er schüttelt mehrmals den Kopf.

Plötzlich fuchtelt Phil rechts von mir wie wild mit den Armen. Vermutlich verliert er in *Könige und Narren* mal wieder gegen Noel. Der Haufen Kettenhemdringe in der Mitte ist schon ziemlich groß. Noel macht einen neuen Wurf, und jetzt sehen alle gespannt auf den Boden. Phil reibt sich das Kinn. Für ein paar Augenblicke passiert gar nichts. Sie scheinen sehr konzentriert, ein nächster Zug entscheidet womöglich über alles.

»Esteeelle«, dringt von der Seite eine dumpfe Stimme zu mir. Ich sehe nach links, und ein spitzer Schrei entfährt mir. Ganz dicht vor meinem Gesicht starren mich tote Augenhöhlen an.

»Melvin, du Idiot!«, fauche ich.

Er steht mit einem Totenschädel in der Hand neben mir, wackelt damit vor meinem Gesicht herum und klappert mit dem Unterkiefer des Totenkopfs, als würde dieser sprechen. »Sei mir nicht böse, Estelle, ich bin nur ein hohler Schädel.«

Ich rümpfe die Nase und schiebe ihn mit zwei Fingern nach hinten. »Tu den weg, der ist eklig.«

»Sowas sagt man nicht zu einer edlen Dame«, lässt Melvin den Toten weitersprechen.

»Melvin, bitte.«

Er nimmt den Schädel weg und hält ihn ein Stück von sich, schaut ihn an und spricht zu ihm, die Stimme jetzt nicht mehr verstellt. »Wissen wir ja nicht, vielleicht war es ja eine hübsche Dame?«

Ich sehe ihn grimmig an.

Er grinst herausfordernd zurück, dann tätschelt er mir die Wange. »Ach, Estelle«, sagt er, »du bist so ein schönes Mädchen. Aber du guckst immer so traurig.« Er schiebt die Unterlippe vor. »Warum bist du immer so traurig?«

Ich schiebe seine Hand von meiner Wange weg. »Melvin, nerv mich nicht.«

Er weicht ein bisschen zurück und sieht mich für einen

Moment an. Wartet. Seine braunen Augen ruhen auf mir, das Lächeln um seine Mundwinkel zuckt, ich erwidere seinen Blick, sage aber nichts.

»Ich weiß, dass du gar nicht so scheiße bist, wie du immer tust.« Er zwinkert mir zu.

Ich muss mich anstrengen, jetzt nicht doch einmal kurz wegzusehen. Schließlich pikt er mir einmal mit dem Ellenbogen in die Seite. »Ich mag dich trotzdem«, sagt er und läuft davon. Seine Arme schwingen beim Gehen vor und zurück, und plötzlich muss ich doch schmunzeln.

4

Der gewaltige Wind peitscht den Regen wie Nadeln auf die Haut. Ein Sturm, der von Nordosten aufzieht und das Gebirge in gefährliche graue Mauern verwandelt.

Etwas tiefer am Hang läuft der in Leder gehüllte Fremde. Die nasse, schwere Kleidung zieht an seinen Gliedern. Er schleppt sich über den schmalen Schotterweg. Die geschnürten, durchweichten Stiefel sinken immer wieder in tiefe Pfützen ein. Pfützen, in die tausend Tropfen schießen, wie scharfe Pfeilsalven. Rechts von dem Fremden eine mächtige Felswand, links von ihm der steile Abgrund. Die Schlucht so tief, dass einen der Nebel verschlingen würde, bevor man den festen Boden nur erahnen kann.

Dunkle Wolken lauern am Horizont, bald wird der Fremde nicht mehr weiterlaufen können. Ein falscher Schritt in der Finsternis, und die Tiefe wird ihn zu sich rufen.

Er sieht auf. In der Ferne, zwischen den höchsten Gipfeln, erhebt sich eine Stadt aus den Felsen, mindestens zwei Tagesmärsche entfernt. Ihre Palisaden ragen in den wolkenverhangenen Himmel.

Die Kälte hat nun gänzlich Besitz von ihm ergriffen, die Böen sind eisig und fressen sich durch seinen zerschlissenen Umhang.

Längst klappern ihm die Zähne, und der leere Magen liegt wie ein schwerer Stein in seinem Bauch. Die Luft ist ein scharfes Ziehen in seinen Lungen. Jeder Atemzug, als ob sich ein Dolch in die untere Bauchseite bohrt.

Ein gleißend helles Licht, das den Himmel in zackige Linien zerteilt. Und danach ein Donnergrollen, als würde die ganze Welt einbrechen.

Der Schotterweg, der sich an der Felswand entlangschlängelt, wird immer schmaler. Windböen reißen an ihm, er krallt die Hände in die steinerne Wand, damit ihn der nächste Windstoß nicht in den Abgrund reißt, ihn nicht in die Tiefe, in den Tod zerrt.

Der Wind hat ihm das lange Haar in den Nacken geklatscht. Die dunkelblonden Strähnen kleben an seinem Kopf wie Algen.

Er zieht entschlossen das Leder enger um die breiten Schultern und wirft sich dem Sturm entgegen.

Plötzlich bricht der Felssims unter seinen Füßen. Der Fremde rutscht ab.

Mit den Händen greift er in einen Spalt.

Der Brustkorb lehnt zur Hälfte auf dem Schotter, die Beine baumeln über dem Abgrund. Für ein paar Augenblicke verharrt er so, versucht, mit den Füßen einen Felsvorsprung zu finden, etwas, worauf er sich abstützen kann. Aber da ist nur Luft. Ein gepresster, tiefer Laut entweicht seiner Kehle.

Mit einer Hand tastet er nach einem Halt, findet ein paar Äste eines Busches, der aus dem Stein wuchert. Die Zweige, deren letzte Blätter der Sturm davongetragen hat, bewegen sich im Wind. Er schafft es, einen von ihnen zu fassen zu bekommen.

Er ruckt daran, um sicherzugehen, dass die Wurzeln seinem Gewicht standhalten. Er stößt einen Schrei aus, als er all seine Kraft zusammennimmt, um sich nach oben zu ziehen, den linken Fuß kann er jetzt auf einem Vorsprung abstützen. Er schiebt sich komplett auf den Vorsprung, er hat es geschafft, bleibt erschöpft am Wegesrand auf dem Bauch liegen.

Sein Körper hebt und senkt sich in schnellen Atemzügen, als plötzlich das ganze Felsstück nachgibt und mit ihm in den Abgrund stürzt.

Er darf nicht sterben, er darf es nicht.

Und dann stürze ich in die Tiefe, falle durch die Nebelschwaden, seinen Schreien hinterher.

Ich reiße die Augen auf, vor mir eine schwarze Wand aus Dunkelheit, ich bin völlig nass geschwitzt. Meine Schulter bohrt sich schmerzhaft in das Steinbett, das Fell muss ich während des Herumwälzens zur Seite geschoben haben. Ich kann mich nicht rühren und lausche benommen meinem schnellen Atem. Ich schlucke, mein Hals ist trocken, mein Kopf dröhnt, und mir ist übel. Alles auf einmal.

Ich drehe mich auf den Rücken und entlaste meine Schulter. Die Luft fühlt sich so dünn an. Das Fell, das ich jetzt wieder bis unter meine Nasenspitze ziehe, riecht fremd. Ich will nach draußen. Raus hier.

Ich ziehe die Luft ein, aber es ist, als ströme da nicht genug hindurch, als würde jemand meinen Hals zudrücken, und ich habe einfach keine Chance, genug Luft in meine Lungen zu ziehen.

Ich atme immer hektischer und schneller, aber all das macht es nur schlimmer.

Beruhige dich, Estelle. Beruhige dich.

Ich setze mich senkrecht auf, zu schnell, denn das Pochen in meinem Kopf ist wieder da, genau dort, wo es sich beim Gedankenunterricht komisch angefühlt hat. Wie eisiger Nebel, der unter meiner Schädeldecke wabert. Ich halte mich am Bettrand fest, es ist, als ob die Wände über mir zusammenstürzten. Meine Atmung überschlägt sich.

Beruhige dich, Estelle. Beruhige dich.

Jetzt bewegt sich etwas auf der anderen Seite der Zelle. Schritte tapsen auf mich zu.

»Alles in Ordnung mit dir?« Es ist Sams Stimme. Ihre Hände tasten vorsichtig nach mir und legen sich leicht auf meinen erhitzten Arm. »Du glühst ja!«

»Ich –«, ich kann kaum sprechen. »Ich weiß nicht …«, stoße ich hervor.

Sam drückt meinen Arm ein wenig fester. »Estelle, ganz ruhig. Einatmen und ausatmen. Versuch, deine Atemzüge zu zählen.« Sam hält meine Hand und zählt für mich meine Atemzüge.

Eins. Zwei. Drei.

Es funktioniert. Langsam werde ich ruhiger. Ich bekomme wieder Luft.

»Du hast nur geträumt.«

Ich drehe den Kopf in ihre Richtung, auch wenn ich nur ihre Umrisse erkenne.

»Das war kein Traum«, sage ich.

Und jetzt ist es kurz still. Ich kann nicht sehen, wie sie reagiert. Ihre Finger lösen sich von meiner Hand, und sie bewegt sich durch den Raum. Sie kramt in ihrem Beutel, und als sie wieder neben mir ist, reicht sie mir etwas. »Trink was.«

Ich taste danach, erkenne ihren Trinkschlauch und nehme ihn mit zitternden Händen entgegen, kann aber noch gar nichts damit anfangen. »Da war ein Gebirge. Und ein Sturm. Ein Mann.« Jetzt kralle ich meine Nägel in das Leder am Trinkschlauch. »Und Regen und Donner, eine Stadt.«

»Es ist vorbei. Es war ein Traum.«

»Es war kein Traum!«, sage ich noch mal, diesmal zu laut.

»Pssst«, zischt Sam. »Ist ja gut. Was war es dann?«

»Ich weiß nicht.« Ich wische mit der Hand verloren über das Fell, immer und immer wieder. »Es hat gestürmt und ich … Ich wollte nicht, dass er fällt.«

»Was wollte der Mann?«

»Ich weiß es nicht, er ist abgestürzt, er ist einfach abgestürzt.«

»Estelle, beruhige dich. Jetzt ist alles gut.«

»Ich … ich – «

»Trink«, sagt sie noch einmal und schiebt das Wasser in Richtung meines Munds. Ich nehme einen Schluck.

Sam sitzt in der Hocke vor meinem Bett, wartet, ich nehme wieder einen Schluck. Vielleicht weiß sie gerade nicht mehr, was sie sagen soll, aber das macht nichts, ich bin einfach nur froh, dass sie da ist.

Ich gebe ihr den Trinkschlauch zurück, und dann vergrabe ich das Gesicht in meinen Händen, massiere mir die schmerzenden Schläfen. Und da ist nun mehr als ein Pochen.

»Mein Kopf tut weh.«

»Das geht gleich wieder weg.«

»Nein, er tut anders weh.« Ich massiere weiterhin meine Schläfen. »Komisch weh«, sage ich schließlich, und plötzlich, obwohl ich am ganzen Körper schwitze, schüttelt es mich vor Kälte. »Ich wollte nicht, dass er fällt, Sam.«

5

Favilla. Speisesaal.

Flammen lodern in den zahlreichen Feuerkörben. Wir sitzen an langen Tischen aus dunklem Holz. Seit gestern Nacht liegt eine Schwere in meinem Kopf, meine Glieder schmerzen, als hätte ich hohes Fieber gehabt.

Ich habe keinen Appetit.

Ich starre auf die verschrumpelte Schwarzwurzel. Sie sieht ungenießbar aus, an den Rändern wuchern kleine Knollen, dennoch schmeckt sie besser als die meisten anderen Mahlzeiten, die wir hier unten bekommen. Ein bisschen süßlich und nicht so trocken, und sie bleiben einem nicht so im Hals stecken, dass man besonders viel danach trinken muss.

Trotzdem kann ich sie nie richtig genießen, weil die Schwarzwurzeln uns die Zirkeltreffen ankündigen, weil ich dann am Morgen nicht weiß, was mich in der Nacht im Zirkel erwartet.

Nach kurzer Überwindung beiße ich genau in dem Moment in die Wurzel, als auch Noel, der mir schräg gegenübersitzt, einen Bissen nimmt. Wenn ich die Hälfte von meiner gegessen habe, hat er in derselben Zeit ganze drei verschlungen. Bei uns

Schwarzgewändlern hätten wir die Köpfe geschüttelt, doch hier stört es keinen, im Gegenteil, Melvins Witze über Noels Manieren amüsieren die Runde jedes Mal aufs Neue.

Manchmal bekommen wir bei den Zirkeltreffen nur ein paar Informationen – Neuigkeiten, die Spione aus dem Königreich zu berichten haben. Oder wir planen die Abholung neuer Schwellensitzer. Manchmal dauert es nur drei Monate bis zur nächsten Abholung, manchmal auch fünf oder sechs, das kommt immer ganz auf die Geschäfte des Brennenden Königs an. Ich weiß, dass Melvin, Callan, Moa und Liv die letzten beiden neuen Schüler abgeholt haben: Lucas und Noel.

Aber ich war immer noch bei keiner Außenmission dabei. Ich war nicht ein einziges Mal draußen, seit sie mich in jener Nacht hierher gebracht haben. Jener Nacht, in der ich mich vor die Türschwelle eines anderen Mädchens gesetzt habe.

Ihr Name war Josephine, ihre Familie trug einen Kelch im Wappen. Ihr Vater leitete die Pferdezucht. Sie hatte bereits die dritte und somit letzte Haremszeremonie überstanden, und dann prangte das Symbol an ihrer Tür. Die drei roten Striche, die aussahen, als hätte sie ein Ungeheuer ins Holz gerammt.

Es regnete. Der Wind fing sich heulend unter den Dachfirsten und brachte die geschlossenen Fensterläden zum Klappern. In der Ferne hörte man den Donner grollen, bald würden die dunklen Wolken auch uns erreicht haben und das Grollen in lautes Krachen verwandeln.

Sie zuckte heftig zusammen, als ich vor ihr stand, womöglich dachte sie, die verhüllten Männer seien schon da.

»Ich gehe für dich.« Egal, wie sehr ich mich fürchtete, ich

hatte mich entschieden, zu handeln. In dieser Nacht fühlte ich mich nur wie das Abbild meiner selbst, als würde ich mir von außen zusehen.

Josephine sah von der Treppenstufe auf. Sie wischte mit dem Ärmel Rotz von ihrer Nase. Ihre Augen waren geschwollen, und ihr Kiefer zitterte vor Angst und Kälte, hörte gar nicht mehr damit auf.

Sie stand langsam auf und legte dann die Hand auf meine Schulter. Für ein paar Augenblicke sah sie mich nur an. Der Regen strömte unbarmherzig zu Boden, hatte uns längst durchnässt. Das flackernde Leuchten der herannahenden Blitze erhellte ihr Gesicht.

»Ich danke dir«, sagte sie.

Ich nickte ihr lediglich zu und schob ihre Hand von meiner Schulter. »Geh schon.«

Sie hatte die Türklinke bereits umfasst, als sie sich noch mal zu mir umdrehte. »Dir ist klar, dass das hier dein Tod sein könnte?«

Aber mir war plötzlich egal, was sie sagte. Ich spürte keine Angst, die einzige Empfindung, die ich in mir trug, war die Hoffnung, dass die verhüllten Männer mich dahin brachten, wo Leo war. Nichts konnte schlimmer werden, als noch länger von ihm getrennt zu sein.

»Ich weiß«, sagte ich leise.

Und dann fiel die Tür ins Schloss.

Es blieb seltsam still in mir, ich fühlte nur Leo, wusste, wie es sich anfühlen würde, wenn er jetzt neben mir sitzen und meine Hand ganz fest drücken würde.

Ich habe die Tage nicht gezählt, aber es sind schon viel zu viele. Möglicherweise habe ich bereits einen ganzen Jahresumlauf in Favilla verbracht. Am besten ist es, das Knochenmehl gar nicht zu beachten, denn jedes Körnchen ist ein weiterer Moment, der Leo weiter von mir entfernt.

Mittlerweile bin ich mir nicht mehr sicher, ob es ausreicht, die beste Bogenschützin zu sein. Bin ich gut genug für den Zirkel? Und was, wenn nicht? Ich habe Angst, dass Jonathan mir nicht traut, von meinen Zweifeln weiß. Vielleicht war ich deshalb noch bei keinem Austausch dabei.

Zwischen Kaugeräuschen und Gelächter fällt mir plötzlich wieder die Schülergruppe um Aron auf. Sie sitzen zwei Tische weiter, aber ich kann sie von hier aus beobachten. Es sind dieselben wie letztes Mal: Felicity, Timeon, Marcus und Valerie.

Aron springt von der Bank hoch, sodass die Teller auf dem Tisch klappern. Die Sehnen an seinem blassen Hals zeichnen sich deutlich ab, er wendet sich Benjamin zu und redet auf ihn ein. Benjamin motzt zurück, er hat die Hände zu Fäusten geballt, und sein Gesicht nimmt langsam eine rote Farbe an. Es ist zu laut, ich kann von hier aus nicht mal ein paar Wortfetzen verstehen.

»Was ist da?« Sam wirft einen Blick über die Schulter.

»Nichts weiter.« Ich kaue auf der Wurzel herum. »Nur Benjamin, der wieder meckert.«

»Na dann.« Sam tupft mit den Fingern die Brotkrümel vom Teller, sie wirkt wenig beeindruckt. Auch sonst scheint kaum jemand den Streit zu bemerken, obwohl Benjamin immer noch wutentbrannt auf Aron einredet, der ihn um mindestens einen ganzen Kopf überragt. Das Wortgefecht geht so lang hin und her, bis Benjamin Aron einfach den Rücken zudreht und davonhumpelt, so schnell es seine krummen Beine zulassen.

Er steuert auf den Ausgang zu und murmelt etwas vor sich hin, schüttelt den Kopf und fährt sich mit der Hand ein paarmal über die Glatze.

Als ich wieder zu Aron schaue, bemerkt dieser meinen Blick und kräuselt die Lippen. Kurz bin ich irritiert, weiß nicht, ob das wirklich mir gelten soll, schiele schnell auf den Platz neben mir, wo Nora jetzt mit ihrem Teller aufsteht, schaue dann wieder zu Aron, der mich immer noch anstarrt.

Das Blau in seinen Augen ist kalt. Er schluckt, der Kehlkopf schiebt sich an seinem Hals entlang und sieht dabei seltsam spitz aus, so als müsste er ihm eigentlich die Haut von innen aufschlitzen.

Jonathan erwartet uns bereits. Er steht dicht vor dem Brunnenschacht, ohne sich jedoch anzulehnen. Er verharrt, bis alle da sind, so als wäre Warten etwas, was man ganz bewusst tun muss, etwas, wobei man nicht noch andere Tätigkeiten nebenbei verrichten kann. Es ist nicht die kleinste Regung in seinem Gesicht abzulesen, erst, als wir in einem Halbkreis um ihn herum stehen, erhebt er die Stimme. »Ich will euch nicht beunruhigen, aber ich möchte ehrlich zu euch sein.« Er legt langsam die Fingerspitzen aneinander. »Wir haben letzte Nacht Königsboten gesichtet. So nah sind sie den Friedhofsmauern noch nie zuvor gekommen. Nicht sehr bedrohlich nah, aber wir müssen das Ganze beobachten. Falls es wieder passieren sollte, müssen wir Maßnahmen ergreifen.« Er presst seine Finger fest aneinander, bis sie weiß sind. Jetzt schaut er zu Roland. »Wenn die Königsboten auch nur ahnen, dass sich Menschen jenseits der Waldgrenze aufhalten, müssen wir zu jeder Zeit kampfbereit sein.«

Sein Blick streift meinen. Die Ränder unter seinen Augen sind noch dunkler als sonst. »Ich zähle im Ernstfall auf jeden Einzelnen von euch.«

Roland nickt ihm stumm zu, Mirlinda steht mit verschränkten Armen da, Emma hat die Hand am Schwertgriff.

»Lucas«, sagt Jonathan.

»Ja.«

»Ich habe etwas für dich vorbereitet.« Die Fältchen um Jonathans Augen werden tiefer. Es sieht aus wie ein missglückter Versuch, zu lächeln.

Finnley zieht ein Tuch von einem hölzernen Ständer, auf dem Lucas' neue Lederrüstung arrangiert ist. Jonathan hat bereits die Hand ausgestreckt, damit Finnley ihm als Erstes den ledernen Brustpanzer überreichen kann, als hätten sie den Ablauf bereits im Voraus abgesprochen.

»Tritt einen Schritt vor.«

Lucas gehorcht.

»Die Rüstung trägt das Zeichen des Zirkels auf der Brust. Sie ist deine zweite Haut während des Kampfes«, sagt Jonathan feierlich.

Lucas zieht sich die Sachen ein wenig ungeschickt über. Er braucht lang, bis er die Schnallen an den Seiten und die Gurte um die Hüfte enger gezogen hat, bis alles richtig sitzt. Das Leder

248

ist schwarz und zu feinen, pfeilartigen Mustern ausgearbeitet, die sich dem Körper perfekt anpassen.

»Jetzt umdrehen.«

Lucas tut kommentarlos, was man von ihm verlangt, und Jonathan hilft ihm durch die Riemen des Rückenteils, an dem die Schwertscheiden befestigt sind.

Dann setzt er ihm die Schulterplatten auf, die zackenartig nach außen zeigen. »Streck deine Arme aus.«

Lucas hält ihm die Arme hin, sodass Jonathan ihm die Handschuhe anlegen kann. Das Leder schmiegt sich um Lucas' Finger. Auf die Handrücken sind dünne, aber kräftige Eisenmanschetten genäht. Auch sie sind in Schwarz gehalten, so wie der Rest von Lucas' Rüstung, selbst die geschnürten Stiefel verschmelzen mit den Schatten auf dem Boden.

Zuletzt wirft Lucas die Robe um sich, zieht die Kapuze über den Kopf. In dem Umhang sieht er aus wie ein dunkler Krieger, der sich ungesehen durch die Nacht bewegen kann.

Das ist einfach nicht richtig.

Er sollte protestieren, er sollte fragen, wofür, er sollte fragen, wer die Sachen angefertigt hat, wohin Alexis verschwunden ist. Und er sollte sich diese Rüstung ganz allein anlegen. Aber er tut nichts von alldem. Stattdessen habe ich das Gefühl, als würde er uns alle ausblenden, sich nur auf das Gefühl des Stoffs auf der Haut konzentrieren. *Wie eine Königswache,* schießt es mir durch den Kopf. *Eine Königswache, die Befehle ausführt, anstatt sie zu hinterfragen.*

Jetzt nimmt er die zwei neuen Schwerter entgegen. Ihre Klingen glänzen, sodass sich das Feuer der Fackeln im silberfarbenen Stahl spiegelt. Die Griffe haben schnabelartige Zacken und eingefasste, glänzende Wappenzeichen. Wenn man sie nebeneinanderhält, zeigen die Wappenteile so aufeinander, dass sie eine Phönixträne ergeben. Zwei aufeinander abgestimmte Schwerter. Wie Zwillinge. Ein sehr talentierter Schmied muss sie angefertigt haben.

»Phönixtränen, Lucas«, sagt Jonathan. »Sie sind das Symbol unseres Wappens und das wertvollste Schmuckstück, das du je besitzen kannst. Dies ist nur eine Nachbildung. Ein Phönix kann nur einmal in seinem ganzen Leben weinen. Echte Tränen verhärten sich zu einem Edelstein. Es heißt, seine Träger werden von der Kraft der Phönixe behütet. Sie sind äußerst selten.«

Lucas streicht einmal mit den Fingern über die eingearbeiteten Zeichen an seinem Schwert, in seinen Augen kann ich sehen, dass es ihn geradezu danach dürstet, sie in einem Kampf einzusetzen.

Am liebsten würde ich sagen, dass sie mit dieser Vorstellung endlich aufhören sollen, dass diese Machtdemonstration unnötig ist. Stattdessen presse ich meine Lippen zusammen.

Im Einzelunterricht kann ich mich wieder etwas sammeln. Lucas übt mit Emma direkt neben meiner Zelle den zweihändigen Schwertkampf. Mirlinda ist mit Sam durch die dritte Tür verschwunden, sie trainieren mit Schwert und Schild. Nora wird von Isabelle in Alchemie unterrichtet. Melvin übt in Zelle vier das Messerwerfen. Liv und Callan probieren sich derzeit im Morgensternkampf aus. Finnley und ich kümmern uns um das Bogenschießen.

Obwohl er stottert, sind seine Bewegungen gezielt, er führt jede davon mit einer unverwechselbaren Sorgfalt aus. Ohne den Köcher auf dem Rücken würde er vermutlich leer aussehen. Wenn ich Finnley spontan beschreiben müsste, könnte ich mich im ersten Moment vielleicht sogar nur schwer an die Feinheiten seines Gesichts erinnern, nur an die schlaksige Figur.

Ich halte mich bereit, will schon den ersten Aufwärmschuss abfeuern, aber Finnley schüttelt den Kopf. »Heute üben wir den N-nahkampf.«

»Nahkampf?« Ich runzle die Stirn.

Er nickt. »Wie du d-dich wehrst, wenn dein G-gegner so dicht vor d-dir steht, dass du keinen B-bogen mehr spannen kannst.« Er stellt sich vor mich, sodass nur noch eine Armlänge zwischen uns liegt, um zu demonstrieren, wovon er spricht. »W-welche M-möglichkeiten hast du jetzt n-noch?«

»Ich könnte dir die spitzen Enden des Bogens in die Brust stoßen.«

Er nickt.

»Ich könnte einen Pfeil ziehen und ihn dir ins Auge stechen.« Er nickt wieder.

»Ich könnte dich mit dem Knie rammen.«

»W-was noch?«

Ich zucke mit den Schultern. »Meine Fäuste?«

Er winkt ab und lacht, man sieht seine Zahnlücke. Er geht in die Knie und zieht plötzlich einen Dolch aus seinem Stiefel. »D-du b-brauchst ein eingearbeitetes F-futteral an den St-Stiefeln. D-du musst immer eine Reservewaffe dabeihaben.« Er reicht mir den Dolch und zeigt mir, wie ich die Notwaffe

251

geschickt verstaue, um dann möglichst schnell und unauffällig nach ihr greifen zu können. »Vergiss nicht, d-dass die K-Königswachen meist eine P-Plattenrüstung tragen. Sicherlich hast du einen V-Vorteil, da du mehr B-Bewegungsfreiheit und Ausdauer hast. Du bist schneller und hast kein eingeschränktes Sichtfeld, t-trotzdem wird es k-kein Leichtes sein, die Schwachstellen zu t-treffen.«

Wir spielen ein paar Kampfsituationen durch, und ich lerne, in welche Körperteile des Gegners ich die Klingen steche.

»Z-zum einem die Achseln, d-dann die K-Kniekehlen, und vergiss nicht die W-Weichteile.«

Ich versuche, seine Bewegungen genau zu imitieren – wie seine Hände den Griff umschließen, mit welcher Geschwindigkeit er die Bewegungen ausführt, die Beinhaltung. Ich will versuchen, die Technik und die strategischen Züge exakt zu erfassen, aber im nächsten Moment habe ich das meiste schon wieder vergessen. Die Schwere seit dem Gedankenunterricht ist immer noch nicht ganz aus meinem Kopf verschwunden. Dieses seltsame Gefühl begleitet mich ununterbrochen.

»N-noch einmal«, sagt Finnley. »Achte auf den F-Fokus, lenk von d-deinen Händen ab.«

Jetzt, wo ich mich konzentrieren will, nehme ich die Geräusche aus dem Nebenraum umso lauter wahr. Das Schlagen der Schwerter und hin und wieder ein Brüllen aus Lucas' Kehle.

Ich beiße mir auf die Lippe, versuche, alles auszublenden, arbeite verbissen weiter.

Nach etwa einer Stunde lässt Finnley mich gehen. »G-genug für heute. Wir sehen uns m-morgen früh in L-Liga Eins.«

»Ist gut.«

Ich verlasse die Einzelzelle, als gleichzeitig die Tür neben mir aufschwingt und Lucas beinahe in den Zirkelraum zurückstolpert. Er stützt die Hände auf den Knien ab, den Rücken gebeugt, mit dem Kopf nach unten, darüber die Kapuze. Er schnauft, atmet durch, erst als er mich entdeckt, richtet er sich ruckartig auf. Sein Gesicht ist schweißüberströmt, die Wangen sind gerötet. Sein Brustkorb hebt und senkt sich immer noch so schnell, als ob er eben um sein Leben gerannt wäre.

»Was starrst du mich so an?« Seine Augen verengen sich zu schmalen Schlitzen. »Hast du noch nie einen Kerl schwitzen sehen?«, fragt er und schiebt sich die Kapuze vom Kopf, fährt sich einmal durch das lockige Haar. Er streicht es nach hinten, normalerweise fällt es widerspenstig vor die Stirn zurück, aber jetzt bleibt es liegen. Es ist nur eine Trainingseinheit gewesen, und er muss gekämpft haben, als gäbe es kein Morgen mehr.

»Doch, habe ich.«

»Und warum starrst du mich dann so an?«

Weil mir nichts einfällt, schüttle ich nur den Kopf. Dann setze ich an, aber verwerfe meine zurechtgelegten Worte wieder.

»Ach, vergiss es«, sage ich schließlich, schultere den Köcher und stapfe davon, ohne noch einmal in sein Gesicht zu sehen.

Auch ich finde es wichtig, dass ich kämpfen, dass ich mich verteidigen kann, doch diesen Willen, der in Lucas' Augen brennt, kann ich einfach nicht verstehen.

Sam schläft schon, als ich in unserer Zelle ankomme, und ich versuche, leise zu sein. Stelle die Öllampe vorsichtig ab, ehe ich meinen Umhang ablege und schnell unter das Fell schlüpfe. Ich starre an die Decke. Versuche, einfach nur da hoch in die Finsternis zu blicken und nichts zu denken, jedoch vergeblich. Immer wenn ich auf den Schlaf warte, kommt alles zurück.

Ich weiß noch, wie es sich anfühlt, wenn Leo neben mir liegt. Erinnere mich an das Geräusch, wenn das Stroh unter den Laken knistert, die wir uns immer mit in den verlassenen Lagerschuppen genommen haben. Ich mag seine Wärme, die Nähe, wenn er sanft mit den Fingerspitzen über meine Wange streift. Wenn sein heißer Atem zwischen meine Lippen strömt.

Dann zieht er mich zu sich. Bis meine Haut seine berührt, bis meine nackten Brüste gegen seinen Oberkörper drücken.

Ich spüre das Pochen seines Herzens in seinem ganzen Körper. Höre seinen Atem, das Menschengeräusch, das immer da ist, auch wenn er ganz still zu sein scheint. Selbst wenn ich mich nur ganz leicht an ihn gelehnt habe, habe ich sein Herz schlagen gehört. Manchmal besonders schnell, manchmal besonders stark. Voller Leben.

Ich denke daran, wie sein Atem auf meine Haare fiel, immer wieder auf dieselbe Stelle an meiner Kopfhaut traf. Ich denke an die Hitze unter den Laken, die im Sommer kaum auszuhalten war. Am liebsten mochte ich es, dann ein Bein nach draußen zu schieben, auf die kalte Oberfläche des Betttuchs. Dort habe ich es so lange liegen lassen, bis es kalt war, und es erst dann wieder unter die warme Decke gezogen, ganz nah an seine Beine.

So ging das in all den Nächten. Weil ich nicht schlafen konnte, aber auch nicht schlafen wollte. Solche Nächte sind dafür viel zu wahrhaftig. Ich habe mich die ganze Zeit gefragt, ob er wohl schläft. Immer wieder hat er sich bewegt, aber es waren keine Bewegungen, die man im Schlaf macht. Und vielleicht hätten wir noch mal ein paar Worte wechseln können, aber nur flüstern, Reden wäre zu laut gewesen. Wir hätten uns sagen können, wie riskant das war, was wir hier taten, wie leichtsinnig.

Besudelt. Ich kann mich genau erinnern, wie Der Herold dieses Wort betonte. So nannte er die Mädchen von hohem Blut, wenn sie nicht mehr unberührt waren.

Manchmal haben wir vielleicht nur so getan, als würden wir schlafen, weil die Zeit so kostbar war. Weil es reichte, nur so dazuliegen und sich zu halten.

Und jetzt liege ich wach, weil ich das nicht vergessen kann.

6

Favilla. Große Halle.

Als Lucas den Raum betritt, wünsche ich mir, ich hätte die Einheit geschwänzt.

Ich stupse Nora in die Seite. »Was macht der hier?«, flüstere ich. »Wir sind in Liga Eins.«

»Soweit ich weiß, hat er mittlerweile in fast allen Kampfdisziplinen Liga Eins erreicht«, sagt sie, als wir jetzt wahrscheinlich etwas zu auffällig in seine Richtung starren.

Er nimmt sich Bogen und Pfeile, die an einem der Pfosten lehnen, und stellt sich in die Reihe, auf den freien Platz neben mir. »Hey«, sagt er, ohne mich dabei direkt anzusehen.

Ich nicke ihm kurz zu und konzentriere mich dann wieder auf meinen Bogen, befestige meinen Sehnenschutz und binde mir die Haare zu einem Zopf. Dann streiche ich einmal über die Sehne des Langbogens, teste, ob sie genügend Spannung hat.

»W-willkommmen in Liga Eins.« Finnley steht am oberen Ende der Halle, dort, wo sich auf dem Marmorboden die Spitze der Flamme abzeichnet. Rechts und links von ihm sind Strohpuppen in einer Linie aufgestellt, mehrere Dutzend Schritte von uns entfernt. Die äußerste Puppe, Lucas' Zielobjekt, steht dicht neben einem der eisernen Feuerkörbe. Es würde mich nicht wundern, wenn einer seiner Pfeile aus Versehen Feuer fängt.

»Zuerst schießt ihr auf den B-Bauch«, Finnley zeigt auf die Körpermitte einer Strohpuppe, »d-dann auf die H-Hände, Augen, K-Knie, Schenkel und zuletzt auf das H-Herz.« Jetzt pikt er mit seinem langen Finger auf die linke Brusthälfte, woraufhin sich ein Halm löst und langsam zu Boden fällt.

Er dreht sich wieder zu uns um. »M-merkt euch die Reihenfolge. Der Erste, der alle Z-Ziele getroffen hat, g-gewinnt.«

Unwillkürlich schiele ich zu Lucas hinüber. Sein Blick fixiert die Puppe, als würde dort ein wahrhaftiger Feind stehen, dessen Schwert vor Blut trieft.

Bogenschießen ist das, was ich kann. Wettkämpfe sind das, was er kann, dennoch glaube ich nicht, dass er genug Ruhe beim Abschuss hat. Den Tunnelblick, den ich bekomme, wenn ich den Bogen spanne und alles andere ausblende. Wahrscheinlich mag ich Bogenschießen deshalb so sehr.

Eine ruhige Hand habe ich schon beim Nestflechten benötigt, darin bin ich geübt. Der Bogen in meinen Fingern fühlt sich leicht an. Kein schweres, kühles Schwert. Keine massive, sperrige Axt. Nur die leise Waffe, fließende Bewegungen und ein spitzer Pfeil, der urplötzlich aus der Deckung hervorsaust.

Finnley hat sich inzwischen hinter uns gestellt und klatscht einmal in die Hände. »Los!«

Anvisieren, spannen, zielen und lösen, geht es mir durch den Kopf. Es ist ganz einfach.

Ich hake die Nock des ersten Pfeils in die Sehne und ziehe

den rechten Arm nach hinten, die Sehne drückt sich in mein Kinn und in meinen Mundwinkel, eine vertraute Berührung. Ich fixiere das leere Gesicht der Strohpuppe, als mich Lucas' Herumfuchteln ablenkt. Ich schiele hinüber. Seine Füße bilden keine klare Linie zum Ziel, sein Zuggewicht ist viel zu hoch und der Bogen überspannt. Er feuert den ersten Schuss ab und trifft mitten in den Bauch der Puppe.

Ich muss mich konzentrieren, nur das Ziel im Blick haben. Ich löse den Pfeil, aber er fliegt knapp an der Puppe vorbei, bis er am Ende der Halle in die Strohmatten einschlägt.

Schnell ziehe ich den nächsten Pfeil aus dem Köcher, bestimmt hat das eben keiner beachtet, die nächsten Treffer landen wie gewohnt.

Das letzte Ziel ist das Herz. Ich spanne den Bogen, als das Pochen in meinem Kopf wieder beginnt und ich innehalte. *Warte.* Aber es verschwindet nicht, die Puppe ist unscharf vor meinen Augen.

Ich sehe, wie Lucas' Kiefermuskeln heftig in seinem Gesicht arbeiten. Ich kann ihn nicht ausblenden, seinen Ehrgeiz, wie er die ganze Zeit Pfeile abfeuert, ohne einmal Pause zu machen. Wie er ohne geschicktes Handwerk, ohne erkennbare Technik, dennoch nach und nach die Ziele trifft. Sein eiserner Blick, das Flackern in seinen Augen, wenn er zielt, und das Wischen über seine Handrücken, wenn er getroffen hat. All das macht mich so rasend.

Anvisieren, spannen, zielen und lösen.

Zack. Aber der Pfeil geht daneben. Jetzt bemerke ich die Stille im Raum.

Alle Augen sind auf mich gerichtet, und zum ersten Mal zittert der Bogen in meinen Fingern. Zum ersten Mal schwitzen meine Hände am Griff.

Ich bin die Letzte.

Und plötzlich habe ich das Gefühl, ich habe mich zur Zielscheibe verwandelt, und es sind ihre Blicke, die jetzt wie Pfeile auf mich zuschießen. Die Atmosphäre ist längst gekippt, ohne dass ich es bemerkt habe. Gedehnte Zeit. Sie haben mich im Visier, und das Pochen wird immer lauter. Es erfüllt meinen ganzen Kopf.

Ein letzter Versuch. Und auch wenn ich möglicherweise noch konzentriert aussehen mag, so, als wollte ich nichts lieber, als diesen perfekten Schuss zu landen, kostet es mich schon die größte Konzentration, einfach nur die Augen offen zu halten.

Anvisieren, spannen, zielen und lösen.

Ich lasse den Bogen sinken. So geht das nicht.

»Du gibst viel zu schnell auf«, raunt Lucas mir von der Seite zu, und ich würde ihn am liebsten schütteln, anschreien und ihm sagen, dass er doch überhaupt keine Ahnung hat, weder was in mir vorgeht, noch was überhaupt hier in Favilla vor sich geht.

»A-Alles in Ordnung, Estelle?«, fragt Finnley.

Sie sollen aufhören, mich ständig zu fragen, ob alles in Ordnung ist. Ich will das nicht mehr hören.

»Mir geht es gut«, sage ich und merke selbst, wie angespannt ich klinge.

»Ihr k-könnt gehen für h-heute«, sagt Finnley schließlich, aber ich kann noch nicht gehen, ich konnte nicht mal diesen letzten Schuss abfeuern, und Lucas ist schuld, wenn die anderen jetzt über mich reden. Wenn das hier bis zu Jonathan durchdringt.

Lucas fuchtelt immer noch an der verknoteten Schnur seines Köchers herum. Als nur noch wir beide in der Halle sind, fasse ich ihn am Ärmel. »Was sollte das eben?«, frage ich.

»Was willst du?«

»Na, dein wirres Rumgefuchtel die ganze Zeit und der Kommentar.«

»Kann ich doch nichts dafür, wenn du einen schlechten Tag hast«, sagt er unbeeindruckt und zieht seinen Arm zurück.

»Ich hab mich vor allen blamiert!«

»Daran bist du wohl selbst schuld«, sagt er und wendet sich wieder seinem Knoten zu.

»Ehrlich gesagt verstehe ich deinen Ehrgeiz nicht«, stoße ich hervor, und jetzt sieht er wieder auf.

»Es war nur eine Übung, komm mal runter.«

»Nein, du bist doch derjenige, der hier alles so ernst nimmt. Wie du Jonathan, Emma und all denen blind vertraust.« Ich trete noch näher an ihn heran. »Denkst du wirklich, die haben uns alles gesagt?«

Seine blauen Augen sehen direkt in meine. Sein Blick ist wutentbrannt. »Was für ein Problem hast du mit mir?«

»Mein Problem ist, dass du alles für die tun würdest.«

Er schnaubt. »Ach so.« Und jetzt steht er so nah vor mir, dass ich sehe, wie seine Pupillen hin und her zucken. »Dann sag mir mal: Warum bist du denn überhaupt im Zirkel, wenn du so misstrauisch bist?«

»Darum geht es nicht.«

Lucas' Finger krampfen sich um den Gurt des Köchers. Immer fester. »Um was denn dann? Du hast doch keine Ahnung von mir!« Jetzt schreit er plötzlich, das Schreien ist laut in der leeren Halle. So laut, dass seine Stimme in meinem Kopf dröhnt, mein Blick ist auf seine geballten Fäuste geheftet. Und plötzlich reißt er den Gurt mit einer Wucht von sich, schleudert den Köcher über den Marmorboden, und all die Pfeile schlittern davon. »Ich mache hier mein Ding, und es ist mir egal, was du darüber denkst!«, brüllt er.

»Musst du gleich so ausrasten?« Ich trete erschrocken einen Schritt zurück.

»Du hast doch keine Ahnung.« Lucas kickt mit dem Fuß einen Pfeil von sich, er rollt ein paar Meter über den Boden, bis er zum Liegen kommt. »Was suchst du überhaupt hier?« Sein eiserner Blick bohrt sich in meine Augen. Ich will ihm am liebsten tausend Sachen auf einmal an den Kopf werfen, aber stattdessen kann ich nur die Lippen aufeinanderpressen, weil er recht hat. Und das ist das Schlimmste an allem: Er hat recht. Ich weiß nicht, was ich hier suche.

Mir bleibt nichts anderes übrig, als an ihm vorbeizurauschen. Ihn einfach dort stehen zu lassen, weil ich nichts mehr zu sagen weiß.

In den Gängen fange ich an zu rennen, bis die Lichter immer weniger werden, dann stürme ich die schmalen Treppen hinunter und mache erst in meiner Zelle halt. Das Pochen in meinem Kopf hat sich bereits in meinem ganzen Körper verteilt, bis in die Fingerspitzen klopft es.

Ich sinke auf den Boden.

Irgendwann fühle ich mich wie betäubt. Ich ziehe die Knie an mich und vergrabe den Kopf zwischen den Beinen, mache mich klein, bis ich dem Druck in meiner Kehle nachgebe und anfange zu weinen.

Ich vergesse Lucas. Vergesse das Bogenschießen. All das ist plötzlich so unwichtig.

Ich will weg von hier. Weit weg. Zu Leo. Alles, was ich will, ist bei ihm sein.

Nur er kann mich ganz fest in den Armen halten, nur ihm glaube ich, wenn er mir sagt, dass alles gut werden wird.

Ich wische die Tränen aus dem Gesicht, das Schniefen ist laut, und mein eigenes Weinen kommt mir fremd vor.

»*Vermisse mich nicht.*«

Ich habe mein Versprechen von der ersten Sekunde an gebrochen. Ich habe es nicht halten können.

Ich zittere, selbst die Kraft aus den angewinkelten Beinen schwindet, sie liegen jetzt einfach flach auf dem Boden.

Meine Sehnsucht wird mich auffressen. Ich gehöre hier nicht her.

Die wirklichen verhüllten Männer hätten mich damals an der Türschwelle abholen sollen. Ich habe mich nicht auf die Stufen gesetzt, um hier zu sein! Lieber hätte ich als Sklavin mit Leo die Bettpfannen der Reichen geleert, gehungert und bis auf die Knochen geschuftet, als hier allein zu sein.

Plötzlich schiebt sich die Tür auf. Sam platzt herein und bleibt abrupt stehen, als sie sieht, wie ich auf dem Boden kauere. Mühsam stehe ich auf.

»Du hast geweint«, sagt sie. »Was ist passiert?«

»Lucas Gavener ist ein Arschloch«, antworte ich und plumpse kraftlos auf mein Bett.

Sam sieht mich verwirrt an und setzt sich mir gegenüber. »Was hat er getan?«

Ich kralle die Finger in die Bettkante. »Ich gehöre hier überhaupt nicht her. Ich … ich habe in Favilla gar nichts zu suchen.«

Sam scheint etwas überrascht von meinem Gefühlsausbruch, dennoch geht sie auf mich ein. »Hör nicht auf ihn«, sagt sie.

Ich blicke nach unten, dann wieder in ihr Gesicht. »Aber, ich meine, was ist denn, wenn es stimmt? Wenn er recht hat?«

»Ach, Estelle.« Plötzlich steht sie auf und setzt sich neben mich. »Keiner hat sich ausgesucht, hier zu sein.« Vorsichtig legt sie einen Arm um mich. Die Berührung hat etwas sehr Tröstliches. Plötzlich ist da etwas Vertrautes zwischen uns. So, als würden wir ein Geheimnis zusammen hüten.

Ich presse die Lippen aufeinander, damit die Schluchzer nicht wieder aus mir herausbrechen. »Ich vermisse Leo«, murmle ich.

Sam wirkt nicht sonderlich überrascht. »Du liebst ihn?«

Ich schlucke schwer und nicke. Ob sie wohl auch an jemanden denkt? Ob sie wohl auch Sehnsucht hat?

»Weißt du was?« Ihre Stimme ist nun ein wenig lauter, und sie setzt einen verschwörerischen Blick auf. »Wir hassen Lucas ab sofort.« Dann drückt sie mir einmal den Arm, bis ich nicke. Sie verharrt. »Du weißt aber schon, dass mir das nicht ganz so leichtfallen wird?«

»Was?«

»Na ja«, sagt sie und beißt sich auf die Lippe. »Ganz hübsch ist er ja schon.«

»Hübsch?« Ich ziehe verwundert die Brauen hoch.

»Ja.« Sie muss grinsen, und ihre Wangen röten sich ein wenig. »Und *aufregend*.«

»Ach ja? Also wenn hier einer hübsch ist, dann ja wohl sein Zellengenosse. Noel.« Ich löse mich aus ihrer Umarmung, um ihr in die Augen zu schauen.

Sam legt ihren Kopf schräg, so als würde sie sich gerade sein Bild genau vor Augen rufen. »Aber den finden wahrscheinlich alle toll«, sagt sie.

»Macht ihn das denn weniger *aufregend*?« Und dabei betone ich das *aufregend* genau so, wie sie es bei Lucas betont hat, und jetzt schnappt sie eines der Felle und will es auf mich werfen. Ich kann es gerade noch abfangen, als aus mir ein Lachen herausbricht. Kurz lachen wir beide. Kurz ist alles vergessen, bis wir wieder schweigen.

»Was er auch gesagt hat, vergiss es einfach.« Sam steht auf und streckt mir die Hand entgegen. »Komm.«

Ich schaue auf ihre Hand. Ich bin froh, dass sie da ist, dass sie auch nach meinem seltsamen Traum bei mir war, und lasse mich von ihr hochziehen. Ich bin ihr dankbar, aber es ändert nichts daran, dass mein Entschluss feststeht.

Der Gedanke war von Anfang an da. Er war die ganze Zeit irgendwo in meinem Kopf, aber es war mir noch nie so klar wie jetzt: Ich brauche einen Plan.

Die nächste Außenmission muss meine sein, und dann werde ich mich absetzen. Das ist alles, was noch zählt.

Ich werde fliehen, und ich werde dich wiederfinden, Leo.

7

Favilla. Große Halle.

»Ich brauche einen Freiwilligen.« Mirlinda steht in der Mitte des Schülerkreises. Sie hat die blonden Haare zu einem Zopf gebunden, das Leinenhemd an den Ärmeln hochgekrempelt, und sie ist barfuß. So tritt sie immer auf für den waffenlosen Kampf.

Sie geht auf und ab. Wenn Freiwillige gesucht werden, ist es besonders still, so als würden die Schüler die Luft anhalten, bis ein Erster die Stimme erhebt. Oft dauert es, bis sich einer überwindet, manchmal geht es auch ganz schnell.

»Ich mache es.«

Ich kann die Stimme zuordnen, es ist Aron, der sich jetzt zwischen zwei Schülern hindurchdrängelt und in den Kreis tritt.

»In Ordnung, Aron. Such dir einen Gegner«, sagt Mirlinda und macht eine ausschweifende Bewegung mit der Hand.

Wie ich das hasse! Freiwillige vortreten, Gegner suchen, es sind immer dieselben Muster hier in Favilla, und ich verstehe nicht, wozu das gut sein soll. Was wollen sie mit diesem System bezwecken, außer die Schüler und deren Rivalitäten untereinander anzustacheln?

Mir tun diejenigen leid, die dann unfreiwillig in die Mitte treten müssen, um sich fertigmachen zu lassen, und das vor den Augen sechzig anderer. Unfreiwillig zu kämpfen ist eine Sache, dabei Zuschauer zu haben noch eine ganz andere.

Meist versuchen die Schwächeren, die Schläge nur zu parieren, sie wissen von Anfang an, dass sie verlieren werden, und diese Angst lähmt sie erst recht.

Alle sind ersetzbar. Dieser Wettkampf in den Katakomben wird nie aufhören, nicht, wenn immer wieder neue Schüler dazukommen, nicht, wenn andere verschwinden.

»Ich wähle Estelle.«

In mir zieht sich alles zusammen. Es ist mein Name, der in den hohen Wänden widerhallt, und ich brauche einen Moment, um zu reagieren.

Wieso um alles in der Welt nimmt er *mich*?

Seine Wahl muss bereits festgestanden haben, denn mein Name ging ihm ohne Zögern über die Lippen. Ich mache einen Schritt nach vorn, und dann sieht er mich an.

Obwohl keine Regung in seinem Gesicht zu lesen ist und er mich unverändert anschaut, ist es, als sei da ein unsichtbares Grinsen.

Ich mache noch einen Schritt nach vorn, und gleichzeitig wird der Schülerkreis um uns herum weiter. Der Boden in der Großen Halle scheint mir so glatt, dass ich jeden Moment wegrutschen könnte.

Der Nahkampf liegt mir mehr als der Kampf mit den schweren Waffen, dennoch: Aron ist ein starker Gegner. Das weiß jeder hier im Raum, und alle wissen auch, zu welchen Tricks er fähig ist, wenn es sein muss.

Auch wenn seine Fäuste nicht bedrohlich aussehen und seine Arme nicht sonderlich muskulös sind – mir ist bewusst, wie er mit seinem Körper umgehen kann, dass er blitzschnell zuschlägt und die Techniken beherrscht.

»Denkt daran, was wir auch letzte Stunde geübt haben«, sagt Mirlinda. »Niemals die Augen schließen, wenn ein Schlag auf euch zukommt. Ihr müsst zu jeder Sekunde reagieren können.«

Ich nicke abwesend.

Aron zieht bereits eilig seine Schuhe aus, als könne er es nicht erwarten, endlich loszulegen. Nun zerre auch ich ungeschickt an den Schnüren meiner Lederschuhe herum. Was habe ich getan, dass er mich ausgewählt hat? Warum ich?

»Alles ist erlaubt«, sagt Mirlinda mit lauter Stimme. »Der Kampf beginnt *jetzt.*« Sie klatscht einmal in die Hände und tritt dann auf das Podest am Kopf der Halle. Von dort aus kann sie uns am besten beobachten.

Aber ich bin noch nicht so weit. Ich versuche zu verstehen, warum jetzt zwischen Aron und mir nur noch etwa drei Schritte liegen, wir nun immer in Bewegung bleiben, von Fußballen auf Fußballen tänzeln.

Er hat den Oberkörper leicht seitlich zu mir positioniert, seine Fäuste hält er dicht vor seinen Augen.

Wir lauern. Aron macht Schritte zur Seite, ich folge ihnen, um ihm immer direkt gegenüberzustehen.

Die Blicke der anderen heften sich fest an uns, verfolgen jede unserer Bewegungen und machen dieses ganze Szenario noch schlimmer. Diesmal darf ich mir keine Blöße geben, nicht wieder wie im Bogenschießunterricht versagen. Diesmal muss ich Jonathan beweisen, weshalb ich in den Zirkel berufen wurde.

Ich muss konzentriert bleiben, ich rufe mir nochmal alles in den Kopf, was ich über den waffenlosen Nahkampf gelernt habe.

Die Schwachstelle in der Deckung.

Ich will diesen Kampf so schnell wie möglich beenden, und dafür muss ich seine Deckung brechen.

Das Tänzeln geht schon viel zu lang, ich kann spüren, wie die anderen Schüler hinter mir unruhig werden, ich kann hören, wie sie flüstern und sich die Stimmen mit dem Knistern der Flammen in den Feuerkörben vermischen. Viel zu laut, ich darf mich nicht ablenken lassen. Ich beginne zu schwitzen, obwohl noch keiner einen Schlag gemacht hat.

»Komm schon, schönes Mädchen, oder hast du etwa Angst?« Arons Lippen biegen sich langsam zu einem Lächeln.

Ich mache einen ersten Schritt nach vorn, mit der Führungshand deute ich einen Schlag auf seinen Kopf an, hole dann jedoch mit der Rückhand aus und verpasse ihm einen Hieb gegen die Schläfe.

Er weicht schnell zurück, sodass ich ihn nur streife.

»Da geht aber noch mehr«, sagt er, und sofort kommt sein Fuß auf mich zu. Ich kann ihn mit den Ellenbogen blocken. Ein dumpfer Schmerz.

Wir entfernen uns wieder ein Stück voneinander, tänzeln nach rechts und wieder nach links. Arons Blick folgt konzentriert meinen Bewegungen, sein Gesicht hat bereits eine leicht rötliche Farbe angenommen. Immer wieder zucken unsere Arme zum Angriff, um dann doch nur bei Andeutungen zu bleiben.

Aron setzt erneut zum Schlag mit der rechten Faust an. Ich lasse meinen Fuß auf seine Rippen zuschießen, doch er reagiert blitzschnell und schafft es, mein Bein mit seinen Händen zu umgreifen. Ich gerate aus dem Gleichgewicht. Mit der anderen Hand greift er meine Schulter und stößt mir sein Knie in den Bauch.

Ich keuche auf, krümme mich zusammen. Und ehe ich verstehen kann, was geschieht, schlingen sich Arme um meinen Hals. Er hat mich im Würgegriff!

»Was machst du jetzt?« Er presst die Arme fester zusammen. Der Druck gegen den Kehlkopf schnürt mir die Luft ab. Ich ziehe und ziehe an seinem Arm.

Das Blut staut sich in meinem Kopf, gleich wird alles schwarz. Die Marmorfliesen flimmern unter meinen Augen, die raunenden Stimmen der Schüler sind nur noch gedämpfte Geräusche im Hintergrund. Gleich werden sie uns auseinanderziehen, gleich ist alles zu Ende, ich warte auf das Schwarz.

Und dann erinnere ich mich an das, was Mirlinda mir einmal im Zirkel gezeigt hat. Sofort greife ich mit einem Arm hinter ihn, bis ich Arons Haare zu fassen kriege. Ich kralle meine Hand hinein und reiße seinen Kopf nach unten. Er löst sich von mir, schreit und geht ein, zwei Schritte nach hinten.

Ich reibe mir den Hals und hole tief Luft, spüre immer noch die Druckstelle.

Aron hält sich den Hinterkopf.

Für ein paar Augenblicke starren wir uns einfach nur an. Wir keuchen beide laut.

»Nicht schlecht, wo hast du das denn gelernt?«, sagt er, und er klingt dabei komisch.

Dort, wo du nie hinkommst, Aron. Ich bin ein Mitglied des Zirkels.

»Du hast mich wohl unterschätzt«, sage ich außer Atem. »Auch Mädchen von hohem Blut können sich prügeln.«

Jetzt kehrt das Grinsen zurück in sein Gesicht, als sei das für ihn bloß ein Schaukampf, als würde er sich prächtig amüsieren, und das alles hier nur zum Spaß machen.

Und plötzlich rennt er auf mich zu. Ich schlinge meine Arme um seine Körpermitte, nehme seinen Schwung auf, werfe ihn zu Boden.

Mit einem dumpfen Schlag landet er auf dem Rücken.

Jetzt hab ich ihn!

Kurz flimmert sein rotes Gesicht unter mir auf, blitzen seine aufgerissenen Augen in meine. Gleich wird ihm das Grinsen vergehen.

Ich will ausholen, aber da spüre ich, wie sich seine Beine an meinem Rücken verhaken, wie er mich auf einmal gefangen hält, obwohl ich ihn doch zu Boden geworfen habe. Er fängt meine Faust mit der linken Hand ab, umgreift mein Handgelenk, und mit einem geschickten Griff dreht er mir den Arm auf den Rücken.

Ich schreie auf. Ich schreie und schreie, der Schmerz ist kaum auszuhalten, als würden meine Knochen jeden Moment bersten. Ich will, dass es sofort aufhört!

Dreht er meinen Arm nur ein kleines Stück weiter, werden meine Knochen brechen. Aber ich kann nicht aufgeben, nicht jetzt.

Irgendwie schaffe ich es, mich mit ihm zur Seite zu rollen. Mein Arm ist wieder frei. Ich werfe mich herum. Wir ringen. Jetzt habe ich ihn wieder unter mir.

Er hebt die Ellenbogen über den Kopf. Sein Brustkorb hebt und senkt sich schnell.

Ich entdecke eine Lücke in seiner Deckung, sein linker Arm zeigt zu weit nach außen.

Ich verpasse ihm einen Kinnhaken.

Arons Kopf kippt kraftlos zur Seite.

Benommen blicke ich auf ihn hinab, meine Faust pocht, meine Fingerknöchel brennen. Ich bin erschrocken über mich selbst.

Hastig lasse ich von ihm ab, löse mich und komme wieder auf die Beine, als könnte er jeden Moment erneut nach mir schnappen, aber er bleibt am Boden liegen.

Ich reibe mir das Handgelenk, das immer noch von seinem festen Griff schmerzt, ich verstehe nicht, wie ich mich daraus befreien konnte.

Jetzt erst nehme ich die anderen Schüler wieder wahr, ihre undefinierbaren Blicke, und langsam wird mir klar, dass ich soeben den Kampf gegen Aron gewonnen habe.

Aron stützt sich auf den Händen hoch und spuckt einmal zur Seite aus. »Guter Haken für so ein hübsches Mädchen!« Er wischt sich über den Mund.

»Einzelheiten und Fehltritte besprechen wir nach einem zweiten Duell.« Mirlinda tritt wieder auf die Kampffläche zu.

»Die Nächsten«, sagt sie, obwohl Aron immer noch am Boden sitzt, schwer atmet, es noch nicht geschafft hat, sich ganz aufzurichten.

Ich starre sie an. Ich erwarte schon gar nicht mehr, dass sich Sorgenfalten auf ihrer Stirn abzeichnen, aber irgendetwas sollte sie zumindest sagen.

Mirlinda bemerkt meinen Blick. »Hilf ihm hoch«, sagt sie. »Ich schicke ihn gegen Ende der Einheit zu Jon.«

Also strecke ich Aron meine Hand entgegen. Beim Hochziehen spüre ich einen stechenden Schmerz in den Rippen.

Entgegen meiner Erwartung sagt Aron kein Wort. Er nickt lediglich, ich nicke reflexartig zurück. Wir verschmelzen wieder mit dem Schülerkreis, jeder nimmt seinen alten Platz ein.

Als wäre nie etwas geschehen.

»Du warst gut vorhin.« Sam setzt sich neben mich.

Es ist lange her, dass ich nicht allein im Gemeinschaftsraum gesessen habe. Ich habe Sam gern um mich. Irgendwie ist es inzwischen, als ob wir uns schon länger kennen würden.

»Danke«, sage ich und lächle ihr zu.

Kurz schweigen wir und beobachten die Schüler. Vielleicht ist diese Situation auch neu für Sam. Auch sie bleibt sonst meist etwas im Hintergrund und redet kaum. Ich glaube nicht, dass sie hier viele Freunde hat. Also weiß auch sie vielleicht gerade nicht, was sie sagen soll. Wir haben noch nie außerhalb der Schlafzelle oder der Unterrichtseinheiten Zeit miteinander verbracht, und ich will diesen Moment nicht kaputt machen, also erzähle ich ihr einfach, was mir durch den Kopf geht.

»Irgendetwas war seltsam an dem Kampf.« Ich streiche mir über die geschwollenen Knöchel. »Ist dir das auch aufgefallen?«

Sie zuckt einmal mit den Schultern. »Nicht direkt, wieso?«

»Als er mich am Boden hatte, da dachte ich, er würde jeden Moment meinen Kopf auf den Marmor schmettern, aber ich konnte mich einfach so befreien, als hätte er lockergelassen. Und am Ende war seine Deckung unsauber. Ein Fehler, der einem Kämpfer wie ihm eigentlich nicht passieren würde.«

»Mmhhhh.« Sie presst die Lippen aufeinander, ihre Augen wandern durch den Raum, ich merke, wie sie bei Lucas haltmachen, der dort mit Phil seinen zweihändigen Schwertkampf übt. Dann sieht sie wieder aufmerksam zu mir. »Aber warum sollte er so etwas tun?«

»Ich weiß es nicht, jedenfalls nicht ohne guten Grund.«

»Nein«, sagt Sam, aber sie hat schon wieder Lucas im Blick. Und da muss ich lachen.

»Was ist denn los?«, fragt sie mich.

»Du kannst anscheinend die Augen gar nicht mehr von ihm lassen.«

»Schwachsinn! Ich finde nur, seine Beinarbeit ist schlecht.«

»Ich denke nicht, dass es daran liegt«, sage ich amüsiert.

Sie boxt mir einmal leicht in die Seite. »Schon vergessen? Wir hassen Lucas.«

»Geh doch mal zu ihm«, sage ich.

»Niemals.« Sie deutet schnell auf meine Faust. »Du solltest die kühlen.«

»Nicht vom Thema ablenken.«

Sam zieht die Knie näher an sich und schlingt die Arme um

sie, starrt jetzt irgendwohin in den Raum. Vom Würfelspiel hört man Melvins triumphierendes Lachen. Wir blicken hinüber zu dem kleinen Schülerkreis, der sich um die Spieler gebildet hat. Valerie steht vom Boden auf und stellt sich in den Kreis, sie hat all ihre Spielsteine verloren. Marcus streicht ihr flüchtig über die Wange.

»Warum hast du dich damals in Leo verliebt?«, fragt mich Sam, und ich bin etwas überrascht.

Ich drehe den Kopf wieder zu ihr, auch sie hat das Pärchen im Blick.

»Wahrscheinlich einfach nur, weil er so ist, wie er ist.«

»Aber wie ist er denn so?« Sie sieht mich verständnislos an, und ich suche nach etwas, suche den Raum ab, starre auf den Brunnenschacht und will die richtigen Worte finden.

»Gezielt. Konzentriert. Aufmerksam.« Ich rufe mir all die Dinge in den Kopf, die Art, wie er über etwas gesprochen hat, die Sätze, die er gesagt hat.

»Leo wusste immer genau, was er wollte. Das hat mich fasziniert.« Kurz flimmert das Bild vor meinen Augen auf, wie er mich angesehen hat, als ich ihm zum ersten Mal begegnet bin, wie das Braun in seinen Augen gefunkelt hat, die Kraft, die Überzeugung, das ganze Leben darin. Es war so wundervoll, davon angesteckt zu werden.

»Schon nach der ersten Begegnung wusste er, dass er mich haben will, und nichts konnte ihn davon abhalten. Das hat er mir genau so ins Gesicht gesagt.« Ich muss schmunzeln. »Und was er wollte, das hat er sich genommen.«

Ich stehe auf, das Pochen in meiner Faust ist stärker geworden, und auch der Druck in meinem Kopf hat auf einmal wieder zugenommen.

»Ich sollte sie wirklich kühlen«, sage ich laut.

Sam nickt. »Am besten in das kalte Wasser des Trogs halten.«

»Ja, das mache ich.« Ich grinse. »Wenn mir meine Hand schon so wehtut, wie muss sich dann erst Arons Kopf anfühlen.«

Sam wirkt plötzlich ernst, sie hält mich am Stoff meiner Hose fest. »Ich mag Menschen wie Aron nicht«, sagt sie mit leiser Stimme. »Ich verstehe nicht, warum er dich ausgewählt hat. Vielleicht meinen manche, er sei ruhiger geworden. Aber so schätze ich ihn nicht ein.«

»Wie schätzt du ihn dann ein?«

»Keine Ahnung, schwierig zu sagen.«

Wir schweigen kurz, dann zünde ich meine Öllampe an einer der Fackeln an und wende mich zum Gehen.

»Ich komme gleich nach«, sagt Sam.

Und in dem Moment weiß ich, dass das Schweigen zwischen uns nie wieder unangenehm sein wird, sondern vertraut. Ich schätze, das ist bei Freundinnen so.

8

Favilla. Gänge.

Es ist heute Morgen kälter als sonst. Ein Luftzug lässt die Fackeln erzittern. Plötzlich ein Schatten hinter einem Felsvorsprung. Aron versperrt mir den Weg. Ausgerechnet Aron.

Sein weißes Gesicht schaut mich aus der Dunkelheit an. Sein Blick gefällt mir nicht.

»Musst du mich so erschrecken?« Ich lege die Hand an meine Brust.

»Entschuldige«, sagt er, aber sein Blick wird nicht freundlicher. »Hast du einen Augenblick Zeit?«

»Ich muss weiter, ich bin spät dran.« Ich schabe nervös mit den Füßen auf dem Boden, bleibe jedoch trotzdem stehen.

Er öffnet den Mund, aber ich komme ihm zuvor. »Wieso hast du mich gestern ausgewählt, Aron?«

Wieder sieht er mich mit diesem für ihn typischen Grinsen an. »Muss es denn einen Grund dafür geben?«, fragt er, und mit einem Mal wird es mir noch unangenehmer, mit ihm in diesen Gängen zu stehen, den blauen Fleck an seinem Kinn kann ich jetzt von Nahem sehen.

»Vergiss es«, sage ich und laufe an ihm vorbei. Als ob er mir eine ehrliche Antwort geben würde!

»Estelle.«

Zögernd bleibe ich stehen, drehe mich um. Seine kalten blauen Augen bohren sich in meine. »Du fühlst dich nicht wohl hier, habe ich recht?«, sagt er.

Ich sehe hinter mich, prüfe, ob noch jemand in den Gängen ist. »Wieso fragst du mich das?«

»Du hast nicht so viele Freunde, oder?«

»Was?« Ich starre ihn verwirrt an. »Weißt du was, lass mich einfach in Ruhe«, zische ich, lasse ihn stehen und flüchte.

Aron macht mir Angst. Sein seltsames Verhalten mir gegenüber macht mir Angst.

Der Gedankenunterricht ist seit einigen Tagen wieder ständig in meinem Kopf. Die Angst davor, dass es wieder passiert, dass wieder etwas in meinen Geist eindringen wird, hat sich dort eingenistet. Ein Ungeheuer, das dasitzt, die Zähne fletscht und nur darauf wartet, anzugreifen.

Nicht schwach werden. Bleib stark!

In der Großen Halle gehe ich in die Hocke, etwas am Rand, dicht an einem der Pfeiler. Die meisten Schüler sind schon da. Ich warte, bis meine Atmung flacher geht, bis mir von dem Kräuterduft ganz von selbst so seltsam schwummrig wird. Halte die Augen von Anfang an geschlossen, sodass ich Roland gar nicht erst ansehen muss.

Als er zu reden beginnt, höre ich nicht hin. Ich muss nur warten, bis die Zeit vorüber ist.

Und doch darf ich mich nicht der Stille ergeben, die mich ergreifen will. Ich muss auf alles gefasst sein. Aber mit jeder Stille wird das Pochen in meinem Kopf lauter.

Nichts denken. Einfach nichts denken.

Bilder tauchen blitzartig vor meinen Lidern auf.

Dichter Wald. Ein Mann. Schnelle, gehetzte Schritte, die über den lehmigen Waldboden rasen. Stimmen in seinem Rücken. Schritte, die ihm folgen.

Ich reiße die Augen auf. Der Schreck sitzt fest in mir drin, dennoch muss ich sie wieder schließen, bevor Roland auf mich aufmerksam wird. Ich habe diesen Mann schon einmal gesehen. Es ist der Fremde von der Klippe!

Ich beiße die Zähne zusammen. Mein Kopf dröhnt. Ich wehre mich gegen die Bilder. *Nichts denken, nichts denken, nichts denken.*

Ich fühle mich ausgeliefert. Als hätte man mir Fesseln angelegt und ich müsste hilflos zusehen, wie mein Mörder auf mich zukommt. Und sosehr ich versuche, die Hände aus den Fesseln zu zwingen, so aussichtslos ist das.

Die Zeit verstreicht unendlich langsam, und mit ihr kommen und gehen die Bilder, drängen sich auf. Ich spüre die Bedrohung. Gefahr.

Irgendetwas jagt den Fremden. Er rennt. Zweige schlagen in sein Gesicht. Ein schneller Blick über die Schulter …

Zwei Männer, die die Hände an den Schwertgriffen liegen haben. Die ihn feindselig anstarren.

Kampfbereit stehen sie vor dem Fremden, der jetzt ebenfalls stehen bleibt und sein Schwert erhebt.

Als mich etwas an der Schulter berührt, schreie ich auf. Hinter mir steht Roland.

Die Bilder waren so real, dass ich nicht einmal bemerkt habe, dass die meisten Schüler bereits aufgestanden sind und die Feuer in den Eisenbehältern schon wieder höher brennen. Der Unterricht ist zu Ende.

Ich erhebe mich. Meine Beine sind weich, ich drehe mich zu Roland. Seine schmalen Lippen sind zu einer dünnen Linie zusammengepresst. Ich schiele zum Ausgang. Ich will so tun, als gäbe es keinen Anlass, weshalb er etwas mit mir zu bereden hat.

»Einen Moment noch.«

Ich trete einen Schritt zurück, mich erfasst eine Welle von Schwindel. Ich taumle einen Schritt zur Seite.

Ich blinzle, bis sein Gesicht wieder scharf vor meinen Augen wird, und strenge mich an, seinem prüfenden Blick nicht auszuweichen.

»Könntest du Jonathan ausrichten, dass die Besprechung vorgezogen wurde?«

»In Ordnung«, sage ich, ein bisschen zu atemlos, er nickt einmal, und dann laufe ich schneller als beabsichtigt an ihm vorbei.

Ich klopfe an die Tür der Krankenstation. Niemand antwortet mir, auch nicht, als ich ein zweites Mal klopfe. Vorsichtig schiebe ich die Tür einfach auf.

Jonathan sitzt am anderen Ende des Raums an dem massiven Tisch aus glattem, dunklem Holz. Er hat den Kopf über ein Buch gesenkt, neben ihm stehen mehrere dicke Kerzen. Im Schein der Flammen kann ich erkennen, dass seine Haare zur Stirnseite dünner werden.

»Komm rein, Estelle«, sagt er, ohne dabei von seinem Buch aufzusehen. Ich mache einen vorsichtigen Schritt auf ihn zu. Jetzt richtet er sich auf und deutet mit der Hand auf den gegenüberliegenden Stuhl.

Ich setze mich. »Roland schickt mich«, sage ich und muss mich räuspern, die Worte klingen kratzig.

Er blättert wieder in seinem Buch. »Und was wollte er?« Jetzt hebt er den Blick und sieht mich mit seinen durchdringenden Augen forschend an. Ich verkrampfe.

»Die Besprechung wird vorgezogen.«

Er nickt. Irgendwie zu langsam für ein Nicken, dann legt er den Zeigefinger auf eine der Buchseiten. »Vor zwei Jahren hatten wir ein Mädchen hier in Favilla. Sie ist verrückt geworden, wusstest du das?«

Ich schüttle den Kopf. Jonathan legt seine Hände rechts und links auf die Tischplatte, er lehnt sich im Stuhl zurück. »Erst war es nur ihr gehetzter Blick, sie hat sich ständig umgesehen. Stimmen gehört«, erzählt er. »Die niedrigen Decken, die Dunkelheit in den Gängen. Sie hat das nicht ausgehalten. Das alles hat auf ihren Kopf gedrückt.« Er macht eine Pause. »Irgendwann hat sie Gerippe gesehen, die ihr gefolgt sind.«

Ich bin von seinem Blick gefangen, dennoch ist es, als wäre ich gar nicht da, als würde er mir in die Augen schauen und dabei einen Punkt fixieren, der noch in seinen Gedanken ist. »Sie hat sich umgebracht. Die Kehle durchgeschnitten.«

Er blinzelt. Seine Hände lösen sich von der Tischplatte. Sie haben einen Schweißabdruck auf dem polierten Holz hinterlassen.

»Estelle?«

Ich fühle mich immer sofort unbehaglich, wenn er meinen Namen ausspricht. Wie erstarrt sehe ich auf den Tisch und warte darauf, dass sich die schweißigen Stellen langsam auflösen.

»Danke für die Nachricht.« Er schlägt das Buch zu, ich zucke zusammen.

Ich sollte damit aufhören, ich darf nicht mehr so schreckhaft sein, darf mich nicht von jeder Kleinigkeit aus der Fassung bringen lassen. Vor ein paar Wochen war das doch auch noch nicht so.

»Ist sonst alles in Ordnung?«

»Alles bestens.« Ich will schon aufstehen.

»Und noch etwas.«

»Ja?« Ich halte erneut inne.

»Es freut mich, dass du und Sam euch versteht.«

»Ja.« Ich atme langsam aus. »Mich auch.«

Ein letzter Blick in sein mausartiges Gesicht, dann befreie ich mich aus dem Stuhl. Raus hier, schnell raus.

Am Abend möchte ich nur noch in mein Bett fallen. Die Steintür kreischt wie immer über den Boden, als ich sie aufdrücke. Sam ist schon in der Zelle. Sie verstaut hastig etwas in ihrem Beutel, schiebt ihn bis ans Kopfende des Betts.

»Auch keine Lust auf *Könige und Narren*?«

»Nein.«

Ich lege mich auf mein Fell.

»Ich kann den Gemeinschaftsraum auch nicht leiden«, sagt sie und sucht sich eine bequeme Sitzposition.

Ich muss daran denken, wie unruhig Alexis war. Wie oft sie sich herumgewälzt hat, ab und zu hat sie sogar im Schlaf gesprochen. Sam ist bei Nacht still. So still, dass ich mich manchmal frage, ob sie überhaupt noch atmet.

»Warst du Leo versprochen?«

Ich bin kurz überrascht von der Frage. Es ist seltsam, wenn jemand über ihn redet, wenn jemand seinen Namen ausspricht.

»Nein, ich hätte mich nie mit ihm treffen dürfen.«

»Oh«, sagt Sam. »Du standest zur Auswahl?«

»Einmal«, sage ich. »Es war schrecklich.« Und jetzt kralle ich meine Hände in das Fell. »Die Vorstellung, dass mich dieses Etwas wirklich aussuchen könnte, die Vorstellung, dass ich diesem Monstrum ein Kind gebären müsste – es war so ekelhaft.« Ich stocke für einen Moment. »Ich konnte seinen Atem riechen, als er vor mir stand. Er roch nach totem Fleisch.«

»Wenn du nicht willst, dann musst du nicht zu Ende erzählen«, sagt Sam.

»Schon gut«, ich sehe einmal kurz zu ihr hinüber. Es ist sogar befreiend, endlich einmal jemandem davon zu erzählen. Am Hof der Schwarzgewändler wäre so etwas undenkbar gewesen.

»Ich stand auf diesem Podest, und sie saßen unten in den ersten Reihen. Seine Kinder, sie mussten all das mit ansehen, die ganze Prozedur. In Sänften haben sie uns Mädchen an den Türen abgeholt und auf den Marktplatz getragen. Die Familien von hohem Blut trugen ihre Fahnen vor der Sänfte her. Einzeln musste sich jedes Familienoberhaupt verbeugen, dem König die Ehre erweisen. Aber das Schlimmste war er selbst. Der Geruch, Sam. Ich weiß nicht, welcher Fluch auf dieser Krone liegt.« Ich halte kurz inne. Sam erwidert nichts darauf, also rede ich einfach weiter.

»Ich war so unendlich froh, als ich wieder von diesem Podest steigen durfte. Und dort unten stand dann Leo. Ich habe ihn zum ersten Mal auf dem Marktplatz bei der Haremszeremonie gesehen. Noch vor der nächsten Zeremonie haben ihn die verhüllten Männer geholt.« Ich schlucke. »In Favilla habe ich in den ersten Tagen überall nach ihm gesucht, bis ich im Zirkel erfahren habe, dass ihn die wirklichen verhüllten Männer längst als Sklaven in ein fremdes Land verkauft haben.«

»Das tut mir leid.«

»Als er geholt wurde, habe ich Ausschau nach den Zeichnern gehalten«, spreche ich weiter. »Jede Nacht, bis ich die verdunkelten Fenster entdeckt hatte. Ich habe mich freiwillig vor eine Tür gesetzt. Ich wollte, dass die verhüllten Männer mich holen, ich hatte gehofft, sie würden mich zu Leo bringen, ich hatte gehofft, ich könnte ihn wiedersehen.«

Auf der anderen Seite des Zimmers ist es still. Ich sehe zu ihr hinüber. Sie lehnt mit dem Rücken an der Wand, die Beine liegen ausgestreckt auf dem Bett. Ihr Gesicht ist wie eingefroren. »Das war wirklich mutig.«

Wir schweigen für einen Moment. Ich beginne zu frösteln, ich will mich zudecken, aber das Fell ist vom Bett gerutscht, und ich mag mich nicht rühren. »Hast du schon mal einen Jungen geliebt?«, frage ich sie.

Sam schüttelt den Kopf. »Das Leben als Braungewändlerin war nicht wirklich spannend.«

»Welcher Arbeitsgruppierung hast du angehört?«

Sie setzt sich in den Schneidersitz und beginnt sich durch die langen, blonden Haare zu fahren, während sie redet. »Ich habe in einem der nördlichsten Fischerdörfer gewohnt. Morgens hat man die Netze gestrickt, mittags die Fische gefangen und abends den Fang verarbeitet. Das Pensum war hart, und manchmal waren eben kaum Fische im Wasser.« Ihre Finger bleiben kurz still. »Mehr gab's da eigentlich nicht.«

Ich schaue ihr eine Weile zu, wie geschickt sie sich den Zopf flicht, bis die untersten Strähnen zu klein werden, und wieder habe ich für einen Augenblick das Gefühl, als würde sie mich an irgendjemanden erinnern.

»Hast du Geschwister?«, frage ich sie.

»Ja. Mehrere.«

»Und habt ihr euch gut verstanden?«

»Ja, eigentlich schon. Sie hatten natürlich auch ihre Macken.« Sie lächelt. »Mein ältester Bruder hatte ständig Angst, dass die Öllampen zerspringen könnten, wenn sie zu lange brennen. Bei Nacht hat er immer alle ausgepustet. Er dachte, das Glas könnte sich zu sehr erhitzen.« Sie muss wieder lächeln. »Wie oft musste ich die Lampen wieder anzünden!«

»Es gibt Glas bei den Braungewändlern? Ich dachte, das würde es nur bei den Schwarzgewändlern geben.«

»Nein.« Sie streicht sich über den geflochtenen Zopf. »Das war nur eine Lampe. Ein Kutscher hatte sie uns geschenkt.«

»Ach so.« Ich massiere mir die Schläfen.

»Hast du immer noch so seltsame Kopfschmerzen?«, fragt Sam.

»Sie verschwinden nicht.« Ich drücke weiterhin gegen die schmerzenden Stellen, gegen Abend werden sie schlimmer. Das Gefühl in meinem Kopf ist nicht normal, dieses fremde Etwas, das sich dort wie eisiger Nebel festgesetzt hat. Das sollte da nicht sein.

»Ich glaube, mit mir stimmt etwas nicht«, sage ich.

Und zum ersten Mal erwidert Sam nichts darauf. Sie schweigt bloß und schaut mich besorgt an. Mit mir stimmt etwas nicht. Und was es auch ist, ich weiß nicht, wie ich es aufhalten kann.

9

Favilla. Unterrichtsraum Fünf.

»Die Harpyienfäule. Eine grässliche Krankheit. Ich habe es mit eigenen Augen gesehen.« Jedes Mal, wenn ich auf Garreds spärliche weiße Haare sehe, auf das runzelige Gesicht, und er dann das Wort ergreift, erwarte ich, dass seine Stimme zittrig klingt, aber das tut sie keinesfalls. Man hört noch die Kraft und die Strenge darin. Wenn ich ihm im Dunkeln zuhören würde, würde ich ihn nicht älter als vierzig Jahresumläufe schätzen.

»Schwarze Haut, auswuchernde, faulende Geschwüre. Ein Gestank, kaum auszuhalten.« Er hat die Krankheit im Krieg gesehen, das weiß ich. Er hatte als Söldner in einem der anderen Königreiche angeheuert, um Informationen für Favilla zu beschaffen. Aber natürlich werden diese Hintergründe den Nichtzirkelschülern vorenthalten.

Garred sitzt hinter dem Steinblock, der ihm als Pult dient. Seine Hände sind dahinter versteckt. Er verwendet sie nicht beim Sprechen. Sie liegen dort die ganze Zeit, ohne dass wir sie zu sehen bekommen.

»Steckt man sich an, muss das betroffene Glied amputiert

werden, und wenn man Glück hat, breitet sich das Geschwür nicht weiter aus. Wenn man Pech hat, ist die Harpyienfäule allerdings längst im Blut und hat bald den ganzen Körper erfasst. Sitzt das Geschwür am Kopf, am Rumpf oder am Hals, hat man von vornherein keine Chance.«

Ob Garred seine Hände hinter dem Pult zu Fäusten ballt, weil es ihn aufwühlt, was er zu erzählen hat? Ob sie nur still auf seinen Schenkeln liegen, weil er längst von alldem abgestumpft ist? Oder ob er die Daumen kreisen lässt, weil es ihn amüsiert, uns mit diesen schrecklichen Details zu schockieren?

»Plötzlich fault der Körper an einer ganz anderen Stelle weiter. Es wurde nie herausgefunden, von welchen Faktoren das abhängig ist. Ein Aderlass kann die Krankheit zwar verzögern, aber wenn sie erst einmal im Blut ist, hat man so gut wie verloren. Und am Ende, wenn die Haut überall schwarz geworden ist, dann hat man auch nicht mehr den Wunsch, den Tod noch weiter hinauszuzögern.«

Noel, der neben mir sitzt, scheint all die Einzelheiten nur so aufzusaugen. Er macht sich die ganze Zeit Notizen, und wenn ihm die langen Haare beim Schreiben vor das Gesicht fallen und er es nicht bemerkt, sehe ich auf sein Pergament. Obwohl er die Schriftkunst noch nicht so lange beherrscht wie andere in Favilla, entdecke ich keinen einzigen Fehler oder auch nur einen undeutlichen Buchstaben.

»Aber es gibt Anzeichen. Man kann einen Knoten am Bauch ertasten, links, etwa zwischen Magen und Milz«, sagt Garred.

Unwillkürlich fasse ich mir an den Bauch und taste, ob ich da irgendeinen Knoten fühle. Aber ich spüre nur meine Knochen

und weiche Haut, und dann fällt mir auf, dass Noel gerade dasselbe tut.

Wir müssen ein Lachen unterdrücken.

Nach einem kurzen Zögern nimmt er seine Hand vom Bauch
und greift wieder nach der Feder.

Langsam, beinahe verlegen lasse auch ich die Hand wieder
sinken und lege sie in meinen Schoß.

»Seit einer Weile wurden im Königreich keine Fälle mehr ge-
meldet, aber wir wissen nicht, ob das bedeutet, dass die Krankheit ausgerottet ist, oder ob sie wiederkommen könnte. Die
Harpyienfäule ist noch lange nicht vollständig erforscht.«

Jetzt erwischt mich Noel dabei, wie ich immer noch zu ihm
hinschaue, ihn beim Schreiben betrachte, und er erwidert meinen Blick.

»Ich wäre gern jemand, der solche Dinge herausfindet. Ein
Wissenschaftler«, flüstert er mir zu.

Kurz halte ich die Luft an, und es ist dasselbe alarmierende
Gefühl, wie wenn jemand bei den Nestflechtern geredet hat.
Erst als ich einen prüfenden Blick zum Pult werfe, wird mir klar,
dass Garred uns eigentlich nicht hören dürfte. Wir sitzen in der
letzten Reihe. Dennoch habe ich in Favilla das Gefühl, dass man
aufgeschrieben werden kann – und das, obwohl keine Plakette
mehr um mein Handgelenk liegt.

Manchmal, wenn ich hinsehe, bin ich immer noch verwundert, dass sie dort nicht mehr ist.

»Oh nein, lieber nicht. Ich glaube, das wärst du nicht gern«,
flüstere ich schließlich Noel zu.

»Du hast welche gesehen?«, fragt er mich, und als er bemerkt, dass er etwas lauter gesprochen hat, schaut er besorgt zu Garred, doch der ist weiterhin in seinen Monolog vertieft.

»Nein, aber mein Vater hat welche gesehen und davon erzählt«, sage ich, und Noel legt gebannt seine Feder auf dem Papier ab, um mich anzusehen, mir konzentriert zuzuhören.

»Sie haben keine Zungen. Sie schneiden sie ihnen raus.«

Noel zieht erschrocken den Kopf zurück. »Weshalb? Was sollte der Brennende König davon haben?«

Er hält sein Volk dumm, darum, sage ich in Gedanken zu ihm. *Weil der Brennende König nicht will, dass sie über ihr Wissen reden können, nur schreiben, das ist kontrollierbarer.*

Ich würde Noel gern so viel mehr von dem erzählen, was Jonathan uns im Zirkel gelehrt hat, von dem, was ich über Lavis und die Welt weiß. Aber ich darf es nicht. Ich schaue auf seine gerunzelte Stirn. Er hätte es verdient, die Wahrheit zu erfahren.

»Ich weiß es nicht«, sage ich stattdessen. »Möglicherweise gibt es etwas, das er vor dem Volk geheim halten muss.«

»Ist es wegen der Phönixe? Hat dein Vater mal einen Phönix gesehen?« Noel lässt nicht locker.

»Nein, es gibt nur sechs Phönixpflegerinnen am Hof der Schwarzgewändler, die die Phönixe je gesehen haben. Sie leben unter strengster Bewachung nahe am Königshaus. Sie haben einen Eid geschworen, sie reden nicht über ihre Arbeit.«

Noel kratzt sich am Kopf. »Dann ist das wahrscheinlich auch wieder nur eine von vielen Geschichten.«

Nein, sie existieren wirklich, Noel. Und in der alten Kultur, so hat Jonathan es uns erzählt, da flogen sie über die Dächer von Lavis. Gewaltige, feuerrote Vogelwesen, die ganze Flammen-

wände mit ihrem Schweif erzeugen konnten, die in Freundschaft mit den Menschen gelebt haben. Sie sind wunderschön, wie auf dem Deckengemälde im Zirkelraum.

Ich lege meine Hand auf seine Schulter. »Wenn wir irgendwann hier rauskommen, wenn uns der Brennende König irgendwann sagt, wozu wir hier ausgebildet wurden«, sage ich und hoffe, ich kann ihm damit wenigstens ein bisschen Trost schenken, »vielleicht erhalten wir dann ein paar Antworten.«

Noel schüttelt den Kopf und dreht die Feder in seinen Fingern. »Ich habe es satt, verstehst du? Ich habe genug vom Warten, wo ich doch nicht mal weiß, worauf.« Er sieht von seinen Händen wieder direkt in mein Gesicht, und der verzweifelte Ausdruck in seinen Augen macht mich plötzlich wütend. Wütend auf Jonathan und den ganzen Zirkel.

Favilla will für die Wahrheit kämpfen, aber warum muss es dann jemanden geben wie Noel, der mich jetzt so ansieht? Ich starre auf die angeschwollenen Stellen auf meinen Handknöcheln. Wofür kämpfen wir?

»Ich kann dich verstehen«, sage ich schließlich und sehe dabei wieder nach vorn. Garreds Augenringe sind dunkel und tief, ein Kontrast zu der weißen Haut. Die Jahre als Söldner haben ihn gezeichnet. All die Opfer haben ihn am Ende bloß hierher gebracht, in die Dunkelheit von Favilla.

Komme, was wolle, ich werde nicht warten. Ich werde nicht in diesen Katakomben verrotten.

10

Favilla. Zirkelraum.

»Säbelzahn. Sternflegel. Sichelmond.« Diese fremden Wörter klingen merkwürdig aus Jonathans Mund. Er berichtet von den Waffen in Akila.

Aber ich kann nicht zuhören, ich tue nur eines: Ich starre auf das Buch in seinen Händen.

Ich brauche dieses Buch. Es ist das Tagebuch einer ehemaligen Zirklerin, die nun als Spionin in einem anderen Königreich arbeitet. Schon vor einer Weile habe ich hier im Zirkel erfahren, dass Sklaven von hohem Blut bevorzugt in die Königreiche Noctuán, Parvania oder Akila geschickt werden.

Und so ist dieses Buch, das Jonathan da in seinen kleinen Händen wiegt, ein Stück Hoffnung, und ich kann meinen Blick nicht davon lösen.

Die Tagebücher sind gewöhnlich in der Bibliothek in Ebene Zwei verschlossen. Der Dürre gewährt einem nur Zuritt zu diesem Raum, wenn Jonathan die Erlaubnis dazu gibt.

Jonathan behält immer die Kontrolle über die Informationen, die er an uns weitergibt. Sein Wissen teilt er nur stückweise mit

291

uns. Nie zu viel auf einmal, gerade so viel, wie wir zu bestimmten Zeitpunkten wissen müssen.

Jonathan blättert eine Seite um, und dabei rast mein Puls. Ich reibe mir die schwitzigen Hände an der Leinenhose ab.

Mach schon, Jonathan, denke ich. *Erzähl zu Ende.*

Ich will dieses Buch. Am liebsten würde ich sofort auf ihn losstürmen und das kleine von Leder umzogene Ding aus seinen Händen reißen.

Ich blinzle ein paarmal. Meine Augen brennen, in diesem Raum sind eindeutig zu viele Fackeln.

Als er das Buch zuschlägt, wirbelt Staub von den Seiten.

Er dreht uns den Rücken zu, und ich verfolge jede seiner Bewegungen. Er legt das Tagebuch in einem Fach des Regals ab.

Dann fordert er uns auf, in die Einzelzellen zu gehen.

Die anderen um mich herum setzen sich in Bewegung, ich bleibe noch für einen Moment wie angewurzelt stehen, bis ich den Blick vom Regal lösen kann.

Sam zieht am Ärmel meines Hemds. »Komm«, sagt sie leise.

Ich nicke abwesend, steuere auf die Einzelzelle zu, in der Finnley mit dem Bogen auf mich wartet, aber gedanklich bin ich immer noch im Zirkelraum.

Ich blicke in den schmalen, langen Raum. Mit der gewölbten Decke und der gegenüberliegenden Wand, die sich im Schwarz verliert, wirkt er auf mich fast wie ein nie endender Tunnel. Ich schieße ein paar Pfeile ab, aber alles, was mir durch den Kopf geht, sind die Informationen, die in diesem Tagebuch stecken könnten. Die Spionin lebt bestimmt schon lange genug in Akila, um auch die Standpunkte der Sklaven ausfindig gemacht zu haben. Es könnte eine entscheidende Information darin enthalten sein. Ein wichtiger Hinweis für meine Suche nach Leo.

Ich lasse den Pfeil von der Sehne schnappen. Ich treffe nicht.

»So k-kann das nicht weitergehen.« Finnley ist plötzlich neben mir und nimmt mir den Bogen aus der Hand. »W-willst du mir v-vielleicht endlich sagen, w-was los ist?«

»Ich, ähm –«, stammle ich und sehe in sein Gesicht, ohne es dabei wirklich wahrzunehmen. »Kann ich vielleicht kurz zum Abort?«, frage ich dann.

Er seufzt. »B-beeil dich.«

Lehrende haben das gar nicht gern, das ist mir durchaus bewusst. Bei Roland würde ich mich wahrscheinlich nicht mal zu fragen trauen, aber ich *muss* zurück in den Zirkelraum. Und es ist die einzige Ausrede, die mir auf die Schnelle eingefallen ist. Ich brauche dieses Buch. »Okay.« Ich bemühe mich, nicht aus der Zelle zu rennen, aber sobald die Tür zufällt, beschleunige ich meine Schritte.

Mein Blick huscht durch den leeren Zirkelraum. Alle neun Türen sind verschlossen, auch von Jonathan keine Spur.

Mein ganzer Körper besteht nur aus Anspannung, und gleichzeitig muss ich so schnell sein, wie ich nur kann.

Vor dem Regal bleibe ich stehen, und zitternd nehme ich das Buch aus dem Fach.

Es ist noch da.

Hastig blättere ich einige der Seiten durch. Ich werfe immer wieder Blicke über die Schulter. Mein Herz schlägt so heftig gegen meinen Brustkorb, als tobe ein ganzer Sturm darin, als könne es durch meine Rippen hindurchbrechen.

Jonathan, wo du auch bist, bleib dort. Bitte bleib dort.

Bis zum nächsten Abort sind es einige Gänge. Mir bleibt zwar etwas Zeit, aber nicht viel.

Die Handschrift der Frau ist krakelig, doch immerhin noch so deutlich, dass ich mir den Sinn der Wörter zusammenreimen kann. Ich überfliege die Sätze.

Kyara hat Laufen gelernt ... Rituale ... Kampfkunst ... bleibe unentdeckt ... Darf in Vis Daroz Ware bei den Edelmännern abliefern ...

Weiter, weiter, ich blättere weiter.

Winter ... Räuber haben den Wald durchstreift, einer von ihnen hat mich lange angesehen, als würde er mich erkennen ... sonst nichts Auffälliges ... Warenbestandsaufnahme: besondere Edelsteine ... Körperbemalung ... Aloekraut ...

Noch stehen da keine Hinweise, nichts, was mir weiterhelfen könnte. Ich werde immer ungeduldiger, Finnley wundert sich bestimmt schon.

Ich nehme das zerfledderte Lederbuch so in die Hand, dass ich die Seiten einmal mit dem Daumen durchblättern kann. Manche Pergamentseiten sind schon rissig, bei einigen ist die Tinte etwas verwischt.

Räuber ... Es ist schwer, fremde Bräuche anzunehmen ...
immer die Wahrheit zu sagen, wo doch alles voller Lügen
ist ... Felder ... wurden angegriffen ... Mein Mann ist
verletzt ...

Dann sticht mir eine Zeichnung ins Auge. Ich blättere schnell
wieder ein paar Seiten zu ihr zurück.

Sklavenstützpunkte. Sie hat irgendetwas kartografiert. Grenzen und ein paar Kreuze mit entsprechenden Beschriftungen
sind eingezeichnet. Ja! Das ist es!

Plötzlich durchbricht ein Brüllen die Stille. Reflexartig verstecke ich das Buch hinter meinem Rücken, krampfe die Finger
in den weichen Einband. Doch da wird mir bewusst, dass es nur
die Kampfgeräusche aus den Zellen sind, die bis zu mir dringen.
Ich muss mich beeilen. *Bitte, Jonathan, bleib, wo du bist!*

Ich sehe nochmals genau auf die Zeichnung. Ich kann mir
das unmöglich alles einprägen. Verdammt.

Die Geräusche hinter den Türen machen mich wahnsinnig.
Mein Herzschlag beruhigt sich einfach nicht.

Die Zeit ist sicher längst vorbei, und Finnley wird sich fragen,
wo ich bleibe, er geht vielleicht schon verärgert in der Zelle auf
und ab. Nicht, dass er plötzlich auf die Idee kommt, nach mir
zu suchen.

Wenn sie mich erwischen, bin ich dran. Ich spüre, wie mir
der Schweiß den Rücken entlangläuft.

Wieder ein Geräusch ganz nah an der Tür. Schritte?

Jetzt reiße ich einfach schnell das Pergament mit der Zeichnung aus dem Buch. Ich schlage es etwas lauter zu als beabsichtigt und schiebe es hektisch zurück ins Regal. Es liegt etwas schief darin, ich sollte es gerade rücken. Jonathan entgeht nichts. Ihm würde nie etwas entgehen.

Doch die Zeit habe ich nicht mehr. Die Tür auf der gegenüberliegenden Seite schwingt auf.

Ich falte hastig das Pergament zusammen, beuge mich vor und stecke es in meinen Stiefel, es ist fast eine routinierte Bewegung, wie ein Dolch, den ich wieder zurück in die Halterung schiebe. Ich mache ein paar hastige Schritte nach vorn, weg von dem Buch.

Es ist Mirlinda.

»Alles in Ordnung?«, fragt sie. Ihr Gesicht ist vom Training gerötet.

»Alles gut«, sage ich und versuche, dabei nicht außer Atem zu klingen.

»Solltest du nicht im Einzeltraining sein?«, hakt sie nach.

»Ja, bin ich eigentlich auch. Ich musste nur kurz zum Abort.«

Mirlinda schweigt, die Augenblicke dehnen sich endlos.

»Ach so«, sagt sie dann und holt eine der Armschienen aus dem Regal, wirft mir dabei jedoch einen misstrauischen Blick von der Seite zu.

Ich gehe schnell wieder in meine Einzelzelle zurück, bevor sie weitere Fragen stellen kann. Der Sturm tobt noch in meinem Körper.

Finnley stößt sich von der Wand ab, als er mich hereinkommen sieht. Er hat die Strohpuppe noch weiter ans Ende des langen Raums gestellt. Ganz hinten verschmilzt sie beinahe mit der Dunkelheit.

Ich atme aus. Ein Lächeln schiebt sich unwillkürlich auf mein Gesicht. Ich kann es nicht unterdrücken, als ich mir den Köcher wieder umbinde und Finnleys ernste Miene ignoriere. Es ist ein Lächeln wie damals, wenn ich mich aus dem Haus meiner Eltern geschlichen habe. Es ist ein Gefühl, als würde ich sogleich Leo treffen, und alles in mir kribbelt. Ich habe die Karte. Ich habe es geschafft. Ich habe einen Hinweis.

Finnley gibt mir ein Startzeichen und pfeift einmal durch die Zähne.

Der Pfeil landet diesmal direkt im Kopf der Puppe.

Meinem Gefühl nach schläft Sam heute viel später ein als gewöhnlich, doch endlich wird ihr Atem langsamer, er geht jetzt ruhig und gleichmäßig. Das Erste, was ich nun in der Zelle tue, ist, die Pergamentseiten aus meinem Stiefel zu holen.

Ich schiebe den Docht kleiner und entzünde meine Öllampe, sodass ich gerade alles erkennen kann.

Es ist eine Karte von Akila, dem Königsadlerland. Die Form des Landes kommt mir bekannt vor. Ich habe sie schon das eine oder andere Mal auf einer Karte von Tyrganon im Zirkelraum gesehen.

Die vier großen Hauptstädte von Akila sind eingezeichnet: Vis Kanyr, Vis Daroz, Vis Nyvarka und Vis Lon, außerdem sind weite Flächen von Feldern schraffiert. Doch mich interessieren nur die Kreuze. Sie markieren die Standorte der Sklaven.

Insgesamt sind fünf große Kreuze auf der Karte verteilt. Zwei davon liegen in der Hauptstadt *Vis Nyvarka*. Sie sind bezeichnet mit *Haushalt*.

Zwei Kreuze liegen außerhalb in den kleineren Städten und sind beschriftet mit *Bau*. Hinter dem Fluss und einem kleinen Waldstück steht *Söldner* neben der Markierung.

Sollte Leo tatsächlich an einem der fünf Hauptstützpunkte sein, dann hoffe ich, dass sie ihn nicht als Söldner eingesetzt haben.

Die Menschen in Akila behandeln die Sklaven meist mit Respekt, so hat Jonathan uns das jedenfalls erzählt. Trotzdem könnte ich nicht mit der Vorstellung leben, dass Leo als Söldner um sein Leben fürchten muss. Dass er zu jeder Zeit in einen Krieg gerufen werden kann.

Etwas Tinte hat sich durch das Pergament hindurchgedrückt, und ich stelle schnell fest, dass die Rückseite ebenfalls beschrieben ist. Es ist ein weiterer Tagebucheintrag der Spionin.

307 Jahresumläufe nach der Nacht des Chronisten.
28 Tage bis zur Feuerwende.

Ich habe Kyara heute mit in die Stadt genommen.
Am Verkaufsstand war nichts Ungewöhnliches. Es laufen kaum Diplomaten über den Markt.
Ich würde gern meinen Mann einweihen. Bin mir sicher, er kann weiterhelfen.
Jon hat abgelehnt.

Ihren Mann? Obwohl ich diese Frau nicht kenne, bewegen mich ihre Worte. Musste sie zur Tarnung einen fremden Mann in Akila heiraten?

Ich schlucke.

Hat sie ihr ganzes Leben, ihr Recht auf Liebe für Favilla aufgegeben? Sam wälzt sich einmal herum. Hastig stopfe ich das Pergament unter mein Fell. Aber sie atmet ruhig weiter, und nach einer Weile ziehe ich es wieder hervor und starre lang auf die Worte.

Nie könnte ich mein ganzes Leben hierfür aufgeben.

Ja, ich will, dass der Brennende König für seine Schandtaten bezahlt. Dass er leiden muss für all das, was er den Menschen angetan hat, für die Schicksale, die er zerstört hat.

Jonathan will mit uns für das Wissen kämpfen. Aber ich habe immer das Gefühl, dass er uns etwas vorenthält. Ich fahre mit den Fingerspitzen über die glatte Oberfläche des Pergaments. Dann falte ich es sorgfältig und stecke es in eine Nische in der Wand.

Das Grinsen kehrt noch einmal in mein Gesicht zurück. Fünf Kreuze, fünf neue Orte, fünf neue Anhaltspunkte.

Leo, ich komme dir immer näher.

11

Ein Summen. Rauch steigt auf und verteilt sich unter dem Baldachin aus Ästen, die geboren sind aus mächtigen Baumriesen. Aufgereiht wie Soldaten stehen sie um das verdorrte Stück Waldboden herum und wachen trügerisch. Leise rascheln ihre Blätter, stimmen in das Lied des Fremden mit ein.

Dort vor dem Feuer sitzt er. Mit dem Rücken lehnt er an einem abgebrochenen Baumstumpf, und er summt. Ein tiefes Summen, eine immer gleiche Melodie dringt durch die dunkle Nacht.

Nun legt er das Messer neben sich und schiebt sich den Umhang von den breiten Schultern. Unter seinem Leinengewand zeichnen sich Muskeln ab.

Ein Geräusch im Hintergrund, ich zucke zusammen, als er ruckartig aufsteht und sich umdreht. Seine Finger schließen sich wie von selbst um den Griff des Messers.

Nichts.

Nur das Knistern des Feuers und der Wind, der die Blätter bewegt.

Langsam kehrt er den Bäumen wieder den Rücken zu und lässt sich auf den Boden sinken.

Links von ihm liegt ein totes Tier auf der Erde, dessen schlaffen

Körper er jetzt an den Füßen nach oben zieht. Das fremdartige Wesen hat ein schwarzes Fell, der leblose Kopf baumelt über dem Boden, die gelben Augen sind starr.

Dann rammt der Fremde die Messerspitze in das Tier und schlitzt es auf. Wie verschütteter Wein rinnt das Blut über seine Hände.

Er trennt das Fell von dem Kadaver. Zieht es mit groben Bewegungen ab. Ein feuchtes Reißen, bis da nur noch nacktes, glänzendes Fleisch ist.

Das Blut ist ihm bis zu den Ellenbogen hinabgeflossen und legt sich wie ein zweites Adergeflecht über seine Arme. Im Flackern des Feuers hat sein konzentrierter Blick etwas von einem Raubtier. Er wischt sich die dunkelblonden Strähnen aus dem Gesicht. Seine Nase ist grob, das Kinn kantig.

Da ist etwas. Im Schatten der Bäume. Ich bin mir jetzt ganz sicher.

Es huscht um die Lichtung. Zieht engere Kreise. Ich will ihn warnen, und da ist ein fürchterliches Kreischen in meinen Ohren. Es zieht mich nach oben, die Schwere in mir schwindet. Kurz streift sein Blick meinen, für den Bruchteil eines Augenblicks erhasche ich etwas von dem wilden Ausdruck in seinen Augen, dazu entschlossen, vor nichts zurückzuschrecken. Er fährt herum, zieht das Schwert mit einer kräftigen Bewegung aus der Scheide und steht angriffsbereit vor dem Dickicht des Waldes, vor dessen Finsternis und all dem, was dort lauert. Und dann bewegen sich die Schatten aus dem Wald, und das Kreischen in meinen Ohren wird lauter, immer lauter.

Finger drücken in meine Arme wie Messerspitzen und schütteln mich. Schütteln mich heftig, bis ich zu mir komme.

Sams große, grüne Augen sind vor Schreck geweitet. »Estelle? Sag doch was!« Sie legt eine Hand auf meine Stirn und zieht sie dann schnell wieder zurück, als hätte sie sich daran verbrannt. »Du glühst!«, sagt sie. »Du brauchst Hilfe!«

»Nein.« Jetzt schüttele ich wie wild den Kopf und richte mich auf. In meinen Ohren immer noch das Kreischen, mein Puls rast, alles in mir schreit.

»Hast du wieder den Mann gesehen?«, fragt sie mich.

Ich nicke, wieder sticht mir dabei dieser Schmerz durch den Kopf.

»Du warst völlig weggetreten.«

Ich taste nach ihren Händen. Öffne den Mund, aber mein Hals ist staubtrocken.

Ich räuspere mich ein paarmal. Ich ziehe sie zu mir. »Sam«, sage ich mit rauer Stimme. »Du darfst niemandem davon erzählen. Auf keinen Fall, hörst du!« Ich drücke mich noch fester in ihre Arme. »Niemandem.«

Sie schaut mich verwirrt an, nach einem kurzen Zögern entspannen sich ihre Züge ein wenig. »Keine Sorge. Ich verspreche es dir.«

Ich lasse sie los und lehne mich ein Stück zurück. Wir sitzen noch eine Weile nebeneinander, und ein komisches Schweigen hängt zwischen uns.

Mein Gesicht, mein Kiefer, alles tut weh. Und da ist noch etwas anderes. In meinen Gedanken klingt das Lied nach. Immer und immer wieder. Tief und schaurig.

Wie eine Melodie, die man kennen sollte, aber nicht singen darf. Nicht in solchen Zeiten und nicht in solchen Nächten.

12

Favilla.

Die Tage brechen an und gehen vorüber, manche schneller, manche langsamer.

Wenn ich in die Fackeln schaue, kommt es mir ab und zu so vor, als hätte ich längst vergessen, wie echtes Tageslicht aussieht. Wie es sich anfühlt auf der Haut.

Abends studiere ich die Karte. Ich versuche, mir alle Wege einzuprägen, die Flüsse und Grenzmarken, damit ich mich orientieren kann, wenn ich draußen bin und alle fünf Sklaven-stützpunkte absuchen werde.

Tagsüber wanke ich müde durch die Gänge, und dann kommt doch oftmals die Ernüchterung. Ich habe zwar Anhaltspunkte, aber keine Garantie, Leo wiederzufinden. Die Euphorie, die nach dem Diebstahl der Karte meinen ganzen Körper durch-flutet hatte, ist inzwischen verflogen. Akila zählt immer noch zu einem von drei möglichen Königreichen, in denen sich Leo aufhalten könnte.

Noch lange weiß ich nicht genug.

Ich achte darauf, wie die Leute mich ansehen, ob sie bemerken, dass ich manchmal blass werde, dass ich manchmal scheinbar grundlos zusammenschrecke.

Das Ungeheuer Gedankenunterricht ist nicht weniger furchteinflößend geworden, und auch nicht die Bilder des Fremden, die mich nun sogar manchmal am Tag heimsuchen. Von oben habe ich über die Baumwipfel gesehen, über die ewige Weite des Waldes geblickt, die nur an wenigen Stellen von weißen Türmen durchbrochen wird, und den Fremden die Wege entlanggehen sehen. Denn seit ich diese Träume habe, fühlt es sich an, als würde mir ständig jemand eine Hand gegen die Stirn drücken. Und als würde der eisige Nebel dahinter nicht mehr weichen. Ich habe Angst, die Grenzen zwischen der Wirklichkeit und den Bildern verschwimmen irgendwann gänzlich.

Sam ist bei mir, wenn ich aufwache und mein Kopf völlig schmerzt und pocht. Sie ist sehr geduldig mit mir. Ich weiß nicht, ob ich mich beruhigen könnte, wenn sie nicht da wäre.

Im Einzelunterricht beginnt Finnley langsam zu verzweifeln, weiß nicht mehr, welche Übungen er noch mit mir machen soll. Egal, was er tut, meine Leistungen lassen nach.

In den Ligen überholen mich die anderen. Sie sprechen mich nicht darauf an, aber ich merke doch, dass es jemandem wie Nora auf der Zunge liegt, mich zu fragen, ob alles in Ordnung ist.

Es ist nur noch eine Frage der Zeit, und Jonathan wird reagieren. Und vielleicht werde dann auch ich verschwinden, genau wie Alexis. Sam wird in einer leeren Zelle liegen, und niemand wird nach mir fragen. Nach ein paar Wochen wird sie eine neue Mitbewohnerin haben. Möglicherweise steht meine Nachfolgerin für den Zirkel längst schon fest.

In ein paar Jahren wird Jonathan von mir erzählen. Von dem Mädchen mit dem feuerroten Haar, das verrückt geworden ist.

Meine Pläne, zu fliehen, scheitern, ehe ich sie ganz durchdacht habe. An den äußeren Gängen sind überall Wächter. Ich muss auf eine Außenmission warten, das ist im Moment die einzige Chance.

Als ich an diesem Morgen auch noch die Schwarzwurzel auf dem Teller liegen sehe, dreht sich mir der Magen um, bevor ich überhaupt davon gekostet habe.

Die meisten Schüler sind bereits fertig. Stühle rücken, Teller klirren, der Saal wird leerer, ich kaue immer noch.

Die Reste bringe ich zum Versorgungstisch. Benjamin humpelt vor mir her, er hat einen Stapel von mindestens sechs Schalen auf dem Arm. Er sieht ungeschickt damit aus, dennoch weiß ich, dass er sie nicht fallen lassen wird.

»Benjamin?«

Er bleibt abrupt stehen. »Ja?«

»Erinnerst du dich an dieses eine Mädchen in Favilla, die Verrückte?«, frage ich ihn.

Er stellt die Schalen ab und fährt sich über die Glatze. »Ja.« Er zieht das Wort in die Länge. »Ich erinnere mich.«

»Hast du gemerkt, dass sie verrückt war, bevor …«, stammle ich, »bevor sie tot war?«

»Wir alle haben das gemerkt.«

»Woran?« Meine Frage kommt etwas zu schnell.

Benjamin sieht zu den Schalen auf dem Tisch und dann wieder zurück in mein Gesicht. »So etwas merkt man«, sagt er schließlich und winkt dann ab. »Das ist irgendwie schon in ihr

306

drin gewesen und kam dann nach und nach raus.« Er wischt sich noch mal nachdenklich über den kahlen Kopf. »Wieso fragst du?«

»Nur so.«

Jonathans Augen sind starr auf einen Punkt im Zirkelraum gerichtet, dann zucken sie kurz, und er hat Lucas im Visier. »Es wird Zeit, dass du mehr über die acht anderen Königreiche auf Tyrganon erfährst.« Sein kleiner Mund bewegt sich kaum beim Sprechen, er steht in etwa zwei Schritt Entfernung vor den hölzernen Regalen mit den Schriftrollen. Das Tagebuch ist nicht mehr da. Der Dürre muss es zurück in die Bibliothek gebracht haben, und anscheinend hat auch keiner bemerkt, dass eine Seite fehlt. Ich habe Glück gehabt.

»Ich nehme an, das eine oder andere haben dir die Zirkelmitglieder vielleicht schon erzählt. Du musst wissen«, und jetzt greifen seine Hände in ein Fach, um dort eine Landkarte herauszuziehen und sie vor sich auszurollen, »die Königreiche definieren sich über ihr Wappentier und deren Symbol. In Lavis sind es die Phönixe, sie führen das Symbol des Feuers, wie du ja bereits weißt.«

Lucas beugt sich näher vor, um sich die Karte anzusehen. Die Ländergrenzen zeichnen ein unverkennbares Muster auf die Landmasse Tyrganons. Im Süden endet sie in einer leeren, unerforschten Fläche. Hoch im Norden türmen sich die Gebirgsketten. Berge, die höher reichen als die Wolken. Im Westen und im Osten erstreckt sich das Meer. Der Fluss Leto, so hat Emma es uns erklärt, mündet auch irgendwann in diese unendliche Weite und Tiefe aus Wasser. Etwas, wovon man nicht weiß, wann es aufhört, wo es hinführt und was in seiner Tiefe lauert. Nur Blau, so weit das Auge reicht.

All diese Landschaften und Kulturen. Es leben dort wahrscheinlich fünfmal, zehnmal, nein, möglicherweise hundertmal so viele Menschen wie in Lavis.

Und irgendwo unter ihnen ist Leo.

»Callan«, sagt Jonathan plötzlich und rollt die Karte wieder zusammen. »Ich möchte wissen, welche Vogelwesen im Königreich von Aeris das Wappen kennzeichnen.«

Callan sieht auf. »Die Sturmfalken«, sagt er mit fester Stimme.

»Wie kann ich mir das Land vorstellen?«, fragt Jonathan und reckt dabei das Kinn etwas nach vorn.

»Das Land ist karg und gebirgig«, beginnt Callan. »Die Städte befinden sich auf den höher gelegenen Ebenen, selten in den Talsenken. Mit diesen Städten treibt der Brennende König Handel, allerdings nicht mit dem Königshaus selbst. Man sollte es vermeiden, Mitgliedern dieses Volkes direkt in die Augen zu sehen, es zeugt in ihrer Kultur von Respektlosigkeit.«

Jonathan nickt kurz. »Danke, Callan.« Dann wandern seine scharfen Augen die Reihe ab. »Melvin, die Königsadler.«

Melvin reibt sich den Nacken. »Na ja. Akila ist das einzige Land, von dem wir wirklich sicher sein können, dass die Vogelwesen dort existieren«, antwortet er. Der Name des Königreichs versetzt mir sofort einen Stich ins Herz.

»Richtig«, Jonathan dreht sich zu Lucas. »Du solltest wissen, dass es viele Legenden gibt, die sich um die Vogelwesen ranken.

Die sie als Wächter, Feinde oder Götter bezeichnen, und sie unterscheiden sich von Kultur zu Kultur. Wir sind uns sehr sicher, dass all diese Vogelwesen vor vielen Hunderten von Jahren existiert haben. Wir Menschen waren schon immer von magischen Dingen fasziniert, wir werden davon angezogen. Aber natürlich sind es auch wir Menschen, die übertreiben und Lügen spinnen. Welche Legenden über die Vogelwesen also wahr sind und welche nicht, das können wir nicht sagen. Und ob außer den Phönixen und den Königsadlern noch andere Vogelwesen die Zeit überdauert haben, wissen wir nicht. Wir schließen es eher aus.«

Jonathan geht wieder ein paar Schritte auf und ab. »Liv. Erzähle mir, welches Symbol das Wappen des Königreichs Cavion trägt.«

»Es ist ein Mond«, sagt sie und streicht sich eine Strähne hinter das Ohr, »und das Wappentier ist der Lederflügler. Die Bevölkerung lebt in einem gewaltigen Höhlensystem irgendwo am Ende der Landspitze. Es ist so gut wie nichts über sie bekannt, kein Fremder hat die Höhlen bisher betreten, denn in Nebel getauchtes Niemandsland erstreckt sich vor dem Königreich – die *Stummen Lande*. Botschafter und Händler können sich nur vor dieser Grenze mit den Bewohnern Cavions austauschen.«

»Kommen wir nun zu Vigilis: Wie ist es mit dem Handel im Königreich der Greife?«, hakt Jonathan sogleich nach.

»Es gibt vorsichtige diplomatische Beziehungen. Der Handel konzentriert sich hauptsächlich auf die Sklaven«, erzählt sie eifrig weiter. »Aber Lavis und Vigilis sind verfeindete Länder, von

309

jeher. Seit die Greife verschwunden sind, hat sich ein brüchiger Frieden entwickelt.«

»Gut.« Jonathans Blick wandert unsere Reihe entlang. Schließlich bleibt er bei mir hängen. »Dann befassen wir uns jetzt mit einem der Nachbarländer. Estelle.« Obwohl ich darauf hätte gefasst sein müssen, habe ich wieder dieses Gefühl von Ertapptsein, als er meinen Namen sagt.

»Ja?« Ich versuche, ruhig zu sprechen.

»Welche Königreiche grenzen an Lavis?«

»Aeris, Noctuán und Akila«, antworte ich.

»Erzähl mir mehr von Noctuán.« Jonathan legt die Fingerspitzen aneinander und sieht mich erwartungsvoll an.

Ich befeuchte meine Lippen. »Es ist das Land der Nachteulen, und ihr Wappensymbol bildet einen Baum. Inmitten eines riesigen Waldes steht der Palast. Er ist aus weißem Marmor, mit großen Säulen und Türmen, höher als die höchsten Bäume. Man sagt, die Bewohner hätten sich in der alten Zeit dem Rhythmus der Eulen angepasst und diesen bis heute beibehalten. So schlafen sie am Tag und wachen in der Nacht. Deshalb ist der Palast weiß. Durch die hellen Farben und Töne können sie sich im Dunkeln besser zurechtfinden.«

»Wie sieht es mit den Handelsbeziehungen aus?«, fragt Jonathan.

»Schwierig, weil die Wälder ein gutes Versteck für Räuber bieten«, sage ich und stocke plötzlich. Erst jetzt, da die Worte meine Lippen schon verlassen haben, merke ich, was mir eben passiert ist.

»Vermute ich«, schiebe ich schnell nach, denn ich spüre, wie mir das Blut in die Wangen steigt und sich plötzlich Hitze in meinem Kopf ausbreitet.

Ich darf jetzt bloß nicht rot werden, mir nichts anmerken lassen. Aber dass ich versuche, dem entgegenzusteuern, macht es nur noch schlimmer. Mir bricht am ganzen Körper der Schweiß aus.

Es macht mich verrückt, dass Jonathan nichts erwidert. Kein *Gut* oder *Richtig*.

Ich kann nicht von den Räubern wissen.

Ich schlucke.

Ich kann nicht davon wissen, Jonathan hat nie davon gesprochen, ich habe nur den Fremden gesehen, wie er im Wald mit erhobener Waffe vor ihnen gestanden hat.

Jonathan sieht mich unergründlich an. Ob er ahnt, dass ich es nicht nur geraten habe? Ob er mich jetzt verhören wird?

»Wenn es all diese Länder gibt, warum wurde Lavis dann niemals angegriffen? Könnten wir uns nicht mit ihnen verbünden?«, platzt plötzlich die Frage aus Lucas heraus, und noch nie war ich für seine Anwesenheit, seinen eigenartigen Ehrgeiz so dankbar.

Es dauert noch einen Augenblick, bis Jonathan den Blick von mir löst, und erst als er sich Lucas zugewandt hat, fällt mir auf, dass ich die Luft angehalten habe.

»Der Brennende König ist ein wichtiger Handelspartner für die anderen Länder. Vor allem dadurch, dass er sie mit Sklaven versorgt. Außerdem gibt es Bündnisse und Friedensabkommen. Und die Leuchtfeuer, die immer wieder für kurze Zeit am Königshaus brennen, dienen zur Abschreckung anderer Völker.

Sie sollen die Macht und Existenz der Phönixe demonstrieren. So kommt es, dass Lavis seit Hunderten von Jahren nicht in den Krieg ziehen musste«, antwortet Jon. Das Frage-und-Antwort-Spiel scheint für ihn beendet zu sein, denn er schiebt die Schriftrolle wieder ins Fach zurück. Noch hat er uns den Rücken zugekehrt und die Hand am Regal abgestützt. »Du hast heute Einzelunterricht mit Roland«, sagt er, während er sich langsam umdreht. Zuerst versteht keiner, wer gemeint ist, dann dreht er seinen Kopf zu mir, und es ist, als packe mich gleichzeitig eine Hand im Nacken.

»In was?«, frage ich.

»Im Gedankenunterricht«, antwortet Jonathan mit ruhiger Stimme, und er sagt es, als wäre es etwas völlig Normales. Aber jeder im Raum weiß, dass es das nicht ist.

Noch nie hatte jemand Gedankeneinzelunterricht. So etwas passiert nicht. Es ist plötzlich viel zu still hier drin, und Roland sieht neben Jonathan auf einmal viel zu groß aus und sein Gesicht zu ernst, als er auf eine der neun Türen im Kreis zeigt, eine, durch die ich noch nie gegangen bin.

Sie haben es wahrscheinlich schon die ganze Zeit gemerkt, ihnen muss doch aufgefallen sein, dass mit mir etwas nicht stimmt.

Mein Blick streift den von Sam, bevor wir alle in die Einzelzellen verschwinden. Dann fällt die Tür hinter Roland und mir krachend ins Schloss.

Diese Einzelzelle ist kleiner als die anderen. Dunkler. Nur eine Öllampe erleuchtet die Steinplatten. Und jemand muss schon vorher diesen Kräutergeruch verbreitet haben. Hier drin ist er noch viel intensiver als in der Großen Halle, wie zusammengepresst. Und wenn ich durch die Nase einatme, fühlt es sich an, als würde ich irgendetwas Kaltes inhalieren. Ich kann nicht wissen, was sie da alles reingemischt haben. Im Alchemieunterricht haben wir von Kräutern erfahren, die einen in den Wahnsinn treiben können.

»Setz dich.«

Ich setze mich auf den Stuhl in der Mitte der Zelle. Das dunkle Holz ist kalt. Ich lege die Hände auf die breiten Armlehnen, fahre mit den Fingern über die Einkerbungen. Es sind Verzierungen, irgendwelche Muster und Formen, die ich nicht ertasten kann. Vielleicht noch aus der alten Kultur, ein Stuhl aus der Zeit, in der der rechtmäßige König herrschte.

Roland steht im Schatten, dort, wo der Flammenschein der Öllampe ihn nicht erreicht. »Wir fangen mit einer einfachen Übung an«, dringt seine Stimme aus der Dunkelheit.

»Warum machen wir das hier?«, frage ich. Es irritiert mich, dass er im Schein der Lampe mein Gesicht sehen kann, ich seines aber nicht.

»Deine einzige Aufgabe ist es, dich auf die Übungen zu konzentrieren. Alles andere spielt keine Rolle.«

»Ich möchte wissen, warum ich das tue.« So schnell will ich nicht nachgeben. Wenn Roland ahnt, dass da etwas Seltsames in meinem Kopf vorgeht, wird er es Jonathan berichten, und wer weiß, was sie dann mit mir vorhaben.

Roland tritt direkt vor mich. Er legt die Hände rechts und links auf die Stuhllehne und beugt sich zu mir herunter. »Jetzt hör mir mal zu.« Die buschigen Brauen, die seltsame Narbe an

313

seinem Mund, er ist viel zu dicht vor mir. »Hier werden keine Fragen gestellt.«

Ich drücke mich weiter in den Stuhl hinein, mit dem Rücken ganz fest gegen die Lehne.

»Und jetzt atme gleichmäßig und fokussiere dich.« Er lässt wieder von dem Stuhl ab, und ich atme aus.

Seine Schritte. Neben mir. Vor mir. Hinter mir. Ich schließe die Augen.

Was, wenn Roland in meinen Kopf eindringen kann? Wenn er wahrnehmen kann, was ich sehe, was ich denke?

Auf keinen Fall darf er in meinen Kopf. Wenn sie merken, wie sehr ich ihnen allen misstraue, wie sehr ich fliehen will … Und dann das Pochen, mit dem die Bilder kommen. Sie werden denken, dass ich langsam verrückt werde, wie das Mädchen. Statt Stimmen zu hören, sehe ich Bilder. Ich bin ein Sicherheitsrisiko für sie.

Bitte lass all das ganz schnell vorbei sein.

»Fixiere einen Punkt.« Rolands Worte sind bestimmt. »Alles«, sagt er, »die ganze Welt, wer du bist und was geschieht, spielt sich in deinem Kopf ab.«

Auf einmal spüre ich ein Gefühl von Leichtigkeit, von Schwindel. Entfaltet der Kräuterduft jetzt schon seine Wirkung?

Ich darf an nichts denken. Nicht an den Fremden denken. Keine Bilder in meinen Kopf lassen.

Und jetzt, im Rhythmus seiner Worte, wird seine Stimme ein bisschen tiefer. »Fixiere einen Punkt.«

Ich schlucke. Sobald es still wird, spüre ich sofort das Hämmern gegen meine Schädeldecke. Und ich weiß, dass mich der

Fremde heimsuchen wird. Dass ich nichts dagegen tun kann. Ich bin machtlos gegen diese Bilder. Vage formen sich erste Schemen. *Der Fremde geht durch Ruinen. Durch einen weißen, verlassenen Palast. Die riesigen Marmorsäulen am Eingang sind zerbrochen, als hätte sie etwas sehr Mächtiges umgeworfen. Wind fegt durch die Trümmer und weht feinen Sand und Blätter davon. Der Fremde läuft über Marmorplatten und steigt über umgeworfene Stühle und zerbrochene Glasbehälter.*

Ich kralle mich fester in das Holz. *Verschwinde.*

Am liebsten würde ich mit den Füßen zappeln und ganz wild meinen Kopf schütteln, als könnte ich die Bilder so loswerden, aber ich bin in dieser unbeweglichen Stille der Gedankenübung eingesperrt.

Und dann höre ich Rolands Stimme. Tief und leise, aber auch drängend. »Was nehmen deine Gedanken wahr, Estelle? Was siehst du? Was fühlst du?«

Ich antworte nicht. Schüttele nur den Kopf.

»Entspannen.« Rolands Stimme ist in meinem Nacken. Sie verursacht mir eine Gänsehaut auf den Armen. Ich kann nicht anders, als jetzt mit der ganzen Hand die Lehne zu umklammern.

Der Fremde duckt sich hinter einer halb zerfallenen Häuserfront. Versteckt sich.

»Estelle!« Roland brüllt jetzt. Ich schnappe panisch nach Luft, als ich wieder in das Schwarz der Zelle schaue und mir nur vorstellen kann, wie wütend er mich ansehen muss.

»Ich kann spüren, dass du mir etwas verschweigst. Sag mir, was es ist!« Seine Stimme ist kälter als Eis.

Jetzt spüre ich wieder das Gefühl von tausend Insekten an den Füßen, sie krabbeln über meine Knöchel und dann die Beine hoch. Sie kommen mir immer näher, und ich kriege kaum noch Luft.

Ich springe auf, viel zu hastig, aber ich kann mich nicht länger kontrollieren.

Ich presse meine Hand auf den Mund. Schüttele wieder und wieder den Kopf. »Es ist nichts.« Meine Stimme ein heiseres Krächzen.

Roland steht im Schein der Lampe, die grünen Schlangenaugen stechen in meinen Kopf. Er kommt mit seinem Gesicht ganz nah an das meine, und dann flackert auf einmal wieder dieser violette Schimmer in seiner Iris auf. »Ich weiß, was in dir vorgeht. Lüg mich nicht an!«

Ich kann keinen klaren Gedanken mehr fassen, ich muss so schnell wie möglich von hier verschwinden.

Also stürme ich an ihm vorbei, raus, nur noch raus hier.

Ich renne durch die Tür und weiter durch den Zirkelraum, am Brunnen vorbei, in den Gang, ich stolpere.

Er folgt mir, ich will mehr Abstand zwischen uns bringen, aber plötzlich muss ich würgen. Ich stütze mich mit einer Hand an der kühlen Wand ab. Noch einmal ein Würgen, aber es kommt nichts. Also stecke ich mir den Finger in den Hals, so tief es eben gerade noch geht, und übergebe mich genau in dem Moment, als Roland mich erreicht.

Vielleicht sieht es auch nur so aus, wegen der Narbe am Mund, aber sein Gesicht ist seltsam verzerrt, als er die Nase rümpft.

Mein Hals brennt, ich bin froh, dass sich meine Augen von

dem scharfen Geruch von ganz allein mit Tränen füllen. Ich schlinge meine Arme um meinen Bauch, achte darauf, dass ich gekrümmt dastehe.

Einmal starrt er noch auf mein Erbrochenes, dann wieder in mein Gesicht. »Können wir weitermachen?«

Ich schlinge die Arme noch fester um meinen Bauch. »Nein!« Meine Stimme ist vor Panik viel zu laut.

Aber in seinem Gesicht regt sich nichts, kein Anzeichen von Mitleid. Das kann doch nicht sein Ernst sein, das kann er doch nicht machen!

Schritte nähern sich uns. Mirlinda steht im Türbogen, und erst jetzt gibt Rolands Blick mich frei.

»Was ist los?« Mirlinda kommt auf mich zu und legt mir eine Hand auf die Wange. Ich kann Leder riechen, wahrscheinlich vom Griff ihrer Waffe. Ich blinzle, meine Augen brennen. »Ich habe …«

Aber Roland fällt mir ins Wort. »Es geht schon wieder. Nur ein kleiner Zwischenfall.«

Sie dreht sich zu ihm um, dabei gleitet ihre Hand von meiner Wange. »Ich möchte es von ihr hören.« Ihre Worte sind scharf und bestimmend. Erst jetzt fallen mir die kleinen Schweißperlen oberhalb ihrer Lippe und der Morgenstern auf, den sie immer noch in der linken Hand hält, sie muss mitten im Übungskampf den Unterricht verlassen haben. »Denkst du, du kannst noch weiterüben?«, fragt sie, an mich gewandt.

Ich schüttle den Kopf.

»Ist okay, du kannst zurück in die Schlafzelle«, sagt sie, und in mir weicht ein kleines bisschen der Anspannung.

Sie fängt Rolands Blick auf, ich erkenne Härte in ihrem hübschen Gesicht.

»Na gut.« Roland nickt mir versucht freundlich zu. Ich hasse sein Gesicht.

»Gut«, sagt auch Mirlinda noch einmal und geht dann davon.

Roland blickt ihr nach. Die schwere Morgensternkugel mit ihren spitzen Eisendornen schwingt mit jedem ihrer Schritte vor und zurück. Als sie durch die Tür verschwindet, dreht Roland sich ein letztes Mal zu mir um.

»Wir werden das wiederholen«, sagt er.

Und während ich zu meiner Zelle eile, rast ein Gedanke immer wieder durch meinen Kopf: *Sie wissen es. Sie wissen von den Träumen. Ich bin hier nicht länger sicher.*

13

Favilla. Gänge.

Ich sitze auf dem Boden und warte. Es ist kurz vor dem Ligenunterricht. Aron will sich hier mit mir treffen, er sagt, es sei wichtig. Ich weiß nicht genau, warum ich tatsächlich hergekommen bin, aber mir ist auch klar, dass Aron sonst nicht lockerlassen würde und dass ich diesmal vielleicht endlich mehr erfahre, dass ich schlauer werde aus seinem seltsamen Verhalten.

Ich beobachte eine Spinne, die an einem Faden an den Gebeinhäusern entlangkrabbelt. Sie hat ihr Netz genau über den leeren Augenhöhlen der Totenschädel gesponnen. Ihr knopfgroßer Körper ist fett, eine schwarze Kugel mit Haaren.

Die Katakomben werden in diese Richtung schmaler, irgendwo dort hinten geht es zum unerschlossenen Bereich. Manchmal habe ich das schwarze Viereck von Weitem angesehen. Es ist verboten, dort hineinzugehen. Man weiß nicht, was dort alles noch ist. Decken und Wände könnten einstürzen. Das sagen jedenfalls die Wachen, die davorstehen.

Während ich in die Finsternis starre, versuche ich mir noch mal die Karte von Akila ins Gedächtnis zu rufen. Die fünf

Kreuze und Aufgaben der Sklavenstandorte weiß ich jetzt auswendig. Aber ich muss sie mir immer wieder aufsagen, ich habe Angst, ich könnte sie aus irgendeinem Grund vergessen.

Eine schlaksige Gestalt stiefelt auf mich zu. Ich will mich vom Stein hochdrücken, aber Aron streckt mir vorher die Hand hin. Ich zögere einen Moment und muss daran denken, dass die Situation damals in der Großen Halle andersherum war, dann lasse ich mir von ihm aufhelfen. Seine Hand ist kühl und trocken. »Willst du jetzt zugeben, dass du dich nicht wohlfühlst?«, fragt er, als ich dicht vor ihm stehe. Er hat meine Hand noch nicht losgelassen.

»Warum sind wir hier, Aron?«, frage ich.

»Was, denkst du, lauert im Wald hinter den Friedhofsmauern?«

»Ich weiß es nicht.«

Er verlagert das Gewicht vom einen Fuß auf den anderen. »Wenn du die Chance hättest, von hier abzuhauen, würdest du es tun?« In seinen Augen sind mehrere Äderchen geplatzt.

»Soll das etwa ein Verhör werden?«

Hinter uns ein Rascheln, ich zucke zusammen.

Auch Aron fährt sofort herum, aber es ist nur ein Höhlenkäfer, der vorbeikrabbelt.

Er dreht sich wieder zu mir und hält mich am Arm fest. »Ich weiß, dass du es tun würdest«, sagt er. »Denkst du, mir ist nicht aufgefallen, dass du eine Außenseiterin bist? Dass du diese riesige Gruft satthast und dich die Dunkelheit fertigmacht?«

Erst als er meinen Arm wieder loslässt, bemerke ich, wie fest er zugedrückt hat. Ich reibe mir über die schmerzende Stelle.

Aron schiebt fast behutsam mit den Füßen einen kleinen Stein vor sich her, ehe er ihn plötzlich wegkickt. »Du willst hier weg. Du willst ganz woanders sein. Das sehe ich doch.« Er macht eine kurze Pause. »Ich kenne das«, schiebt er hinterher, und als ich in seine Augen blicke, kommen sie mir zum ersten Mal nicht kalt vor. »Auch auf mich wartet jemand. Ein Kräutersammler-mädchen. Ihr Name ist Julia.« Er räuspert sich. »Denkst du, ich weiß nicht, was hier vor sich geht?«

»Was soll denn vor sich gehen?« Ich hasse es, dass meine Stimme so zittrig ist.

»Ich weiß zwar nicht, was genau ihr im Schilde führt, aber dumm bin ich ganz bestimmt nicht«, sagt er, und ich bin mir nicht ganz sicher, ob da das Anzeichen eines Lächelns um seine Mundwinkel zuckt. »Ich kann vielleicht nicht so gut Bo-genschießen wie du, und ich kann vielleicht nicht ganz so gut kämpfen wie Lucas. Aber ich kann gut zuhören. Und ich weiß, dass du da mit drinsteckst.«

Sein eigenartiger Gesichtsausdruck macht mich nervös. Was er auch weiß, es ist zu viel. Für einen Nichtzirkelschüler ist es definitiv zu viel.

»Deine Freunde sollten vielleicht besser aufpassen. Ich habe ihre Blessuren gesehen, obwohl kein Schwertunterricht war, und ich habe euch in leere Kammern verschwinden sehen, ich bin mir sicher, dass es Geheimgänge gibt, die Frage ist nur, wo genau.«

Ich zögere zu lange, und es ist, als hätte ich ihm damit eine Antwort geliefert.

»Wir haben einen Weg gefunden. Wir können abhauen. Wir wissen nur nicht, wie wir unbemerkt von Ebene Zwei zu Ebene

Eins gelangen. Aber du kannst uns helfen, und ich habe dich jetzt lang genug beobachtet, um zu wissen, dass du das auch tun wirst. Ich hab gesehen, wie du manchmal Valerie und Marcus ansiehst. Irgendwer wartet da draußen auf dich. Du würdest uns nicht verraten. Und wenn doch –«, sein Gesicht ist plötzlich ganz dicht vor meinem, »dann würde ich dich auf jeden Fall noch kriegen, das verspreche ich dir. Ich kenne deine Schwachstellen. Ich weiß, wie du kämpfst.«

»Lass mich in Ruhe. Ich will damit nichts zu tun haben«, sage ich mit fester Stimme.

Ich weiche einen weiteren Schritt zurück, aber ich stoße mit dem Rücken gegen die Wand.

»Wir hauen direkt nach der Nachtruhe ab, dann haben wir genug Vorsprung.«

»Heute noch?«, frage ich.

»Morgen Nacht.« Er bringt wieder etwas Abstand zwischen uns. »Wir bereiten alles vor.«

»Aber …« Ich will sagen, dass das keine Zusage war, dass ich noch viel mehr Fragen habe, aber für ihn scheint die Sache beschlossen zu sein.

»Etwa einen Stundenstrich nach der Nachtruhe hole ich dich vor deiner Zelle ab.« Halb im Gehen nickt er mir noch einmal zu. »Bis dann.«

14

Favilla. Waschraum Mädchen.

Im Trinkwasserfass ist nicht mehr viel drin. Nur noch eine trübe Pfütze, die schon eine leicht bräunliche Färbung angenommen hat. Die Begrabenen werden sie erst morgen früh wieder mit frischem Wasser aus dem Brunnen auffüllen, dennoch versuche ich, wenigstens ein bisschen davon in meine Flasche zu schöpfen.

Ich habe unglaublichen Durst, in letzter Zeit habe ich andauernd so ein Brennen im Hals. Noch im Gehen könnte ich die Flasche in einem Zug leeren, doch ich brauche das Wasser für später.

»Was machst du denn hier?«, frage ich erschrocken, denn draußen im Gang steht plötzlich Noel vor mir.

»Entschuldige.« Er fährt sich verlegen durch das schwarze, lange Haar. »Ich wollte dich nicht erschrecken.«

Jetzt, als er direkt vor mir steht, kommt er mir noch größer vor als sonst.

»Ich habe dich summen gehört«, sagt er.

»Summen?«

»Na, dieses Lied, das du eben die ganze Zeit vor dich hin gesummt hast.«

»Ich hab –«, und dann halte ich augenblicklich inne.

Weil ich es hören kann. Jetzt. Das Lied des Fremden am Feuer. In meinem Kopf. Es muss da schon die ganze Zeit gewesen sein, seit dem letzten seltsamen Traum. Wie eine Melodie im Hintergrund, die mich überallhin begleitet. Aber dass ich sogar schon summe, ohne es zu merken, bereitet mir ein flaues Gefühl.

»Hat man das bei den Schwarzgewändlern öfter gesungen?«

»Ach so, nein«, sage ich schnell. »Ich habe nur irgendwas vor mich hin gesummt, nichts Bestimmtes. Und sowieso durfte man als Frau am Hof der Schwarzgewändler fast gar nichts unaufgefordert tun. Jedenfalls nicht singen.«

»Ist das dein Ernst?«

»Ja.«

Wir schweigen einen Moment. Dann räuspert sich Noel und beginnt wieder zu sprechen. »Ich wollte dich eigentlich etwas fragen.« Und jetzt sehen mich seine braunen Augen ganz genau an.

Ich rechne bereits mit dem Schlimmsten und nehme nervös einen Schluck Wasser.

»Ich habe mitbekommen, dass du dich mit Lucas schon ein paarmal in die Haare bekommen hast. Er ist in letzter Zeit noch angespannter als sonst. Weißt du vielleicht, was mit ihm los ist?«

Ich ramme den Korken wieder in den Trinkschlauch, atme erleichtert aus. »Wir können uns einfach nicht leiden, ich glaube, das ist alles.« Ich versuche, ihm ein aufmunterndes Lächeln zu schenken. »Tut mir leid, dass ich dir nicht weiterhelfen kann.«

»Schon gut«, sagt er, und jetzt, als es kurz still ist, kann man seinen Magen laut grummeln hören.

»Schon wieder Hunger?«

Er reibt sich einmal über den Bauch, zuckt dann mit den Schultern. »Ich weiß auch nicht, was mit meinem Magen nicht stimmt.«

Kurz müssen wir beide lächeln.

»Mhm. Weißt du, worauf ich jetzt richtig Lust hätte?« Ich presse meine Lippen aufeinander. »Auf Kraut und Kartoffeln, vielleicht auch auf ein paar Trauben.«

Er schüttelt den Kopf. »Ich habe nicht mal 'ne Ahnung, wie das schmecken soll.«

»Du kennst keine Trauben?«

Er schüttelt wieder den Kopf.

Ich hätte besser nachdenken müssen, natürlich kennen die Braungewändler so etwas nicht. Er hätte Trauben sicher geliebt. Mein Bruder Valentin hat sie auch geliebt. Ich muss auf einmal an ihn denken. Wie er am Tisch saß an dem Abend vor meiner ersten Haremszeremonie.

Ich hatte gerade erst den sechzehnten Jahresumlauf erreicht. Meine älteren Brüder Joshua und Valentin waren zu Besuch da. Mutter hatte sich aus diesem Grund besonders schick gemacht, sie hatte sich die braunen Haare geflochten und mit einem hübschen, schwarzen Haarband zusammengebunden.

Ich erschien unvorbereitet, trug noch die Kleidung von der

Arbeit und fischte ein paar restliche Weidenholzspäne von meinen Ärmeln.

Joshua und Valentin trugen die gleiche Uniform wie mein Vater. Schwarz mit glänzenden Manschettenknöpfen und Schulterpolstern. Die vergoldete Phönixbrosche prangte auf der Brust. Sie sahen so erwachsen aus.

Wir hatten nicht mehr alle an einem Tisch zusammengesessen, seit Valentin das Haus verlassen hatte, um eine eigene Familie zu gründen.

Sogar die versilberten Krüge hatte meine Mutter aufgedeckt. Die Krüge mit dem eingravierten Familienwappen. Ich fuhr mit den Fingern über die Konturen der Feder. Es war kein gewöhnliches Essen, das war mir von Anfang an klar.

Mein Vater und meine Brüder unterhielten sich über Politik, sie stießen hin und wieder mit dem Wein an, wenn sie sich einig waren, und lachten über Witze, die ich nicht verstand.

Es ist eine besondere Ehre, wenn Familienmitglieder in der niederen Politik des Brennenden Königs tätig sind. Aber die Arbeit hatte Joshua und Valentin verändert. Da war auf einmal dieses Feuer, das in ihren Augen glänzte. Wenn sie von der Ware sprachen, die gelagert werden sollte, von den Listen, die sie exakt ausfüllen mussten, von dem Verhandeln um Stoffe, Glas, Alkohol oder Tierfelle.

Ich schielte zu meiner Mutter hinüber. Sie tat so, als folge sie den Gesprächen. Nickte freundlich mit dem Kopf, lächelte, wenn es angebracht war, nippte hin und wieder an ihrem Wein, aber ich sah, dass sie den Krug zittrig abstellte und dass ihr Gesicht einfror, wenn keiner hinsah.

»Soll ich dir noch mal etwas auftun, Liebes?«, fragte sie mich. Ich sah auf meinen Teller hinab. Ich hatte das Essen kaum angerührt, nur etwas von dem Kraut hatte ich probiert.

Das reichte jetzt.

Ruckartig stand ich auf. Der Stuhl schabte laut über die Steinplatten. Alle sahen sie zu mir hoch, meine Mutter hörte mit dem Kauen auf, die Gabel fiel ihr aus der Hand, und auch meine Brüder und mein Vater waren urplötzlich still.

»Ihr könnt jetzt sagen, was los ist!«, rief ich über den Tisch.

Immer noch Schweigen, ich konnte hören, wie Mutter ihren letzten Bissen hinunterwürgte.

»Estelle, setz dich bitte wieder!« Mein Vater hatte die Stimme erhoben. Wahrscheinlich hatte es ihn erschreckt, dass ich nicht gehorsam war, dass ich überhaupt am Tisch sprach, ohne aufgefordert worden zu sein, aber das war mir damals völlig egal. Ich hasste sie für dieses Theater, das sie vor mir aufführten.

»Nein!«, feuerte ich zurück und stützte mich mit beiden Händen auf dem Tisch auf. Ich musste nicht zur Seite sehen, um zu wissen, wie angespannt meine Mutter dasaß und dass sie um den Hausfrieden bangte, wie sie versuchte, die Beherrschung zu behalten.

»Ist gut, Vater«, sagte Valentin schließlich und legte ihm eine Hand auf die Schulter. Dann sah er mich an. Es war das erste Mal an diesem Abend, dass er mir richtig in die Augen sah. »Joshua und ich sind hier, weil dein Paket angekommen ist. Wir sind hier, um es dir zu überreichen.«

»Welches Paket?«, fragte ich, aber eigentlich kannte ich die Antwort schon.

»Ein rotes«, sagte er und sah dann betreten auf seinen Teller hinab.

»Und, kommst du mit?« Auf einmal sind es wieder Noels braune Augen, in die ich blicke, und es ist seine tiefe Stimme, die mich zurück in die Gegenwart katapultiert.

»Entschuldige, wohin?«

»In den Gemeinschaftsraum«, wiederholt er.

»Ach so, danke«, sage ich. »Aber ich glaube, ich gehe schon mal in meine Zelle.«

»Sicher?« Noel hebt noch einmal fragend die Brauen und reibt sich den Nacken. Die Haare an seinen Armen lassen seine Haut noch dunkler wirken. »Melvin würde bei *Könige und Narren* auf jeden Fall ein Auge für dich zudrücken.«

»Ein anderes Mal vielleicht.«

»Na gut.« Er tippt sich mit den Fingern zweimal an die Schläfe. Der Gruß der Minenarbeiter.

Ich mache ihm die Geste nach, wobei das Ganze bei mir wahrscheinlich ziemlich albern aussieht. Ein zweites Mal müssen wir kurz lächeln.

»Gute Nacht, Estelle«, sagt er dann. »Pass auf dich auf.«

»Du auch.« Noel dreht mir seinen breiten Rücken zu und verschwindet in Richtung Gemeinschaftsraum.

Ich laufe zurück in meine Schlafzelle. Sam ist noch nicht da. Ich nutze die Gelegenheit, um alles vorzubereiten, und packe meinen Beutel für die Flucht. Hole die Karte aus der Nische in der Wand hervor. Sehe sie mir ein letztes Mal genau an und verstaue sie dann. Meinen Trinkschlauch habe ich aufgefüllt, und beim Abendessen habe ich ein paar Wurzeln mitgehen lassen. Zuletzt packe ich einen Docht und ein Fläschchen Öl ein.

Ein bisschen ist es wie das Gefühl vor dem Tag der Haremszeremonie: Morgen könnte alles anders sein.

Die Erinnerung lässt mich nicht los.

Das Kleid war wunderschön. Ein samtenes, unschuldiges Weiß mit hübschen Stickereien am Dekolleté. Es reichte bis auf den Boden und zog eine kleine Schleppe, wenn man lief. In der Mitte wurde es von einem silbernen Band geziert, und auch an den langen, durchsichtigen Ärmeln waren Silberplättchen angenäht. Ein feiner, dünner Stoff, der sich anfühlte wie Daunenfedern, die einem über die Haut streichelten.

Ich nahm den Kranz in die Hand. Die roten Blumen stachen mir sofort ins Auge. Sie sahen aus, als könnte ich mich daran verbrennen, wenn ich sie nur mit den Fingerspitzen berührte. Als Zeichen treuer Hingabe ist es den Mädchen an diesem einen Tag gestattet, die königliche Farbe zu tragen.

Valentin klopfte an meine Zimmertür, ich legte den Kranz hastig zurück in die Schachtel, als hätte ich etwas Verbotenes in den Händen gehalten.

Erst blieb er an der Schwelle stehen und schaute mir zu, wie ich das weiße Kleid vor mich hob und mich im Spiegel betrachtete. Er sieht mir ähnlich, auch wenn ich die Einzige in der Familie bin, die rotes Haar hat. Es ist irgendetwas an seinen Gesichtszügen, vielleicht auch die Form der Augen.

»Weint Mutter?«, fragte ich.

Er machte einen letzten Schritt in mein Schlafgemach hinein und schloss die Tür hinter sich. »Sie wird sich nicht trauen, zu dir zu kommen. Sie wird versuchen, die Fassade aufrechtzuerhalten. Die perfekte Schwarzgewändlerin spielen.« Er kratzte sich einmal am Bart. »Du weißt ja. Es ist eine Ehre, für den Brennenden König zur Auswahl zu stehen.«

Ich sah wieder in den Spiegel. »Was, wenn er mich auswählt?«

Valentin nahm mir das weiße Kleid aus den Händen und legte es zurück in das Paket. Als würde es die Situation besser machen, wenn ich es nicht mehr ansehen musste.

»Du warst schon im Königshaus«, sagte ich. »Es ist schlimm für die Frauen, habe ich recht?«

Er rieb einmal den Stoff zwischen den Fingern und schob dann den Deckel über die Schachtel.

Er wischte sich über den Mund und sah mich ernst an, griff nach meiner Hand und strich mir behutsam über den Handrücken. »Versuch, am Anfang der Reihe zu stehen, vielleicht geht er schnell vorüber. Versuch, den Blick auf den Boden zu richten. Sieh ihm am besten nie in die Augen.« Jetzt drückte er meine Hand ganz fest. »Du musst deine Schönheit vor ihm verbergen.«

Ich fürchtete den bevorstehenden Tag wie keinen anderen. Ich dachte, es würde der schlimmste Tag meines ganzen Lebens werden. Ich konnte ja nicht wissen, dass ich auf dem Marktplatz Leo zum ersten Mal treffen würde.

15

Favilla. Schlafzelle.

Wenn es etwas gibt, was ich gut kann, dann ist es, mich rauszuschleichen.

Die Kleidung vom Tag habe ich angelassen. Die Sachen sind im Beutel verstaut. Die Tür steht einen winzigen Spalt offen. Alles ist vorbereitet.

Ich kann endlich damit aufhören, mir etwas vorzumachen. Die Antwort stand fest, von Anfang an. Besonders nach der letzten Gedankenübung mit Roland. Sie beobachten mich genau. Wenn ich die Nächste bin, die aussortiert werden soll, muss ich ihnen zuvorkommen.

Es kann schiefgehen, vielleicht ist es ein Fehler, Aron zu vertrauen. Ich kenne ihn nicht gut genug, um sicher zu sein, dass an der Sache nichts faul ist.

Aber ich habe den Ausdruck in seinen Augen gesehen, als er von Sehnsucht gesprochen hat und von dem Mädchen. Ich habe an dem Druck seiner Hand gespürt, dass er diese Katakomben um jeden Preis verlassen möchte.

Ich kann gar nicht anders, als auf diese Chance zu setzen.

Als zum letzten Mal die Schritte des Dürren vor meiner Zelle verklingen, stehe ich auf.

Ich beuge mich über Sams schlafende Gestalt. Die Öllampe in meinen Händen zittert, den Docht habe ich so weit heruntergeschoben, dass die Flamme winzig ist, dennoch erkenne ich ihre Gesichtszüge im flackernden Licht. Die Vertrautheit darin.

Ich würde ihr gern einen Kuss auf die Stirn geben, aber das wäre zu gewagt, also strecke ich meine Hand aus, um ihr über das Haar zu streichen. Kurz davor zucke ich wieder zurück und lasse sie vorsichtig sinken. Ich darf Sam nicht wecken.

Leb wohl, Sam, sage ich fast lautlos.

Auf Zehenspitzen tapse ich auf die Tür zu. Ich werfe einen letzten Blick zurück. Ich werde diese Zelle keinesfalls vermissen. Nichts werde ich hier vermissen. Gar nichts. Nur Sam.

Ich greife nach einem Hemd und schiebe es in die Rille unter der Steintür. Ich darf nicht riskieren, dass der Stein über den Boden kratzt. Ich muss die Tür nur ein kleines Stück aufdrücken, dann passe ich hindurch.

Sam wälzt sich einmal hin und her, aber sie wacht nicht auf. Erst draußen atme ich wieder aus. Nie hätte ich geglaubt, dass mir der Abschied so schwerfallen würde.

Aron steht am anderen Ende des Gangs. »Ich wusste, dass du kommst«, flüstert er. »Die anderen warten vor dem Gemeinschaftsraum.« Er sieht einmal an mir hinunter. »Bereit?«

Ich nicke.

»Wo müssen wir hin?«, fragt er.

»Zum Sarkophag des dritten Phönixwächters«, sage ich.

Wir sammeln die anderen vor dem Gemeinschaftsraum ein. Wie erwartet ist es die Schülergruppe, die ich schon in den letzten Wochen immer wieder in seiner Nähe gesehen habe. Felicity, Timeon, Valerie und Marcus.

Aron zeigt mit dem Kopf einmal schnell in meine Richtung. »Estelle kennt einen Weg, wir folgen ihr.«

Valerie hat die Hand von Marcus fest umschlossen. Und Timeon sieht mich irgendwie hoffnungsvoll an. Wir alle sind jetzt so etwas wie Verbündete.

»Der Sarkophag des dritten Phönixwächters lässt sich aufschieben, dort führen ein paar schmale Stufen in die Geheimgänge.«

Ich sehe von den anderen wieder zu Aron. »Was ist mit den Wachen?«

»Sagen wir es so: Wir haben da eine Verbündete.«

Ich nicke, dann geht es los.

Die Grabstätten der Phönixwächter bilden eine Art Tunnelsystem, das alle Ebenen miteinander verbindet. Nur die Lehrenden und die Zirkelmitglieder wissen von ihrer Existenz.

Der seltsam modrige Eigengeruch in Favilla, der mir sonst gar nicht mehr auffällt, ist zwischen diesen engen Wänden intensiver. Einmal knackt etwas unter meinen Füßen. Überreste irgendwelcher Knochen, manchmal sinke ich auch in etwas Weiches ein, Sand oder Staub, hoffentlich kein verwesender Tierkadaver. Oder Schlimmeres.

Ich will die Hände nicht rechts oder links abstützen, habe Angst, ich könnte dort in irgendwelche Hohlräume fassen, in irgendwelche Gerippe, Schädel oder etwas, das sich komisch anfühlt und von dem ich nicht weiß, was es ist. In etwas, das sich schlimmstenfalls bewegen könnte.

Ich ziehe meinen Kopf ein, es kommt mir vor, als sei die Decke hier viel zu niedrig, als würde sie mich nach unten drücken. Nicht mal unsere Schritte hallen zwischen den Wänden nach, sie verstummen direkt unter uns. Es ist, als würden alle Geräusche vom Boden verschluckt werden.

Einmal bleibe ich kurz stehen und leuchte hinter mich, um zu sehen, ob die anderen aufgeschlossen haben. Ihre Gesichter sehen angestrengt aus. So wie man aussieht, wenn man sich um keinen Preis seine Angst anmerken lassen möchte.

Ich ziehe das Leinengewand etwas fester um meine Körpermitte. Die Spannung in der Luft ist beinahe greifbar, und für einen Augenblick würde ich am liebsten umkehren, für einen Augenblick kommen die Zweifel, ohne dass ich etwas dagegen tun kann.

Ich darf nicht auf sie hören, sage ich mir. Genau wie ich haben die anderen ihre Gründe.

Dass Timeon fliehen will, kann ich mir mehr als gut vorstellen. Seit sein bester Freund Swen verschwunden ist, ist er ein anderer. Felicitys Eltern wurden noch am Hof der Schwarzgewändler vom Brennenden König vergiftet, und sie denkt schließlich immer noch, das Internat unterliege seiner Herrschaft. Ich weiß nicht, was mit Valerie und Marcus ist, vielleicht wollen sie bloß endlich ganz zueinanderstehen und ihre Liebe nicht mehr in der Grauzone Favillas leben, wo man sich nie sicher sein kann, inwieweit die Lehrenden das dulden.

Wir alle wollen einfach nur weg. Das hier ist kein Trick.

Am Ende des Gangs bleibe ich vor dem Sarkophag des dritten Phönixwächters stehen. »Das ist es«, flüstere ich.

»Danke«, sagt Aron und streckt mir seine Öllampe entgegen. »Halt mal.«

Ich reibe schnell die schwitzigen Hände an meinem Gewand trocken, dann nehme ich ihm die Lampe ab. Der Messinggriff ist warm, ich halte beide Lampen, so weit es geht, nach oben und beleuchte damit das Gesicht der liegenden Statue.

Sie besteht aus kaum verwittertem, so fein bearbeitetem Stein, dass der Körper des ehemaligen Phönixwächters aussieht, als ob jemand erst gestern die scharfen Konturen eingemeißelt hätte.

»Kannst du noch etwas näher mit dem Licht herankommen?«

Ich gehe ganz dicht zu dem Sarkophag, der steinerne Mann liegt so hoch, dass sein Gesicht für mich auf Brusthöhe ist. Ich sehe auf seine geschlossenen Lider. Fürchte in dieser Stille beinahe, die Statue könnte jeden Moment wieder zum Leben erwachen. Dass sich die Augenlider plötzlich hochziehen, die gefalteten Finger von dem prunkvollen Schwert lösen, er sich erhebt und mir, bevor ich reagieren kann, die Klinge ins Herz rammt.

»Was ist jetzt? Hilft mir jemand?«, fragt Aron und reißt mich damit aus meinen Gedanken.

»Du musst am Schwertknauf drehen«, sage ich. »Es ist ein Schließmechanismus.«

Aron dreht am Griff, bis man ein Klacken hören kann. Er stemmt sich gegen den Deckel und kann jetzt die Öffnung so weit aufschieben, dass wir hindurchpassen.

Nacheinander steigen wir die schmalen Treppen in das geheime Gangsystem hinab. Sieben Stufen geht es in die Tiefe, bis ich wieder ebenen Boden unter den Füßen spüre.

Die Luft hier unten ist trocken, als würde man Staub einatmen. Knochenstaub. Das Gefühl, lebendig begraben zu sein, ist fast übermächtig. Ich muss mich zwingen, nicht daran zu denken, wie viele Tonnen Erde nun über uns liegen.

Marcus ist der Letzte in der Reihe. Er schiebt den Deckel zusammen mit Felicity an der Halterung wieder zu. Etwas lauter als beabsichtigt. Aron wirft ihnen einen scharfen Blick zu.

Das war der leichte Teil. Mein Blick fällt auf die Schweißtropfen auf Arons Stirn.

Jetzt gibt es kein Zurück mehr. Welchen Weg sie auch nach draußen gefunden haben, von jetzt an bin ich von ihnen abhängig.

Mein Herz rast, mein Atem geht flacher. Die Panik wird erst wieder verschwinden, wenn ich Favilla mindestens einen Tagesmarsch von mir entfernt weiß.

16

Favilla. Ebene Eins.

Wir sprechen nicht mehr. Wie Geister bewegen wir uns durch das schwarze Labyrinth, unsere Schritte schweben über den Boden. Wir laufen Umwege. Ich habe längst die Orientierung verloren, ich hatte vergessen, wie groß und unübersichtlich dieses Gangsystem in den Katakomben ist. Ich vertraue auf Arons Gedächtnis, darauf, dass er den Weg auswendig gelernt hat.

Unzählige Knochen. Ich verdränge den Gedanken, dass sie mal zu Menschen gehört haben, zwinge mich, sie nicht mehr zu zählen, nicht zu schätzen, wie viele Tote hier unter der Erde liegen. Sie sind zu einem weiteren leblosen Teil der Mauern von Favilla geworden … Ob hier auch Knochen von Schülern aufgeschichtet sind? Solchen wie wir, die so dumm waren, zu fliehen?

Ich muss an etwas anderes denken!

Ich kann es kaum erwarten, nach draußen zu kommen, zum ersten Mal wieder den Wind in den Haaren zu spüren und frische Luft in den Lungen. Dorthin, wo das Leben ist und wo die Zeit nicht einfriert, wo das Wasser fließt und Blätter wachsen. Der Gedanke macht mir Mut.

Plötzlich bleibt Aron stehen. Wir anderen halten ebenfalls an. Er hebt die Hand und gibt uns damit das Zeichen, still zu sein. Die Flamme der Öllampe beleuchtet sein Gesicht. Schatten liegen über seinen Augen und lassen ihn für einen Augenblick wie einen der weißen Totenschädel aussehen.

Dann löschen wir alle das Licht. Und jetzt kann auch ich es hören: Geräusche. Stimmen.

In etwa fünf Schritt Entfernung kann man in den nächsten Gang abbiegen, von dort muss das Gemurmel kommen. Von dort fällt nun auch etwas Licht in unseren Gang. Womöglich sind da die Wachposten positioniert.

Aron drückt mich mit seiner Hand dichter an die Felswand. Hat er nicht behauptet, dass wir eine Verbündete haben?

Doch sein Blick macht mir klar, dass uns jetzt nicht der geringste Fehler unterlaufen darf. Langsam schleichen wir vorwärts. Ich beiße mir auf die Wange, ich darf keinen Laut von mir geben.

Je näher wir der nächsten Gabelung kommen, desto deutlicher hört man die Stimmen. Bei den letzten Schritten verharren wir. Alles könnte jetzt unser Ende bedeuten. Schon das kleinste Geräusch könnte uns entlarven.

Was hat Aron vor? Welchen Plan hat er sich zurechtgelegt?

Und was, kommt mir plötzlich in den Sinn, *was, wenn das doch alles nur ein Test ist?* Wie damals, bei der Prüfung für den Zirkel. Als Benjamin gekrümmt zu meinen Füßen lag, als ich mit Finnley vermummte Schüler gejagt hatte. Was, wenn Jonathan das alles inszeniert hat und ich mich nun ganz von allein in mein Verderben geführt habe?

Auf einmal höre ich Schritte aus dem Gang der Wachen. Eine dritte Stimme. Sie klingt nach einer Frau.

Ich bleibe so regungslos stehen, als wäre ich selbst zu Stein geworden, mit der Wand an meinem Rücken verwachsen.

Die Frau muss das Startzeichen sein, denn plötzlich geht alles ganz schnell: Felicity ist auf einmal neben mir. Mit beiden Händen zieht sie zwei Dolche aus dem Futteral an ihren Stiefeln. Wo in aller Welt haben sie die Waffen her? Sie müssen sie geklaut haben. Auch Aron hat ein langes Messer in der Hand, als er um die Ecke rauscht.

Die Frauenstimme gehört zu einer der Begrabenen, ich kenne ihr Gesicht aus der Küche. Sie muss das Ablenkungsmanöver sein, denn die Wachen stehen mit dem Rücken zu uns, und plötzlich ist Aron mit einem schnellen Sprung hinter dem ersten Mann. Mit dem linken Arm umschlingt er den Körper. Noch bevor der Wächter reagieren kann, noch bevor er überhaupt sein Schwert ziehen kann, hat Aron das Messer an seine Kehle gelegt. Mit einem einzigen, kraftvollen Schnitt schlitzt er ihm den Hals auf. Ein gurgelnder Laut. Blut kommt in Stößen aus seiner Kehle. Und als Aron ihn loslässt, sackt der schlaffe Körper zusammen und fällt mit einem dumpfen Schlag auf den Boden.

Gleichzeitig hat sich Felicity den anderen Wächter geschnappt. Sein Schrei erstickt in ihrer Hand. Blut sickert aus seinem Lederwams hervor. Felicitys Gesichtsausdruck bleibt unverändert kühl, als sie ihm den Dolch wieder aus dem Rücken zieht. Er sackt auf die Knie und schlägt mit dem Gesicht auf dem Boden auf. Der dumpfe Ton geht mir durch Mark und Bein.

Sie müssen bemerkt haben, dass ich wie versteinert dastehe, denn Aron tritt auf mich zu. »Was ist?«, fragt er ungeduldig. »Hast du etwa geglaubt, wir spazieren hier einfach so raus?« Etwas Irres blitzt in seinen Augen auf, und in seiner Stimme ist noch mehr Kälte als sonst. Benommen starre ich auf seinen blutverschmierten Arm, dann auf die rote Klinge. Viel zu intensiv steigt mir der Blutgeruch in die Nase. Schwer und metallisch.

Von Toten war keine Rede gewesen. Von so viel Blut war keine Rede gewesen.

Ich kann nicht anders, als auf die zwei Gestalten zu starren.

Sie liegen in der Pfütze ihres eigenen Bluts. Die Beine komisch verdreht. Die Münder offen, die Augen starr.

Aron sieht zu einer der Leichen hinunter. »Nimm sein Schwert, du wirst es noch brauchen.« Dann sieht er einmal in die Runde. »Beeilen wir uns.«

Aber noch kann ich mich nicht bewegen, selbst wenn mein Leben davon abhinge. Ich kann nicht glauben, dass das eben passiert ist.

»Wenn wir uns gleich in der Dunkelheit verlieren, immer rechts halten«, sagt die Begrabene an uns gewandt. »Bei jeder Biegung rechts, dann könnt ihr nichts falsch machen. Bei den eingestürzten Gräbern geht es raus.«

»Und wenn da auch Wachen sind?«, fragt Valerie.

»Nein, nur ich habe den Ausgang beim Höhlenkäfersammeln entdeckt. Sie wissen nichts davon. Da ist niemand.«

Ich höre ihre Worte, aber sie rauschen bloß an mir vorbei.

»Komm jetzt.« Aron winkt mich zu sich, schon halb im Gehen. Felicity ist bereits vorausgegangen. Timeon wirft mir einen kurzen Blick von der Seite zu, Marcus hat sich die Axt von einer der Wachen geklaut, und dann verschwindet auch er mit der Begrabenen im schwarzen Viereck des Gangs. Ich bin nun das letzte Glied der Kette.

Vorsichtig, mit einem großen Schritt, steige ich über die Leiche, darauf bedacht, nicht in die Blutlache zu treten.

Die Schritte der anderen entfernen sich immer schneller.

Ich blicke in das Gesicht des Toten. Dreißig Jahresumläufe, schätze ich. Er kommt mir bekannt vor. So wie einem irgendwann jedes Gesicht in Favilla bekannt vorkommt. Nur der Name fällt mir nicht ein.

Auch diese Männer werden nun nach und nach bis auf die Knochen verwesen. Sie werden neben den unzähligen anderen Schädeln aufgestapelt werden. Zwei weitere von Tausenden.

Langsam gehe ich in die Hocke und strecke meine Hand zur Schwertscheide des Toten aus. Jetzt bin ich wieder in dieser Bewegungslosigkeit gefangen, und ich bringe es nicht über mich, das Schwert herauszuziehen.

Und plötzlich sind da Schritte, Schritte, die da nicht sein sollten. Ich drehe mich um.

Jemand ruft meinen Namen. Lichter von Fackeln, die auf mich zukommen. Umrisse bilden sich neben den Flammen.

Es ist zu spät. Jetzt kann ich nicht mehr weg. Ich sehe an mir hinab. Der Beutel! Die Tagebuchseite darin!

Mein Herz hämmert, ich nehme ihn von meiner Schulter und stecke ihn schnell in eines der Senkgräber hinter die Totenköpfe, sodass man ihn nicht sehen kann, und dann knie ich mich wieder zu den Leichen.

Ich erkenne drei Gestalten, die auf mich zukommen.

Jonathan, neben ihm Benjamin und der Dürre. Mein Hals schnürt sich zu, und Hitze steigt mir in den Kopf.

»Ich habe die beiden untersucht«, sage ich hastig und stehe auf. »Sie sind nicht mehr zu retten.«

Jonathan beugt sich zu einer der Leichen hinunter, um das Gesicht zu erkennen. »William.« Er sieht zum Nächsten, murmelt einen zweiten Namen vor sich hin, ohne mich bisher eines Blickes gewürdigt zu haben, und feuert dann Befehle in Richtung des Dürren. »Hol mir den Zirkel! Und Emma und Finnley. Sie sollen kampfbereit sein.«

Der Dürre nickt, bevor er davonrennt. Der Blick in seinem ausgemergelten Gesicht macht mir Angst.

Jonathan geht auf und ab, mit der Fackel in der Hand inspiziert er, was vor ihm liegt. Noch einmal streift sein Blick meinen, und ich warte nur auf das Verhör, warte darauf, dass ich mich verrate. Aber es kommt nichts, keine einzige Frage. Ich weiß nicht, ob das gut oder schlecht ist.

»Ich habe was gehört, da bin ich ihren Schritten gefolgt«, beginne ich schnell, bemüht, deutlich zu sprechen. »Bevor ich sie einholen konnte, hatten sie die Wachen schon umgebracht.«

»Wer war das?« Es ist Benjamin, der auf mich zuhumpelt und nachfragt.

»Ein paar Schüler«, sage ich. »Ich habe gesehen, wie sie davongerannt sind.«

»Wohin?«

Unwillkürlich werfe ich einen Blick zum schwarzen Viereck, durch das die anderen abgehauen sind.

»Geflohen?«

»Ich glaube schon«, antworte ich. Auch wenn die Worte irgendwie nicht zu mir gehören, kommen sie aus meinem Mund, springen einfach über meine Lippen, und dabei sehe ich immer und immer wieder das Bild vor mir, wie Aron mit seinem Messer die Kehle der ahnungslosen Wache aufgeschlitzt hat. »Immer rechts halten, haben sie gesagt. Immer rechts.«

Und eigentlich sind diese Worte auch gar nicht für Benjamin bestimmt, schon die ganze Zeit habe ich das Gefühl, dass ich dieses Gespräch in Wirklichkeit mit Jonathan führe.

»Ich habe auch jemanden gehört. Im Flügel der Begrabenen. Zum Glück war Jon noch in der Krankenstation. Ich hab ihn gleich geholt«, sagt Benjamin, aber ich kann mich nicht richtig auf seine Worte konzentrieren. Antworte nur: »Ja, zum Glück.«

Mein Blick ist bei Jonathan, er hat die Hände hinter dem Rücken verschränkt, und ich bin froh, dass er nicht hören kann, wie wild mein Herz schlägt. Wie wild es von innen gegen meine Brust hämmert.

17

Favilla. Ebene Eins.

Wenn der Brennende König Verräter nicht öffentlich hinrichten lässt, werden sie von ihm in den Kerker gesperrt. Was dort genau mit ihnen passiert, weiß ich nicht. Niemand weiß das. Nur von den Schreien spricht man. Vom *Kreischen der Verräter*.

Jetzt, wo auch ich jemanden verraten habe, muss ich daran denken. Dabei hat man doch nur etwas gesagt, was man nicht hätte sagen sollen. Nur ein paar Worte, die mich in den Untergang zerren könnten. Mich – und auch die anderen.

Ich habe nie etwas von den öffentlichen Hinrichtungen gehalten. Aber vielleicht ist es manchmal besser, zu sterben – sofort und nicht langsam und qualvoll in den Verliesen.

Alle sehen mich an.

Ich räuspere mich, als sie sich um uns versammelt haben: Finnley, Emma, Lucas, Sam, Melvin, Callan, Nora und Liv.

In meinen ganzen siebzehn Jahresumläufen habe ich mich noch nie so schlecht gefühlt. Aber welche Wahl hatte ich schon? Jeder andere an meiner Stelle hätte dasselbe getan.

Der Dürre reicht mir meinen Bogen, Pfeile und einen Dolch. Geistesabwesend nehme ich sie entgegen.

»Bringt die Geflohenen zu mir.« Es ist Jonathans Stimme, und plötzlich halten alle inne. »Es dürfen keinesfalls Informationen nach außen dringen. Die Zukunft von Favilla, von Lavis – von uns allen – steht auf dem Spiel.« Ein durchdringender Blick in die Runde. »Tötet nur, wenn es sein muss.«

Die anderen hätten an meiner Stelle dasselbe getan. Ganz bestimmt hätten sie das.

»Und, Estelle!« Alles in mir verkrampft sich. Diese Augen verurteilen mich, sie sagen mein Ende voraus. Gleich ist alles vorbei.

»Ich danke dir«, sagt er, aber da ist etwas Undefinierbares in seinem Ausdruck. Es könnte alles bedeuten, *Ver*trauen oder *Miss*trauen. Er nickt mir zu, bedeutet mir, mich den anderen anzuschließen. Ich weiß nicht, warum er mich jetzt mitgehen lässt, wo er mich doch vorher nie hinausgelassen hat.

Ich umklammere fest meinen Bogen. Bekomme ich nun doch noch die Chance, zu fliehen?

Er soll denken, dass die Entschlossenheit, die in meinen Augen flackert, Favilla gilt. Dass ich für Favilla kämpfen werde, komme, was wolle. Aber in Wirklichkeit gilt diese Entschlossenheit nur mir. Nur mir und Leo.

Die anderen machen sich bereit, sie schnallen die Waffen an ihren Gürteln fest, binden Schnüre.

Jonathan winkt Emma zu sich. Er flüstert ihr etwas zu, und sie nickt. Es ist seltsam, Jonathan flüstern zu sehen, das passt nicht zu ihm.

Emma stellt eine Gegenfrage, und Jonathan wirft dabei einen prüfenden Blick ins Geschehen, dann flüstert er etwas zurück. Ich versuche, anhand seiner Lippenbewegungen Wörter abzulesen. Doch sein winziger Mund bewegt sich viel zu schnell.

Emma geht voran. Der Gedanke, dass sie Verdacht geschöpft haben könnte, lässt mich nicht los. Deshalb bilde ich mit Sam und Finnley das Ende, um so weit wie möglich Abstand zu halten.

Bei der ersten Gelegenheit zieht Sam am Zipfel meines Leinenhemds und sieht mich verständnislos an.

Ich schulde ihr dringend eine Erklärung. Eine, die ich jedoch nicht habe. Dass ich die Fliehenden aufhalten wollte, wird sie mir nicht glauben, dafür kennt sie mich zu gut. Und weil ich mit dem Lügen schon angefangen habe, bleibt mir nichts anderes übrig, als damit weiterzumachen. »Ich hatte wieder einen dieser seltsamen Träume«, flüstere ich ihr zu. »Ich bin nach draußen gegangen, weil ich es in der Zelle nicht mehr ausgehalten habe.«

Sie nickt einmal. Das scheint ihr fürs Erste zu genügen. Vielleicht glaubt sie mir, aber selbst wenn nicht, im Moment ändert es nichts. Im Gegenteil, ich fühle mich immer schlechter.

Es geht tiefer ins dunkle Labyrinth. Weit in die Gänge von Favilla, von denen ich langsam den Eindruck habe, dass sie nie aufhören werden.

Die letzten Meter steigen wir über größere Steine hinweg, vermutlich von dem Einsturz. Das muss der Ausgang sein, den die Begrabene ausfindig machen konnte. Ich klettere eine steile

Felswand rauf. Von oben zieht mich Melvin an der Hand hoch, ich plumpse auf weichen Waldboden.

»Das hätte Benjamin nicht eleganter machen können«, sagt Melvin, aber selbst hinter seinem Grinsen kann ich heute die Anspannung sehen.

Die kalte Nachtluft trifft mich unvorbereitet. Zuerst ist sie ein scharfes Ziehen in den Lungen, ein Stechen hinter der Stirn. So, wie sich das eisige Wasser aus dem Brunnen anfühlt, wenn ich es mir über den Kopf schütte, um mich zu waschen.

Plötzlich bin ich hellwach. Ich rappele mich auf. Wir sind von Bäumen umgeben. Der Gang im unerschlossenen Bereich muss weit unter den Friedhofsmauern hindurch bis in den Wald geführt haben.

Die Dunkelheit hier draußen ist eine andere, eine, an die sich meine Augen erst gewöhnen müssen. Ich werfe einen Blick nach oben, will den Nachthimmel sehen, auch wenn ich durch das Dickicht der Zweige nicht viel erkenne. Aber zwei weiße, leuchtende Punkte kann ich ausmachen. Ich habe die Sterne, das Draußensein so vermisst. Und trotz der anhaltenden Anspannung ist es ein wundervoll befreiendes Gefühl und so, wie es auch eigentlich sein sollte – dort, wo sich Menschen eigentlich fortbewegen sollten.

»Halt die Augen lieber auf dieser Höhe«, sagt Melvin, und jetzt ist nicht mal mehr ein kleines Grinsen auf seinem Gesicht. »Du musst den Wald im Blick haben.«

»Ich habe doch dich dabei.« Ich versuche mich an einem aufmunternden Lächeln. »Du kennst dich doch hier aus.«

»Nicht hier«, sagt Melvin, und sein Gesicht ist mir ganz

fremd, so verkrampft sieht es aus. »Wir Jäger haben bestimmte Grenzen. Wer tiefer in den Wald geht, kehrt nur selten zurück. Und das hier ist tief.« Ich habe das Gefühl, dass er gar nicht mehr mit mir spricht. »Viel zu tief.«

Ich starre auf die vorderen Baumstämme. Sie werden gerade noch von unseren Fackeln erhellt, aber zwischen ihnen ist eine schwarze Wand. Ohne eine Lichtquelle wäre man vollkommen verloren, diese Dunkelheit würde einen gnadenlos verschlingen. Ich presse einen Arm um meine Körpermitte, der Temperatur nach müsste es Anfang Herbst sein.

»Hier ist Blut!«, ruft Emma plötzlich. Sie hat die Fackel an einen der Sträucher gehalten, und in der anderen Hand hat sie einen Zweig, auf dem man den dunklen Fleck erkennen kann. »Es muss von den Geflohenen sein. Mir nach!«

Ein gewaltiger Baum ragt direkt vor uns auf. Er hat einen seltsamen Wuchs. Als wäre er schräg zur Seite gekippt, bildet er eine Art Torbogen, durch den wir nun hindurchschreiten.

Ich habe das Gefühl, aus dem Schwarz könnte jeden Augenblick eine Gestalt auftauchen. Die seltsame Stille, die sich hier wie von oben auf uns herunterdrückt, macht dieses Gefühl nur noch intensiver.

»Am besten bilden wir eine Reihe. So haben wir eine größere Reichweite.« Emma deutet mit der Fackel Richtungen an.

Lucas stellt sich neben mich, wir bilden den rechten Flügel der Reihe.

Bei jedem Schritt muss ich auf den Boden schauen. Unter unseren Füßen knacken Äste, das sind die einzigen Geräusche, die die unheimliche Stille durchbrechen.

Ich spüre flaumiges Moos unter meinen Stiefeln. Die Sträucher sind kniehoch, man sieht nicht, wo man hintritt, Dornen piksen mich in die Waden.

Die Bäume stehen dicht, sodass die Sicht nicht weiter reicht als etwa fünf Schritte.

Plötzlich ertönt ein merkwürdiges Geräusch hinter mir, als würde jemand etwas aneinanderreiben oder zwischen den Fingern zermalmen. Kurz ist es so nah, dass ich das Gefühl habe, derjenige stünde direkt hinter mir. Immer wieder sehe ich mich um, blicke über meine Schulter.

Es geht zügig voran, niemand spricht, alle lauschen aufmerksam in die Nacht.

Diese Unruhe in mir lässt nicht nach. Sie kribbelt irgendwo in meinem Brustkorb, und je stiller es ist, desto schlimmer wird es.

Als ich meine Fackel nach rechts schwenke, schrecke ich auf. Doch es ist nur ein Baum, der seine spitzen Äste wie Stacheln von sich streckt.

Ich halte es kaum aus. Meine früheren Verbündeten, die ich verraten habe, die nun meinetwegen in dieser misslichen Lage stecken. Die Vorstellung ist absurd, dass ich das hier gerade wirklich tue.

Ich muss fliehen. Wenn wir Aron und die anderen finden, bedeutet das mein Ende. Ich muss fliehen, noch bevor wir sie stellen und Jonathan erkennt, wer die wahre Verräterin ist.

Meine Blicke wandern von rechts nach links. Die anderen sind mit dem Weg beschäftigt. Starren konzentriert zu Boden, um nicht zu stolpern, kein auffälliges Geräusch zu verursachen.

Trotzdem wird es unglaublich schwer werden, sich von der Gruppe abzusetzen. Ohne Licht habe ich keine Chance, und wenn ich mich mit der Fackel entferne, falle ich zu sehr auf.

Der Waldboden wird unebener. Stämme liegen wie Fallen im Weg. Größere Steine ragen aus dem Boden hervor, ausgerissene Wurzeln von umgestürzten Bäumen, und das ist der Moment!

Ich verharre hinter einer der ausgerissenen Wurzeln. Es riecht nach feuchter Erde. Ich warte, bis Sam zwischen den Bäumen verschwindet und Lucas immer weiter abdriftet, Emma ist dicht neben ihm. Die Gestalten entfernen sich von mir, die Fackellichter werden kleiner.

Langsam ducke ich mich und lege die Fackel auf dem Boden ab.

Für den Moment kann ich nur hoffen, dass sie meine Abwesenheit nicht bemerken. Und mit dem aufgeregten Herzschlag wird plötzlich das Hämmern unter meiner Schädeldecke lauter.

Nein. Nicht jetzt!

Meine Glieder werden unsagbar schwer, ich rutsche mit den Händen an den Wurzelteilen ab. Ein kalter Nebel fließt durch meinen Körper und betäubt mich. Kraftlos sinke ich ganz zu Boden, nasskalte Erde an meiner rechten Wange.

Ich werde herumgewirbelt. Ich richte mich wieder auf. Zwei kampfwütige Männer stehen mir gegenüber. Ihre breiten Gesichter sind zu Fratzen verzerrt. Sie haben die Waffen erhoben. Seltsame, sichelartige Waffen, gefährlich spitz. Sie rennen auf mich zu und brüllen etwas, das ich nicht verstehe. Ihre Augen leuchten fast gelblich. Von der Seite sehe ich den Fremden, der erneut mit

dem blutdurchtränkten Schwert ausholt. Ein tiefer Schnitt prangt
an seinem Oberschenkel.

Jetzt reißt es mich nach oben.

Plötzlich bin ich wieder im Wald. Ich ringe nach Luft, versuche mich auf meine Umgebung zu konzentrieren, doch die Schwere zieht an meinen Lidern. Ich will mich gegen die Bilder wehren, aber das Pochen in meinem Kopf übertönt alles.

Feuer. Gewaltige Flammen lechzen nach Bäumen und Sträuchern. Kreischen in meinen Ohren. Ich werde umhergewirbelt, irgendwo neben oder unter mir die zwei bewaffneten Männer, deren Kleidung nun auch Feuer gefangen hat. Ich suche die Umgebung nach dem Fremden ab. Aber ich kann kaum durch die Flammen sehen.

»Estelle!« Eine vertraute Stimme. »Komm zu dir! Estelle!«

Überall Weiß und Gelb und Schreie. Brennende Bäume.

Sams Gesicht taucht jetzt aus den Flammen auf. Ich starre sie an. Mein Hals ist wie ausgetrocknet. Als habe sich darin eine Schicht gebildet, die erst abbröckeln muss, bevor ich meine Stimme wiederfinde.

»Was machst du hier so weit weg von der Gruppe?« Sie sieht hektisch über die Schulter. »Scheiße, die kommen. Du musst dich jetzt schnell wieder fassen.« Sie entkorkt ihren Wasserschlauch und hält mir die Öffnung an den Mund.

Erst als mein Rachen wieder befeuchtet ist, schaffe ich es, mich aufzustützen, und bemerke, dass das Leinenhemd an meinem Rücken klebt, weil ich schweißüberströmt bin. Wie lange bin ich weg gewesen?

Sam wischt mir mit den Händen ein paar Erdkrümel aus

dem Gesicht. »Sag, dass du gestürzt bist oder so.« Sie zieht mich noch mal ein Stück hoch. »Sag, du hast dir den Kopf angeschlagen.«

Ich versuche, irgendwie zu nicken oder ihr deutlich zu machen, dass ich sie verstanden habe, aber ich bin noch zu keiner Regung fähig. Wie hat sie mich so schnell gefunden?

»Hier sind wir«, ruft Sam und schwenkt die Fackel mit ausgestrecktem Arm durch die Nachtluft.

»Kannst du klar denken?«, fragt sie mich mit gesenkter Stimme. Ich räuspere mich. Irgendein Ast pikst mich unangenehm in den Oberschenkel. »Ja.« Auch wenn ich mich immer noch nicht vollständig anwesend fühle, so erkenne ich doch Emma und neben ihr Callan und Nora, die mich mit gerunzelter Stirn betrachten, während sie näher kommen.

Emmas kräftige Gestalt beugt sich zu mir herunter. »Wurdest du angegriffen?«, fragt sie.

Ich schüttle den Kopf. »Ich bin gestürzt«, sage ich.

»Kannst du weitergehen?«

Ich nicke, sie richtet sich wieder auf, und dann redet sie mit Sam, als wäre ich gar nicht anwesend. »Du hast ein Auge auf sie?«

Sam murmelt irgendetwas Unverständliches zurück. Fast die gesamte Gruppe steht jetzt um uns herum, nur Lucas kann ich nicht entdecken.

Knacken und Knistern. Finnley taucht plötzlich neben Emma auf. »Es g-gibt einfach keine Hinweise mehr. Nicht die k-kleinste Sp-Spur«, sagt er und macht eine kleine Pause, bevor er weiterspricht. »Es ist viel zu d-dunkel. Sie k-könnten überall s-sein.«

Emma fasst sich an die Stirn. »So kommen wir nicht weiter.« Sie fixiert einen Punkt im Wald. »Wir teilen uns auf«, sagt sie schließlich. »Lucas?« Sie ruft seinen Namen merkwürdig laut, noch bevor sie sich ihm überhaupt zugewandt hat. Er kommt ein paar Schritte auf Emma zu. Sie hat die Hand am Schwertgriff liegen und mustert ihn aufmerksam. Etwas Unausgesprochenes liegt zwischen den beiden, das fällt mir selbst mit dröhnendem Kopf auf.

»Du bildest eine Gruppe mit Callan, Sam und Estelle. Ihr zieht in das Waldgebiet Richtung Südwesten.«

Lucas erwidert nichts, er sieht nur einmal flüchtig in Sams Richtung, die immer noch neben mir kniet und eine Hand an meiner Schulter hat.

»Finnley, du gehst zusammen mit Melvin, Nora und Liv nach Südosten.«

Finnley nickt einmal, langsam und deutlich.

»Ich gehe zurück und hole Verstärkung«, fährt Emma fort, und so aufrecht, wie sie dasteht, zweifle ich nicht daran, dass sie es im Notfall allein mit sechs Schülern aufnehmen könnte. »Beeilen wir uns. Wenn wir sie noch kriegen wollen, dann in dieser Nacht.« Sie wirft einen letzten Blick in die Runde. »Wir müssen sie aufhalten«, sagt sie – und dann nach einer weiteren kurzen Pause: »Alles ist erlaubt.«

18

Lavis. Wald.

Sam hilft mir auf, und Lucas sieht ungeduldig zu. Meine Haare verfangen sich in einem Zweig. Mit zittrigen Fingern nestele ich daran herum, bis ich sie freibekomme. Lucas seufzt. Er ist der Letzte im Zirkel, mit dem ich in eine Gruppe eingeteilt werden wollte.

Mir ist immer noch schwindelig, und die Schmerzen in meinem Kopf sind bestialisch, aber ich darf jetzt nicht aufgeben. Ich muss abhauen, bevor wir die Geflohenen finden.

Schweigend gehen wir hintereinander her. Die Stimmung ist zum Zerreißen gespannt, und ich fühle mich wie ein lästiges Anhängsel, das Lucas am liebsten sofort loswerden würde. Viel lieber hätte ich Melvin in meiner Gruppe. Noch viel lieber hätte ich überhaupt keinen in meiner Gruppe und wäre schon tausend Schritte auf der Flucht.

Callans Bewegungen sind entschlossen, doch selbst er lässt Lucas vorangehen.

Ich stolpere über eine Wurzel, Sam versucht mich zu stützen, sie merkt wohl, wie kraftlos ich mich fühle.

Lucas seufzt erneut absichtlich laut und dreht sich genervt um.

»Sie kann nichts dafür«, sagt Sam und funkelt ihn wütend an. Immer weiter laufen wir durch die Dunkelheit.

Wie soll ich es nur schaffen, wegzurennen, die anderen abzuhängen?

Irgendetwas flattert im Schwarz. Ich sehe auf, aber da sind nur die Baumkronen, die sich leise im Wind bewegen.

Dann schreiten wir unter einem seltsam gebogenen Baumstamm hindurch. Es scheint, als habe ihn etwas Großes umgeworfen. Ich könnte schwören, dass er genauso aussieht wie der Baum, den wir ganz am Anfang gesehen haben, direkt vor dem Ausgang der Katakomben. Nur der Ausgang ist nicht mehr da.

Irgendwann fange ich an, meine Schritte zu zählen, und versuche, mir umgefallene Bäume einzuprägen. Aber es ist aussichtslos, alles sieht gleich aus.

Wie riesige, krallenartige Finger greifen die Äste in unseren Weg. Mein Unbehagen steigt, *wir dürfen hier nicht sein*. Instinktiv gehen mir diese Worte durch den Kopf. *Wir dürfen hier nicht sein*. Während wir uns immer tiefer in das Innere des Waldes vorarbeiten, kann ich das Gefühl nicht abschütteln, dass wir Eindringlinge sind. Dass der Wald gegen uns arbeitet, dass jeder Schritt ein falscher sein könnte.

Es geht einen steilen Hang bergab. Ich suche nach Zweigen, an denen ich mich festhalten kann, rutsche jedoch immer wieder weg.

Lucas flucht, als er mit dem Fuß in einen Haufen totes Laub einsinkt.

»Hier«, Callan will ihm aufhelfen, aber Lucas schlägt seine Hand weg. Er schnaubt und befreit sich allein. Dann schüttelt er die Laubreste von seiner Kleidung.

In meinem Kopf arbeitet es fieberhaft. Wie soll ich mich nur unbemerkt von dieser kleinen Gruppe absetzen?

Verdammt. Irgendwann wird es hell werden, und irgendwann wird uns die Müdigkeit einholen. Ich sehe mich um, vielleicht entdecke ich irgendwo ein geeignetes Versteck. Aber da sind nur Bäume. Nichts als Bäume.

Hinter mir ein Rascheln, ein Knacken. Was lauert hier im Wald, wenn sich selbst die Jäger nicht so tief hineinwagen? Ständig habe ich das Gefühl, dass sich etwas zwischen den Bäumen bewegt, oder sind es nur die Schatten, die meine eigene Fackel wirft? Ein Ast streift meine Schulter. Ich halte das nicht mehr aus.

Was, wenn der Fremde aus meinem Traum ganz in der Nähe ist? Die Wälder von Noctuán und Lavis grenzen direkt aneinander. Was, wenn er plötzlich hier auftaucht? Und mit einem Mal spüre ich wieder die Hitze, sehe die lodernden Flammen und die schreienden Männer. Auch sie waren in einem Wald.

Was, wenn ich diese seltsamen Bilder aus einem bestimmten Grund sehen soll? Wenn Lucas uns schon die ganze Zeit, ohne es zu wissen, genau dorthin führt?

Fest presse ich beide Hände gegen meine Schläfen, drücke mit all meiner Kraft dagegen, als könnte ich damit dieses komische Gefühl loswerden.

Und plötzlich höre ich wieder etwas. Langsam bin ich fast sicher, dass uns jemand verfolgt.

Ich bleibe stehen und warte, bis Sam zu mir aufgeschlossen hat.

»Was ist los?« Sie sieht mich besorgt an.

»Ich glaube, jemand ist hinter uns«, flüstere ich, und jetzt schüttelt es mich heftig, weil der Schweiß an meinem Rücken kalt geworden ist. Ich friere.

Sam reibt mir beide Arme. »Hier kann alles Mögliche lauern.«

»Du glaubst mir nicht.« Es ist mehr eine Feststellung als eine Frage.

Sie stößt laut Luft aus. »Es ist nur«, sie hebt einmal die Hände und lässt sie dann wieder fallen, sucht nach den richtigen Worten, »hier knacken ständig irgendwelche Äste unter den Füßen, und du bist eben noch benommen wegen vorhin, das ist schon in Ordnung.«

Ich schiebe ihre Hände von meinen Armen. »Ich versteh schon«, sage ich und schließe dann wieder zu den anderen auf, achte nicht mehr darauf, was sie noch murmelt.

Ich versteh schon.

Auch Sam scheint mich mittlerweile für vollkommen verrückt zu halten. Vermutlich tun das alle.

Aber da ist es wieder, das Geräusch, jetzt ganz deutlich. Ein Rascheln, wie eine Bewegung hinter einem Baum.

»Hier!«, rufe ich, und alle drehen sich zu mir um, dann folgt ihr Blick der Richtung, in die mein Finger zeigt. Lucas hat blitzschnell sein Schwert gezogen, auch Callan hat eine Hand fest am Griff der Waffe.

357

In Angriffshaltung stehen wir dem Dunkel gegenüber und starren diesen einen Baum an. Er ist groß, und er trägt keine Blätter. Seine nackten Äste tasten nach dem Himmel.

Aber es bewegt sich nichts mehr. Kein Geräusch, keine Bewegung, nicht einmal der Wind.

»Wenn du das nächste Mal Alarm schlägst, dann nur, wenn es auch einen Grund dafür gibt!« Lucas sieht mich genervt an.

»Ich war mir sicher, dass da jemand war«, antworte ich schwach.

Lucas will schon die nächsten scharfen Worte in meine Richtung abfeuern, aber Callan kommt ihm zuvor. »Schon in Ordnung«, sagt er. »Es ist nicht falsch, wachsam zu sein.« Langsam löst er die verkrampften Finger wieder vom Griff seiner Waffe. »Wir sind schon seit Stunden unterwegs, vielleicht sollten wir alle kurz durchatmen.«

»Wir machen keine Pause!«, sagt Lucas und wischt sich einmal über den Handrücken. »Wir gehen weiter.«

»Wer hat dich eigentlich zum Anführer bestimmt?« Sam steht plötzlich neben mir, herausfordernd sieht sie Lucas an.

»Ich mich selbst«, antwortet er. »Oder hast du etwa einen besseren Vorschlag?«

»Einige«, sagt Sam, doch bevor sie weitersprechen kann, schaltet Callan sich wieder ein: »Das bringt doch nichts.« Er stellt sich wie ein Schild zwischen die beiden. Für ein paar Augenblicke bleiben wir so stehen.

Lucas hat eines seiner Schwerter immer noch fest umschlossen. Ich fürchte, dass er es so schnell auch nicht mehr loslassen wird, und dann stapft er einfach los.

Wortlos folgen wir ihm.

Nichts hat sich verändert.

Ich weiß nicht, wie ich diese Nacht überstehen soll. Ich kann weder das Gefühl abschütteln, dass wir verfolgt werden, noch kann ich mich von den Bildern des Fremden lösen. Seine Silhouette vor dem Wald. Ich habe Angst, er könnte plötzlich vor mir stehen, wenn ich vom Waldboden aufsehe. Ganz nah vor mir stehen und mich anschauen. Sein Blick lauert auf mir, dabei kann ich nicht mal mehr sagen, welche Farbe diese Augen haben.

19

Lavis. Wald.

Meine Beine scheinen nicht mehr zu meinem Körper zu gehören. Mein Arm fühlt sich mit der Fackel in der Hand wie eingerostet an. Mein Hals kratzt und brennt.

Immer noch keine Spur von Aron und den anderen. Auch von Finnleys Gruppe ist nichts zu hören. Als wären wir die einzigen Menschen in diesem Wald.

Ich hatte gehofft, Lucas, Sam und Callan würden irgendwann unaufmerksam werden, aber wir gehen immer noch zu dicht beieinander. Ich warte auf einen passenden Moment, suche den Wald nach Verstecken ab. Ich sage mir *jetzt*, und dann dreht sich Callan um. Ich sage mir *jetzt*, und dann ist dort wieder eine lichtere Stelle im Wald, wo ich mich nicht schnell genug verbergen könnte. Das Risiko ist einfach zu groß.

Da ist ein neues Geräusch. Ein stetiges Rauschen. Nicht wie vom Wind, sondern ein tieferes, ständiges Rauschen, eines, das aus der Erde kommt. Je weiter wir geradeaus gehen, desto deutlicher kann ich es hören.

Auch der Wald hat sich verändert. Der Weg ist steiniger, die

Luft feuchter, mehr und mehr Efeu wuchert an den Baumrinden entlang. So viel Efeu, als wolle er die Bäume auffressen.

»Der Fluss!«, ruft Lucas plötzlich. »Ich kann ihn sehen.«

»Der Fluss?« Ich blicke misstrauisch zu Sam. »Müsste der nicht auf der anderen Seite des Waldes sein?«

Sie lacht verzweifelt. »Wahrscheinlich haben wir die Orientierung völlig verloren.«

Lucas wartet auf uns. Er hat das Schwert mit der Spitze in den lehmigen Boden gerammt und stützt sich mit dem Ellenbogen auf dem Knauf ab.

Vor ihm machen wir halt.

Jetzt ist es ganz laut. Rauschendes Wasser.

Das Blätterdach hat sich etwas gelichtet, und der Mond wirft seinen Schimmer auf uns herab.

Sam stützt die Hände in die Hüften und blickt den Fluss hinab. Ich stelle mich neben sie. Das Ufer liegt etwa sechs oder sieben Schritte unter uns, wir sind an der Kante einer steilen Felswand angelangt. Man kann von hier unmöglich hinunterklettern.

Das strömende Wasser jagt wie eine schwere, schwarze Masse durch das Flussbett. Wenn ich jetzt hineinspringen würde, würde die Strömung mich mitreißen, mich mit der Masse verschmelzen, bevor ich wieder Luft holen könnte.

Meine Beine sind so schwer, dass sie mich kaum noch tragen. Ich sinke zu Boden, stütze meinen dröhnenden Kopf an einem Baum ab.

Der Fluss Leto führt quer durch das ganze Königreich. Er teilt sich vor dem Wald in zwei weitere, schmalere Flussarme.

Aber vielleicht ist dieser dunkle, donnernde Fluss gar nicht der Leto, sondern ein anderer, ein unbekannter Fluss. Aber wer weiß schon, wo wir hingelaufen sind?

»Ich sehe nach, ob es einen anderen Weg gibt, den die Geflohenen genommen haben könnten. Allein bin ich schneller«, sagt Sam. »Ihr beide kümmert euch um Estelle.« Sie schwingt ihre Fackel einmal von Lucas zu Callan und dann wieder von mir zu den beiden.

»Ist gut«, sagt Callan. »Beeil dich.«

Sam läuft davon. Lucas steuert auf den Baum zu, an dem ich lehne, und knallt seine Schwerter gegen den Stamm. Er lässt sich auf den Boden plumpsen. Warten zählt bestimmt nicht zu seinen Stärken.

Er nimmt mir die Fackel aus der Hand und steckt sie zusammen mit seiner vor uns in den Boden. Jetzt erst überfällt die Erschöpfung mich so richtig, dafür mit einer solchen Intensität, dass ich fürchte, mich bis Tagesanbruch nicht mehr regen zu können.

Auch Callan setzt sich. Aber ich kann mir vorstellen, dass er sich nicht zurücklehnt, dass er die Augen die ganze Zeit auf den dunklen Wald gerichtet hat.

Von hinten kann uns niemand angreifen, da gibt es nur das rauschende Wasser und den Abhang.

Ich versuche, die Augen offen zu halten, aber sie brennen so fürchterlich, dass ich sie kurz schließen muss. Als ich sie wieder öffne, ist es schon ein bisschen besser.

Eine Armee aus Blumen hat sich auf dem Waldboden verteilt. Im Schein des Feuers kann ich erkennen, dass sie rot sind.

So knallrot, als hätte sie jemand mit Farbe direkt auf das Moos gepinselt. Eine Farbe, die eigentlich nicht in diesen schwarzen Wald passt.

Eine von ihnen ragt direkt neben mir aus der Erde, fächerartige Blüten mit weißen Staubfäden in der Mitte. Ich erkenne sie wieder. Es sind die Blumen der Haremszeremonie. Bei der Auswahl haben sie den Kranz geziert, den ich mir ins Haar stecken musste.

Damals mit Leo am Fluss habe ich sie auch gesehen. Leuchtende Punkte am Wasser.

Ich stelle mir vor, wie es wäre.

Wenn ich Leo jetzt wiedersehen würde. Wenn er dastehen würde. Jetzt hier aus dem Schwarz zwischen den Baumstämmen treten würde. Wie er auf mich zukäme. Wie schön er wäre.

Zuerst schmunzelt er, dann wirft er kurz einen Blick auf den Boden, dann wieder auf mich, er sieht nur mich.

Ich gehe auf ihn zu, lege meinen Kopf an seine Brust, und er umschließt mich mit seinen Armen. Er wird genauso riechen, wie ich es in Erinnerung habe.

Wie es wäre, wenn er dann mit den Händen mein Kinn hebt, sodass ich ihm in die Augen sehe, und er sagt, dass ich nicht weinen brauche, dass jetzt alles wieder gut ist. Ich nicke, versuche etwas zu sagen, aber er würde mich küssen. Ich könnte endlich wieder seine Lippen spüren. Und der Rest der Welt wäre egal.

Bei ihm bin ich einfach nur bei ihm. Sonst nichts.

»Ich glaube, ich muss mich bei dir entschuldigen.«

Lucas reißt mich aus meinen Träumen. »Damals beim Bogenschießen«, sagt er auf seiner Seite des Baumes. »Ich musste an dem Tag Noel wieder wegen dem Zirkel anlügen. Und dann bist du eh schon gereizt, und dann behandelst du die anderen eben so, als wäre das ihre Schuld. Aber das war auf jeden Fall nicht in Ordnung.«

Jetzt dreht er den Kopf zu mir, um mir für einen kleinen Moment fest in die Augen zu sehen. »Tut mir leid.«

Ich würde ihm gern die Hand auf die Schulter legen, aber er sitzt zu weit weg, und wahrscheinlich hätte ich es auch so lieber gelassen. »Schon okay«, sage ich schließlich. »Ist schon vergessen.«

Er rupft einen Grashalm aus dem Boden und zupft ihn mit den Fingern in immer kleinere Teile. Auch wenn Lucas und ich gewiss nie Freunde werden, freue ich mich dennoch über dieses kleine Friedensangebot.

»Ich glaube dir jetzt übrigens.« Sein Blick ist wieder in die Ferne gerichtet.

»Was glaubst du mir?«

»Ich hatte am Ende auch das Gefühl, dass uns jemand folgt«, sagt er und rupft diesmal ein ganzes Büschel Gras aus. Erdklumpen fallen von den Wurzeln zurück auf den Boden. »Aber ich denke, wir haben ihn jetzt abgehängt.«

Ich räuspere mich, mein Hals ist immer noch trocken.

Ich wäre mir da nicht so sicher.

Ich habe nicht einmal richtig bemerkt, dass ich eingeschlafen bin. Ich war nicht lange weg, Lucas' ständige Unruhe hat mich wieder wach gemacht. Immer noch rupft er Gras aus. In immer kürzeren Abständen.

Ich will mich aufrichten, aber es geht nicht. Mein Fuß ist eingeklemmt. Ich sehe an mir hinunter. Wurzeln haben sich wie Fesseln um meinen Knöchel geschlungen.

Und meine Arme. Sie sind mit Flechten bedeckt. Wie ein grünes Netz haben sie sich über meine Haut geschlängelt. Kalte, feuchte Flechten, die sich wie Blutegel an mich gesaugt haben.

Ich keuche. Mein Atem geht stoßweise. Überall Moos, das meine Schuhe bedeckt. Hektisch streiche ich es weg. Schüttle es von mir wie eklige Spinnen.

»Was ist los?« Lucas und Callan drehen sich zu mir.

»Nichts«, sage ich. »Alles gut.« Ich sehe sie an und versuche dabei, dem Drang zu widerstehen, die letzten Flechtenreste von meinen Armen zu schütteln. Sie kitzeln mich auf der Haut, aber den beiden fällt das womöglich gar nicht auf, denn sie richten ihre Blicke wieder nach vorn.

Was, wenn sie es nicht gesehen haben, weil es eigentlich gar nicht da ist?

Aber ich kann die Pflanzenreste zwischen meine Finger nehmen, sie zu kleinen Krümeln zerreiben. Ich kann sie fühlen, sie sind echt. Sie sind da.

Ich kann mir das nicht einbilden.

»Das dauert zu lang!« Lucas ist wieder auf den Beinen. Er sieht wütend aus, seine Nasenflügel blähen sich auf. »Ich suche den Fluss in die andere Richtung ab.«

Auch Callan steht plötzlich auf, stellt sich dicht vor Lucas. »Das wirst du nicht.«

»Es ist mir egal, was du sagst«, feuert Lucas zurück. »Ich werde hier nicht die ganze Zeit nur dumm rumsitzen.«

»Wir sind ein Team«, sagt Callan und bewegt sich kein Stück. »Unsere Aufgabe ist es, das Internat nicht in Schwierigkeiten zu bringen und –«

Plötzlich ein gellendes Schreien. So schreit man nur, wenn etwas ganz Schreckliches passiert ist. Wir sehen uns alarmiert an.

Sam!

20

Lavis. Wald.

Wie von selbst finden die Schwerter und Fackeln wieder in unsere Hände. Wir rennen los.

Zweige peitschen mir ins Gesicht. Kalte Luft strömt scharf durch meine Lungen. Ich gleite aus, stolpere über eine Wurzel, fange mich im letzten Moment und renne weiter, die Angst dicht an meinen Fersen. Ich hetze vorwärts, mein Hemd verfängt sich irgendwo, würgt mich. Ich zerre daran, um mich frei zu bekommen, nestele panisch am Stoff. Ich reiße einmal kräftig am Hemd und renne weiter.

Gleich habe ich Callan eingeholt. Ich höre Kampfgeschrei, das Klirren der Schwerter und Stimmen.

Halte durch, Sam!

Jetzt kann ich sie sehen. Auf einer Lichtung, die von mehreren Fackeln im Boden umkreist ist, kämpft Sam gegen die anderen. Drei von ihnen haben sie in die Enge gedrängt. Timeon, Felicity und die Begrabene. Irgendwer liegt bereits gekrümmt am Boden und hält sich die Seite, ich glaube, es ist Valerie.

Callan stürzt sich sofort ins Geschehen, mit schnellen Hieben drängt er Felicity von Sam ab. Ich werfe einen panischen Blick nach rechts und dann nach links.

Wo zum Henker ist Lucas? Wo ist Lucas hin?

Ich drehe mich um, das Licht seiner Fackel ist verschwunden.

Wir brauchen Verstärkung. Wenn die Geflohenen mich erkennen, werden sie gnadenlos auf mich einschlagen.

Ich bleibe in der Deckung und presse mich dicht hinter einen Baum. Die Fackel lasse ich fallen, das Mondlicht ist hier hell genug. Dann ziehe ich einen Pfeil aus dem Köcher.

Anvisieren, spannen, zielen und lösen.

Ich darf jetzt nur an Sam denken und muss den Rest ausblenden. Aber alles, was ich spüre, ist das Pochen. Ich schieße den ersten Pfeil ab. Er bleibt in einem der Bäume stecken. *Verdammt!*

Am liebsten würde ich schreien. Warum bin ich nicht mehr ich selbst?

Meine Ziele verschwimmen. Die anderen sind nur noch undeutliche Gestalten. Ich spüre es wieder wie im Gedankenunterricht, als würde etwas in meinen Kopf hineinströmen.

Auch der nächste Pfeil geht daneben.

Gleich werden die Bilder kommen. Gleich werde ich den Fremden sehen. Ich halte mir die Stirn.

Reiß dich zusammen, Estelle!

Ich will einen nächsten Pfeil abschießen, da höre ich etwas hinter mir durchs Holz brechen. Ich fahre herum, und eine Streitaxt kommt auf mich zu. Eine schwere, gewaltige Klinge.

Marcus brüllt. Sein Gesicht ist eine wutentbrannte Fratze und erinnert mich an die Männer, die gegen den Fremden gekämpft haben. Auch sie hatten diesen Blutdurst in den Augen.

Ich weiche zurück und kann den Hieb im letzten Augenblick mit dem Bogen zur Seite abfälschen. Aber die Wucht des Schlags wirft mich zu Boden.

Steine bohren sich beim Aufprall spitz in meinen Rücken. Ich rolle mich schnell zur Seite, da reißt mich etwas zurück, Marcus hat das Band meines Köchers zu fassen bekommen.

Ich versuche, es von mir zu ziehen, aber er ist stärker. Das Band schneidet so fest in meine Schulter, dass es die Haut aufreibt.

Dann bekomme ich die Schnalle zu fassen und schaffe es, sie zu lösen. Der Druck lässt nach, und das Band löst sich von meinem Körper.

Marcus rappelt sich auf und tritt einmal kräftig mit dem Fuß auf den Lederköcher. Ein kurzes Krachen, und meine Pfeile sind dahin.

Der Schreck sitzt mir in den Gliedern. Was soll ich ohne sie machen?

Marcus setzt zum Schlag an, da reagiere ich.

Ich ramme ihm meinen Bogen in die Weichteile.

Er reißt die Augen weit auf, den Mund ebenfalls, erst dann entfährt ihm ein Laut, ein schmerzerfülltes Stöhnen. Gekrümmt steht er da, schafft es dennoch, sich von mir zu lösen.

Beide haben wir die Waffen erhoben. Scharfes Metall starrt mich an. Der Bogen in meiner Hand kommt mir vor wie ein dünner Ast, den Marcus mühelos entzweiteilen kann.

Schwer atmend schauen wir uns an, warten auf den nächsten Zug.

Ohne Pfeile werde ich nicht weit kommen, aber mit meinem

Dolch wird Marcus nicht rechnen. Er denkt, er habe den Kampf bereits gewonnen, aber er irrt sich.

Er hat die Axt erneut zum Angriff erhoben. Ich ducke mich unter ihr hindurch und ziehe den Dolch hervor, steche ihn in seinen Oberschenkel und spüre, wie die Klinge im Fleisch versinkt.

Marcus stoppt in seiner Bewegung. Er schreit und fällt mit seiner Axt zu Boden. Die Klinge landet knapp neben mir in den Sträuchern. Noch bevor Marcus sich wieder aufrichten kann, verpasse ich ihm mit dem Ellenbogen einen kräftigen Schlag gegen die Schläfe.

Er liegt auf dem Waldboden, die Fasern der farblosen Leinenhose haben sich am Schenkel verfärbt.

Ich beiße einmal fest auf die Zähne und ziehe ihm den Dolch mit einem Ruck aus dem Bein. Er zittert in meinen Händen.

Die Welt steht still. Nur ich bin diejenige, die sich darin bewegt, deren Herz wie wild von innen gegen die Brust trommelt.

Er ist jetzt bewusstlos, sage ich mir, *von ihm geht keine Gefahr mehr aus.*

Letzte Blutstropfen perlen an der Klinge des Dolchs hinab. Sie sammeln sich an der Spitze, sind aber nicht schwer genug, um zur Erde zu tropfen. Sie fallen nicht. Noch nicht.

Von Lucas ist immer noch nichts zu sehen, aber von Sam dringen weiterhin Kampfgeräusche zu mir.

Ich drehe mich um. Die Begrabene liegt bereits am Boden, auch Timeon wird von Sam mehr und mehr in die Enge getrieben.

Callan und Felicity umkreisen sich. Felicity lauert, sie versucht ein paarmal einen Ausfallschritt, um einen Schlag anzutäuschen. Ihre Augen blitzen, sie ist sich ihrer Sache viel zu sicher, aber schließlich kann sie auch nicht ahnen, dass sie es mit einem Zirkelmitglied zu tun hat.

Mühelos pariert Callan ihre schnellen Hiebe und drängt sie immer weiter zurück. Es ist nur eine Frage der Zeit, bis er eine Lücke in ihrer Deckung findet.

Plötzlich bewegt sich Valerie, die hinter Callan am Boden liegt. Sie robbt ein Stück vorwärts. Mit der einen Hand hält sie sich die Rippen, und mit der anderen fasst sie nach ihrem Schwert. Sie wird Callan von hinten angreifen.

Ich umklammere meinen Dolch. »Callan, hinter dir!«, schreie ich.

Eben hat er Felicity entwaffnet, dann sieht er über die Schulter, in diesem Moment hat Valerie ihm schon die Klinge in die Wade gestochen. Und auch Felicity holt aus. Sie hat eine am Boden liegende Laterne ertastet, die sie ihm nun mit ihrer Linken frontal ins Gesicht rammt. Das Eisen trifft auf seine Nase. Ich höre das grausige Knacken bis hierher.

Callan stürzt zu Boden.

Es sind ungefähr sieben Schritte, die zwischen mir und Felicity liegen, und trotzdem glaube ich erkennen zu können, dass ein Lächeln um ihre Mundwinkel zuckt. »Jetzt bist du dran, Verräterin!«, ruft sie. Ohne auf den Boden zu schauen, macht sie einen großen Schritt über Callan hinweg.

Ich suche nach Marcus' Axt, finde sie in den kniehohen, dornenbesetzten Sträuchern. Sie ist noch warm am Griff und fühlt sich viel zu schwer in meinen Händen an.

Felicity stürmt auf mich zu. Ich halte die Luft an.

Keine einzige Übung in Favilla hat mich auf so etwas vorbereitet. Wenn es darauf ankommt, ist immer alles anders. Ich stehe fest mit den Füßen am Boden, mit aller Kraft werde ich versuchen, den Angriff abzuwehren.

Beidhändig holt sie über die rechte Schulter aus. Ich reiße gerade noch rechtzeitig die Axt hoch. Von der Wucht ihres Schwerthiebs taumele ich ein paar Schritte zurück. Ich spüre den Aufprall der Waffen in meinem ganzen Körper vibrieren, der Ton des Stahls summt in meinen Ohren nach.

Ihre Klinge saust sofort wieder auf mich zu, ich kann nur ein kleines Stück zur Seite weichen.

Zuerst spüre ich nichts. Zuerst habe ich nur gemerkt, dass etwas das Lederwams durchdringt. Dann kommt der Schmerz, wie tausend spitze Dornen, die an meiner Haut reißen. Felicity hat mich erwischt. Ein kurzer Schnitt zwischen Bauch und Hüfte. Nicht tief, glaube ich, aber tief genug, um mich im Kampf zu beeinträchtigen.

Felicity entwaffnet mich mit dem nächsten Hieb. Die Axt fällt ins Gras.

Ich begreife, dass ich jetzt sterben muss.

Sie wird nicht davor zurückschrecken, mich mit dem Stahl zu durchbohren. Sie wird mich umbringen, genau wie die Wachen in Favilla.

Felicity schreit, und die Klinge saust erneut auf mich zu.

Schützend reiße ich die Arme vor meinen Kopf. Ich schließe die Augen.

Das also ist mein Ende.

21

Lavis. Wald.

Ich warte auf den Schmerz, aber er kommt nicht. Stattdessen fällt etwas Schweres auf mich. Ein gepresster Laut dringt aus meiner Kehle. Ich kriege kaum Luft.

Ich öffne die Augen. Felicitys schlaffer Körper liegt über meinem, ich habe einige ihrer Haare im Mund.

Ich schaue hoch. Über mir steht Sam. Langsam lässt sie ihren Schild sinken. Sam. Sie hat Felicity den Schild gegen den Kopf gestoßen. Ihr rundliches Gesicht sieht wie durch mich hindurch.

Ich schiebe Felicity von mir, sie rollt auf den Rücken, ihr Kopf kippt zur Seite weg.

Im Schein des Mondes kann ich eine Platzwunde erkennen, die sich über ihren Hinterkopf zieht. Zweigeteilte, aufklaffende Haut. Ein Riss, etwa so lang wie ein kleiner Finger. Dazwischen rot.

»Ist sie …« Ich rutsche zurück, rutsche immer weiter auf dem Waldboden von Felicitys Gesicht weg. »Ist sie tot?«

»Bewusstlos.« Sams Stimme ist hart, und jetzt sehe ich, dass Felicitys Brustkorb sich noch hebt und senkt.

»Kannst du aufstehen?« Sam streckt mir ihre Hand entgegen. Noch nie habe ich eine solche Leere in ihrem Gesicht gesehen. Laubreste hängen an ihrem Lederwams, auch an ihrem Arm klafft eine Wunde. Ich nehme ihre Hand. Ihre Finger sind glitschig.

Besorgt sieht sie sich den Schnitt an meinem Bauch an.

»Geht schon«, murmele ich. »Er ist nicht so tief.« Ich drücke ihre Hand. Eigentlich will ich sie gerade ganz fest in den Arm nehmen, aber ich habe Angst, ihre Wunde versehentlich zu berühren.

»Bei dir?«, frage ich stattdessen.

Sie will etwas sagen, da hören wir Callan stöhnen.

Er liegt noch immer dort, wo Felicity ihn mit der Laterne niedergeschlagen hat. Ich will es nicht wissen, ich möchte lieber nicht in sein Gesicht schauen. Ich habe schon zu viel gesehen. Mehr Blut ertrage ich nicht.

Sam hastet zu ihm.

Ich halte inne und sehe mich noch einmal um.

Felicity liegt hinter mir, Marcus rechts. Etwas weiter vorn kann ich die schlaffen Gestalten von Timeon, der Begrabenen und Valerie ausmachen. Die ersten beiden bewegen sich nicht mehr, aber ich glaube, ich kann Valerie leise wimmern hören.

Keine Trainingseinheit, keine Strohpuppen oder stumpfen Klingen. Nichts Unechtes.

Dennoch ist die Zeit wie eingefroren. Das Pochen in meinem Kopf hat mich betäubt.

Sam hat sich über Callan gebeugt und seinen Kopf in ihre Hände gebettet. Sie streicht ihm die Haare aus dem Gesicht und redet auf ihn ein. Irgendwelche Worte, die ihn beruhigen sollen, das kann sie gut, das weiß ich.

Und plötzlich begreife ich: Das hier ist meine Chance. Vielleicht die einzige Chance.

Wenn es etwas gibt, was ich gut kann, dann ist es, mich wegzuschleichen. Keine Verletzung wird mich davon abhalten, kein Jonathan, der in der Krankenstation auf und ab geht, kein Pochen in meinem Kopf.

Endlich. Weg von Favilla.

Leo, ich fliehe nun und werde dich jetzt wiederfinden.

»Sam, ich sichere die Lage«, rufe ich.

Sie schaut nur einmal schnell über die Schulter und nickt.

Ich versuche, mir ihr Gesicht einzuprägen. Ihre Züge, die mir so vertraut vorkommen. Nie werde ich sie vergessen.

Zwei Schritte vor mir liegt einer meiner Pfeile auf dem Waldboden. Er ist nicht zerbrochen. Ich hebe ihn auf und klammere meine Finger fest um den Holzschaft. Der Wald ist dunkel und weit. Ich werde ihn bestimmt brauchen.

Auf einmal höre ich etwas weit aus der Ferne. Waren es Rufe? Sind Finnley, Melvin und der Rest der Gruppe längst auf dem Weg hierher? Weg. Ich muss sofort weg.

Es tut mir leid, Sam.

Ich gehe auf das dichtere Unterholz in einer Senke zu, werde schon schneller, doch weil ich nicht anders kann, drehe ich mich ein letztes Mal zu Sam um.

Und dann sehe ich da etwas. Und alles in mir zieht sich zusammen. Als würde jemand mit der bloßen Faust durch mich hindurchfassen und mein Herz zerquetschen.

Blasses Gesicht. Eisige Augen. Langer, dünner Hals.

Aron!

Er steht direkt hinter Sam. Ich will schreien, aber ich bin nicht schnell genug, und er schlägt Sam mit dem Knauf seines Schwerts gegen den Hinterkopf. Sam fällt lautlos über Callan.

Aron hält sein Schwert mit beiden Händen umklammert, gleich wird er es ihr in den Rücken stoßen. Wenn ich nicht sofort etwas unternehme, ist alles zu spät.

Ein einziger Moment, der jetzt über mein ganzes Leben entscheidet. Meine Gedanken überschlagen sich.

Favilla hat mich krank gemacht. Krank im Kopf und auch in mir drin. Als wäre dort etwas gestorben, als hätte die Sehnsucht mit der Zeit ein Loch in mich hineingefressen.

Ich schaue hinter mich: die dunklen Bäume, meine Chance, ein neues Leben zu beginnen. Meine Chance, weg zu sein, bevor Finnleys Gruppe uns erreicht hat.

Ich schaue wieder zu Sam: meine Chance, ein Leben zu retten.

Wenn ich einmal eine Entscheidung getroffen habe, dann gibt es kein Zurück mehr.

Der Pfeil liegt zwischen meinen Fingern. Es ist ganz einfach.

Alles, was ich will, ist Leo.

Ich hebe den Bogen vom Boden auf und spanne ihn.

Ich habe Aron im Visier. Ich werde mir das nie verzeihen.

Meine Finger zittern, ich fürchte, dass sie jeden Moment von der Pfeilnocke abrutschen.

Nebel strömt in meinen Kopf.

Ich habe Angst. Irgendwann werden die Träume überhandnehmen. Der Nebel wird mich aus meinem Kopf drängen.

Aber noch bin ich da, noch hat er sich nicht vollständig in meinem Kopf ausgebreitet, und ich kämpfe.

Ich greife den Bogen fester. Konzentriere mich auf die Wirklichkeit, auf das Holz in meinen Händen und auf Aron.

Ich habe die Kontrolle, sage ich mir. Ich allein entscheide, wo der Pfeil landet. Und er soll in Aron landen.

Es gibt nur mich und die Sehne an meinem Kinn, die Pfeilnocken an meinen Fingern und das Ziel.

Kein Pochen, kein Zittern, kein Aufhalten.

Ich bin nicht verrückt.

Atmen. Und Schuss.

Meine Augen folgen dem Pfeil, mein Herz setzt einen Schlag aus.

Ich treffe. Die Eisenspitze bohrt sich in seinen linken Arm, ich konnte einfach nicht auf den Kopf zielen. Er schreit auf. Durch den Aufprall verliert er das Gleichgewicht und taumelt nach hinten.

Nur ein kleiner Seitenblick auf Sam reicht, und in mir bricht etwas hervor. Eine plötzliche Kraft, von der mir nicht klar war, dass ich sie besitze. Vielleicht ist das der innere Punkt.

Ich renne auf Aron zu. Er versucht, den Pfeil aus seinem Arm zu ziehen, aber er bricht ab und bleibt mit der Spitze in seinem Oberarm stecken. Aron flucht.

Fast habe ich ihn erreicht. Komme, was wolle, er darf diesen Kampf nicht gewinnen. Dann war alles umsonst.

»Du Verräterin!«, brüllt er.

Er keucht und gerät einmal ins Wanken, aber trotzdem schlägt er mir mühelos den Bogen aus der Hand.

Einen Moment zögern wir und stehen uns gegenüber. Er wischt sich die braunen Haare mit dem rechten Unterarm aus dem Gesicht, in der linken Hand hält er das Schwert. Seine Augen blitzen.

Wir tänzeln im Kreis, messen uns mit Blicken. Ich halte meinen Dolch fest umklammert. Und plötzlich kommt mir das alles so bekannt vor. Nur weiß Aron jetzt, wie ich kämpfe, und ich habe immer noch keinen blassen Schimmer davon, wie er in Wirklichkeit zuschlägt.

Bloß nie wegsehen. Immer den Augenkontakt halten. Nur daran werde ich schnell genug erkennen, wann er den Angriff startet. Kalter Schweiß rinnt meinen Rücken hinab. Ich zwinge mich zur Ruhe.

Er holt aus und schlägt zu. Dem ersten Hieb kann ich ausweichen. Er schwingt das Schwert ein zweites und dann ein drittes Mal. Lange werde ich das nicht durchhalten. Ich muss versuchen, den Kampf so schnell wie möglich zu beenden.

Eine Furche legt sich zwischen Arons Brauen, die Nasenflügel beben, seine Augen sind enge Schlitze. Und es ist noch mal ein ganz anderer Blick als damals in der Großen Halle. Er ist real, und er ist voller Wut.

Beim vierten Schlag holt er so weit aus, dass ich genau diesen Moment nutze.

Ich ducke mich, rolle auf dem Boden zur Seite, um ihm dann mit einem schnellen Stich den Dolch durch den Schuh zu stechen. Ein Schrei entfährt ihm.

Bevor ich mich aufrappeln kann, schafft er es, mir sein Knie gegen den Kopf zu rammen, und ich werde zu Boden geschmettert. Mein Kinn schlägt auf einer hervorstehenden Wurzel auf. Ein dumpfer Schmerz betäubt meinen Kiefer.

Alles dreht sich. Ich sehe nur noch Punkte vor meinen Augen aufblitzen. Bunte Punkte, die auf einer schwarzen Fläche tanzen. Einige davon sind gelbe, aufblinkende Kreise, andere sind grüne oder blaue Zickzacklinien. Eine unruhige Dunkelheit.

Als ich die Augen wieder öffne, verschwindet dieses Durcheinander nicht. Diesmal sind es Arons Umrisse, die vor meinen Augen tanzen, und dahinter irgendwo die roten Blumen vom Fluss.

»Du verdammte Verräterin! Du hast alles versaut!« Er beugt sich tief zu mir herunter und packt mich an meinen Haaren. Dieser Schmerz ist noch viel fieser als alle anderen zuvor. Ein fürchterliches Reißen. Millionen spitze Nadeln. Ich will nur noch, dass es aufhört.

»Du hast uns beinahe umgebracht!« Und jetzt fuchtelt er mit der anderen Hand und der Spitze seines Schwerts ganz dicht vor meinem Gesicht herum. »Was denkst du?«, fragt er. »So ein paar Narben würden einem schönen Mädchen wie dir doch ganz gut stehen.«

Der Stahl streift über meine Wange, noch schneidet er nicht ein, aber der Schmerz an den Haaren übertrifft ohnehin jedes andere Gefühl. Es ist, als wolle mir jemand die Kopfhaut abziehen.

»Damals habe ich dich gewinnen lassen, aber diesmal wirst du winseln müssen«, schreit er.

Ich will etwas erwidern, aber ich kann nicht sprechen. Tränen schießen mir in die Augen.

»Was, glaubst du, hätten die mit uns gemacht?«, fragt er, lässt sein Schwert kurz sinken und kommt mit seinem Gesicht viel zu dicht an meines. Ich muss an die Kerker denken und das Kreischen der Verräter. Ich weiß nicht, was Jonathan tun würde.

Ich versuche, nach dem Dolch zu tasten, aber er steckt nicht mehr in Arons Fuß, er muss hier irgendwo liegen. Doch ich fühle nur Moos und Erde.

»Wer weiß, was mit den Schülern passiert, die verschwinden«, sagt er mit zusammengepressten Zähnen. »Vielleicht genau das, was mit dir gleich passieren wird. Genau das, was passiert, wenn man sein Wort nicht hält und seine Freunde verrät.«

Und jetzt finden meine Finger einen Stein. Ich schlage ihn, so fest ich kann, gegen seine Schläfe.

Arons Augen sind blicklos aufgerissen, er keucht und sackt auf die Knie. Das Schwert lässt er fallen.

Ich raffe mich auf. Dann stehe ich direkt über ihm. Ich sehe auf ihn hinab. Auf seine dünnen, braunen Haare.

Du hast die Wachen kaltblütig aus dem Hinterhalt erstochen und wolltest Sam dein Schwert in den Rücken rammen.

Ich tue es. Ich nehme seinen Kopf zwischen die Hände und schlage seine Schläfe gegen mein Knie. Ein dumpfes Geräusch. Mit dem Fuß stoße ich ihn zurück, er fällt mit dem Rücken auf den Boden. Den rechten Arm hält er von sich gestreckt, in seinen Fingern ein Büschel meiner roten Haare.

Ein Klopfen in meinem Knie, ein Rauschen in meinen Ohren, der Wald hört nicht auf, sich zu drehen.

Ich kann den Blick einfach nicht von dem Büschel in seiner Hand abwenden.

22

Lavis. Wald.

Stimmen hinter mir. Finnley ist plötzlich da und dreht Sams Körper auf die Seite. Blut an ihrem Arm. Sie blinzelt und sagt irgendetwas.

Ich nehme alles nur wie durch einen Schleier wahr.

Lucas' Name fällt ein paarmal.

Nora fühlt Callans Puls, sieht dann über die Schulter und nickt Finnley zu, der bringt ihr einen Ledergürtel, und Nora bindet damit die Wunde an seiner Wade ab. Sie schiebt einen Ast in die Lederschlaufe und dreht zu, um die Blutung zu stillen.

Melvin drückt einen Stofffetzen auf den Schnitt an meinem Bauch. Er spricht mit mir, aber ich kann ihn nicht hören. Die Bäume drehen sich um mich, mein Kopf explodiert gleich. Was, wenn einer zu sich kommt? Aron oder Felicity … wenn einer von ihnen die Wahrheit sagt? Wenn sie reden, bin ich erledigt!

»Alles gut.« Melvin klatscht mir einmal leicht auf die Wange. »Du kannst jetzt wieder Luft holen.«

Ich schüttle den Kopf. Nichts ist gut, verdammt. Melvin sieht sich immer noch den Schnitt an. Ein stechender Schmerz, und ich ziehe scharf die Luft ein. Ich will jetzt nicht angefasst werden, will seine Hand da wegschieben. Wieder redet er auf mich ein, warum ist er nur so hartnäckig?

Dann steht Finnley vor uns, er spricht zur gesamten Gruppe. »Ihr g-geht z-zurück nach F-Favilla«, sagt er. »Ich k-kümmere m-mich um den Rest.«

Aber ich würde am liebsten einfach hier liegen bleiben. Für immer hier liegen bleiben. Umkippen und nicht mehr aufstehen. Nichts hat mehr einen Sinn.

Ein Arm legt sich um meine Hüfte. »Ich bringe sie zurück.«

»Am b-besten, ihr seid v-vor T-Tagesanbruch dort«, sagt Finnley. »Ich w-warte hier auf Emma und d-die anderen.«

Melvin murmelt etwas und schiebt mich dann vorwärts.

Irgendwo hinter mir ein Stöhnen. Ich drehe mich um, kurz flimmert Arons Gesicht vor meinen Augen auf. Ich blinzle.

Ich sehe wieder Finnley, ich glaube, er hat den Bogen gespannt.

Ich starre in eine der Fackeln. Wachs tropft auf die trichterförmige Eisenhalterung. Das Feuer flackert unruhig. Hin und wieder fliegt ein Funke nach oben, um sich sogleich in der Dunkelheit aufzulösen.

Eilig haben sie Callan in die Krankenstation getragen. Ich soll kurz warten, hat irgendwer gesagt, und genau dort lehne ich jetzt an der Wand.

Ich fixiere ganz lang irgendeinen Punkt im Feuer. Ich kann nicht anders. Ich denke kurz an gar nichts, nehme kein äußeres Geschehen wahr. Ich bin ganz leer. Nichts ist mehr übrig.

Ein Schatten fällt auf mich. Ich habe ihn gar nicht kommen sehen, erst als ich den Blick langsam von der Fackel löse, erkenne ich die große, breitschultrige Gestalt vor mir.

Noels Augen haben ein sehr warmes Braun, und das sogar, als er mich jetzt völlig entgeistert anstarrt. »Lucas!«, sagt er aufgebracht. »Ich bin aufgewacht, und er war nicht da.« Er macht noch einen Schritt auf mich zu, dann, als er das Blut an meinem Leinenhemd entdeckt, hält er inne. »Bist du verletzt? Was ist passiert?« Wahrscheinlich bemerkt er auch ein paar Schürfwunden, den Schlamm an meinen Stiefeln. »Du … du warst draußen?« Er zieht die Brauen zusammen.

»Lucas ist weg«, sage ich.

»Was?« Sein Gesicht ist wie eingefroren. »Was meinst du mit *weg*?«

»Noel … ich erklär dir später alles. Du solltest nicht hier sein.«

»Ist ihm etwas zugestoßen?« Er greift sich verzweifelt in die schwarzen Haare. Sieht hektisch umher und dann wieder genau in meine Augen. »Bitte, Estelle.«

»Es … ich …« Ich halte inne, als die Tür zur Krankenstation aufschwingt. Jonathan steht auf der Türschwelle. Er hat eine weiße Schürze umgebunden, die ihm fast bis über die Knie reicht. Sie hat rote Flecken, die frisch aussehen. Als hätte sie eben jemand mit flüssiger Farbe bespritzt.

»Wir müssen miteinander sprechen«, sagt er mit ruhiger Stimme, und ich bin froh, dass seine Augen Noel fixieren und nicht mich. Noel tritt einen Schritt vor.

Kalte Finger krabbeln meine Wirbelsäule hinab. Ich hatte fast vergessen, wie kalt es in diesen Gängen ist.

23

Favilla. Einzelzelle.

Ich werde mich nie an Rolands Stimme gewöhnen. Mit geschlossenen Augen sitze ich auf dem Holzstuhl, mein Magen fühlt sich von dem Kräutergeruch komisch an, und ich will mich kratzen. Der Schnitt an meinem Bauch juckt. Das ist ein gutes Zeichen, hat Jonathan gesagt, und nach ein paar Tagen völlig normal.

Ich tue so, als würde ich mich entspannen, aber die Gedanken wirbeln nur so durch meinen Kopf.

Ich denke daran, wie es sich angefühlt hat, als mein Dolch in Marcus' Oberschenkel eingesunken ist. Ich denke an den seltsamen Wald, das Rascheln im Unterholz und die Flechten um meine Arme. An die Kampfgeräusche. Wie Sam mir das Leben gerettet hat. Und ich denke an das Haarbüschel in Arons Hand.

Ich habe ihn nicht wiedergesehen. Keinen von ihnen. Ich weiß nicht, was mit ihnen geschehen ist.

Wir haben nicht mehr über die Nacht im Wald gesprochen. Niemand hat mir Fragen gestellt. Mein Verrat scheint unentdeckt geblieben zu sein.

»Entspannen!«, sagt Roland, diesmal lauter und drängender.

Aber die Gedanken an die Nacht im Wald tauchen ständig auf. Lucas ist einfach verschwunden. Ich kann Noel verstehen. Ich kann verstehen, dass er sich vor den Kopf gestoßen fühlt. Es geht uns allen so.

Mir wird schlecht von dem Kräuterzeug in der Luft. Es löst einen dumpfen Schwindel in meinem Kopf aus. Kombiniert mit dem pochenden Schmerz ist das nicht gut.

Nicht gut für meine seltsamen Träume.

Ich kann dem Drang nicht nachgeben, meine Finger in die Einkerbungen der Stuhllehnen zu bohren.

Favilla darf nicht erfahren, dass ich diese Dinge sehe. Sie dürfen nicht erfahren, dass sich etwas verändert hat. Dass ich mich verändert habe, möglicherweise ein Risiko für sie darstelle. Ich darf ihnen nicht noch einen Grund geben, mich auszusortieren. Denn obwohl niemand etwas gesagt hat, spüre ich Jonathans prüfenden Blick. Augen, die sich in meinen Rücken bohren.

Ich frage Roland auch nicht mehr, weshalb wir das hier tun. Er wird sowieso nicht antworten.

Ungeduldig geht er auf und ab. Ich mag das Geräusch seiner Schuhe auf diesen Steinplatten nicht.

»Fixiere den Punkt.« Die Stimme ist hinter mir.

Und ich kann nichts tun. Das Hämmern gegen meine Schädeldecke wird stärker, ich weiß, was dann kommt.

Ich hatte gehofft, es würde sich noch einmal eine Gelegenheit auftun, um zu fliehen. Ich hatte gehofft, ich würde vor dem nächsten Gedankeneinzelunterricht abhauen können. Aber Jonathan hat die Wachposten an allen Ausgängen verdoppelt und alle Begrabenen zur Befragung in seine Zelle gebeten.

Meine Haltung wird starr. Roland darf es nicht bemerken. Er darf es nicht.

Reiß dich zusammen, Estelle!

»Halte den Punkt. Fixiere.«

Ich bin nicht verrückt.

»Gleichmäßig atmen.«

Ich bin nicht verrückt, sage ich mir noch einmal. Immer und immer wieder. Wie damals im Wald.

Ich bin nicht verrückt, ich bin nicht verrückt.

Ich sehe mich wieder dort stehen, wie ich den Bogen gespannt habe und auf Aron ziele.

Roland redet weiter auf mich ein. Erteilt Anweisungen, aber ich höre gar nicht hin. Mit aller Konzentration, die ich besitze, versuche ich, meine Gedanken weg von dem Fremden zu schieben. Wenn ich erwarte, dass die seltsamen Träume kommen, dann kommen sie auch. Aber nicht, wenn ich mich wehre. Mit jedem *Ich bin nicht verrückt* weicht der Nebel, der sich gegen meine Schädeldecke drückt, mehr aus meinem Kopf. Dass es plötzlich funktioniert, gibt mir ein unglaubliches Gefühl von Stärke.

Das Pochen ist zwar immer noch da, aber nur noch als ein leichtes Klopfen. Keine Bilder, kein Fremder.

Ich atme auf.

»Halt!«, sagt Roland.

Ich blinzle ins Dunkel. Ich bin ganz ruhig.

Roland beugt sich zu mir herunter. Das Schlangengrün kann mir nichts anhaben.

Lange halten wir Blickkontakt. Aber ich schrecke nicht zurück, sehe direkt in seine Augen, in die großen Pupillen, und versuche mir vorzustellen, dass das nicht Roland ist, der vor mir steht.

»Du kannst gehen«, sagt er und weicht ein paar Schritte zurück. Meine Finger lösen sich von den Armlehnen. Sie sind noch ganz verkrampft.

Ich gehe zur Tür. Halte einen Moment inne, bevor ich hinaustrete, aber es bleibt still.

Ich setze den Fuß über die Schwelle.

Im Zirkelraum fallen mir zum ersten Mal die winzigen Verzierungen um die Pfeile am Marmorboden auf. Wie Tausende kleine Flügel. Sie sind sehr schön.

Wenn ich eines der Vogelwesen sein könnte, dann würde ich ein Phönix sein. Rotgolden durch Flammen gehen.

Als ich an diesem Abend die Schlafzelle betrete, brennt die Öllampe noch. Sam ist wach. Sie sitzt auf ihrem Schlaffell. Neben ihr steht ein kleines Schälchen mit einer gelblichen Kräuterpaste. Auch ich habe so ein Schälchen von Jonathan bekommen. Die Salbe riecht nach Minze und fühlt sich kühl in den Nasenhöhlen an.

Sie tut sich etwas davon auf die Finger und reibt es vorsichtig über die Schnittwunde an ihrem Arm.

Sie schaut hoch, als ich mich neben sie setze.

»Hat Roland etwas bemerkt?«, fragt sie.

Ich schüttle den Kopf. Ihre Gesichtszüge entspannen sich. »Zum Glück.«

Ein befreiendes Lächeln legt sich auf meine Lippen. »Ja.« Ich schaue ihr zu, wie sie etwas unbeholfen mit der linken Hand die Wunde einreibt. »Soll ich dir helfen?«

»Geht schon, danke.«

Seit der Nacht im Wald liegt diese unausgesprochene Sache zwischen uns. Sam kennt mich mittlerweile gut genug. Ich schätze, sie weiß, dass ich fliehen wollte. Vielleicht hat sie sogar mitbekommen, dass mich Felicity als Verräterin beschimpft hat.

»Hast du noch mal was von Callan gehört?«, frage ich, obwohl mir doch schon die ganze Zeit die andere Frage auf der Zunge liegt.

»Das Fieber hat nachgelassen. Jonathan ist sich sicher, dass er wieder auf die Beine kommt.« Haare fallen ihr vor das Gesicht, als sie mich kurz ansieht. »Aber ich glaube, es wird lange dauern, bis er über alles hinwegkommt. Er kann es immer noch nicht fassen, dass er jemanden getötet hat.« Sam sieht auf die restliche Paste, die an ihrem Finger klebt. »Er hat immer noch das Bild vor Augen, wie das Messer in ihrem Rücken stecken geblieben ist.« Sie starrt auf einen Punkt an der Wand.

»Danke, Estelle«, sagt sie schließlich. »Ich weiß nicht, was ohne dich in diesem Wald passiert wäre, wenn du Aron nicht aufgehalten hättest, wenn –«

Ich lege ihr eine Hand auf den Arm. »Ist schon in Ordnung.«

»Nein«, sagt Sam. »Ich meine, du hättest dich auch anders entscheiden können. Das weiß ich zu schätzen.« Sie lächelt flüchtig und wendet sich dann wieder ihrer Wunde zu. Die Hitze aus meinem Kopf weicht langsam. Sie wird niemandem etwas sagen.

Sam zieht einmal scharf die Luft ein, als sie an eine verkrustete Stelle kommt, die nun aufbricht. Frisches Blut tropft aus der Wunde. Sie will es mit einem sauberen Stofffetzen abtupfen, dabei fallen ihr wieder ein paar Haare vors Gesicht. Sie versucht, sie wegzupusten, jedoch vergeblich. »Kannst du kurz?«, fragt sie.

»Sicher.« Ich streiche ihr die Strähne hinter das Ohr und betrachte sie von der Seite. Ihr Gesicht, ihren Hals.

Ich halte plötzlich inne.

Wie vom Blitz getroffen stehe ich auf und stelle mich direkt vor sie.

Sie sieht erschrocken hoch. »Was ist los?«

Ich beuge mich näher zu ihr. Jetzt streiche ich ihr mit beiden Händen die Haare ganz aus dem Gesicht, sodass auch ihre Stirn freiliegt.

Verwirrt weicht sie mit dem Kopf zurück. »Estelle, was machst du da?«

Kurz sehen wir uns entgeistert an.

Eine dunkle Erkenntnis, die meinen ganzen Körper erfasst. Der Schock in meinem Gesicht scheint sich auch in ihrem widerzuspiegeln.

Alles fügt sich mit einem Mal zusammen. Ich taumle einen Schritt zurück.

Wie konnte mir das die ganze Zeit entgehen? Wie kann es sein, dass ich so blind war?

Deshalb kam sie mir ständig so bekannt vor. Ich kenne Sam.

Dieses Gesicht. Das strohblonde Haar, die hohe Stirn, die großen, grünen Augen.

Ich weiß, wer sie ist.

Der Unterricht in Favilla

DIE LEHRENDEN IM ÜBERBLICK

Alric

Edwin

Emma

Finnley

Garred

Isabella

Mirlinda

Nikolai

Roland

DIE UNTERRICHTSFÄCHER IM ÜBERBLICK

Schwertkampf

Hiebwaffen

Stichwaffen

Waffenloser Kampf

Bogenschießen

Alchemie

Schriftkunst

Heilkunde

Allgemeinkunde

Gedankenunterricht

WELCHER LEHRENDE UNTERRICHTET WAS?

	LIGA 1	LIGA 2	LIGA 3	LIGA 4
Schwertkampf	Emma	Nikolai	Mirlinda	Edwin
Stichwaffen	Edwin	Emma	Nikolai	Mirlinda
Hiebwaffen	Nikolai	Mirlinda	Emma	Finnley
Waffenloser Kampf	Mirlinda	Finnley	Nikolai	Emma
Bogenschießen	Finnley	Edwin	Mirlinda	Nikolai
Schriftkunst	Garred	Isabella	Edwin	Alric
Alchemie	Isabella	Garred	Mirlinda	Emma
Heilkunde	Garred	Nikolai	Emma	Isabella
Logik	Alric	Edwin	Isabella	Mirlinda

Gedankenunterricht (für alle, ohne Ligen): **Roland**
Allgemeinkunde (für alle, ohne Ligen): **Alric**

Interview mit Bernhard Hennen

© Bettina Blumenthal

BERNHARD HENNEN begleitet die Buchreihe »Kings & Fools« als Pate. Mit seiner langjährigen Erfahrung und seinem Fachwissen als einer der aktuell erfolgreichsten deutschen Fantasyautoren beantwortet er Natalie Matt und Silas Matthes Fragen zum Aufbau von Lavis, der mit unzähligen Details angereicherten, düsteren und phantastischen Welt in »Kings & Fools«. Er hilft bei Entscheidungen zu passenden mittelalterlichen Details, findet Lösungen für knifflige Plotprobleme und begleitet die Autoren aktiv im Schreibprozess. Aber nicht nur das, es gibt auch ganz praktische Tipps vom Meister der Fantasy: So trafen sich Bernhard Hennen, Natalie Matt und Silas Matthes beispielsweise, um gemeinsam Schwertkampf zu trainieren und die Kampfszenen in den ersten Bänden von »Kings & Fools« möglichst wirklichkeitsgetreu nachzustellen.

Lest hier ein exklusives Interview mit Bernhard Hennen, in dem er über »Kings & Fools« und seine Rolle als Pate der Reihe spricht.

**In welcher Form haben Sie an »Kings & Fools«
mitgearbeitet?**

Ich hatte das Glück, noch während der Arbeit an den
Exposés zum Team bei Oetinger34 zu stoßen und fast
von Anfang an Einfluss auf etliche Details der Geschichte
nehmen zu können. So wurde zum Beispiel aus dem
Friedhof, der als Versteck der Favilla dienen sollte,
eine Nekropole, das Königreich wurde etwas größer als
ursprünglich geplant, und der Brennende König bekam
seine Farbe. Außerdem habe ich versucht, ständig für
Natalie und Silas erreichbar zu sein. Wir haben Abläufe
von Action-Szenen besprochen, Details bei Schwert-
kämpfen oder nächtlichen Fluchtszenen im Wald. Es
war fordernd, aber ein positiver Stress, aus dem ich auch
neue Kraft für eigene Projekte gezogen habe.

**Wie haben Sie die Zusammenarbeit mit den beiden
Autoren empfunden?**

Oft als einen Blick zurück in meine eigene Vergangen-
heit. Es war schön, den beiden helfen zu können, aus
Fehlern zu lernen, die ich einst begangen hatte.
Besonders gut hat mir der kritische Respekt gefallen,
mit dem sie mir begegnet sind. Oft haben sie sich meine
Meinung zu einem Problem angehört, meine Ratschläge
eingefordert und dann doch einen eigenen, neuen Weg
erarbeitet. Ihren Weg. Immer wieder kam es vor, dass ich
in bearbeiteten Szenen Sätze und Ideen gefunden habe,
vor denen ich nur im Geiste den Hut ziehen konnte,

denn ich hätte es nicht so gut geschrieben. Und darum ging es letztlich, den beiden ab und an ein wenig zu helfen, damit sie ihren eigenen Stil und ihre eigenen Geschichten vervollkommnen.

Sie schreiben bereits seit Jahren sehr erfolgreich Fantasybücher. Welche Erfahrungswerte konnten Sie den beiden Autoren besonders mit auf den Weg geben?

Es ist mein Credo, dass Fantasy einem Autor nicht erlaubt, einfach wild draufloszuformulieren. Um eine neue Welt überzeugend und lebendig zu gestalten, muss man sehr viel Planungsarbeit investieren. Es sind die Details, die im Kopf des Lesers einen Film ablaufen lassen und eine Fantasywelt unverwechselbar machen. Und diesen Details nähert man sich auf zwei Wegen, durch Recherche oder besser noch durch eigene Erfahrung, wo dies möglich ist. Man schreibt Reitszenen einfach anders, wenn man selbst Umgang mit Pferden hatte oder die Gefühle eines Kriegers am Abend vor der Schlacht, wenn man mit Soldaten gesprochen hat, die wirklich in die Schlacht ziehen mussten.

Wie würden Sie »Kings & Fools« in drei Worten beschreiben?

Jung, innovativ, ambitioniert.

Was ist Ihre Lieblingsszene in »Verdammtes Königreich«?
Es ist nicht eine einzelne Szene. Viele Details in den
Kampfszenen habe ich sehr gemocht. Ich habe mit
Natalie und Silas einen Nachmittag verbracht und ihnen
einige Schwertkampflektionen erteilt. Ich selbst habe
etliche Jahre Schwertkampf gelernt und bin zuletzt
als Schaukämpfer auf Mittelaltermärkten aufgetreten.
Und tatsächlich habe ich etliches davon im Buch wiedergefunden und jedes Mal schmunzeln müssen, wenn
ich eine solche Stelle gelesen habe. Einmal war es sogar
kurz so, dass ich ein Déjà-vu hatte. Manchmal nutze ich
beim Schwertkampf einen großen Rundschild mit einem
Eisenbuckel in der Mitte. Und so einem Kämpfer kann
man im Buch ja begegnen ☺

Was ist Ihre Lieblingsszene in »Verstörende Träume«?
Ich mag die Szene in Kapitel zehn sehr, in der Estelle
zum ersten Mal allein Gedankenunterricht erhält. Das
Beklemmende darin, die Ängste, die man mit ihr teilt,
die bedrohliche Atmosphäre. All dies ist wunderbar in
Szene gesetzt. Es liest sich so leicht, und doch weiß ich
als Autor gut, wie schwer es ist, diesen Zauber entstehen
zu lassen.

Ein Gruß an die Leser:
Seid auf der Hut, wenn ihr zu eurer Lesereise in
die düsteren Gewölbe von Favilla aufbrecht. Fast alles
ist anders, als es auf den ersten Blick scheint.

7 Fragen an Natalie Matt

Zirkelmitglied oder **normaler Schüler?**
☒   ☐

Höhlenkäfer oder **Schwarzwurzel?**
☐   ☒

Nestflechterin oder **Fischerin?**
☒   ☐

© BLACK DEER

3 Sätze über dich: *Ich heiße Natalie, bin 1993 in Freudenstadt im Schwarzwald geboren und studiere Kulturwissenschaft. Ich liebe es, mich faszinieren zu lassen und von Begeisterungswellen völlig mitgerissen zu werden – bestenfalls andere dabei anzustecken. Ich glaube, das sind die schönsten Momente im Leben, immer die, bei denen es dir durch und durch geht.*

Warum Oetinger34? *Mir gefällt es, so nah an der Zielgruppe zu sein, das direkte Feedback zeigt gleich, was ankommt und was nicht. Ein spannendes Konzept, das auf dem Buchmarkt heraussticht.*

Was ist das Besondere an deinem Text? *Das sollt ihr erst mal selbst herausfinden. Ich hoffe jedoch, die Lebendigkeit im Text springt auf euch über. Der Text soll leben, durch die Nähe zu den Figuren und die ganz eigene Atmosphäre.*

Ein Gruß an deine Leser: *Ich hoffe, ihr habt beim Lesen genauso viel Spaß, wie ich es beim Schreiben hatte.*

Follow us on instagram: instagram.com/nataliemattautorin

7 Fragen an Silas Matthes

Zirkelmitglied oder **normaler Schüler?**
☒ ☐

Höhlenkäfer oder **Schwarzwurzel?**
☐ ☒

Nestflechterin oder **Fischerin?**
☐ ☒

© privat

3 Sätze über dich: *Ich bin Silas und wurde 1992 im schönen Hamburg geboren. Wenn ich nicht gerade studiere oder schreibe, verreise ich, spiele Handball, Beachvolleyball oder Klavier und genieße das Leben mit meinen Lieblingsmenschen. Ich glaube, dass Lachen zu den großartigsten Dingen auf dieser Welt gehört.*

Warum Oetinger34? *Ein ganz neues Imprint, das gezielt Debütanten sucht und in dessen Rücken ein Riese wie die Verlagsgruppe Friedrich Oetinger steht – na ja, habe ich mir gedacht, ich wäre ein ganz schöner Trottel, wenn ich es nicht mal versuchen würde.*

Was ist das Besondere an deinem Text? *Oh, ich denk mal, das variiert von Leser zu Leser. Für mich sind es bei ›Kings & Fools‹ wahrscheinlich die erzählerischen Besonderheiten, die sich durch das Schreiben im Autorenteam und zum Beispiel durch die damit verbundenen Perspektivwechsel ergeben. Und die Atmosphäre der Bücher hat etwas ganz Eigenes, finde ich.*

Ein Gruß an deine Leser: *Moin!*

Follow us on instagram: instagram.com/silasmatthes